브루클린에서 자라는 나무가 있다. 사람들은 이 나무를 하늘나무라고 부른다.
씨가 떨어진 곳이면 어디서든 뿌리를 박고 하늘을 향해 자라기 때문이다.
판잣집 옆에서도, 쓰레기 더미에서도, 지하실 창문 사이에서도 자란다.
아마 시멘트를 뚫고 자라는 나무는 이 나무밖에 없을 것이다.
이 나무는 아주 잘 자란다⋯⋯
태양 없이도, 물 없이도, 심지어 흙 없이도 자랄 수 있는 나무다.
사방에 널려 있지만 않다면, 아주 멋져 보일 수도 있는 나무다.

A Tree Grows in Brooklyn

베티 스미스 지음 | 김옥수 옮김

나를
있게한
모든 것들

아름드리미디어

눈으로 볼 수 없는 세계를 가지고 있어야 해.

그러면 이 세상이 살기 어려울 정도로 추악해도

살아갈 수 있을 거야……

__1

고요하다는 표현은 뉴욕 브루클린을 두고 하는 말이다. 특히 1912년 여름의 브루클린은 그랬다.

사실 브루클린 전체로 보면 우울하다는 표현이 더 어울릴 것이다. 그러나 이 말은 브루클린의 윌리엄스버그에는 맞지 않는다. 브루클린에는 고요하다는 표현이 어울린다. 여름의 토요일 오후면 더욱 그렇다.

늦은 오후가 되면, 프랜시 놀란네 집의 이끼 낀 마당 안으로 기울어져 들어온 햇빛이 낡은 나무 담장을 따뜻하게 비추었다. 프랜시는 밀려오는 햇빛을 바라보며 학교에서 배운 시를 떠올렸다.

이것은 태고의 숲이라네.
속삭이는 소나무와 솔송나무가
이끼로 수염 달고 초록 옷 입고,
땅거미 속에 잘 드러나지 않는
나이든 드루이드 성직자처럼 서 있네.

프랜시네 마당에 있는 나무는 소나무도 아니고 솔송나무도 아니다. 큰 가지에서 뻗어 나온 초록색 나뭇가지에 나뭇잎들이 수없이 달려 있어 마치 초록색 우산을 여러 개 펼쳐놓은 것처럼 보이는 나무였다. 사람들은 이 나무를 하늘나무라고 부른다. 씨가 떨어진 곳이면 어디서든 뿌리를 박고 하늘을 향해 자라기 때문이다. 판잣집 옆에서도, 쓰레기더미에서도, 지하실 창문 사이에서도 자란다. 아마 시멘트를 뚫고 자라는 나무는 이 나무밖에 없을 것이다. 그런데

이 나무가 이렇게 쑥쑥 자라 우거진 잎을 드리우는 곳은 오직 공동주택 단지뿐이다.

일요일 오후에 브루클린을 산책하다 보면 정성 들여 멋지게 가꾼 동네가 나타나고, 뒤이어 어떤 집 안마당으로 이어지는 철문 너머로 이 나무들이 이제 막 하나 둘 자라기 시작하는 걸 볼 수 있다. 그러면 여러분은 그 지역이 곧 공동주택 단지로 변할 거라고 예언해도 좋다. 그렇다! 나무는 알고 있다. 나무가 먼저 와서 씨를 뿌리고 자라나기 시작하면, 그 다음에 가난한 외국인들이 들어오고, 얼마 안 있어 낡은 갈색 벽돌건물이 싸구려 공동주택으로 개조된다. 그리고 나서 입주자들이 싸구려 침대를 창문턱 위에 올려놓고 햇빛에 쬐일 정도가 되면, 하늘나무도 그야말로 무성한 자태를 자랑한다. 하늘나무는 바로 이런 나무였다. 나무는 가난한 사람들을 좋아했다.

프랜시네 마당에 있는 나무도 바로 이런 나무였다. 울창한 나뭇가지가 휘어져 프랜시네 3층 비상구 주변에 가득했다. 그래서 11살 먹은 소녀는 비상구 계단에 앉아 나무 속에 살고 있는 자기 모습을 상상하곤 했다.

프랜시는 여름철 토요일 오후가 되면 언제나 그런 상상을 했다. 아, 브루클린의 토요일은 정말 너무나 아름답다! 모든 게 다 아름답다! 토요일은 사람들이 임금을 받는 날이고, 그렇다고 일요일처럼 미사에 참여해야 되는 것도 아닌 휴일이었다. 사람들은 돈을 가지고 나가 물건을 샀다. 그래서 이날 하루는 배부르게 먹었다. 술을 마시고 연인들과 만나고 사랑을 했다. 노래를 부르고 음악소리에 맞추어 춤추고 싸우면서 밤을 지샜다. 다음날은 마음껏 쉴 수 있는 일요일이니까. 사람들은 늦게까지 잘 수 있었다.

최소한 늦은 미사시간까진……

일요일이 되면, 사람들은 대부분 11시 미사에 참석했다. 물론 얼마 안 되지만 개중에는 새벽 6시 미사에 참석하는 사람들도 있었다. 그렇다고 해서 그들을 존경할 것까지는 없다. 너무 늦게까지 놀다가 집으로 돌아갈 즈음에 벌써 해가 떠올라 새벽미사를 본 것뿐이니까. 이렇게 첫 미사를 드리고 집에 돌아간 이들은 아무 부담 없이 하루종일 잠을 잘 수 있다.

프랜시에게 토요일은 넝마를 팔러 가는 일로 시작된다. 프랜시는 남동생 닐리와 함께 다른 브루클린 아이들처럼 옷가지나 휴지, 고무, 못 따위의 잡동사니들을 주어서 상자 안에 넣어 지하실이나 침대 밑에 숨겨놓았다. 프랜시는 평일 날 학교에서 집으로 돌아올 때 아주 천천히 걸으면서 담배포장지나 껌종이에 붙은 은박지 따위가 길바닥이나 하수구에 떨어져 있지나 않은지 살피곤 했다. 모은 은박지는 항아리 뚜껑에 올려놓고 녹여 주석덩어리로 만들었다. 고물상 주인들은 녹이지 않은 은박지 뭉치는 사려 하지 않았다. 아이들이 무게를 더 나가게 하려고 한가운데 쇳덩이를 넣곤 했기 때문이다. 닐리는 어쩌다 한 번씩 셀처탄산수 병을 찾아냈다. 셀처 병 꼭대기는 정말 대단했다. 녹이면 5센트짜리 동전 하나를 받을 수 있었다.

프랜시와 닐리는 매일 저녁 공동주택 지하실로 내려가 그날 모아놓은 쓰레기를 뒤졌다. 이런 특권을 누릴 수 있는 건 엄마가 관리인이기 때문이다. 프랜시와 닐리는 이곳에서 휴지와 넝마, 병 따위를 주울 수 있었다. 휴지는 별로 값이 나가지 않는다. 10파운드에 1페니를 줄 뿐이었다. 넝마는 1파운드에 2센트, 쇳덩이는 4센트를 주었다. 구리는 1파운드에 10센트로 비싸게 쳐주었다. 프랜시는 가끔 쓰레기로 버린 대형 세탁기를 건지는 뜻밖의 횡재를 했다. 그러면 프랜시는 깡통따개로 바닥을 떼어내 반으로 접고는 다시 두드렸다.

그리곤 다시 반으로 접어서 또 두드렸다.

　토요일 아침 9시가 되면, 곳곳에 사는 아이들이 맨해튼 거리로 쏟아져 나왔다. 아이들은 스콜레스 거리로 올라갔다. 그냥 맨손으로 고물더미를 안고 가는 아이도 있었고, 나무로 된 비누상자에 바퀴를 달아서 끌고 오는 아이도 있었고, 또 유모차에 싣고 오는 아이도 있었다.

　프랜시와 닐리는 광목포대 하나에 고물을 가득 담아 넣고 서로 양쪽 끝을 잡아끌며 맨해튼 거리를 올라가, 뮤저와 렌 아이크를 지나 스콜레스 거리까지 갔다. 꼴사나운 거리가 이름 하나는 예뻤다. 계속 걸어갈수록 조그만 거리에 쏟아져 나온 누더기를 걸친 아이들이 불어났다. 카니 고물상으로 가는 도중에 프랜시와 닐리는 빈손으로 돌아오는 다른 아이들을 만나게 된다. 넝마 판 돈을 벌써 다 써버린 아이들은 잔뜩 삐기면서 다른 아이들을 조롱했다.

　"넝마주이야! 넝마주이야!"

　이 말을 듣고 프랜시는 얼굴을 붉혔다. 조롱하는 아이들도 고물줍는 아이들이라는 걸 알고 있었지만 그래도 왠지 부끄러웠다. 또 남동생 닐리 역시 고물을 팔고 나서 이곳을 걸어 내려오면서 나중에 오는 아이들을 저렇게 놀릴 거라는 걸 알고 있었지만 그래도 기분이 좋지 않았다. 괜히 부끄러운 생각이 들었다.

　카니는 찌부러질 듯한 건물 안에서 고물장사를 하는 사람이었다. 모퉁이를 돌자, 꼭 닫힌 문 두 개가 나타났다. 프랜시의 머릿속에서 커다란 저울이 어서 오라고 손짓하는 모습이 떠올랐다. 부스스한 머리칼에 부스스한 수염을 하고 퀭한 눈으로 저울을 살펴보는 카니도 보였다. 카니는 남자아이보다 여자아이를 더 좋아했다. 볼을 꼬집을 때 몸을 움츠리지 않는 여자아이에게 1페니를 더 주곤 했다.

이런 덤을 얻을 수 있었기 때문에, 널리는 뒤에 남고 프랜시가 포대를 끌고 건물 안으로 들어가곤 했다. 카니는 앞으로 뛰어나와 바닥에다 포대에 든 것을 쏟아 부었다. 그리고 프랜시의 볼을 살짝 꼬집었다. 카니가 저울에 고물을 쌓아놓는 동안, 프랜시는 어둠에 익숙해지려고 눈을 깜박거렸다. 눅눅한 공기와 젖은 넝마냄새가 났다. 카니는 저울 숫자판을 살펴본 다음 얼굴을 돌려 두 자리 숫자를 말했다. 값을 제시한 것이다. 프랜시는 카니와 가격을 흥정할 수 없다는 사실을 잘 알고 있었다. 그래서 좋다고 고개를 끄덕였다. 그러자 카니는 고물을 구분하기 시작했다. 휴지는 한쪽 구석에 넝마는 다른 구석에 쌓아놓은 다음, 금속을 골라내기 시작했다. 프랜시는 가만히 기다렸다. 이윽고 일을 마친 카니가 바지 주머니에 손을 넣어 밀초 끈으로 묶은 낡은 가죽지갑을 꺼냈다. 그리곤 흡사 고물 같아 보이는 낡은 초록색 동전을 하나하나 세기 시작했다. 프랜시가 작은 소리로 "고맙습니다"하고 말하자, 카니는 빛 바랜 고물 같은 눈으로 프랜시를 쳐다보면서 볼을 세게 꼬집더니 만족스러운 웃음을 지으며 1페니를 덤으로 주었다. 그리고 나자 카니의 태도는 아주 활기차게 바뀌었다.

"이리로 와라."

그가 다음 줄에 서 있는 아이에게 소리친 다음 웃으며 말했다.

"납은 꺼내라. 고물은 놔두고."

그러면 아이들이 공손하게 웃는다. 웃음소리가 비록 길 잃은 어린 양의 울음소리처럼 들렸지만, 카니는 만족스러운 것 같았다.

프랜시가 바깥으로 나와 남동생에게 고물 판 가격을 말해주었다.

"카니가 16펜스와 꼬집은 값 1펜스를 줬어."

"1펜스는 누나 꺼야."

닐리는 오래된 약속에 따라 그렇게 말했다.

프랜시는 주머니 안에 1페니를 넣고 나머지 돈을 동생에게 넘겨주었다. 닐리는 10살로 프랜시보다 한 살 아래였다. 하지만 그는 남자다. 돈은 남자가 다뤄야 한다. 닐리는 조심스럽게 돈을 나누었다.

"우선, 저금할 돈 8센트."

얼마가 생기든 그 절반을 벽장 구석진 곳에 박아놓은 깡통에다 저금하는 것이 규칙이었다.

"그리고 4센트는 누나 꺼. 4센트는 내 꺼."

프랜시는 동전을 받아 손수건 안에 넣었다. 자기 몫이 된 5페니를 바라보며 5센트짜리 동전 하나와 바꿀 수 있다고 생각하니 행복했다.

닐리는 광목포대를 둘둘 말아서 팔 사이에 끼더니 프랜시를 뒤로한 채 '싸구려 찰리 상점'으로 달려갔다. 싸구려 찰리 상점은 카니 고물상 바로 옆에 있었다. 토요일이 끝날 즈음이면, 싸구려 찰리 상점의 계산 금고에는 초록색 동전이 가득 쌓였다. 관습에 따라 그곳은 남자아이들만 들어가는 가게였다. 그래서 프랜시는 그 안에 들어가지 않고 문 옆에 서 있었다.

8살에서 14살 사이의 아이들은 너 나 할 것 없이 볼품없는 펑퍼짐한 바지에 위가 찌부러진 모자를 쓰고 있어 모습이 모두 다 엇비슷했다. 이런 아이들이 주머니에 손을 놓고 여윈 어깨를 앞으로 구부린 채 이 가게로 몰려들었다. 아마 이 아이들은 어른이 되어도 이런 모습으로 싸구려 술집으로 몰려들 것이다. 다른 게 있다면 입에 문 담배를 올렸다 내렸다 하면서 말하는 습관이 새로 생겼다는 것 정도겠지. 아이들은 야윈 얼굴로 조심조심 찰리 한번 쳐다보고 새로 물건 사러 온 애 한번 쳐다보고 다시 찰리를 쳐다보곤 한다. 개중에는 벌써 여름 이발을 한 아이들도 있었다. 너무 짧게 깎아서 이 발기가 지나간 흔적이 또렷이 보였다. 이발을 한 아이들은 모자를 주머니 속에 쑤셔 넣거나 머리 뒤로 젖혀 썼다. 아직 머리를 자르지 않아 갓난아이처럼 머리카락이 목덜미까지 내려온 아이들은 모자를 귀밑까지 끌어당겨 썼기 때문에 상스런 행동을 해도 여전히 계집애같이 보이는 구석이 있었다. 싸구려 찰리 상점은 값이 싸지 않았고, 주인 이름도 찰리가 아니었다. 그냥 그 이름을 천에다 써서 가게 앞에 내걸었을 뿐이야, 프랜시는 이렇게 확신하고 있었다. 찰리 상점에서는 1페니를 내면 뽑기를 할 수 있다. 계산대 뒤에는 고리가 50개 달린 판자가 걸려 있었고 고리 하나마다 상품이 하나씩 걸려 있었다. 롤러 스케이트나 야구장갑, 진짜 머리카락을 한 인형 등 굉장히 비싼 상품도 몇 개 걸려 있었지만 대부분은 종이나 연필 같은 싸구려 물건들이었다. 프랜시는 닐리가 뽑기 하는 장면을 지켜보았다. 닐리가 너덜너덜한 골판지 상자에서 더러운 카드 한 장을 뽑았다. 26번! 프랜시는 기대에 찬 눈빛으로 판자를 바라보았다. 찰리가 1페니짜리 연필지우개를 꺼낸 다음, 닐리에게 물었다.

"상품을 가질래, 사탕을 가질래?"

"사탕이요. 괜찮지, 누나?"

언제나 똑같았다. 프랜시는 고급상품을 탄 아이가 있다는 소리를 한번도 듣지 못했다. 그래서 상품으로 내걸린 스케이트의 날은 녹이 슬었고, 인형 머리카락은 먼지를 뒤집어썼다. 프랜시는 나중에 50센트를 모아 뽑기를 모두 다 사겠다고 결심했다. 그러면 판자에 걸린 상품을 모두 다 가질 수 있을 테니 말이다. 50센트에 롤러 스케이트와 야구 장갑, 인형 따위를 전부 다 가질 수 있다면 괜찮은 가격이었다. 롤러 스케이트 하나만 하더라도 최소한 네 배의 가치는 있을 거야. 그날은 닐리와 함께 가야 한다. 여자아이는 찰리 상점에 들어가지 않는 게 관례이기 때문에. 사실 토요일에 거기에 들어가는 여자아이들이 몇 명 있긴 했다. 사납고 거만하고 나이에 비해 굉장히 조숙한 애들이었다. 이 여자아이들은 큰 소리로 떠들어 대면서 남자아이들 주변에서 소란을 피웠다. 사람들이 말하는 바에 따르면, 싹수가 노란 애들인 게 분명했다.

프랜시는 거리를 가로질러 '짐피 사탕 가게'로 갔다. 짐피는 절름발이였지만 아주 점잖은 사람이어서 아이들에게 친절하게 대해 줬다. 아니, 그전에는 누구나 그렇게 생각했다. 햇빛이 쨍쨍 비치는 어느 날 오후에 꼬마 여자아이를 꼬드겨서 음침한 뒷방으로 데리고 들어가기 전까지는.

프랜시는 짐피 특별상품이 든 주머니를 사는 데 돈을 쓸지 말지 신중히 생각했다. 이따금 아는 척을 하고 지내는 마우디 도나반이라는 여자아이가 막 주머니를 사려 하고 있었다. 프랜시는 아이들을 밀치고 들어가 마우디 바로 뒤에 섰다. 그리고 자기는 돈을 다 쓴 것처럼 하고 있었다. 프랜시는 마우디가 가만히 진열장 안을 살펴보다가 커다란 주머니 하나를 가리키는 모습을 숨을 죽인 채 바라보았다. 나라면 조그만 주머니를 골랐을 거야! 프랜시는 친구의 어깨너머로 주머니 안을 들여다보았다. 오래된 사탕 몇 개와 거친 광목으로 만든 손수건 한 장이 들어 있었다. 전에 프랜시가 산 주머니에는 향기 나는 조그만 병이 들어 있었다.

프랜시는 상품 주머니를 사기 위해 돈을 써야 할지 말아야 할지 다시 한번 골똘히 생각했다. 설사 사탕을 못 사먹게 되더라도 모험을 해본다는 건 멋진 일이었다. 하지만 프랜시는 마우디가 산 주머니에 뭐가 들어 있는지 본 것으로 모험은 충분했다고 자신을 다독

거리면서 유혹을 억눌렀다. 한번 이렇게 정하고 나자 몸도 마음도 훨씬 가벼워진 것 같았다. 프랜시는 브로드웨이를 향해 걸어갔다.

브루클린의 윌리엄스버그에 있는 브로드웨이에는 5센트짜리나 25센트짜리 동전이 있어야 물건을 사러 들어갈 수 있는 이 세상에서 가장 멋진 가게 하나가 있었다. 이 가게는 아주 크고 화려했다. 이 세상에 있는 물건이 모두 다 그곳에 모여 있었다. 적어도 11살 소녀에게는 그렇게 보였다. 프랜시는 5센트짜리 동전을 갖고 있었다. 프랜시에게는 힘이 있었다. 그 가게에 들어가서 뭔가를 살 수 있다! 뭐든지 마음에 드는 것을 살 수 있는 곳은 그곳밖에 없었다. 가게에 들어서자, 프랜시는 통로를 왔다갔다하며 마음에 드는 물건을 일일이 만져보았다. 물건을 골라서 잠깐 손에 들고 이리저리 만져본 다음 다시 조심스럽게 제자리에 놓아두는 건 정말 멋진 일이야! 5센트짜리 동전이 있기 때문에 프랜시는 이런 특권을 누릴 수 있었다. 가게 주인이 프랜시에게 물건을 살 거냐고 물으면, 그렇다고 대답한 다음에 물건을 한두 개 사서 보여줄 수도 있었다. '돈이란 정말 멋진 거야.' 물건을 실컷 만져보고 나서 프랜시는 마음속에 정해 두었던 것을 샀다. 분홍색과 흰색으로 된 페퍼민트 향이 나는 5센트짜리 사탕이었다.

프랜시는 집으로 가기 위해 유태인이 많이 사는 그라함 거리를 따라 걸었다. 물건이 가득 담긴 손수레들이 쭉 늘어선 거리에 서서 흥정하는 다정다감한 유태인들, 생선 구운 냄새와 오븐에서 막 꺼낸 호밀빵 냄새, 그리고 꿀을 끓이는 것 같은 냄새들. 이곳에서만 나는 독특한 냄새는 언제나 프랜시를 흥분시킨다. 프랜시는 유태인 모자에 유태인 외투를 입은 수염 긴 남자들을 쳐다보았다. 뭣 때문에 저들은 눈이 조그맣고 눈매가 매서워 보일까? 프랜시는 초라해 보이는 조그만 가게 안을 들여다보면서 탁자 위에 어지럽게 널려 있는 옷감에서 나는 냄새를 맡았다. 계속 걸어가자, 창문턱에 걸린 허름한 침대와 비상구에 널린 동양사람들이 입는 밝은 색깔의 옷들, 그리고 반쯤 벗은 채 하수구에서 노는 아이들이 보였다. 아이를 가져서 배가 커다래진 여자 한 명이 딱딱한 나무의자 가장자리에 참을성 있게 앉아 있는 모습도 보였다. 그 여자는 자신의 신비스런 삶을 내면에 감춘 채 뜨거운 여름 햇빛 아래에 앉아 거리에서 펼쳐지는 삶들을 바라보고 있었다.

언젠가 엄마가 예수님이 유태인이라고 말했을 때 프랜시는 정말 놀랐다. 프랜시는 원래 예수님을 천주교도로 생각하고 있었다. 하지만 엄마는 제대로 알고 있었다. 엄마가 말하길, 유태인들은 예수님을 뛰어난 인물로 보지 않고 목수일도 제대로 못하고 결혼하여 가정을 돌보지도 않은 골치 아픈 유태인쯤으로 여긴다는 것이다. 그래서 유태인들은 아직 구세주가 오지 않았다고 생각한다는 것이다. 프랜시는 아기를 가진 유태인 여자를 바라보면서 생각했다.

'유태인들이 아기를 많이 낳는 게 바로 그 때문일 거야. 그리고 저렇게 가만히 앉아서 기다리는 것도 바로 그 때문일 거야. 그래서 저 사람들은 불룩해진 배를 하고도 조금도 부끄러워하지 않아. 모두들 어쩌면 자기가 진짜 꼬마 예수를 낳을지도 모른다고 생각하고 있어. 그래서 아기 가진 여자들이 저렇게 뽐내고 다니는 거야. 아일랜드 여자들은 항상 부끄러워하는데 말이야. 자기들 몸에서 예수가 나오지 않으리라는 걸 잘 알고 있거든. 아일랜드 사람이 한 명 더 생기는 것뿐이니까. 하지만 내가 어른이 되어서 아기를 갖게 되면, 유태인은 아니지만, 아주 자랑스럽게 천천히 걸어야지.'

프랜시는 12시가 다 되어서 집에 돌아왔다. 곧이어 엄마가 들어와 탕 소리와 함께 빗자루와 물통을 구석에다 내던졌다. 이제 빗자루와 물통은 월요일까지 손도 대지 않을 것이다.

29살인 엄마는 검은 머리카락에 갈색 눈을 하고 있는데, 손놀림이 아주 잽쌌다. 게다가 몸매도 멋졌다. 엄마는 건물 관리인으로서 3층짜리 공동주택을 깨끗하게 유지할 책임이 있었다. 누가 엄마를 네 식구를 먹여 살리려고 마루를 닦는 사람으로 생각하겠는가? 엄마는 정말 예쁜 얼굴과 날씬한 몸매에 항상 쾌활한 성격, 그리고 넘치는 재치와 성실한 자세를 가지고 있다. 소독물 때문에 빨갛게 갈라지긴 했지만, 두 손 역시 동그랗고 예쁘게 생긴 데다 타원형으로 생긴 손톱모양도 아름다웠다.

사람들은 케이티 놀란처럼 날씬하고 아름다운 여자가 마루 닦는 일을 해야 하다니 참 안됐어, 하지만 남편이 저 모양이니 그런 일이라도 하지 않을 수 있겠냐고 수군거렸다. 사실 이웃들도 어딜 보나 조니 놀란이 이 근방에서 가장 잘 생기고 매력적인 사내라는 데는 동의했다. 그러나 조니 놀란은 술주정뱅이다. 그렇다, 우리 아빠가 술주정뱅이라는 건 사실이다.

아빠는 점심 먹으러 집에 오지 않는다. 비전속 가수인 아빠는 일하는 날이 아주 적었다. 그래서 대개 조합사무실에서 일거리를 기다리며 토요일 낮을 보내곤 했다. 엄마는 식탁에 모처럼만에 풍성한 토요일의 특식들을 늘어놓았다. 각자에게 두터운 소 혓바닥 한 조각과 달콤한 냄새가 나는 호밀빵에 무소금 버터를 바른 빵 두 조각, 설탕을 바른 롤빵 한 개, 그리고 진하고 뜨거운 커피 한 컵과 커피에 넣을 달콤한 연유 한 숟갈씩이 주어졌다.

엄마는 커피에 관해 특별한 견해를 가지고 있다. 커피는 이 집에서 즐기는 가장 큰 사치 중 하나였다. 엄마는 매일 아침 커다란 단지에 커피를 끓였다. 그리고 점심때와 저녁때에 그걸 다시 데웠다. 그러니 시간이 지날수록 커피도 진해졌다. 거기다 다시 커피를 조금 넣고 물을 많이 부었다. 하지만 엄마는 그 안에 커피 대용으로 쓰이는 치커리뿌리까지 넣어 맛을 강하고 쓰게 만들었다. 커피는 우유와 함께 각자 하루에 세 잔씩 마실 수 있었다. 마시고 싶은 만큼 마음껏 마실 수 있는 날도 가끔 있었다. 어쨌든 돈이 하나도 없는 날이나 비가 와서 집에 혼자 있는 날에는 비록 검고 쓴 커피지만 집안에 뭔가 먹을 게 있다는 건 정말 좋은 일이었다. 닐리와 프랜시도 커피를 좋아했지만 진짜로 마시는 일은 거의 없었다. 오늘도 여느 때처럼 닐리는 커피를 그냥 놔둔 채 달콤한 연유를 빵에 발라먹었다. 프랜시는 커피 냄새와 커피잔의 따뜻함을 좋아했다. 그래서 빵과 고기를 먹으면서 한 손으로 컵을 만지며 커피의 온기를 즐겼다. 커피의 달콤하면서도 쓴 냄새를 즐길 때도 있었다. 그러면 마실 때보다 훨씬 더 맛있게 느껴졌다. 식사가 끝나고 나면 식은 커피는 수채 구멍에 버렸다.

엄마에게는 언니가 두 명 있다. 시시 이모와 에비 이모이다. 가끔 집에 놀러 와서 커피 버리는 걸 볼 때마다 엄마에게 낭비가 심하다고 설교를 늘어놓았다. 그러면 엄마는 이렇게 대꾸하곤 했다.

"프랜시 역시 다른 식구들처럼 식사 때마다 커피를 한 컵씩 마실 권리가 있어. 설사 프랜시가 커피를 마시는 것보다 버리는 걸 더 좋아한다고 해서 문제될 게 뭐겠어? 우리 같은 사람이 가끔 뭔가를 낭비하면서 부자로 산다는 게 어떤 건지, 먹을 것 걱정 안 해도 된다는 게 어떤 기분인지 느껴보는 것도 좋은 일이잖아?"

엄마는 이 괴팍한 견해에 스스로 흡족해했고, 프랜시는 그런 엄마가 좋았다. 이 괴팍한 견해는 찢어지는 가난과 흥청망청 낭비하는 사치를 연결해주는 몇 안 되는 연결고리 가운데 하나였다. 그래서 프랜시는 윌리엄스버그에서 가장 가난하게 살면서도 다른 누구보다 부자라고 생각했다. 그렇다! 낭비할 물건을 갖고 있다는 점에서 프랜시는 그 누구보다 부자라고 할 수 있었다. 프랜시는 설탕의 단맛을 마음껏 음미하며 롤빵을 천천히 먹었다. 그 동안 커피는 차게 식었다. 프랜시는 낭비라는 생각을 가볍게 흘리면서 당당한 자세로 커피를 수채 구멍에 쏟았다.

점심을 먹고 나서 프랜시는 온 식구가 일주일 동안 먹을 딱딱한 빵을 사러 '라셔 빵공장'에 갈 준비를 했다. 엄마는 프랜시에게 5센트짜리 동전 하나를 더 가져가 너무 짓눌리지 않은 딱딱한 파이가 있으면 하나 사오라고 했다.

라셔 빵공장은 주변 식품점들에 빵을 공급하는 공장인데, 왁스 종이로 싸지 않은 빵이라 빨리 상했다. 그래서 라셔 빵공장에서는 식품점에 팔고 남은 빵을 회수하여 가난한 사람들에게 반값에 팔았다. 파는 가게는 공장과 붙어 있었다. 이곳은 너비가 좁고 길다랗게 생긴 진열대가 한쪽에 있고, 양쪽 벽으로 역시 너비가 좁고 길다란 의자가 붙어 있었다. 진열대 뒤로는 커다란 이중문이 닫혀 있었다. 그래서 빵을 실은 트럭이 뒤쪽을 대고 진열대에 빵을 쏟아 부으면, 사람들은 빵을 사려고 서로 밀치며 아우성을 쳤다. 빵이 넉넉하지 않았으므로 빵 트럭이 서너 대 도착할 때까지 기다리는 사람들도 있었다.

싸게 팔기 때문에 빵을 담을 봉투는 각자 준비해야 했다. 대개 어린아이들이 빵을 사러 왔다. 어떤 아이는 세상사람들에게 가난한집 아이인 걸 광고라도 하듯이 빵을 그대로 겨드랑이에 끼고 가면서도 태연했다. 자존심 강한 애들은 빵을 신문지에 싸거나 깨끗하든 더럽든 밀가루 포대에 넣어갔다. 프랜시는 커다란 종이가방을 가져갔다.

프랜시는 서둘러 빵을 사지 않고, 의자에 앉아 사람들을 구경했다. 아이들 여남은 명이 서로 밀치면서 진열대 앞에서 소리를 질렀다. 반대쪽 의자에는 노인 세 사람이 앉아서 졸고 있었다. 윌리엄스버그에서 자식들한테 얹혀 사는 노인들은 심부름을 하든 아이를 보든 뭔가 할 수 있는 일을 해야 했다. 이들은 되도록이면 오래 기다렸다가 빵을 샀다. 라서 빵공장에서 맛있는 빵 굽는 냄새가 흘러나왔고, 창문을 통해 들어오는 햇빛이 등을 따뜻하게 해주었기 때문이다. 이들이 의자에 앉아서 오랫동안 졸며 기다리는 걸 좋아하는 이유는 또 있었다. 기다리는 잠깐 동안이나마 자기 삶에 목적이 있으며 그만큼 자신을 필요한 존재로 여길 수 있다는 게 바로 그것이었다.

프랜시는 제일 나이가 많은 노인을 쳐다보았다. 저 사람은 어떤 사람일까 짐작해보는 놀이는 정말 재미있었다. 노인은 푹 꺼진 뺨에 난 수염이 그런 것처럼 머리카락도 더러운 회색이었다. 입가에는 침 흘린 자국이 남아 있었다. 할아버지가 하품을 했다. 이빨이 없었다. 프랜시는 할아버지를 계속 쳐다보고 있었다. 할아버지가 입을 다물자 입술이 안으로 오므라지며 입이 없어지고 뺨과 코가 거의 닿을 지경이 되었다. 프랜시는 깜짝 놀랐다. 구역질이 났다.

프랜시는 할아버지의 낡은 외투를 찬찬히 살펴보았다. 어깨 쪽이 터져서 천이 밖으로 삐죽 나왔다. 노인은 힘이 없는지 다리를 늘어뜨리고 있었다. 바지에는 기름자국이 묻어 있고 구멍에는 단추 하나가 없었다. 할아버지의 신발도 살펴보았다. 신발이 쭈그러지고 찢어져서 발가락이 밖으로 나왔다. 회색 발톱이 달린 더러운 발가락 두 개가 보였다. 신발 한 짝은 여기저기 매듭이 지어진 끈으로 묶어놓았고 다른 한 짝은 더러운 광목으로 묶었다. 프랜시의 머릿속에서 이런저런 생각이 꼬리를 물고 떠올랐다……

'굉장히 나이가 많은 할아버지인가 봐. 아마 일흔 살도 넘었을 거야. 아브라함 링컨이 대통령이 되려고 할 즈음에 태어났겠지. 그때 윌리엄스버그는 조그만 시골마을이었을 테고 인디언이 아직 플랫부쉬에 살고 있었을 거야. 정말 오래 전 일이야.'

프랜시는 할아버지의 발을 쳐다보며 계속 생각했다.

'저 할아버지도 옛날에는 아기였겠지. 그때는 틀림없이 귀엽고 깨끗했을 거야. 그래서 저 할아버지의 엄마는 아기의 조그만 분홍빛 발가락에 입을 맞췄을 거야. 밤에 천둥이 치기라도 하면 엄마가 아기한테 달려가서 이불을 잘 덮어주며 엄마가 옆에 있으니 무서울 것 없다고 속삭였겠지. 엄마가 아기를 안고 뺨을 비비면서 우리 예쁜 아기야 하고 말했을지도 몰라. 저 할아버지는 분명 우리 닐리 같은 소년시절을 보냈을 거야. 집안으로 헐레벌떡 뛰어들어와서 문을 꽝 닫았겠지. 그러면 할아버지의 엄마는 아들을 꾸짖으면서도 마음속으로 내 아들이 다음에 커서 대통령이 될지도 모른다고 생각했겠지. 그러고 있다가 저 할아버지는 씩씩한 청년이 되어 행복한 시절을 보냈겠지. 할아버지가 거리를 걸어가면 여자들이 웃음 띤 얼굴로 쳐다보았을 거야. 저 할아버지는 마음에 드는 여자에게 윙크를 했겠지. 그리곤 결혼을 해서 아이들을 낳았을 거고. 아이들은 저 할아버지가 열심히 일해 크리스마스 때 장난감을 사다 주면 세상에서 가장 좋은 아빠라고 생각했을 거야. 이제 아이들도 나이를 먹어서 자기 아이들을 낳았겠지. 그리곤 모두 저 할아버지를 쓸모 없다고 여기면서 죽기만 바랄 거야. 하지만 저 할아버지는 죽고 싶어하지 않아. 나이를 너무 먹어서 더 이상 즐거운 일이 없을 텐데도 계속 살고 싶어해.'

사방이 조용하다. 여름 햇빛이 상점 안으로 들어와 먼지를 비추면서 창문에서 마루로 비스듬한 길을 만들었다. 커다란 초록색 파리가 햇빛이 만든 먼짓길 사이를 날아다녔다. 그곳에 있는 사람은 프랜시와 졸고 있는 노인들이 전부였다. 빵 트럭이 오길 기다리던 아이들은 모두 밖으로 놀러 나갔다. 그들이 기운차게 떠드는 소리가 멀리서 들려오는 것 같았다. 갑자기 프랜시가 벌떡 일어났다. 심장이 빠르게 뛰면서 무서운 생각이 났다. 그럴 이유가 없는데 음악을 연주하다가 끝까지 잡아당긴 아코디언 생각이 났다. 그런데 아코디언에서 소리가 안 난다…… 안 난다…… 안 난다…… 세상의 수많은 귀여운 아기들이 결국 저 할아버지같이 되기 위해 태어났다는 사실을 깨닫자 갑자기 뭐라 말할 수 없는 공포가 몰려왔다. 프랜시는 재빨리 의자에서 일어나 바깥으로 나왔다.

그렇게 하지 않으면 자기가 그렇게 될 것 같았다. 프랜시 자신이 이빨 없는 잇몸에 더러운 발가락이 밖으로 삐져나오는 신발을 신고 주위 사람들을 메스껍게 만드는 노파로 변할 것 같았다. 바로 그 순간, 빵 트럭이 뒤를 대자 진열대 뒤에 있는 이중문이 '텅' 하고 열렸다. 뒤이어 한 사내가 나타나서 진열대 뒤에 섰다. 트럭운전사가 사내를 향해 빵을 던지기 시작하자 사내는 그 빵을 받아 진열대 위에 쌓기 시작했다. 바깥에서 문 열리는 소리를 듣고 아이들이 우르르 몰려와 진열대 제일 앞에 선 프랜시를 밀치기 시작했다.

프랜시가 소리쳤다.

"빵 주세요!"

덩치 큰 여자아이가 프랜시를 세게 밀치며 힘을 자랑했다.

"밀지 마! 밀지 말라구!"

프랜시가 덩치 큰 여자아이에게 말한 다음, 진열대 뒤에 있는 사내를 향해 큰소리로 외쳤다.

"빵 여섯 개와 덜 짓눌린 파이 하나만 주세요!"

프랜시의 열성에 감동한 진열대 사내가 프랜시에게 빵 여섯 개와 회수한 파이 가운데 제일 적게 짓이겨진 파이 하나를 던져주고 10센트짜리 동전 두 개를 받았다. 아이들 틈 사이를 빠져 나오다 프랜시는 그만 빵 하나를 떨어뜨리고 말았다. 하지만 몸 굽히기가 힘들어 다시 집는 데 애를 먹었다.

프랜시는 밖으로 나와서 종이가방에 빵과 파이를 넣었다. 아줌마한 명이 유모차를 끌며 지나갔다. 아기가 발을 공중에 올린 채 흔들었다. 프랜시는 그게 아기의 발이 아닌, 낡아빠진 신발을 걸친 더러운 노인의 발로 보였다. 또다시 공포가 찾아들었다. 프랜시는 집까지 정신없이 뛰어갔다.

집에는 아무도 없었다. 엄마는 옷을 갈아입고 시시 이모와 10센트짜리 싸구려 쇼를 보러 갔다. 프랜시는 빵과 파이를 꺼내고 나서 가방은 나중에 쓸 수 있게 잘 접어두었다. 그런 다음 창문 없는 좁은 침실로 들어갔다. 닐리와 함께 쓰는 방이다. 프랜시는 깜깜한 침대에 앉아 공포의 물결이 지나가기를 기다렸다.

시간이 얼마나 흘렀나? 닐리가 들어와 침대 밑으로 기어 들어가 낡아빠진 야구장갑을 꺼냈다.

"어디 가니?"

프랜시가 물었다.

"공터로 야구하러 가."

"따라가도 되니?"

"안 돼."

프랜시는 닐리를 뒤따라 바깥으로 나갔다. 닐리 패거리 세 명이 집 밖에서 기다리고 있었다. 한 명은 야구방망이를 들고 있었고, 한 명은 야구공을, 나머지 한 명은 아무것도 안 든 빈손이었다. 하지만 야구복을 입고 있었다. 그들은 공터가 있는 그린포인트를 향해 걷기 시작했다. 닐리는 프랜시가 따라오는 걸 보고도 아무 말 하지 않았다.

패거리 가운데 한 명이 팔꿈치로 닐리를 슬쩍 찌르며 말했다.

"야! 네 누나가 따라오잖아."

"그래."

사실을 인정한 닐리가 몸을 돌려 프랜시에게 소리쳤다.

"다른 데로 가."

"여긴 자유로운 나라야."

프랜시가 대꾸했다.

"자유로운 나라래."

닐리가 팔꿈치를 찌른 아이에게 그대로 대답했다. 그 뒤 아이들은 더 이상 프랜시에게 신경 쓰지 않았다. 프랜시는 계속 그들을 쫓아갔다. 근처 도서관이 다시 문을 여는 2시까지 할 일이 없었으므로. 아이들은 야단법석을 떨며 어슬렁거리고 걸었다. 도중에 걸음을 멈추고 하수도 안에서 주석 조각이나 담배꽁초를 줍기도 했다. 아이들은 담배꽁초를 잘 보관하고 있다가 비 오는 날 오후에 아무도 없는 지하실 안에서 피울 게 분명하다. 유태인 회당으로 가고 있던 유태인 소년을 괴롭히는 데 시간을 들이기도 했다. 어떻게 하는 게 좋을까 서로 갑론을박하는 동안 아이들은 유태인 소년을 붙잡아 두었다. 유태인 소년은 겸손한 웃음을 지으며 갑론을박이 끝날 때까지 기다렸다. 기독교도 아이들이 유태인 소년에게 일주일 동안 실행할 명령을 지시했다.

"데보 거리에 낯짝을 보이지 마."

기독교도 아이가 명령하자 유태인 아이가 대답했다.

"그럴게."

아이들은 실망했다. 반발하리라 예상했기 때문이다. 다른 한 명이 주머니에서 분필 조각을 꺼내 길에다 구불구불한 선을 긋고 나서 명령했다.

"이 선 너머로 한 발짝도 넘어오지 마."

자기가 너무 쉽게 그런다고 해서 아이들 기분이 상했다는 걸 눈치 챈 유태인 소년이 아이들 장단에 맞춰주기로 결심했다.

"하수도 안에 발 하나도 넣으면 안 돼?"

"하수도에 침을 뱉어도 안 돼."

한 아이가 말하자, 유태인 소년은 체념한 척 한숨을 내쉬며 대답했다.

"알겠어."

이때 덩치 큰 아이 한 명이 멋진 생각 하나를 해냈다.

"그리고 기독교도 여자아이들을 쫓아다니면 안 돼. 알았지?"

아이들은 가만히 서 있는 유태인 소년을 뒤에 남겨둔 채 다시 걷기 시작했다. 소년은 유태인 특유의 커다란 갈색 눈을 굴리면서 조그맣게 중얼거렸다.

"기가 막혀서!"

소년은 자기를 기독교도든 유태인이든 여자애들을 쫓아다닐 만큼 어른으로 생각하다니 정말 기가 막힌다는 표정으로 "기가 막혀서", "기가 막혀서"를 계속 중얼거리며 제 갈 길을 갔다.

아이들은 계속 어슬렁거리며 걸으면서 여자아이 문제를 생각해 낸 큰 애를 음험한 눈으로 바라보았다. 그가 음담패설을 늘어놓을지 궁금했다. 그런데 그 아이가 미처 입을 열기도 전에 동생 닐리의 말소리가 프랜시의 귀에 들려왔다.

"나는 저 애를 알아. 저 애는 순종 유태인이야."

닐리는 좋아하는 유태인 바텐더를 두고 아빠가 그렇게 말하는 걸 들은 적이 있다.

"순종 유태인 같은 건 없어."

큰 아이가 반박했다.

"그렇긴 해. 그러나 만일 순종 유태인이 남아 있다면, 아마 저 애가 순종 유태인일 거야."

닐리는 다른 사람 생각에 동조하면서도 동시에 자기 견해를 내세울 줄 아는 장점이 있어서 주위 사람들에게 인기가 좋았다.

"순종 유태인은 있지를 않아. 만일이라고 할 수도 없어."

큰 애가 말했다.

"예수님도 유태인이었대."

닐리가 엄마가 한 말을 인용해서 대꾸했다.

"하지만 다른 유태인들이 갑자기 생각을 바꿔서 예수님을 죽였잖아."

커다란 아이가 단호한 어투로 말했다.

신학논쟁이 깊어지려는 바로 그 때, 한 소년이 양동이를 들고 험볼트 거리에서 에인슬리 거리로 가고 있는 모습이 눈에 띄었다. 양동이 위는 깨끗한 천으로 덮여 있었다. 양동이 한쪽 귀퉁이 위로 쭈뼛 솟아오른 막대기 하나가 눈길을 끌었다. 막대기 끝에는 비스킷 여섯 개가 흔들흔들 깃발처럼 매달려 있었다. 큰 아이가 명령을 내리자 닐리 패거리가 우르르 비스킷 파는 아이를 향해 달려가기 시작했다. 그러자 소년이 걸음을 멈추고 그 자리에 서더니 입을 크게 벌리고 소리쳤다.

"엄마!"

갑자기 이층 창문이 열리더니, 가슴이 커다란 여자가 윗몸을 쑥 내밀고 소리쳤다.

"우리 애 건들지 말고 다른 곳으로 썩 꺼져, 이 개자식들아!"

프랜시가 두 손을 들어 재빨리 귀를 막았다. 고백실에 들어가 신부님한테 가만히 서서 상소리를 들었다는 사실을 고백거리로 만들고 싶지 않았기 때문이다.

"아주머니, 우린 아무 짓도 하지 않았어요."

닐리가 엄마도 손들게 만드는 애교스런 웃음을 띠면서 말했다.

"물론 아무 짓도 안 하겠지. 내가 쳐다보는 동안은……"

가슴 큰 여자는 조금도 감정을 누그러뜨리지 않고 아들을 향해 소리쳤다.

"너는 이층으로 올라와. 낮잠 자는 걸 방해하면 어떻게 되는지 한번 본때를 보여줄 테다."

비스킷 파는 소년이 이층으로 올라가자, 패거리들은 다시 천천히 걷기 시작했다.

"정말 사나운 아줌마군."

커다란 아이가 머리를 획 돌려 창문을 바라보며 말했다.

"그래, 맞는 말이야."

다른 아이들이 맞장구쳤다.

"우리 아빠도 아주 사나워."

조그만 아이가 말했다.

"누가 물어봤니?"

커다란 아이가 관심 없다는 어투로 대꾸했다.

"그냥 그렇다는 거야."

조그만 아이는 미안하다는 식으로 말꼬리를 흐렸다.

"우리 아빠는 사납지 않아."

닐리가 말하자, 아이들이 웃었다.

패거리는 계속 천천히 걷다가 가끔씩 멈추고는 숨을 크게 들이쉬며 뉴타운 개천에서 나는 냄새를 맡았다. 뉴타운 개천은 그랜드 거리 위로 흐르는 좁은 개울이었다.

"세상에! 개울에서 지독한 냄새가 나."

큰 아이가 말했다.

"정말 그래!"

닐리는 새삼 감탄스럽다는 듯 대꾸했다.

"이 세상에서 제일 냄새 고약한 개울이 바로 저 개울일 거야."

다른 아이가 허풍을 떨었다.

"그래."

프랜시도 조그맣게 "그래, 맞아!"하고 중얼거렸다. 그러나 프랜시는 그 냄새가 있어서 근처에 냇가가 있다는 사실을 알 수 있었다. 더럽긴 하지만, 그래도 바다로 흘러드는 강물과 합쳐지는 개울이었다. 그 지독한 악취야말로 저 먼바다를 항해하는 배와 모험을 암시해주지 않는가! 그래서 프랜시는 그 냄새가 좋았다.

드디어 아이들은 내야가 희미하게 그려진 공터에 도착했다.

작은 노랑나비 한 마리가 풀 위를 날아다니고 있었다. 움직이거나 날아다니는 것, 헤엄치는 것이나 기어다니는 것이면 무엇이든 잡으려는 인간의 본능에 따라, 아이들은 나비를 쫓아가서 나비를 향해 너덜너덜한 모자를 던졌다. 닐리가 나비를 잡았다. 아이들은 잠시 열을 내서 나비를 구경했지만 곧 흥미를 잃고 네 명이 할 수 있게 자신들이 고안해낸 야구경기를 시작했다.

아이들은 욕설을 퍼붓고 땀을 흘리고 서로 때리면서 열심히 놀았다. 실력 없는 아이가 떨어져 나가면 나머지 아이들은 그 애를 놀리면서 자기 실력을 과시했다. 토요일 오후만 되면 브루클린 야구단에서 백 명이나 되는 모집책들을 거리로 내보내 공터에서 경기하는 아이들을 지켜보다가 장래성 있는 아이를 뽑아낸다는 소문이 돌고 있었다. 그리고 브루클린 아이들 가운데는 미국 대통령이 되는 것보다 브루클린 야구단에 들어가고 싶어하는 아이들이 더 많았다.

얼마 안 가, 프랜시는 야구구경 하는 데 싫증이 났다. 아이들은 저녁 먹으러 집에 돌아갈 때까지 서로 싸우고 놀리고 자기 실력을 과시하며 놀 것이었다. 이제 2시가 되었다. 도서관 사서가 점심 먹고 돌아올 시간이다. 프랜시는 기쁜 마음으로 도서관을 향해 발길을 돌렸다.

_2

도서관은 약간 낡은 조그만 건물이었다. 아름답다는 생각이 들었다. 프랜시는 도서관에 올 때마다 성당 갈 때와 똑같은 기분을 느꼈다. 문을 열고 안으로 들어서면, 가죽으로 묶인 책 냄새와 풀 냄새, 신선한 잉크 냄새가 뒤섞여 몰려왔다. 성당 미사의 향냄새보다 훨씬 더 향긋했다.

프랜시는 세상의 모든 책이 이 도서관 안에 다 있는 줄 알고 있었다. 그래서 이 도서관에 있는 책들, 다시 말해 세상의 모든 책을 몽땅 다 읽기로 작정하고 있었다. 프랜시는 하루 한 권씩 알파벳 순서대로 읽었다. 재미없는 책도 빠뜨리지 않고 읽었다. 프랜시가 기억하건대, 첫 번째 작가는 A줄 제일 앞에 있는 아보트(Abbott)였다. 프랜시는 아직 B줄을 읽고 있었다. 벌(bee)과 물소(buffaloes), 버뮤다(Bermuda), 그리고 비잔틴(Byzantine) 건축양식에 관한 것들은 이미 읽었다. 프랜시가 아무리 정신을 집중해도 개중에는 굉장히 이해하기 어려운 책들도 있었다. 그래도 프랜시는 읽는 것 자체가 좋았다. 그래서 아무 책이나 닥치는 대로 읽었다. 어떤 책은 꽤 읽을 만했다. 루이스 알코트가 쓴 책은 모두 재미있었다. 프랜시는 Z줄이 끝나면 처음부터 다시 읽을 계획이었다.

토요일은 특별한 날이다. 알파벳 순서를 무시하고 도서관 사서에게 추천을 부탁해서 책을 읽는 사치를 마음껏 누리는 날이었다.

프랜시는 도서관에 들어선 다음, 도서관에서는 으레 그래야 하는 것처럼 조용히 문을 닫았다. 그리고 사서가 앉아 있는 책상모서리에 놓인 조그마한 황금빛 갈색 단지를 재빨리 바라보았다. 그 단지를 보면 계절을 알 수 있었다. 가을이면 노박덩굴 가지가, 크리스마스 절기에는 호랑가시나무가 단지 안에 꽂혀 있었다. 밖에는 아직 눈이 덜 녹고 남아 있더라도 단지에 버들개지가 꽂혀 있으면, 프랜시는 봄이 오고 있다는 걸 느낄 수 있었다. 1912년 여름의 토요일인 오늘은 단지 안에 무엇이 꽂혀 있을지 궁금했다. 단지 쪽으로 눈길을 돌려, 가는 초록색 줄기와 둥글게 생긴 작은 잎사귀들을 쳐다보았다…… 한련이다! 단지 안에는 붉은색, 노란색, 유백색의 한련이 꽂혀 있었다. 너무 아름다워서 눈이 아파올 지경이었다. 평생 잊지 못할 것 같았다.

'나중에 나이를 먹으면 나도 저런 황금빛 갈색 단지를 사야지. 그리고 무더운 8월이 되면 한련을 꽂아놔야지.'

프랜시는 매끄러운 느낌이 좋은 책상 가장자리에 손을 올려놓았다. 그리곤 새로 깎아 가지런히 놓인 연필과 깨끗한 초록색 공책, 크림빛이 감도는 하얀색 항아리, 차분하게 꽂힌 카드, 그리고 선반에 다시 꽂히길 기다리고 있는 반환 도서들을 바라보았다.

대출장부 옆에는 날짜표시가 있는 신기한 연필이 동그마니 놓여 있었다.

'그래, 나중에 나이를 먹어서 내 집이 생기면 값비싼 의자나 레이스 달린 커튼 같은 걸로 장식하지 않을 거야. 고무나무 같은 것도 필요 없어. 거실에 이런 책상 하나만 놓으면 돼. 그래서 토요일 밤마다 그 위에 깨끗한 초록색 공책과 길게 깎은 노란색 연필을 가지런히 놓아두는 거야. 그리고 아름다운 꽃나무가 꽂힌 황금빛 갈색 항아리를 그 옆에 놓아야지. 그리고 책들은……'

프랜시는 일요일에 볼 책을 골랐다. 브라운(Brown)이라는 작가

가 쓴 책이었다. 대충 더듬어보니, 지난 몇 달 동안 계속 브라운이
란 사람들이 쓴 책만 읽었다. 이제 B줄은 거의 다 읽었을 걸로 여겼
는데 다음 선반을 쳐다보니 브라우니(Browne)라는 작가의 책들이
꽂혀 있었고, 그 다음에는 브라우닝(Browning)이라는 작가의 책들
이 쭈르르 있었다. 신음소리가 절로 흘러나왔다. 빨리 C칸으로 들
어가서, 예전에 슬쩍 넘겨본 적이 있는 스릴 넘치는 코렐리(Corelli)
의 작품들을 읽고 싶었다. '과연 내가 C줄에 도달할 수 있을까? 하
루에 두 권씩 읽으면 어떨까? 어쩌면……'

프랜시는 책상 앞에 서서 한참 동안 기다렸다. 마침내 사서가 관
심을 보이며 퉁명스레 물었다.

"뭐니?"

"이 책이요. 이 책을 빌리고 싶어요."

프랜시는 책 뒷면을 펼쳐서 봉투 안에 든 작은 카드를 꺼내 사서
에게 건네주었다. 사서는 아이들이 책을 내놓을 때 이런 식으로 하
게 했다. 이렇게 하면 하루에도 몇 백 권의 책을 펴 그 표지 뒤쪽에
달린 봉투에서 몇 백 개의 카드를 꺼내는 수고를 덜 수 있기 때문이
다.

사서가 카드를 받아 도장을 찍고 책상 사이 홈 안으로 밀어 넣었
다. 그런 다음 프랜시의 대출카드에 도장을 찍고 다시 돌려주었다.
하지만 프랜시는 카드를 받고 나서도 책상 앞을 떠나지 않았다.

"왜 그러니?"

사서가 눈길도 주지 않은 채 말했다.

"여자아이들이 보면 좋을 책 한 권 추천해주시겠어요?"

"몇 살이니?"

"열한 살이요."

매주 토요일마다 프랜시는 똑같이 부탁하고 사서는 똑같이 질문했다. 사서는 카드에 적힌 이름은 물론이고 아이 얼굴을 쳐다보는 수고도 하고 싶어하지 않았기 때문에, 매일 책 한 권씩을 빌리고 주말마다 두 권씩을 빌리는 꼬마 소녀를 기억하지 못했다. 누구보다 도서관을 사랑하는 프랜시는 도서관에서 일하는 여성도 똑같이 숭배하고 싶었다. 그래서 사서가 한 번이라도 웃음 띤 얼굴로 쳐다보거나 친절하게 대꾸했다면 아마 틀림없이 굉장히 기뻤을 것이다. 하지만 사서는 관심 없다는 얼굴로 언제나 무뚝뚝하게 물었다.

프랜시는 사서가 책상 아래로 손을 넣는 모습을 잔뜩 기대에 찬 눈으로 바라보았다. 사서가 책 한 권을 책상 위로 내밀었다. 맥카시의 〈내가 왕이라면〉이었다. 아, 정말 다행이다! 지난주까지 〈그로스탁의 비버리〉를 연속 3주 동안 내놓았기 때문이다. 하지만 〈내가 왕이라면〉은 아직 두 번밖에 읽지 않았다. 추천해달라고 부탁하면 사서는 이 두 권만을 번갈아 추천했다.

프랜시는 도서관 밖으로 나와 계단에 주저앉아 읽고 싶은 유혹을 간신히 누르고는 책을 꼭 끌어안고 서둘러 집으로 걸어갔다. 드디어 집에 도착했다. 이제 일주일 내내 갈망하던, 비상구 계단에 앉아 보낼 수 있는 시간이 왔다. 프랜시는 비상구에 조그만 깔개를 깔아놓은 다음, 침실에 있던 베개를 가져와 난간에 기대놓았다. 다행히 얼음상자에 얼음이 남아 있었다. 프랜시는 작은 얼음 조각 하나를 집어서 물컵에 넣었다. 그리고 금이 가긴 했지만 앙증맞게 예쁜 파란 그릇에는 페퍼민트 향내가 향긋한 사탕을 담았다. 아침에 산 사탕이었다. 프랜시는 얼음이 담긴 물컵과 사탕이 담긴 그릇과 책 한 권을 창문턱에 올려놓고는 비상구로 기어올라갔다. 일단 그곳으로 나가면 나무에 가려 위층에서도 아래층에서도, 심지어 바로 옆층에 있는 사람도 프랜시를 볼 수 없지만 프랜시는 나뭇잎 사이로 뭐든 볼 수 있었다.

햇빛이 눈부시게 내리쬐는 오후였다. 바다 냄새가 실린 나른하고 따뜻한 바람이 불어왔다. 그러자 나뭇잎들이 흔들리면서 하얀 베개 위에 무늬를 그려 넣었다. 마당에는 아무도 없었다. 기분이 좋았다. 프랜시는 따뜻한 공기를 들이마셨다. 그리고 춤추는 듯한 나뭇잎 그림자를 바라보며 사탕을 입안에 넣었다. 책을 집어들었다. 읽는 중간에 가끔씩 물잔을 들고 한 모금씩 홀짝홀짝 마셨다.

프랜시는 입안에 맛있는 사탕을 넣은 채 나뭇잎 그림자가 한들한 들 흔들리는 한가로운 오후에 아무도 없는 비상계단에서 좋아하는 책을 읽는 자신이 너무나 평화롭고 행복하게 느껴졌다. 4시 무렵이 되자 공동주택 층마다 생기가 돌기 시작했다. 프랜시는 나뭇잎 사 이로 커튼이 쳐지지 않은 창문을 들여다보았다. 남자들이 종종걸음 으로 나갔다가는 흘러내리는 차가운 맥주잔을 들고 다시 종종걸음 으로 돌아오는 모습이 보였다. 아이들이 들락날락하며 고깃간과 식 료품가게, 빵가게를 오가는 모습도 보였다. 여자들이 전당포에 맡 겨두었던 커다란 촛대를 가지고 들어오는 모습도 보였다. 남자들이 입을 양복들도 다시 집으로 돌아왔다. 월요일이 되면 다시 다음 한 주 동안 전당포에 맡겨질 양복들이었다. 전당포에서는 일주일치 이 자를 받아 꽤 재미를 보는 대신, 양복에 솔질을 해서 좀이 슬지 않 도록 일주일 동안 장뇌 옆에 걸어놓았다. 월요일에 전당포로 들어 와서 토요일에 나갈 때마다 전당포 주인 티미 아저씨에게는 10센트 의 이자가 들어왔다. 이 일이 매주 되풀이되었다.

프랜시는 젊은 아가씨들이 남자 친구를 만나러 나갈 준비를 하는 모습도 지켜보았다. 목욕탕이 없었기 때문에 아가씨들은 속옷 차림으로 부엌 싱크대 앞에 서서 머리 위로 물을 붓고는 등뒤로 팔을 돌려 몸 구석구석을 닦았다. 구부린 팔이 멋진 곡선을 그렸다. 곳곳의 창문에서 여러 아가씨들이 그런 식으로 몸을 씻고 있어서 무슨 엄숙한 의식을 올리는 것같이 보였다.

그 때 프레이버네 마차가 옆집 마당으로 들어서는 게 보였다. 프랜시는 책읽기를 멈추었다. 멋진 말을 바라보는 것은 책읽기만큼이나 재미있는 일이었다. 옆집 마당에는 자갈이 깔려 있고, 그 마당 구석 쪽에 정말로 품위 있는 마구간이 있었다. 마당 입구 쪽에는 양철로 만든 이중문이 세워져 있었다. 그리고 자갈 깔린 마당 끝 쪽 거름을 뿌려 놓은 곳에서는 예쁜 장미덩굴과 옅은 빨간색으로 빛나는 양아욱이 자라고 있었다. 마구간은 근처 어느 집보다 멋졌고, 마당은 윌리엄스버그에 있는 다른 어떤 마당보다 아름다웠다.

이윽고 문이 짤까닥 닫히는 소리가 들렸다. 검은 갈기와 꼬리에 반지르르한 갈색 털을 가진 말이 먼저 눈에 들어왔다. 뒤이어 조그만 마차가 보이기 시작했다. 마차 양옆에는 '치과의사 프레이버 박사'라는 글자와 함께 주소가 금박으로 적혀 있었다. 이 날씬한 마차는 물건을 배달하는 마차가 아니다. 하루종일 천천히 거리를 돌아다니며 광고를 하는 마차였다. 한 마디로 말해서, 걸어다니는 광고판이었던 것이다. 마차를 모는 사람은 프랭크였다. 프랭크는 동화에 나오는 멋진 왕자처럼 장밋빛 뺨에다 굉장히 잘생긴 얼굴을 하고 있어서 처녀들에게 인기 있는 사내였다. 프랭크가 하는 일은 사람들이 양옆에 적힌 이름과 주소를 읽을 수 있도록 마차를 천천히 몰고 다니는 게 전부였다. 그래서 사람들은 의치를 하거나 이를 뺄 때, 마차에 적힌 주소를 보고 프레이버 박사를 찾아왔다.

말 보브가 발을 번갈아 들었다놓았다 하면서 참고 기다리는 동안, 프랭크는 느긋하게 겉옷을 벗고 가죽으로 된 앞치마를 둘렀다. 먼저 마구를 끌러 마구간 위에 걸쳐놓았다. 그리곤 커다란 노란색 스펀지를 물에 적셔 말을 닦기 시작했다. 보브는 씻는 게 좋은지, 따사로운 햇살을 받으며 가만히 서 있다가 가끔 앞발로 마당을 차서 자갈에 불똥이 일게 만들었다. 프랭크가 말의 갈색 등에 물을 퍼부은 다음 등을 닦으면서 중얼거리는 소리가 들렸다.

"가만히 있어, 보브. 그래야 착한 아이지. 자, 이리 돌아. 그래, 그래. 이제 됐어!"

보브가 프랜시가 알고 있는 유일한 말은 아니었다. 에비 이모의 남편 윌리 플리트만 이모부 역시 말을 몰았다. 드러머라는 이름을 가진 말이었는데, 드러머는 우유마차를 끌었다. 윌리와 드러머는 프랭크와 보브 같은 친구 사이가 아니었다. 이들은 매일 밤마다 어떻게 하면 상대를 괴롭힐까를 궁리하며 다음날을 기다리는 것 같았다. 윌리 이모부는 기회 있을 때마다 드러머의 험담을 하곤 했다. 그걸 들으면, 드러머가 밤에 우유회사 마구간에서 밤새도록 잠도 안 자고 윌리를 괴롭힐 궁리만 한다는 생각이 들 수밖에 없었다.

프랜시는 사람이나 애완동물을 놓고 비슷하게 생겼을 주인이나 애완동물을 상상하는 놀이를 좋아했다. 브루클린에서 가장 인기 있는 애완동물은 조그만 하얀 푸들이었다. 푸들을 기르는 여자는 대개 작고 포동포동한 데다 하얀 피부를 가지고 있었으며, 두 눈에는 푸들처럼 지저분한 눈곱이 끼여 있었다. 엄마에게 피아노를 가르치는 작은 체구의 밝고 쾌활한 할머니인 틴몰 선생은 선생네 부엌에 걸어두고 애지중지하는 새장 속의 카나리아처럼 생겼다. 프랭크가 말로 변한다면 보브하고 똑같은 모습을 하고 있을 터였다. 아직까지 윌리 이모부가 모는 말을 본 적은 없지만, 프랜시는 그 말이 어떻게 생겼을지 충분히 짐작이 갔다. 윌리 이모부처럼 드러머 역시 조그맣고 여윈 체구에 흰자위가 너무 많아 초조한 듯한 눈을 가지고, 항상 홀쩍거리곤 할 게 분명했다. 프랜시는 애써 윌리 이모부 생각을 머리에서 떨쳐버렸다.

거리에는 열댓 명은 됨직한 사내아이들이 철문에 매달려 이 근방에서 한 마리밖에 없는 말이 목욕하는 모습을 바라보고 있었다. 프랜시에게는 아이들 모습이 보이지 않았지만 그들의 말소리는 들을 수 있었다. 애들은 점잖은 말을 두고 끔찍한 말들을 늘어놓았다.

한 아이가 말했다.

"저 말, 순하고 얌전해 보이지? 그런데 안 그래. 얌전한 척하면서 프랭크가 쳐다볼 때만 기다리고 있는 거야. 그러다가 기회가 오면 입으로 물고 발로 차서 프랭크를 죽이고 말 거야."

이번에는 다른 아이 목소리가 들렸다.

"맞아. 어제 저 말이 갓난아기를 짓밟고 달리는 걸 봤어."

세 번째로 들려온 목소리의 주인공은 훨씬 더 풍부한 상상력을 가지고 있었다.

"나는 저 말이 하수구 옆에 앉아서 사과 팔던 할머니를 해치는 걸 봤어. 사과도 모두 엉망이 되고 말이야."

잠시 후 세 번째 목소리의 주인공이 다시 말하는 소리가 들렸다.

"저 말한테 이마 장식을 씌운 건 사람들이 조그맣다는 걸 볼 수 없게 하려고 그런 거야. 만일 사람들이 작다는 걸 알면 저 말은 아마 보는 사람마다 몽땅 다 죽이려고 달려들 거야."

"저 이마 장식 때문에 사람이 조그맣게 보인다구?"

"부랄처럼 작게."

"말도 안 돼……"

아이들은 모두 지금 자기가 거짓말을 하고 있다는 걸 알고 있었다. 하지만 다른 아이들이 하는 말은 진짜라고 믿었다. 아이들은 보브가 의젓하게 서 있는 모습만 지켜보자니 점차 지겨워졌다. 그래서 한 아이가 돌을 집어 말에게 던졌다. 그러자 보브의 털에 작은 물결이 일었다. 프랭크가 돌아보며 점잖게 꾸짖었다.

"쫓겨가기 싫으면 그렇게 하지 마. 말은 너희를 괴롭히지 않잖니?"

"괴롭히지 않는다구요?" 한 아이가 발끈해서 소리쳤다.

"그래, 괴롭히지 않아."

"야, 너나 꺼져!"

제일 어린 아이가 프랭크에게 확실한 도전장을 던졌다.

하지만 프랭크는 말 엉덩이에 물을 뿌리며 계속 점잖은 목소리로 말했다.

"너희들, 그만 다른 데로 갈래, 아니면 나한테 엉덩이를 맞고 도망갈래?"

"누구 엉덩이? 네 엉덩이?"

"네 놈들 엉덩이!"

갑자기 프랭크가 몸을 굽혀서 조그만 돌멩이 하나를 집어들고 던질 것처럼 팔을 치켜들었다. 아이들이 뒷걸음질치며 투덜거렸다.

"여기는 자유로운 나라야."

"물론이지. 하지만 거리가 너희 건 아니야."

"우리 삼촌은 경찰이야. 삼촌한테 이를 거야."

"빨리 안 꺼질래?"

프랭크는 별반 관심도 없다는 식으로 대꾸하고는 돌멩이를 조심스럽게 다시 제자리에 놓았다. 나이 많은 아이들은 싫증이 났는지 다른 곳으로 갔다. 하지만 꼬맹이들은 안 가고 계속 남아 있었다. 프랭크가 말에게 먹이 주는 모습이 보고 싶었기 때문이다.

프랭크는 목욕을 다 끝내고 말을 나무 밑 그늘에 데려가 목에다 먹이가 가득 담긴 포대기를 걸어주었다. 그리고 나서 〈그대를 연인이라 부르게 해주오〉를 휘파람으로 불며 마차를 씻으러 갔다. 이 소리가 신호라도 된 듯, 놀란네 아래층에 사는 플로시 가디스가 창문 밖으로 고개를 내밀고 쾌활한 목소리로 불렀다.

"안녕!"

프랭크는 그 목소리의 임자가 누군지 알고 있었다. 그래서 한참 동안 가만히 있다가 위를 쳐다보지도 않고 "안녕!"하고 대답한 다음 플로시가 자기를 볼 수 없게 마차 저쪽으로 돌아갔다.

하지만 플로시의 목소리는 계속 그 뒤를 따라갔다.

"오늘 일은 다 끝났니?"

"조금 있으면."

"토요일이니까 오늘밤에는 진탕 놀겠구나."

대답이 없었다.

"너같이 잘생긴 남자한테 애인이 없을 리 없겠지."

대답이 없었다.

"샴록 클럽에서 오늘 밤 큰 파티가 열린대."

"그래서?"

프랭크는 관심 없다는 투로 대답했다.

"나한테 입장권이 두 장 있어."

"미안해. 이 몸은 할 일이 많은 몸이야."

"집에서 노친네랑 말동무하는 일?"

"그럴지도 모르지."

"나쁜 자식!"

플로시가 창문을 탕! 닫았다. 그러자 프랭크가 안도의 한숨을 쉬었다. 지겨운 대화가 끝나 다행스럽다는 표정이 역력했다.

프랜시는 플로시가 안됐다고 생각했다. 프랭크에게 골백번도 더 퇴짜를 맞았는데도 플로시는 여전히 희망을 포기하지 않았다. 플로시는 언제나 남자들 뒤꽁무니를 쫓아다녔다. 하지만 남자들은 한결같이 플로시에게서 도망다니느라 바빴다. 프랜시의 이모인 시시 이모 역시 남자들 뒤꽁무니를 쫓아다녔다. 하지만 플로시하고는 다르게 시시 이모의 유혹에 넘어가는 남자들도 가끔씩 있었다.

두 사람 사이에 차이가 있다면 그것은 플로시가 남자에게 너무 굶주렸다면 이모는 적당히 굶주렸다는 것이다. 그것은 조그만 차이였지만 결과에는 굉장히 큰 차이가 있었다.

_3

아빠는 다섯 시에 집에 왔다. 프랭크가 말과 마차를 프레이버네 마구간 안에 집어넣은 지도 벌써 한참 전이다. 프랜시 또한 책도 다 읽고 사탕도 다 먹었다. 늦은 오후 햇살이 낡은 담장 위를 부드럽게 비추었다. 여러 시간 동안 햇빛과 바람을 쐰 베개는 따뜻하고 감촉이 좋았다. 프랜시는 뺨을 베개에 갖다댔다. 이제 집안으로 들어갈

시간이 되었다. 아빠는 언제나 그랬듯이 〈몰리 말론〉을 부르며 들어
왔다. 자기가 돌아온다는 사실을 사람들에게 알리기라도 하려는 듯
이 계단을 올라오면서 부르는 노래였다.

　　아름다운 도시 더블린에는
　　아름다운 소녀들이 살고 있었네.
　　나는 그곳에서 그 여인을 처음 보았다네……

　프랜시는 아빠가 그 다음 소절을 부르기 전에 애써 반가운 웃음
을 지으면서 문을 열었다.
　"엄마는 어디 갔니?"
　아빠는 집에 올 때마다 항상 엄마가 어디 있냐고 물었다.
　"시시 이모와 쇼 구경 갔어요."
　"아!"
　실망한 목소리였다. 아빠는 엄마가 집에 없으면 언제나 실망했
다.
　"아빠는 오늘 밤 클로머 씨 댁에서 일한다. 성대한 결혼피로연이
있어."
　아빠가 옷소매로 중절모를 닦아서는 벽에 걸었다.
　"웨이터 일이에요? 노래 부르는 일이에요?"
　프랜시가 물었다.
　"둘 다야. 깨끗한 웨이터 앞치마가 있니, 프랜시?"
　"깨끗한 게 하나 있는데 다림질이 안 됐어요. 제가 다려 드릴게
요."
　프랜시는 의자 두 개 위에 다리미판을 올려놓고 다리미를 달구었

다. 그리곤 린넨으로 만든 끈이 달려 있고 밑 쪽에 주름을 댄 웨이터 앞치마를 가져와서 물을 뿌렸다. 프랜시는 다리미가 달궈지는 동안, 커피를 데워서 아빠에게 한 잔 갖다 주었다. 아빠는 커피를 마시며 아빠 몫으로 남겨둔 설탕 뿌린 롤빵을 먹었다. 아빠는 오늘밤에 일을 하면서 멋진 저녁을 보낼 수 있다는 사실에 아주 들뜬 것 같았다.

"오늘 같은 날은 선물을 받아서 굉장히 기분이 좋은 날 같아."

"정말이에요? 아빠."

"따뜻한 커피는 놀랍지 않니? 커피가 생기기 전에는 사람들이 어떻게 살았을까?"

"저도 커피에서 나는 냄새가 좋아요."

"이 빵은 어디서 샀니?"

"윙글러 씨네요. 왜요?"

"빵이 갈수록 더 맛있어지는구나."

"유태인 빵이 남았어요. 한 조각."

"잘됐구나!"

아빠가 빵 조각을 집어서 뒤집어보았다. 조합상표가 붙어 있는 게 보였다.

"조합에 가입한 제과업자가 만든 빵은 역시 괜찮아."

아빠가 상표를 뗐다. 그러더니 갑자기 생각이 났다는 식으로 말했다.

"내 앞치마에도 조합표식이 있지!"

"여기 솔기에 꿰매져 있어요. 제가 다려 드릴게요."

"그 표식은 멋진 장식 같아. 장미를 달고 있는 것처럼 말이야. 여기 웨이터조합 단추를 봐라."

색깔 바랜 풀빛 단추가 옷깃에 달려 있었다. 아빠는 옷소매로 단추를 닦았다.

"조합에 들기 전에는 고용주가 주는 대로 받았어. 한푼도 임금을 안 주는 사람들도 있었지. 팁만 받아도 충분하다는 거야. 심지어 일자리를 준다는 명분으로 되려 돈을 요구하는 곳도 있었어. 팁이 많이 나오는 곳이니 돈을 받고 웨이터 자리를 팔아먹겠다는 거지. 그래서 조합에 들어간 거야. 네 엄마가 조합비를 아까워하는 건 옳지 않아. 조합에서는 팁에 상관없이 고용주가 임금을 꼭 지불하는 곳에만 일자리를 얻어주거든. 노동조합이 앞으로 더 많이 생겨야 해."

"정말 그래요, 아빠."

프랜시는 다림질을 하면서 아빠가 하는 말에 맞장구를 쳤다.

아빠가 하는 이야기는 정말 재미있었다.

프랜시는 노동조합 사무실을 떠올렸다. 아빠에게 웨이터 앞치마와 일할 곳까지 타고 갈 차비를 건네주려고 딱 한 번 거기에 간 적이 있었다. 그 때 조합 사무실 안에서는 아빠말고도 여러 사람들이 앉아 있었다. 아빠는 언제나 턱시도를 입고 다녔다. 아빠가 가진 단벌 양복이었다. 아빠는 까만 중절모를 멋지게 치켜올린 채 담배를 피우고 있다가 프랜시가 들어오는 걸 보고는 모자를 벗고 담배를 끄면서 말했다.

"우리 딸이 왔구나."

아빠가 자랑스럽게 말했다. 앉아 있던 다른 웨이터들이 낡은 옷차림의 말라깽이 여자아이를 쳐다보고는 서로 눈길을 나누었다. 그들은 아빠와 달랐다. 그들은 평일에 항상 일할 수 있는 고정된 일자리가 있었고, 토요일 밤에는 부업을 해서 부수입을 올리는 사람들이었다. 하지만 아빠에게는 평일에 근무할 웨이터 자리가 없었다.

계속 여기저기 기웃거리며 하룻밤 일할 자리를 찾아다녀야 했다.

"사실 말이지, 우리 애 둘은 정말 착해. 거기다 집사람은 예쁘고 말이야. 하지만 나는 그다지 좋은 아빠, 좋은 남편이 아닌 것 같애."

아빠가 말했다.

"너무 심란해하지 말게, 친구."

한 사람이 아빠 등을 두드리며 말했다.

프랜시는 한쪽 구석에 있던 두 사람이 아빠를 놓고 쑥덕이는 걸 엿들었다. 키 작은 사람이 말하는 소리가 들렸다.

"저 친구가 자기 아내와 아이들 이야기하는 소릴 들어봐. 저렇게 말도 안 되는 소리를 지껄이다니, 정말 웃기는 친구야. 보수는 집에 있는 마누라에게 갖다 주지만 팁은 술 마시는 데 써버린다더군. 저 친구, 맥게러티와 재미있는 계약을 했대. 자기가 받은 팁을 맥게러티에게 몽땅 주고 맥게러티는 저 친구에게 마시고 싶은 만큼 술을 준다는 거야. 그런데 재미있는 건 맥게러티가 이익인지 저 친구가 이익인지 아무도 모른다더군. 하지만 내 생각에는 저 친구한테 훨씬 유리한 약속 같애. 저 친군 굉장한 술꾼이거든."

이렇게 주고받으면서 두 사람은 밖으로 걸어나갔다.

프랜시는 마음이 아팠다. 하지만 아빠 주위에 있는 사람들이 아빠를 좋아하는 얼굴로 웃음을 띠고 아빠가 하는 말에 귀기울이는 모습을 보자, 아픔이 약간 가셨다. 프랜시는 금방 나간 두 사람을 빼고는 모두가 아빠를 사랑한다는 걸 느낄 수 있었다.

그렇다. 모두 다 아빠를 사랑했다. 아빠는 가락이 고운 노래를 감미롭게 부르는 가수였다. 사람들은 누구나, 특히 아일랜드 출신 사람들은, 중년의 나이에 접어든 아빠에게 많은 관심과 사랑을 기울였다. 웨이터 동료들 또한 아빠를 좋아했다. 아빠에게 시중 받는 사람들도 역시 아빠를 좋아했다. 엄마와 프랜시와 동생 닐리도 아빠를 사랑했다. 아빠는 아직까지는 성격이 밝고 쾌활한 미남이었다. 엄마는 아빠를 못살게 굴지 않았고, 프랜시와 동생은 아빠를 부끄럽게 여기지 않았다.

프랜시는 노동조합 사무실을 찾아갔을 때의 기억을 떨쳐버렸다. 그리곤 다시 아빠가 하는 말에 귀를 기울였다. 아빠는 지난 일들을 떠올리고 있었다.

"내 말을 들어봐. 아빠는 실패한 인생이야."

싸구려 담배에 불을 부친 다음 아빠가 다시 입을 열었다.

"아빠 가족은 먹을 식량이라곤 하나도 안 남았던 그 해, 아일랜드를 떠났지. 증기선 회사를 운영하던 친구분이 할아버지를 미국까지 데려다 주겠다고 하더래. 일자리가 기다리는 미국으로 말이야. 취직한 다음에 월급을 받아서 뱃삯을 지불하면 된다면서…… 그래서 할아버지와 할머니는 미국으로 오게 됐지. 하지만 할아버지도 아빠와 똑같았어. 한 직장에서 오래 버티지 못한 거야."

아빠가 잠시 입을 다물고 담배를 빨았다.

프랜시는 조용히 다림질을 했다. 프랜시는 아빠가 혼잣말을 한다는 걸 알았다. 아빠는 프랜시가 이해하길 기대하지 않았다.

단지 누군가 자기 말을 들어줄 사람이 필요했을 뿐이다. 매주 토요일이면 아빠는 매번 똑같은 말을 늘어놓았다. 술을 마시고 들어오는 평일에는 들어올 때나 나갈 때나 아무 말도 하지 않았다. 하지만 오늘은 토요일, 아빠가 이야기를 늘어놓는 날이었다.

"우리 가족은 읽고 쓰는 법을 몰랐어. 나 역시 초등학교 6학년을 겨우 마쳤을 뿐이고. 할아버지가 돌아가셔서 학교를 그만두어야 했거든. 그 점에서 볼 때, 너희 남매는 운이 좋은 편이야. 어떻게 해서든 너희들에게는 끝까지 학교 공부를 시킬 테니 말이야."

"정말 그런 것 같아요, 아빠."

"아빠 그때 12살짜리 아이였어. 아빠는 술집에서 술 취한 사람들을 위해 노래를 불렀단다. 그러면 그들이 아빠에게 동전을 던져주었지. 그 뒤로 아빠는 이 술집, 저 식당으로 옮겨다니면서…… 음식도 나르고…… 노래도 불렀지."

아빠가 다시 깊은 생각에 잠겨 들었다. 잠시 침묵이 흘렀다.

"아빠는 진짜 가수가 되고 싶었단다. 눈부신 조명이 비치는 무대에서 노래 부르는 가수 말이다. 하지만 아빠는 교육을 못 받아서 그런 데서 노래를 부르려면 어떻게 해야 하는지 몰랐어. 네 할머니는 늘 내게 주어진 일이나 잘 하라는 식이었지. 일할 자리가 있는 걸 다행으로 알라고 하면서 말이다. 그래서 아빠는 이리저리 다니며 노래하는 웨이터 일을 계속했지. 하지만 이 일은 항상 있는 일이 아니야. 차라리 평범한 웨이터였다면 훨씬 좋았을 텐데…… 그래서 아빠는 술을 마신단다."

이치에 맞지 않는 결론이었다.

프랜시는 뭔가 물어볼 듯한 얼굴로 고개를 들고 아빠를 바라보았다. 하지만 아무 말도 꺼내지 않았다.

"아빠가 술을 마시는 이유는 이제 두 번 다시 어떤 기회도 오지 않을 걸 알기 때문이야. 아빤 다른 사람들처럼 트럭운전 하는 법도 몰라. 내 덩치론 순경과 잘 지낼 수도 없고. 아빠는 그저 노래 부르고 싶을 때 슬링 맥주집에 가서 노래를 부를 뿐이야. 아빠가 술을 마시는 이유는 감당하기 힘든 무거운 짐 때문이지."

또다시 오랜 침묵이 흘렀다. 이윽고 아빠가 속삭이는 목소리로 다시 입을 열었다.

"나는 행복한 사람이 아니야. 아내와 자식이 있는데도 나는 열심히 일하지 않아. 나는 절대 가족을 원하지 않았어."

프랜시는 다시 마음이 아팠다. 그럼 아빠는 나나 닐리를 전혀 원하지 않았단 말인가?

"나 같은 사람이 무엇 때문에 가족을 원했겠니? 하지만 난 네 엄마와 사랑에 빠져버렸어. 아, 물론 네 엄마를 나무라는 게 아니야. 네 엄마가 없었다면 힐디 오데어와 사랑에 빠졌을 테니까. 네 엄마는 아직도 힐디를 질투하는 것 같더구나. 하지만 아빠는 엄마를 만나자마자, 힐디에게 당신은 당신 길을 가고 나는 내 길을 가자고 말했단다. 그리고 나서 네 엄마와 결혼했지. 그래서 아이를 낳았지. 네 엄마는 정말 좋은 사람이야, 프랜시. 그걸 잊으면 안 돼."

프랜시도 엄마가 좋은 사람이란 걸 잘 알고 있다. 엄마도 그걸 알고 있고, 아빠 역시 그렇게 말한다.

하지만 엄마보다 아빠가 더 좋은 건 무엇 때문일까? 왜 그럴까?

아빠는 좋은 아빠가 아니었다. 아빠 역시 그 사실을 인정했다. 그래도 프랜시는 아빠가 더 좋았다.

"그래, 네 엄마는 열심히 일해. 나는 네 엄마는 물론이고 우리가 낳은 아이들도 사랑해."

프랜시는 다시 행복한 기분을 느꼈다.

"하지만 남자에겐 좀더 멋진 인생을 살고 싶은 욕심이 있는 법이란다. 언젠가는 조합에서 자기 시간을 충분히 가질 수 있는 일자리를 모두에게 마련해줄 거야. 하지만 내가 살아 있는 동안에는 그런 일이 일어날 것 같지 않아. 지금은 계속 죽도록 일만 하거나 건달노릇을 하거나 둘 중 하나야…… 중간은 없어. 내가 죽으면 나를 오래 기억할 사람도 없을 거야. 아무도 '그 사람은 가족을 사랑하고 노동조합에 확신을 갖고 있던 사람이었어' 하고 말하지 않겠지. 사람들은 고작해야 이런 말을 지껄이겠지. '정말 안됐어. 하지만 결국은 술주정뱅이인 한심한 건달이었지.' 그래, 사람들은 고작해야 이런 말이나 지껄일 거야."

가만히 정적이 감돌았다. 아빠는 인생을 너무 빨리 포기하는 경향이 있다. 아빠가 고통스런 몸짓으로 커튼이 안 쳐진 창문 밖으로 타다 만 담배를 던졌다. 그리곤 머리를 구부정하게 수그리고 조용히 다림질하는 어린 딸을 바라보았다. 아이의 야윈 얼굴에 아스라한 슬픔이 어려 있는 걸 보니, 찌르르 마음이 아파왔다. 아빠가 가까이 다가와 프랜시의 야윈 어깨를 팔로 감싸며 다시 입을 열었다.

"이러면 어떨까? 오늘밤에 팁을 많이 받으면, 월요일에 경마장에 가서 돈을 거는 거야. 우승한 말에 2달러를 걸면 10달러를 벌 수 있어. 그리고 나서 또다른 말에 그 돈을 거는 거야. 그것도 이기면 100달러가 되잖아. 아빠가 머리를 잘 쓰고 운만 따라준다면 500달러는 거뜬히 벌 수 있을 거야."

조니는 딸에게 자기 꿈을 이야기하면서, 지금 이 꿈이 한낱 망상에 지나지 않는다는 걸 알고 있었다.

하지만 아, 얼마나 멋진 꿈인가! 내가 말한 대로 모든 게 이루어진다면 얼마나 좋을까!

"그 다음에는 아빠가 어떻게 할지 아니, 프리 마돈나?"

프랜시의 얼굴에 행복한 웃음이 떠올랐다. 프랜시가 아기였을 때 울음소리에 변화무쌍한 선율이 담겨 있어 아름답다며 직접 붙여준 별명을 아빠가 불렀기 때문이다.

"아니요, 아빠. 어떻게 하실 건데요?"

"널 데리고 여행을 떠날 거야. 너랑 나랑 단 둘이, 프리 마돈나. 목화꽃이 활짝 핀 남부로 가자꾸나."

말하고 나니, 그럴싸한 문장이라는 생각이 들어 기분이 좋은 듯, 아빠가 다시 반복해서 말했다.

"목화꽃이 활짝 핀 남부로 가자꾸나."

하지만 어디서 많이 듣던 구절이었다. 가만히 생각해보니 조니 자신이 즐겨 부르는 노래구절이었다. 조니는 주머니에 손을 찔러 넣고 휘파람을 불며 패트 루니처럼 발로 왈츠 박자를 맞추며 노래를 부르기 시작했다.

······눈같이 하얀 들판에서,
부드럽고 나지막한 흑인들의 노랫소리 들어보오.
나는 그곳에서 살고 싶어,
누군가 나를 기다리는 그곳에서.
목화꽃 활짝 핀 남부로 가고 싶어.

프랜시는 아빠의 뺨에 부드럽게 입을 맞추면서 속삭이듯 말했다.

"아, 아빠, 아빠를 정말 사랑해요."

그러자 조니는 야윈 딸을 꼭 껴안았다. 다시 마음이 찌르르 아팠다.

"아, 하느님! 아, 하느님! 나는 정말 너무 나쁜 아빠야."

하지만, 조니는 다시 마음의 평정을 되찾고는 딸에게 농담을 했다.

"그렇다고 해서 아빠 앞치마를 다림질 해주지 않는 건 아니겠지?"

"다 됐어요, 아빠."

프랜시가 앞치마를 정사각형으로 조심스레 접으며 대답했다.

"집에 돈이 좀 있니, 애야?"

프랜시가 선반에 놓여 있는 깨진 컵을 들여다보았다.

"5센트짜리 동전 하나와 몇 페니가 있어요."

"7센트만 갖고 가서 셔츠 가슴판과 종이 칼라를 사다 주겠니?"

프랜시는 양품점에 가서 아빠가 오늘밤에 사용할 린넨보를 샀다. 셔츠 가슴판은 모슬린에 풀을 빳빳하게 먹여 만든 것으로, 칼라 단추와 조끼를 이용해서 목둘레에 고정시켰다. 이것은 웨이터들이 셔츠 대신 한 번 쓰고 버리는 것이었다. 또 종이 칼라라고는 하지만 꼭 종이로 만들어서 그런 이름이 붙은 건 아니었다. 물수건으로 닦아 여러 번 다시 쓸 수 있어서 가난한 사람들이 잘 찾는 셀룰로이드 칼라와 구분하려고 그렇게 불렀을 뿐이다. 종이 칼라는 얇은 삼베 천에 풀을 먹인 것이다. 종이 칼라는 셀룰로이드 칼라하고 다르게 한 번 쓰면 버려야 했다.

프랜시가 돌아오니, 아빠는 말끔하게 면도를 끝내고, 물을 묻혀서 머리를 넘기고 반짝반짝할 정도로 신을 닦아놓고 속옷도 깨끗한 것으로 갈아입고 있었다. 다림질도 하지 않은 데다 등에 커다란 구멍까지 났지만, 깨끗하고 좋은 냄새가 나는 속옷이었다. 아빠는 의자 위에 올라서서 찬장 꼭대기에 놓인 작은 상자를 꺼냈다. 상자 안에는 엄마가 결혼선물로 준 진주 장식핀이 들어 있었다. 아빠는 아무리 상황이 나빠져도 이 장식핀만은 절대 전당포에 맡기지 않았다.

프랜시는 아빠가 셔츠 가슴판에 장식핀 다는 것을 도와주었다. 아빠는 엄마와 결혼하기 전, 힐디 오데어에게서 선물 받은 금으로 만든 칼라단추로 윙칼라를 고정시켰다. 이 칼라단추도 아빠가 애지중지하는 것이었다. 아빠는 짙은 검은색 비단을 목에 대고 능숙한 솜씨로 나비 넥타이를 만들었다. 다른 웨이터들은 탄력 좋은 천으로 미리 만들어놓은 나비 넥타이를 사용했다. 하지만 아빠는 그렇게 하지 않았다. 다른 웨이터들은 하얀 셔츠에 얼룩이 묻은 걸 그냥 입기도 하고, 깨끗하긴 하지만 다림질이 어설픈 셔츠를 입기도 했으며 칼라 역시 셀룰로이드 칼라를 사용했다. 하지만 아빠는 그렇게 하지 않았다. 아빠는 얼룩 한 점 없는 셔츠를 입었다. 비록 잠시 동안이었지만.

드디어 아빠가 옷을 다 입었다. 금빛 머리칼에서는 윤기가 흘렀다. 세수하고 면도를 해서 그런지 아빠한테 신선하고 청결한 냄새가 났다. 아빠가 양복을 걸치고 단추를 채웠다. 견으로 된 턱시도 옷깃 사이로 실밥이 삐져나왔다. 하지만 바지 주름이 저렇게 완벽하고 저다지도 멋진 아빠를 보면, 어느 누가 옷깃에 실밥이 살짝 삐져나온 걸 눈치챌 수 있겠는가? 프랜시는 광택이 번쩍번쩍한 아빠의 검정구두를 바라보았다. 그리고 아랫단을 접지 않은 바지가 뒷굽 위로 늘어진 모습을 살펴보았다. 보통 바지하고 달리 바짓가랑이가 발등 위로 아주 멋들어지게 늘어져 있었다. 프랜시는 아빠를 한번 자랑스러운 눈으로 바라보고 나서 포장하는 데 쓰려고 보관해둔 깨끗한 종이를 꺼내서 그 안에 다림질한 앞치마를 조심스럽게 쌌다.

프랜시는 전차 정거장까지 아빠와 함께 걸어갔다. 아가씨들이 아빠를 쳐다보고 눈웃음을 치다가 꼬마 여자애가 손을 잡고 함께 걸어가는 걸 보고 당황한 얼굴을 했다. 잡일을 하는 아내의 남편이자 항상 굶주려 있는 두 아이의 아빠가 아니라 한량 같은 아일랜드 출신 미남 청년으로 보였던 것이다.

프랜시는 아빠 손을 잡고 가브리엘 철물점을 지나다가 잠시 걸음을 멈추고 창문 너머로 보이는 스케이트를 구경했다. 엄마는 절대 이런 걸 구경하려고 시간을 내는 일이 없었다. 하지만 아빠는 달랐다. 아빠가 나중에 스케이트를 사줄 것처럼 이야기했다. 그런 다음 모퉁이를 향해 걸어갔다. 그레이엄 거리로 가는 전차가 오자, 아빠는 전차가 느려지는 속도에 맞추어 발을 천천히 옮기면서 정류장 쪽으로 걸어갔다. 전차가 다시 출발하자, 아빠는 승강구에 서서 한 손으로 손잡이를 잡은 다음 상체를 내밀고 프랜시에게 손을 흔들었다. 프랜시는 아빠처럼 멋있는 사람은 아무도 없다고 생각했다.

프랜시는 저녁때가 다 되어 돌아온 엄마에게 라셔 제과점에서 본, 발이 더러운 노인 이야기를 했다.

그러자 엄마가 대답했다.

"말도 안 돼. 나이를 먹었다고 그렇게 비극적인 건 아니야. 이 세상에 노인이 그 사람뿐이라면 그렇게 말할 수 있겠지. 하지만 다른 노인들도 많아. 우리하고도 말동무하며 지낼 수 있는 노인들이지. 노인이라고 꼭 불행하게 사는 건 아니야. 노인들은 우리하고 생각이 달라. 우리는 이런 저런 욕심이 많지만, 노인들은 따뜻하고 부드러운 음식을 먹을 수 있고 말동무와 지난 일을 이야기할 수 있기를 바라는 정도지. 그러니 그런 바보 같은 생각은 그만 해. 확실한 건 결국은 우리 모두 늙을 거라는 거야. 너도 한시바삐 이 사실에 익숙해지도록 해라."

프랜시는 엄마가 옳다는 걸 알았다. 엄마는 항상 옳은 말을 했다.

4

얼마 후 닐리가 집으로 돌아왔다. 프랜시는 동생과 함께 주말에 먹을 고기를 사러 나가야 했다.

아주 중요한 일이었기 때문에, 엄마는 프랜시와 닐리를 불러서 주의사항을 꼼꼼히 일러주었다.

"헤슬러 정육점에 가서 국물 우릴 뼈 5센트어치만 사오너라. 그러나 간 고기는 거기서 사면 안 된다. 간 고기는 워너 정육점에 가서 사. 등심으로 10센트어치 갈아 달래라. 접시에 담겼던 고기는 절대 받아오면 안 된다. 그리고 양파 하나를 가져가거라."

프랜시와 닐리는 정육점 점원이 관심을 보일 때까지 한참 동안 카운터 앞에 서 있었다.

"뭘 줄까?"

마침내 점원이 물었다.

"등심 10센트어치 주세요."

"갈아놓은 걸로 줄까?"

"싫어요."

"좀 전에 어떤 아줌마가 등심 간 것 다섯 근을 사 갔단다. 그런데 내가 너무 많이 갈아서 나머지를 접시에 담아두었어. 꼭 10센트어치야. 지금 막 간 거야."

엄마가 빠져들면 안 된다고 신신당부한 함정이었다. 정육점 점원이 뭐라고 말하든 접시에 있던 건 사면 안 된다.

"싫어요. 엄마가 그냥 등심 10센트어치 사 오라고 했어요."

점원은 화난 얼굴로 고기 한 점을 툭 쳐서 잘라내 무게를 단 다음, 종이에 올려놓고 막 싸려고 했다.

바로 그 때 프랜시가 떨리는 목소리로 말했다.

"아참, 깜빡 잊었어요. 엄마가 갈아달라고 했어요."

"빌어먹을 계집애……"

점원이 또 속았다는 쓸쓸한 표정으로 고기를 집어서 기계에 밀어넣었다. 기계에서 신선한 붉은 색 고기가 나선 모양으로 나왔다. 점원이 고기를 손으로 받아 종이 위에 던져놓고 막 싸려고 하는데……

"저기요, 엄마가 그 속에다 이 양파를 갈아넣어서 가져 오랬어요."

프랜시가 집에서 가져 온 껍질 벗긴 양파를 카운터 앞에다 내밀었다. 닐리는 옆에서 아무 말도 하지 않고 가만히 서 있었다.

닐리의 역할은 소리 없이 누나를 응원하는 것이다.

"하느님, 맙소사!"

점원이 정말 짜증난다는 듯이 고기 속에다 양파를 넣은 다음, 고기 가는 기계 속에다 밀어 넣었다. 날 두 개가 규칙적으로 돌아가면서 고기 가는 모습은 언제 보아도 신기했다. 점원이 다시 고기를 손에 받아 종이 위에다 탁 던졌다. 그리고 프랜시를 노려보았다. 프랜시는 잔뜩 긴장했다. 이제 제일 힘든 마지막 부탁이 남아 있었다. 점원은 무슨 말이 나올지 안다는 듯 짜증스런 표정으로 가만히 기다렸다. 프랜시는 단숨에 말해버렸다.

"그리고고기튀길쇠기름한조각도달래요."

"망할 자식들."

점원이 중얼거리면서, 하얀 기름 한 조각을 베내더니 복수할 요량이었는지, 일부러 바닥에 떨어뜨렸다가 주워서 고깃덩이 한가운데다 탁 놓았다. 그리곤 신경질을 내면서 고깃덩이를 싼 다음 돈을 낚아채듯 받아서는 금전출납기에 넣으려고 주인 있는 쪽으로 걸어가면서 정육점 점원으로 살아야 하는 자신의 처지를 저주했다.

닐리와 프랜시는 간 고기를 사고 나서, 이번에는 국물 우릴 뼈를 사려고 헤슬러 정육점으로 갔다. 헤슬러 정육점은 뼈라면 믿을 수 있었지만 갈아서 파는 고기는 그렇지 않았다. 헤슬러 씨가 가게 안쪽에서 문을 닫고 고기를 갈기 때문에 그 고기가 어떤 고긴지 알 도리가 없었다. 고기 꾸러미는 닐리가 들고 밖에서 기다렸다. 꾸러미를 보면 헤슬러 씨가 딴 정육점에서 고기를 산 걸 눈치채고 뼈도 그곳에 가서 사라며 빈정거릴 게 뻔했기 때문이다. 프랜시는 일요일에 국물 내서 먹을 걸로 고기가 좀 붙은 좋은 뼈 5센트어치만 달라고 말했다.

헤슬러 씨는 프랜시가 기다리는 동안, "어떤 사람이 와서 개고기 2센트어치를 달라고 하길래, 포장해서 가져갈 거요, 아니면 여기서 먹을 거요"하고 물었다는 시답지 않은 농담을 늘어놓았다. 프랜시는 수줍은 표정으로 공손한 웃음을 짓고 있었다. 기분이 좋아진 정육점 주인은 냉장고에서 양끝에 빨간 살코기가 약간 달려 있고 골수도 많이 든 색깔 좋은 뼈다귀를 꺼내며 말했다.

"엄마한테 이걸 삶아서 안에 든 골수를 꺼내 빵 조각 위에 올려놓고 후추와 소금을 치면 아주 맛있는 샌드위치가 된다고 말해라."

"엄마한테 그렇게 전할게요."

"그렇게 해서 먹으면 네 뼈에 살이 좀 붙을 거야. 하, 하, 하."

뼈를 싸서 건네주고 돈을 받은 다음, 정육점 주인은 소시지 한쪽을 두껍게 잘라 프랜시에게 덤으로 주었다. 프랜시는 이렇게 친절한 사람을 속이고 다른 집에서 고기를 산 게 미안했다. 이런 친절한 사람이 갈아서 파는 고기를 믿지 않다니, 엄마가 정말 너무하다는 생각이 들었다.

아직 이른 시간이라 가로등이 켜지지는 않았다. 하지만 고추냉이를 파는 아줌마는 벌써 고추냉이를 들고 와서 헤슬러 정육점 앞에 앉아 있었다. 프랜시가 2센트와 함께 집에서 가져온 컵을 내밀었다. 노파가 고추냉이를 반 컵 정도 채워주었다. 프랜시는 고기 사는 일이 끝난 걸 홀가분하게 여기며 채소가게로 가서 국에 넣을 푸성귀 2센트어치를 샀다. 시들어빠진 당근과 시든 배춧잎, 물렁물렁한 감자, 어린 파슬리 가지도 샀다. 이 채소들을 뼈와 함께 넣고 끓이면 살점이 둥둥 떠다니는 맛있는 국을 만들 수 있다. 여기에다 고기기름과 집에서 만든 국수도 넣을 것이다. 이 국과 함께 양념한 골수를 빵에 얹어 먹으면, 일요일 저녁의 멋진 정찬을 즐길 수 있게 된다.

튀긴 프리카들렌과 토마토, 부서진 파이, 커피로 저녁을 먹은 다음, 닐리는 패거리들과 놀기 위해 바깥으로 나갔다. 무슨 신호가 있거나 약속을 했던 것도 아닌데, 남자아이들은 저녁을 먹고 나면 항상 길모퉁이로 모여들었다. 이들은 저녁 내내 주머니에 손을 꽂고 어깨를 앞으로 꾸부정하게 구부린 채 말씨름을 하다가 서로 밀고 잡아당기며 폭소를 터트리기도 하고 휘파람 소리에 맞추어 지그춤을 추기도 했다.

모디 도나반이 함께 고백성사 받으러 가자며 프랜시를 찾아왔다. 모디는 부모가 없는 고아로 독신인 고모 둘과 함께 살았다. 두 고모는 장의사의 하청을 받아 집에서 여자 수의를 만들며 생계를 유지했다. 이들이 하는 일은 수의에다 술을 다는 일이었다. 죽은 사람이 처녀일 때는 하얀 술을 달고, 결혼한 지 얼마 안 된 사람일 때는 옅은 자주색 술을, 중년일 때는 짙은 자주색을, 노인일 때는 검은색을 달았다. 모디가 쓰고 남은 수의 몇 조각을 가져왔다. 프랜시가 그걸로 뭔가 만들고 싶어할 거라고 생각한 것이다. 프랜시는 억지로 기쁜 척하면서 소름이 오싹 끼치는 걸 참으며 번쩍거리는 인조견 수의 조각들을 한쪽으로 치워놓았다.

성당 안은 향 태우는 냄새와 초 타는 냄새로 자욱했다. 수녀가 제단에 싱싱한 꽃을 꽂아 놓았다. 성모님을 모신 제단에는 제일 멋진 꽃이 꽂혀 있었다. 수녀들은 예수님이나 요셉 성인보다 성모님을 더 좋아했다. 고백실 밖에는 신자들이 줄지어 서 있었다. 아가씨들과 청년들은 빨리 고백성사를 끝내고 데이트하러 나갈 수 있기만 바라고 있었다. 오플린 신부가 있는 고백실 앞에 이어진 줄이 가장 길었다. 젊고 친절하며 참을성이 많아서 고백하기에 가장 편한 신부였기 때문이다.

드디어 차례가 왔다. 프랜시는 두터운 커튼을 밀고 들어가 고백대에 무릎을 꿇었다. 사제가 죄인과 사제 사이를 가로막은 작은 문을 열고 격자창문 건너편에서 성호를 긋고 나서 눈을 감고 라틴어를 빠르고 단조롭게 중얼거리기 시작했다. 향과 초가 타는 냄새, 그리고 질 좋은 신부복과 사제의 얼굴에 바른 남성 로션냄새가 뒤섞여서 코끝을 간지럽혔다.

"사제는 죄인에게 강복하소서, 제가 지은 죄는⋯⋯"

프랜시는 서둘러 죄를 고백하고 그만큼 빨리 죄에서 벗어났다. 그리고 양손을 단정하게 앞으로 깍지끼고 고개를 숙인 채 밖으로 나왔다. 그런 다음 제단 앞에 무릎을 꿇고 묵주기도를 올리기 시작했다. 자개로 된 묵주를 들고 손가락으로 알을 굴리면서 기도를 올렸다. 기도한 횟수를 세야 하기 때문이다.

프랜시에 비해 하루 일과가 훨씬 단순한 모디는 고백할 죄와 보속할 게 얼마 안 되는지, 계단에 앉아서 밖으로 나오는 프랜시를 기다리고 있었다. 프랜시와 모디는 서로 허리에 팔을 끼고 걸었다. 브루클린에서는 여자친구들끼리 이렇게 하고 걸어다녔다.

모디가 1페니가 있다며, 아이스크림 샌드위치를 사서 프랜시에게 한 입 주었다. 모디는 이제 집으로 돌아가야 했다. 고모들이 저녁 8시 이후로는 거리를 돌아다니지 못하게 했다. 프랜시는 모디와 다음 토요일에도 함께 고백성사를 보러 가자고 약속하고 헤어졌다.

"잊지 마. 이번에는 내가 부르러 왔으니까 다음 번에는 네가 부르러 올 차례야."

모디가 뒤를 돌아보며 다짐을 받았다.

"알았어, 잊지 않을게."

프랜시가 약속했다.

 _5

프랜시는 잠자리에 들기 전에 닐리와 함께 성서와 셰익스피어 한 쪽씩을 읽어야 했다. 역시 엄마가 세운 규칙이었다. 프랜시와 닐리가 혼자서 읽게 될 때까지는 엄마가 손수 매일 밤 성서와 셰익스피어 한 쪽씩을 읽어주곤 했었다. 시간을 절약하려고 닐리가 성서 한 쪽을, 프랜시는 셰익스피어 한 쪽을 나눠 읽었다. 프랜시와 닐리가 지난 6년 동안 이런 식으로 계속 읽었으므로 성서 절반과 셰익스피어 전집 가운데 맥베스까지 읽을 수 있었다. 프랜시와 닐리는 서둘러 읽었다. 그리고 11시까지 일을 할 아빠를 제외하고 식구들 모두가 잠자리에 들었다.

프랜시는 토요일 밤만은 거실에서 잘 수 있었다. 프랜시는 거리에 있는 사람들이 보이도록 창문 앞에 의자 두 개를 나란히 놓아 잠자리를 만들었다. 그렇게 누워 있으면 옆집에서 나는 소리들이 들렸다.

사람들이 집에 돌아와서 지친 몸을 질질 끌며 자기 방으로 가는 소리, 가볍게 계단을 뛰어오르는 소리, 현관에서 넘어진 다음 찢어진 현관 깔개에 대고 욕하는 소리, 아기가 기운 없이 울어대는 소리, 아래층에서 술 취한 남자가 여자이름을 부르는 소리들이 들려왔다.

새벽 두 시가 되자 아빠가 가만히 노래부르며 계단 올라오는 소리가 들렸다.

……사랑스런 몰리 말론.
그녀는 외바퀴 손수레를 타고,
넓고 좁은 거리들을 지났네.
울면서……

아빠가 '울면서……'를 부를 때, 엄마가 문을 열었다. 이것은 아빠가 즐겨하는 놀이로, 아빠가 노래를 다 부르기 전에 문을 열면 우리가 이기고 노래를 다 부를 때까지 문을 못 열면 아빠가 이기는 일종의 시합이었다.

프랜시와 닐리가 잠자리에서 나와 온 가족이 식탁에 둘러앉았다.

아빠가 식탁 위에 3달러를 올려놓고 아이들에게 5센트씩을 주었다. 엄마는 그날 용돈은 이미 받았다며 지금 받은 돈은 깡통저금통에다 넣으라고 했다. 아빠가 피로연에 손님 몇 명이 오지 않아 손대지 않은 음식이라며 종이봉지에 넣어 온 음식을 식탁 위에 올려놓았다. 신부가 웨이터들에게 나눠주었다는 것이다. 봉지 안에서 바닷가재 요리 절반과 튀긴 굴 다섯 개, 철갑상어알 약간, 로크포크 치즈 한 조각이 나왔다. 프랜시와 닐리는 바닷가재를 좋아하지 않았다. 그리고 튀긴 굴은 식어서 별 맛이 없었고 철갑상어 알은 너무 짰다. 그래도 둘 다 배가 몹시 고팠기 때문에 식탁에 놓인 음식을 남김없이 다 먹어치웠다. 프랜시와 닐리는 씹을 수만 있다면 못도 삼킬 수 있을 정도였다.

음식을 다 먹고 나서야 프랜시는 다음날 아침 미사가 끝날 때까지 뭘 먹으면 안 된다는 사실이 생각났다. 신부님에게 죄를 고백하고 나서 죄를 씻는 보속으로 묵주기도와 금식을 지시 받았던 것이다. 이제 프랜시는 영성체를 할 수 없게 되었다. 이건 다음주에 사제에게 고백해야 할 진짜 죄였다.

닐리는 침대로 돌아가 금방 다시 잠들었다. 프랜시는 어두운 거실로 가서 창문 옆에 앉았다. 잠이 오지 않았다. 엄마와 아빠는 부엌에 앉아 있었다. 거기서 새벽녘까지 이야기를 나눌 것이다. 아빠가 오늘밤에 본 사람들 이야기를 하는 소리가 들렸다. 프랜시네 가족은 생활에 굶주려 있었다. 물론 주어진 생활은 철저하게 즐겼다. 하지만 그것으로 부족했다. 그래서 눈에 띈 다른 모든 사람들의 생활을 가족의 생활 안으로 끌어들여야 했다.

엄마와 아빠는 밤을 새우며 얘기꽃을 피우곤 했다. 높아졌다 낮아졌다 하는 말소리를 듣다 보면 밤마다 찾아드는 걱정거리가 사라지고 마음이 진정되었다. 새벽 세 시가 되었다. 거리는 아주 조용했다.

거리 건너편에 사는 어떤 아가씨가 남자친구와 함께 댄스 파티에 갔다가 돌아와 현관문 앞에서 서로 아무 말 없이 포옹을 하고 가만히 서 있었다. 그러다가 아가씨가 몸을 뒤로 기대 자신도 모르는 새 그만 초인종을 누르고 말았다. 그러자 아가씨 아빠가 속옷 차림으로 나와서 청년에게 낮지만 아주 모욕적인 어조로, 할 일 없으면 집에 가서 발 닦고 잠이나 자라고 말했다. 청년이 휘파람으로 〈오늘밤 내가 그대를 홀로 사랑할 때〉를 부르며 거리를 내려가는 동안, 아가씨가 킥킥 웃으며 미친 듯이 이층으로 뛰어올라갔다.

전당포를 경영하는 토모니 씨가 흥청망청 돈을 써대며 뉴욕의 밤을 즐기고 나서 2인승 마차를 타고 집으로 돌아왔다. 토모니 씨는 유능한 지배인이 운영하는 전당포를 상속받았지만 그 전당포에 가본 적은 한번도 없었다. 토모니 씨 같은 부자가 왜 가게 윗방에서 사는지는 아무도 몰랐다. 어쩌면 비참하게 살아가는 이웃들 속에서 유독 자기만 귀족처럼 살아가는 게 즐거워서 그럴지도 모른다는 생각이 들었다. 실내 수리하는 아저씨 말에 따르면, 토모니 씨네 방에는 조각과 유화, 모직으로 만든 새하얀 양탄자가 있다고 한다. 토모니 씨는 독신이다. 평소에는 아무도 그를 본 사람이 없다. 심지어 토요일 저녁에 밖으로 나가는 모습을 본 사람도 없었다. 단지 프랜시와 순찰 경관만이 그가 토요일 밤늦은 시간이나 일요일 새벽에 집으로 돌아오는 모습을 보곤 했을 뿐이다. 토모니 씨가 돌아오는 모습을 혼자 보고 있노라니, 프랜시는 마치 극장에서 영화를 보는 것 같은 기분이 들었다.

커다란 실크모자는 귀 뒤로 넘어가 있었고, 팔 밑에 찔러 넣은 지

팡이의 은손잡이는 가로등 불빛을 받아 번쩍거렸다. 토모니 씨가 하얀 비단으로 만든 상의 주머니에서 돈을 꺼냈다. 마부는 지폐를 받더니 채찍 끝을 모자에 갖다 대고 인사하고 나서 마차를 몰고 떠나갔다. 토모니 씨는 마치 마차와 함께 행복이 멀어지기라도 하는 듯, 떠나가는 마차 뒷모습을 가만히 지켜보았다. 그리고 나서 화려한 장식물로 가득한 이층 방으로 올라갔다.

신선한 산들바람이 바다 쪽에서 브루클린으로 불어왔다. 이탈리아계 주민들이 마당에 닭을 기르는 북쪽 저 멀리에서 수탉이 홰치는 소리가 들렸다. 그러자 멀리서 개 짖는 소리가 들리고, 마구간에서 편안히 자고 있던 보브가 히힝거리는 소리도 들렸다. 프랜시는 토요일이 좋았기 때문에 잠자리에 드는 것으로 이날 하루를 끝내야 하는 게 싫었다. 벌써 다음 일주일에 대한 공포가 마음을 불안하게 만들기 시작했다. 프랜시는 이번 토요일에 겪었던 여러 가지 일을 기억 속에 단단히 집어넣었다. 물론 빵을 기다리다 보게 된 노인에 대한 기억도 빠뜨리지 않았다.

토요일 밤을 뺀 나머지 6일 동안은 간이 침대에서 자야 했다. 그러면 통풍구를 통해서 다른 층에 사는 어린애 같은 신부가 원숭이 같이 생긴 트럭운전사 신랑과 다투는 소리가 들려올 것이다. 애처로운 간청과 사나운 윽박지름이 한 차례 지나고 잠시 침묵이 흐르고 나면, 신랑은 코를 골기 시작하고 신부는 새벽녘까지 숨죽여 흐느낄 것이다.

프랜시는 신부가 흐느끼는 모습이 떠오르자 자기도 모르게 몸을 부르르 떨면서 손으로 귀를 막았다.

그러다가 아직은 토요일이며, 그래서 통풍구로 소리가 들리지 않는 거실에 있다는 사실이 생각났다. 그래, 아직은 토요일이야. 월요일이 되려면 아직 멀었어. 황금빛 갈색 항아리에 꽂혀 있던 한련과 햇볕을 받으며 몸을 씻기고 나서 그늘 속에 서 있던 말을 생각하다 보면 평화로운 일요일이 다가올 거야. 점차 졸음이 몰려왔다. 프랜시는 엄마와 아빠가 부엌에서 나누는 이야기소리에 귀를 기울였다.

엄마와 아빠는 과거를 더듬고 있었다.

"당신을 처음 만났을 때, 나는 열일곱이었어요. 그 때 나는 캐슬 노끈공장에서 일하고 있었지요."

엄마가 말했다.

"그 때 나는 열아홉이었어. 당신 친구인 힐디 오데어와 사귀고 있었지."

아빠 목소리였다.

"그래요, 힐디 오데어."

엄마가 코방귀를 뀌며 말했다.

따뜻한 바람이 달콤하게 불어와 프랜시의 머리카락을 부드럽게 쓰다듬었다. 프랜시는 창틀 위에 팔을 구부리고 그 위에 뺨을 눕혔다. 그리곤 고개를 들어 지붕 너머 높은 하늘 위에 뜬 수많은 별을 바라보았다. 잠시 후, 프랜시는 깊은 잠에 빠져들었다.

 —6

조니 놀란이 케이티 로멜리를 처음 만난 것은 12년 전인 1900년 여름의 일이다. 그 때 조니는 열아홉 살, 케이티는 열일곱 살이었다. 케이티는 캐슬 노끈공장에서 일하고 있었다. 케이티의 가장 친한 친구인 힐디 오데어도 그 공장에서 함께 일했다. 힐디는 아일랜드 출신이고 케이티 부모는 오스트리아 출신이었지만, 두 사람은 아주 친하게 지냈다. 케이티는 얼굴이 예뻤고, 힐디는 성격이 시원시원했다. 머리카락이 누런 힐디는 목에 새빨간 나비 넥타이를 매고 껌을 짝짝 씹는 걸 좋아했다. 최신곡까지 포함해 모르는 노래가 없었고 춤도 아주 잘 추었다.

힐디에게는 남자친구가 있었다. 남자친구는 토요일 밤마다 힐디를 무도회에 데리고 갔다. 이 남자친구가 바로 조니 놀란이었다. 조니는 이따금 공장 밖에서 힐디를 기다리곤 했다. 그럴 때면 언제나 친구 몇 명과 함께 와서는 골목길에 서서 이런 저런 농담을 주고받으며 기다렸다.

어느 날 힐디는 조니에게 다음 번에 춤추러 갈 때는 자기와 제일 친한 친구인 케이티와 춤출 파트너 한 명을 데려오라고 부탁했다. 조니는 힐디의 부탁을 들어주었다. 그래서 이들 네 사람은 전차를 타고 카나리아 군도로 갔다. 남자들은 끈 달린 밀짚모자를 쓰고 있었는데 강한 바닷바람이 심하게 부는 통에 모자가 자주 날아갔다. 그들에게는 젊음의 생명력으로 가득한 웃음이 끊이질 않았다.

조니는 힐디와 춤추었다. 그러나 케이티는 새로 소개받은 파트너와 춤추지 않았다. 케이티가 화장실에 갔다 오니까 "화장실에 빠진 줄 알았다"고 말할 정도로 멍청한 속물이었기 때문이다. 하지만 그 남자가 맥주를 사겠다는 것은 거절하지 않았다. 케이티는 탁자에 앉아서 힐디와 함께 춤추는 조니를 바라보며, 조니처럼 멋있는 남자는 없다고 생각했다.

늘씬한 다리와 반짝거리는 구두가 무엇보다 눈에 띄었다. 끝이 뾰족한 구두였는데, 구두 신은 조니의 두 발이 멋진 음악에 맞춰 완벽한 로큰롤을 추었다. 하지만 계속 춤만 추기에는 너무 더운 날씨였다. 조니가 웃옷을 벗어 의자 뒤에 걸쳐놓았다. 그러자 엉덩이에 딱 달라붙는 바지와 벨트 위쪽으로 하얀 셔츠가 나타났다. 게다가 빳빳하게 세워진 칼라 위로 물방울무늬 넥타이를 매고 있었다. 밀짚모자와 아주 잘 어울렸다. 탄력 있는 옷감에 옅은 푸른빛 덧단을 단 소매도 정말 멋있었다. 그러나 힐디가 선물한 것이라 생각하니 질투가 일었다. 옅은 푸른색이라면 지금도 쳐다보고 싶지 않을 정도로.

케이티는 계속 조니만 쳐다보고 있었다. 젊고 잘빠진 몸매에 푸른 눈동자와 곱슬한 금발이 깊이 인상에 남는 미남이었다. 코가 똑바로 선 데다가 어깨도 넓고 반듯했다. 옆에 앉은 여자들이 조니를 바라보며 멋들어진 남자라고 이야기하는 소리가 들렸다. 심지어 옆자리 여자들과 함께 온 사내들까지도 조니를 바라보며 아주 멋진 녀석이라고 하고 있었다. 비록 자기 남자친구는 아니었지만, 케이티는 조니가 자랑스러웠다.

악단이 〈사랑스런 로지 오그레니〉를 연주하기 시작했다. 조니가 예의상 케이티에게 춤을 신청했다. 조니가 팔을 두른 것이 느껴지자, 케이티는 참으로 자연스럽게 조니가 이끄는 대로 몸을 움직였다. 케이티는 조니야 말로 바로 자기가 원하던 이상형이라는 사실을 단박에 깨달았다. 평생 동안 조니를 쳐다보며 살 수만 있다면 더 이상 소원이 없을 것 같았다. 케이티는 바로 이 자리에서 조니와 함께 살 수만 있다면 어떤 고생이라도 감수하겠다고 결심했다.

어쩌면 바로 이 결심이 케이티가 인생에서 저지른 가장 큰 실수일지도 모른다. 이렇게 하기보다는 케이티에게 이렇게 느끼는 괜찮은 사내가 먼저 다가오기를 기다리는 게 좋았을지도 모른다. 그러면 애들이 배고파하는 일도 없었을 것이고, 먹고살려고 청소부 일을 해야 하지도 않았을 것이며, 조니와 함께 보낸 일은 아름다운 추억으로 남았을 것이다. 그러나 케이티는 다른 어떤 남자도 기다리지 않고 조니 놀란의 마음을 빼앗기 위한 작전에 들어갔다.

케이티의 작전은 그 다음주 월요일부터 시작되었다. 작업이 끝나는 사이렌 소리가 울리자, 케이티는 힐디보다 한발 먼저 공장 밖으로 뛰어나가 모퉁이에서 기다리고 있는 조니 놀란을 보고 인사했다.

"안녕, 조니."

"안녕, 케이티."

조니가 대답했다.

그 뒤로 케이티는 날마다 힐디보다 한발 먼저 나가서 조니와 몇 마디 인사를 나누었다. 그러다 보니, 조니는 어느 사이엔가 그 몇 마디 인사를 나누려고 모퉁이에 서 있는 자신을 발견하게 되었다.

어느 날, 케이티는 작업반장에게 달거리가 있어서 몸이 찌뿌드드하니 약간 먼저 퇴근하게 해달라고 말했다. 그래서 케이티는 작업이 끝나기 15분전에 나왔다. 조니의 친구들은 모퉁이에서 기다리는 시간을 때우느라 휘파람으로 〈애니 로리〉를 부르고 있었다. 그 가운데서 조니는 주머니에 손을 찔러 넣은 채 밀짚모자를 삐딱하게 쓰고 보도 위에서 발을 구르며 왈츠를 추고 있었고, 지나가던 사람들이 구경하며 연신 감탄했다. 순찰을 돌던 경찰이 소리쳤다.

"이봐, 멋쟁이 친구. 그 정도 실력이면 무대에 올라가야지, 여기서 시간 낭비할 필요가 뭐 있어?"

조니는 케이티가 오는 게 보이자 동작을 멈추고 씨익 웃었다. 공장에서 만드는 검은 끈으로 밑에 선을 넣어 만든, 몸에 딱 달라붙는 회색 옷은 케이티를 아주 매혹적인 모습으로 만들어주었다. 특히 코르셋 커버에 달린 주름 두 줄과 함께 나선형으로 복잡하게 꼬아서 만든 검은 끈 덕택에 작은 가슴이 풍만해 보였다. 연한 붉은색 베레모와 굽 높은 양가죽 구두도 회색 옷과 잘 어울렸다. 케이티는 갈색 눈동자를 반짝이면서 흥분과 부끄러움으로 뺨이 붉게 달아오르게 만들었다. 케이티는 남자의 마음을 빼앗으려면 어떻게 보여야 하는지 잘 알고 있었다.

조니가 환호성을 지르며 케이티에게 인사했다. 다른 친구들이 자리를 비켜주었다. 케이티와 조니는 그 특별한 날 무슨 말을 나누었는지 기억하지 못한다. 어쨌든 두 사람은 달콤한 머뭇거림과 벅찬 감정을 안고 확실하진 않지만 뭔가 아주 중요한 이야기를 나눈다고 생각했다. 그러는 동안 두 사람은 서로 뜨겁게 사랑하고 있다는 사실을 깨닫게 되었다.

종료 사이렌이 울리자 여자들이 공장 정문을 통해 물밀 듯이 나오기 시작했다. 힐디가 흙갈색 옷을 입고 누런 머리카락을 길게 따서 볼썽사나운 핀으로 검정 밀짚모자를 고정시킨 모습으로 나오다가, 조니를 보고 자신만만한 웃음을 띠며 다가왔다. 그러나 조니 옆에 케이티가 있는 걸 발견하자, 웃음 띤 얼굴이 상처받고 두려움과 증오가 가득한 얼굴로 변해갔다. 힐디가 핀을 빼서 밀짚모자를 벗어들고는 두 사람에게 달려와 소리쳤다.

"조니는 내 애인이야, 케이티 노멜리. 뺏어 가면 안 돼."

"힐디, 힐디."

조니가 부드럽게 가라앉은 목소리로 힐디를 진정시키려 했다.

그러자 케이티가 갑자기 얼굴을 들고 딱 부러지게 말했다.

"여기는 자유로운 나라야!"

"도둑에게는 자유가 허용되지 않아."

힐디가 소리지르며 핀으로 케이티를 찌르려고 달려들었다.

조니가 두 여자 사이를 가로막다가 뺨을 긁혔다. 어느새 캐슬 노끈공장 여공들이 떼거지로 몰려와 암탉들이 꼬꼬댁거리며 싸우는 모습을 재미있어 죽겠다는 얼굴로 구경하고 있었다. 두 여자의 팔을 잡고 사람들이 없는 곳으로 끌고 간 조니가 계속 두 사람 사이를 떼 놓으며 말했다.

"힐디, 내가 잘못했다는 건 알아. 하지만 분명히 말하지만, 이제 내가 너와 결혼하는 건 불가능해."

"그게 다 얘 때문이야."

힐디가 눈물을 흘리며 말했다.

"아니야, 내 잘못이야. 케이티를 만나기 전까지는 참사랑이 뭔지 몰랐어."

조니가 멋들어지게 말했다.

"하지만, 얘는 나와 제일 친한 친구야."

힐디는 조니가 근친상간이라도 범한 것같이 절망하며 말했다.

"케이티는 지금 내가 제일 좋아하는 여자니까 그걸 가지고 이제 더 이상 왈가왈부할 필요 없어."

힐디가 눈물을 흘리며 따졌다. 하지만 결국 힐디를 진정시킨 조니는 어떻게 해서 자기가 케이티에게 사랑의 감정을 느끼게 되었는지 설명했다. 그리고 나서 너는 네 길을 가고 나는 내 길을 가자는 말로 끝을 맺었다. 조니 자신이 생각하기에도 멋진 말이었다. 그래서 극적인 효과를 즐기며 다시 그 말을 반복했다.

"그래, 너는 네 길을 가고 나는 내 길을 가는 거야."

"나는 내 길을 가고, 당신은 케이티의 길을 간다는 말로 들리는 군."

힐디는 신랄하게 비꼬고 어깨를 축 늘어뜨린 채 거리를 따라 내려가기 시작했다. 조니가 힐디를 뒤따라가 부드럽게 안으며 작별 키스를 했다.

"우리가 다른 관계였으면 좋았을 텐데."

조니가 슬픈 듯이 말했다.

그러자 힐디가 소리쳤다.

"마음에도 없는 말하지도 마. 진짜 그런 마음이 있다면 케이티를 멀리하고 나와 다시 사귀었겠지"

힐디가 다시 울기 시작했다.

케이티도 울었다. 어쨌든 힐디는 자기와 제일 친한 친구가 아닌가! 케이티가 가까이 걸어가서 힐디에게 입을 맞추었지만, 바로 눈앞에서 눈물이 홍건한 힐디의 두 눈이 증오로 빛나는 걸 발견하고 고개를 숙였다.

그래서 힐디는 힐디의 길을 떠났고 조니는 케이티의 길을 갔다. 두 사람은 잠시 친구로 지내다 약혼을 했고, 새해 첫날에 케이티가 다니는 성당에서 결혼식을 올렸다. 두 사람이 처음 만나고 넉 달도 안 되었을 때였다.

7

조니와 케이티는 결혼하고 나서 윌리엄스버그의 보가트 거리라고 부르는 조용한 골목에서 살았다. 조니가 이곳을 선택한 이유는 스릴 넘치는 거리 이름 때문이었다. 이들은 이곳에서 아주 행복한 결혼 첫 해를 보냈다.

케이티가 조니와 결혼한 이유는 그가 노래도 잘하고 춤도 잘 추고 옷도 멋있게 입기 때문이었다.

하지만 결혼한 다음에는 모든 게 바뀌기 시작했다. 우선 케이티는 남편에게 노래 부르는 웨이터 일을 그만두도록 설득했다. 조니는 그대로 따랐다. 사랑하는 아내를 기쁘게 해주고 싶었기 때문이다. 그래서 두 사람은 초등학교 건물을 청소하는 직업을 가졌다. 그리고 아주 만족스러워했다. 케이티와 조니는 다른 사람이 잠자리에 들 시간에 하루 일과를 시작했다.

학교는 조그맣고 낡았지만 따뜻했다. 두 사람은 그곳에서 밤을 지새우는 걸 좋아했다. 특히 주머니 속에서 개인 열쇠를 꺼내서 문을 열고 학교 안으로 들어갈 때는 기분이 아주 좋았다. 밤이면 학교는 둘만의 세계였다.

두 사람은 일을 하는 중간에 놀이도 했다. 조니가 책상에 앉으면 케이티는 선생님 흉내를 냈다. 칠판에 글씨를 쓰기도 했다. 둘둘 말린 지도를 펴서 지시봉으로 여러 나라를 가리키기도 했다. 그러면서 낯설은 여러 나라와 언어들을 생각하며 경이로움을 느꼈다. 이때 조니는 열아홉 살이고 케이티는 열입곱 살이었다. 두 사람은 강당 청소를 제일 좋아했다. 조니는 피아노를 닦으며 손가락으로 건반을 만졌다. 그러면서 화음을 몇 번 치기도 했다. 케이티는 앞줄에 앉아서 남편에게 노래를 부르라고 청했다. 조니는 케이티에게 〈좋은 시절에 그대를 만났더라면〉이라든가 〈당신 때문에 내 마음이 녹아버리네〉같이 그 당시 유행하는 로맨틱한 노래를 불러주었다. 또 가끔 조그만 단상에 올라가 무대라 생각하고 춤을 추기도 했다. 아주 우아하고 멋있을 뿐 아니라 사랑과 생명이 넘쳐흐르는 춤이었다. 그럴 때마다 케이티는 행복해서 죽을 것 같다고 생각하곤 했다.

새벽 2시가 되면, 두 사람은 교사들이 점심을 먹는 방으로 갔다. 가스판이 있었기 때문이다. 이들은 그곳에서 찬장에 있는 연유깡통을 이용해 커피를 끓였다. 방안을 경이로운 냄새로 가득 채우며 끓이는 커피는 정말 별미였다. 거기다가 호밀로 만든 흑빵과 볼로냐 소시지로 만든 샌드위치를 함께 먹으면 둘이 먹다 하나가 죽어도 모를 정도였다. 밤참을 먹은 후에 플란넬 천을 씌운 소파가 있는 방으로 가서 잠시 서로 끌어안은 채 누워 있기도 했다.

두 사람은 한 달에 50달러를 벌었다. 그런 대로 괜찮은 수입이었다. 그래서 그들은 안락하게 살 수 있었다. 그 시절은 두 사람에게 있어서 행복과 조그만 모험이 가득한 참으로 행복한 시절이었다.

두 사람은 젊었고 서로를 굉장히 사랑했다. 몇 개월 후 케이티는 자신이 임신한 사실을 깨닫게 되었다. 케이티는 남편에게 그 사실을 알렸다. 조니는 처음엔 당혹스러워했다. 그리고 앞으로 학교에 나와서 일하지 말라고 말했다. 하지만 케이티는 임신하고 나서도 한참 동안 학교에 나가 일했지만 지금까지 아무 일도 일어나지 않았고, 함께 일하는 게 오히려 더 좋다고 남편을 설득했다.

그래서 조니가 양보했다.

하지만 나중에는 배가 너무 불러 책상 밑을 청소할 수 없게 되었다. 이제 케이티가 할 수 있는 일은 남편과 함께 가끔 사랑을 나누곤 했던 소파에 가만히 누워 있는 일이 전부였다. 그래서 조니가 모든 일을 혼자 하기 시작했다. 새벽 두 시가 되면, 조니는 케이티에게 서툰 솜씨로 만든 샌드위치와 너무 끓인 커피를 건네주었다. 조니는 시간이 지날수록 점점 불안해지는 자신을 발견했지만, 그래도 두 사람은 여전히 행복했다.

서리가 내리는 12월 밤이 거의 끝날 즈음에 진통이 시작됐다. 케이티는 조니가 일을 다 끝낸 후에 말하려고 계속 소파에 누워서 고통을 참았다. 하지만 집으로 돌아오는 도중에 눈물을 참을 수 없을 정도로 아픈 통증이 찾아왔다. 케이티가 신음소리를 내기 시작했다. 조니는 아기가 나오려 한다고 생각했다. 그래서 서둘러 집으로 돌아와 옷도 벗기지 않은 채 케이티를 침대에 눕히고는, 근처에 사는 산파 긴들러 부인에게로 달려가서 빨리 가자고 재촉했다. 하지만 산파가 하도 꾸물대는 통에 조니는 점점 더 미칠 것 같았다.

간신히 산파를 끌고 집에 도착하니, 케이티는 고통스러워 비명을 지르고 있었다. 그 주변에는 기도를 하거나 자기가 분만하던 경험담을 늘어놓는 이웃 아낙네들로 가득했다. 조니는 밖으로 내쫓겼다. 그리고는 현관 계단에 앉아 케이티가 비명을 지를 때마다 몸서리를 쳤다. 너무나 갑자기 닥쳐와 모든 게 혼란스러웠다. 아침 일곱 시가 되었다. 하지만 닫힌 창문 안에서는 비명소리가 계속 들려왔다.

케이티는 그날 하루종일 진통을 겪었다. 하지만 조니가 할 수 있는 일은 하나도 없었다. 밤이 다가오자 이제 더 이상 견딜 수 없었다. 조니는 형 조지를 찾아갔다. 그 당시 조지는 춤추며 노래하는 웨이터를 하고 있었다. 그리고 학교에 가서 청소해야 한다는 사실을 까맣게 잊은 채 형이 일을 끝낼 때까지 계속 술을 마셨다. 그리고 형이 일을 끝낸 다음에는 한 군데 술집에 가서 술을 한두 잔씩 마시는 식으로 밤새도록 술집 여기저기를 전전하면서, 만나는 사람마다 지금 자기가 아빠가 되기 직전인데 산모 진통이 너무 오래가서 괴롭다고 떠벌렸다. 그러자 사람들은 공감 어린 표정으로 이야기를 들으며 조니에게 술을 권했다. 그러면서 자기들도 다 그런 고비를 겪었다고 말했다.

두 형제는 날이 밝을 때가 되어서야 엄마 집으로 갔다. 조니는 계속 괴로워하다가 잠에 빠졌다. 아홉 시에 조니는 두통을 느끼고 잠에서 깼다. 케이티 생각이 났다. 그리고 학교 생각이 떠올랐다. 하지만 너무 늦은 다음이었다. 조니는 재빨리 세수하고 옷을 입은 다음 집으로 향했다. 아보카도를 진열해놓은 과일가게 앞을 지날 때 케이티에게 주려고 아보카도 두 개를 샀다. 조니는 지난밤 아내가 계속 엄청난 고통을 겪었으며, 거의 스물네 시간 동안 진통을 겪고 나서 피와 함께 약하디 약한 여자아이를 낳았다는 사실을 알 방법이 없었다. 그리고 밤새도록 술을 마시고 잠을 자는 동안, 기온이 떨어져서 조니가 지킬 예정이었던 불이 꺼져 학교 수도관이 터져버렸고 학교 지하실과 일층 마루는 물바다가 되고 말았다는 사실역시 모르고 있었다.

산파가 떠나자 케이티는 벽을 향해 얼굴을 돌렸다. 그리고 울지 않으려고 애썼다. 밤 동안 케이티는 조니가 학교에서 일하고 있을 거라며 자신을 위로했다. 그리고 두 시에 밤참을 먹고 나서 잠깐이나마 집으로 달려와 주길 바랬다. 그런데 남편은 늦은 아침이 되도록 집에 오지 않았다. 밤새 일하고 잠깐 눈을 붙이려고 엄마 집으로 갔을지 모른다는 생각이 들었다.

조니가 집으로 왔다. 먼저 와 있던 에비 언니가 조니에게 설교를 늘어놓기 시작했다. 하지만 창백하게 겁에 질려 있는 조니의 얼굴을 보고, 그리고 이제 겨우 스무 살밖에 안 됐다는 사실을 생각하고, 조니의 뺨에 입을 맞추면서 아무 걱정하지 말라고 위로한 다음 조니에게 새로 커피를 만들어주었다.

조니는 아기를 보려고 하지 않았다. 아보카도를 부여잡은 채 케이티가 누워 있는 침대 옆에 무릎을 꿇고 공포와 걱정으로 흐느껴울 뿐이었다. 케이티도 함께 울었다. 지난밤에는 조니가 함께 있기만 바랬다. 하지만 지금은 임신했다는 사실을 숨기고 있다가 몰래 다른 곳에 가서 아기를 낳은 다음, 돌아와서 모든 게 잘됐다고 말하지 못하는 자신이 안타까울 뿐이었다. 자신은 어차피 고통을 겪어야 하지만 남편까지 고통을 겪을 필요는 없지 않은가! 불과 두 시간 전에 아기를 낳아서 온몸에 힘이 하나도 없었지만 남편을 위로하고 걱정하지 말라고 말할 사람은, 남편을 보살필 사람은 케이티 자신밖에 없었다.

조니는 점차 기운을 회복하기 시작했다. 그래, 결국 따지고 보면 아무것도 아니라고, 세상의 모든 남편들이 겪는 고통이라는 걸 알았다고 하면서, "이제 나도 그 고통을 겪은 거야. 이제 나도 어른이 되었어"라는 말로 끝을 맺었다.

그러더니, 갑자기 아기를 보며 호들갑을 떨기 시작했다. 조니는 폐병으로 세상을 떠난 자기 형 엔디와 약혼했지만 결혼식을 올릴 수 없었던 프랜시 멜라니를 따서 아기에게 프랜시라는 이름을 붙여주자고 제안했다. 케이티는 남편의 제안에 동의했다. 두 사람은 멜라니를 아기의 대모로 내세우고, 엔디가 살았다면 멜라니가 결혼한 다음에 가졌을 프랜시 놀란이란 이름을 아기에게 붙여준다면 멜라니의 상처 입은 마음을 낫게 하는 데 많은 도움이 되리라 생각했다.

조니가 부엌에서 커피를 마시는 동안, 학교에서 온 어떤 아이가 교장이 보낸 메모를 가져왔다. 메모에는 근무태만으로 해고되었다는 내용이 적혀 있었다. 그리고 학교에 와서 손해배상 해야 할 액수가 얼마나 되는지 둘러보라는 말도 적혀 있었다.

조니는 교장을 만나서 자초지종을 설명했다. 교장은 오랫동안 심사숙고하더니, 교육부에서 알아서 할 테니 수도관 파열로 인한 손해배상을 하지 않아도 된다고 말했다. 조니가 교장에게 고마워했다. 교장은 자기 주머니에서 꺼낸 돈으로 조니에게 마지막 임금을 지불했다. 교장으로서는 나름대로 자신이 할 수 있는 모든 성의를 다한 셈이었다.

조니는 산파에게 돈을 지불했고, 집주인에게 다음달 집세를 주었다. 이제 아기가 생겼는데, 케이티는 상당 기간 일을 할 수 없고, 자기는 이제 금방 일자리를 잃었다고 생각하니 약간 겁이 났다. 다음 달 집세를 냈으니 다음 한 달 동안은 괜찮다는 사실이 그나마 마음의 위로가 되었다. 한 달이면 살길을 찾을 수 있을 것 같았.

오후가 되자, 조니는 장모 메리 로멜리에게 아기가 새로 태어났다는 사실을 알리러 갔다. 장모 메리는 그 소식을 듣고 울었다.

"가엾은 아가! 가엾은 어린 것! 이 슬픈 세상에 태어나다니! 온갖 고통과 고난이 기다리고 있는 이 세상에…… 아, 앞으로 힘든 일을 얼마나 많이 겪을까! 행복한 세상이 아닌데…… 아, 아!"

프랜시의 외할머니인 메리 로멜리는 성인이었다. 메리는 자기 이름조차 읽고 쓸 줄 몰랐지만 수천 가지 이야기와 전설들을 알고 있었다. 메리는 옛 조국 오스트리아의 민요도 많이 알고 있었다. 또 금언이란 금언은 남김없이 알고 있었다. 또한 메리는 신앙심이 대단히 깊어서 가톨릭 성인들의 일생도 잘 알고 있었다. 그리고 귀신이나 요정 같은 초자연 현상들을 모두 믿었다. 약초나 민간요법에도 능통했기 때문에 약이나 부적을 손쉽게 만들곤 했다. 부적을 만들 때면 나쁜 데 쓰지 않겠다는 단서를 달았다. 옛 조국에 살았더라면 메리는 지혜로운 여인으로 많은 존경을 받았을 것이고, 이런 저런 사람들이 도움을 얻으러 찾아왔을 것이다.

메리 자신은 죄를 짓지 않았다. 하지만 죄지은 사람들을 잘 이해했다. 자신은 도덕적으로 엄격하게 행동했지만, 다른 사람들의 나약한 모습을 관대히 용서했다. 메리는 하느님을 존경하고 예수님을 사랑했다. 하지만 사람들이 이 두 분에게서 왜 멀어지는가를 이해하고 있었다. 메리는 인간의 모든 나약함과 모든 무자비함을 이해할 줄 아는 여인이었다.

메리는 부드럽고 순결한 갈색 눈동자를 가지고 있었다. 한가운데로 가르마를 타서 귀밑까지 내려뜨린 갈색 머리칼에서는 반지르르한 윤기가 흘렀다. 맑고 투명한 피부와 부드러운 입 매무새도 순결하다는 느낌을 더해 주었다. 그리고 정이 가득 담긴 부드러운 어투는 나지막이 노래하는 것 같아 듣는 사람의 마음을 편안하게 해주었다. 딸과 손녀들은 모두 다 메리에게서 이런 목소리를 물려받았다.

하지만 메리의 남편 토마스 로멜리는 무자비한 사람이었다. 그는 사람들을 만나는 것도, 일하는 것도 싫어했다. 그 이유를 아는 사람은 아무도 없었다. 그는 철회색 곱슬머리에다 당당한 체구를 가진 미남이었다. 그가 오스트리아에서 도망쳐 아내와 함께 미국으로 건

너온 것은 징병을 피하기 위해서였다. 그의 입에서 흘러나오는 말은 모두 욕설 아니면 저주였다. 그는 자신의 옛 조국도, 새 조국도, 심지어는 태어나서 한번도 가본 적이 없는 러시아까지도 싫어했다. 세상의 모든 것이 그에게는 저주의 대상이었다.

메리는 자기도 모르는 새 뭔가 죄를 저질렀기 때문에 자기가 악마와 결혼했다고 믿었다. 자기는 악마라고 입버릇처럼 남편이 말했기 때문에 더욱 그랬다. 남편의 무자비한 성격에 말없이 복종하면서 평생을 살아야 했던 메리에게 여자로 태어난다는 것은 비참하고 고달픈 삶을 뜻했다. 메리는 딸들이 초등학교 7학년으로 학교생활을 끝내고, 공장에 일자리를 구해 다닐 때마다 몹시 슬퍼했다. 또 딸들이 보잘것없는 남자와 결혼할 때도 슬퍼했다.

손녀를 낳았을 때도 슬피 울었다.

_8

조니는 장모를 자기 집으로 모셔온 다음, 일을 찾으러 밖으로 나갔다.

케이티는 엄마를 보고 기뻐했다. 아직도 출산의 고통이 남아 있었기 때문에, 엄마가 자기를 낳을 때 얼마나 괴로워했을지 충분히 상상할 수 있었다. 그리고 엄마는 아이 일곱 명을 낳아 기르면서 그 가운데 세 명이 죽어가는 모습을 지켜봐야 하지 않았던가! 게다가 살아 있는 자식들은 온갖 고통과 고난을 겪으며 살아갈 수밖에 없다는 사실을 충분히 깨닫고 있지 않았던가! 이제 막 태어난 자기 아기 역시 똑같은 길을 걸어가는 환영이 떠올랐다. 케이티는 너무 걱정이 되어서 미칠 것 같았다.

"아, 엄마! 이제 어떻게 해요? 우리 아기에게 무엇을 어떻게 가르쳐야 하지요? 나는 아는 게 거의 없어요. 엄마는 가난해요. 조니와 나도 가난해요. 이 아이 역시 어른이 되면 가난하게 살 거예요. 아, 아무도 이런 처지에서 벗어날 수 없을 거예요. 지난 한 해가 우리 인생에서 가장 행복한 시절이었다는 생각이 들어요.

세월이 지나고 조니와 내가 나이를 먹어도 좋아지는 건 하나도 없을 거예요. 그래도 지금은 우리에게 일을 할 수 있는 젊음과 힘이 있지만 시간이 지나면 모두 사라질 거예요."

그 때 엄마가 끼여들어 딸의 생각을 중지시켰다.

"옛 조국에 있을 때 우리에게 무엇이 있었겠니? 아무것도 없었다. 우리는 농부였어. 계속 굶주렸지. 그래서 이곳으로 왔어. 하지만 네 아빠가 군대에 끌려가지 않았다는 것을 제외하면 좋아진 건 하나도 없어. 하지만 말이다, 여기에는 옛 조국에 없는 게 있어. 비록 이곳에서 사는 게 힘들고 익숙하지 않지만, 그래도 이곳에는 희망이 있어. 이곳에서는 정직하게 열심히 일하면 꿈을 달성할 수 있어."

"그렇지 않아요. 우리들은 엄마보다 더 나아진 게 없어요."

"아니야! 그렇지 않아. 이미 시작된 거야. 더 나아지는 과정이."

엄마는 흥분했는지 목소리가 높아졌다.

"최소한 이 아기는 읽고 쓸 줄 아는 부모에게서 태어났잖아. 나에겐 그 자체가 굉장한 기적이다."

"엄마, 난 젊어요. 이제 겨우 열여덟 살이에요. 그리고 튼튼해요. 앞으로 열심히 일할 거예요, 엄마. 하지만 난 이 아이가 자라나서 일만 열심히 하며 살아가는 걸 바라지 않아요. 그럼 내가 뭘 어떻게 해야 하나요? 이 아이가 우리와 다른 인생을 살아가게 하려면 내가 뭘 어떻게 해야 하나요? 내가 무엇을 어떻게 시작해야 하냐구요?"

"비밀은 읽고 쓰는 데 있어. 너는 읽을 수 있어. 좋은 책을 골라서 매일 이 아이에게 한 쪽씩 읽어주어라. 아이가 스스로 읽을 수 있을 때까지 매일 읽어줘야 해. 그래서 아이가 읽는 법을 배우면 날마다 스스로 읽게 만들어라. 내가 알기에는 이 방법이 가장 좋은 비법이야."

"좋아요, 그렇게 하겠어요. 그런데 어떤 책이 좋은 책이지요?"

"가장 좋은 책은 두 권이 있다. 셰익스피어는 아주 좋은 책이야. 나는 인생의 모든 경이로움이 그 책 안에 들어 있다는 말을 들었어. 인간이 아름다움에 대해 배워야 할 모든 것, 지혜와 인생에 대해 알아야 할 모든 것이 그 책 안에 가득 하다는구나. 원래는 무대에서 연극으로 공연하기 위해 쓴 이야기책이라고 들었다. 오스트리아에 있을 때 영주가 이 책을 읽다 보면 책이 스스로 노래를 부르기도 한다고 말하는 걸 들은 적이 있단다."

"그러면 다른 좋은 책은 뭐예요?"

"그건 개신교 신자들이 읽는 성경이야."

"우리에게도 성서가 있어요, 가톨릭 성서."

엄마가 슬그머니 주위를 둘러보았다.

"독실한 가톨릭 신자가 이렇게 말하는 것은 옳지 않지만 나는 개신교 성경이 이 세상과 천상에 존재하는 가장 위대한 이야기를 더 많이 담고 있다고 확신한다. 나랑 아주 친한 개신교 친구 한 명이 자기네 성경을 읽어준 적이 있는데 그 때 그 사실을 깨달을 수 있었 단다. 그러니 개신교 성경과 셰익스피어 책을 구해서 아이에게 매 일 한 쪽씩 읽어주거라. 설사 내용을 이해할 수 없거나 발음을 제대 로 낼 수 없다 하더라도 계속 읽어주거라. 그러면 이 아이는 무엇이 위대한지 깨달으면서, 윌리엄스버그의 조그만 셋방이 세상의 전부 가 아니라는 사실을 깨달으면서 자라나게 될 거다."

"개신교 성경과 셰익스피어 말이죠."

"그리고 내가 너에게 이야기해준 여러 가지 전설을 아이에게 말 해야 한다. 우리 할머니가 우리 엄마에게 해주고 우리 엄마가 나에 게 해준 그대로 말이다. 또한 사람들의 마음속에 영원히 살아 있는 숲 속의 요정과 꼬마 요정, 난쟁이 같은 이야기들도 해주어야 한다. 그리고 아이가 하느님과 그의 외아들 예수 그리스도를 믿도록 만들 어야 한다."

엄마가 성호를 그었다.

"아, 그리고 산타클로스를 잊으면 안 되지. 아이들은 최소한 여 섯 살이 될 때까지는 산타클로스가 있다고 믿어야 해."

"엄마, 나는 산타클로스나 요정이 없다는 걸 잘 알고 있어요. 나 자신도 믿지 않는 걸 아이에게 왜 가르쳐야 하지요?"

"그건 저 아이에게 상상력이라는 놀라운 힘을 길러줘야 하기 때 문이야. 저 아이는 눈으로 볼 수 없는 은밀한 세계를 가지고 있어야 해. 그러면 이 세상이 살기 어려울 정도로 추악해도 저 아이는 상상 의 세계 속에서 살아갈 수 있을 거야. 나 또한 지금 이 나이가 될 때 까지 성자들의 놀라운 삶과 위대한 기적을 회상하며 살아가고 있단 다. 그래서 나는 나에게 주어진 그 이상의 세계를 살아갈 수 있어."

"아이가 자라나면 내가 거짓말을 했다는 사실을 알게 될 거예요.

그러면 실망하지 않겠어요?"

"사람들은 그걸 진실을 배워가는 과정이라고 말하지. 스스로 진실을 깨쳐 나가는 건 아주 좋은 일이란다. 처음에는 마음속 깊이 믿고 있다가 나중에 믿지 않는 것 역시 좋은 일이다. 풍부한 감정을 가지고 앞으로 걸어가게 만들어주니까. 여자로 살아가다 보면 실망스런 일을 겪을 때가 아주 많지. 하지만 미리 실망하는 훈련을 쌓다 보면 나중에는 그리 힘들지 않게 이겨 나갈 수 있을 거야. 저 아이에게 고통을 겪어보는 것도 좋다는 것도 가르쳐야 한다. 고통을 겪으면 개성이 풍요로워지는 법이지. 그런 점에서 우린 부자라 할 수 있단다."

"그 외에 또 무엇이 있지요?"

"네가 죽기 전에 조금이라도 땅을 사두어야 한다. 네 아이들이 물려받을 수 있는 땅 말이다. 그 위에 집을 지으면 더 좋겠지."

케이티가 웃었다.

"내가 땅을 산다구요? 그리고 그 위에 집을? 지금 월세도 없어서 허덕댈 때가 많은데요?"

메리가 단호하게 말했다.

"그래도 그렇게 해야 한다. 지난 수천 년 동안 우리 조상은 다른 사람의 땅에서 일하는 농민으로 살아왔다. 물론 그건 옛 조국에서 있었던 일이지. 이곳은 달라. 이곳에서는 공장에서 우리 손으로 더 많은 물건을 생산하지. 이건 아주 좋은 일이다. 하지만 땅이 있으면 더 좋다. 우리 아이들에게 대대로 물려줄 수 있는 땅…… 우리 아이들을 대대로 키워 나갈 땅."

"하지만 우리가 무슨 수로 땅을 사겠어요? 조니와 내가 함께 일해도 수입은 아주 적어요. 월세와 보험금을 내면 먹을 것 살 돈이 없을 때도 있다구요. 그런데 땅 살 돈을 어떻게 저금하겠어요?"

"먼저 깡통에다 홈을 파서 저금통을 만들어라."

"깡통……?"

"그걸 장롱 깊숙한 곳에 박아두는 거야. 그래서 하루에 5센트씩 그 안에 넣어라. 그렇게 모아서 50달러가 되면 그 돈으로 땅을 사는 거야. 네 것이라고 쓰여 있는 서류를 받아야 한다는 걸 잊으면 안 된다. 그러면 너는 지주가 된다. 일단 지주가 되면 다시 농노가 되지는 않는단다."

"하루에 5센트. 많은 돈은 아닌 것 같군요. 하지만 그 돈을 어디서 구하죠? 지금도 힘들게 사는 판에 입이 하나 더 생겼으니……"

"이렇게 하면 된다. 채소가게에 가면 당근이 얼마냐고 묻겠지. 그러면 주인이 3센트라고 말할 게다. 그러면 별로 신선하지 않고 조그만 당근을 찾아서 다시 묻거라. '이 당근은 많이 상했는데 2센트에 팔지 않겠어요?' 당당하게 말해야 한다는 걸 명심해라. 그러면 주인이 2센트에 줄 게다. 자, 이렇게 하면 깡통저금통에 넣을 돈 1센트가 생기는 거야. 그리고 겨울에는 25센트를 주고 조개탄 한 동이를 사겠지. 날씨가 추우면 난로에 불을 지필 거고. 하지만 조금만 참아라! 한 시간만 더 참아라. 한 시간 동안 추위를 견뎌내라. 정 추우면 담요를 쓰고, 지금 땅 살 돈을 절약하기 위해 추위를 참고 있다고 마음속으로 생각하는 거야. 그렇게 한 시간을 보내게 되면 3센트어치의 조개탄을 절약할 수 있다. 그러면 저금통에 3센트를 넣을 수 있겠지. 밤에 혼자 있을 때는 등불을 켜지 말고. 그러다 보면 돈이 계속 불어날 거고, 언젠가는 50달러가 되어 땅을 살 날이 올 거다."

"진짜 그렇게 될까요?"

"성모마리아의 이름으로 맹세하건데, 그렇게 된다."

"그렇다면 엄마는 왜 땅 살 돈을 저금하지 않았어요?"

"저금했단다. 처음 이 땅에 발을 디딘 이래, 계속 저금통에 동전을 집어넣었다. 50달러를 모으는 데 10년이 걸렸지. 나는 그 돈을 손에 들고 땅을 싸게 판다는 사람을 찾아갔어. 그 사람은 아름다운 땅을 보여주고는 독일어로 '이제 저 땅은 당신 것이오'라고 하면서 서류 한 장을 건네주고 내 돈을 받아 갔다. 하지만 나는 그 서류를 읽을 수 없었단다. 그런데 나중에 어떤 사람이 그 땅에 건물을 짓는 거야. 내가 가서 그들에게 서류를 보여주면서 내 땅이라고 하니까, 그 사람들이 안됐다는 얼굴로 쳐다보며 웃더구나. 아무짝에도 쓸모없는 종이쪼가리라는 거야. 이런 경우를 영어로 뭐라고 하지? 사취……?"

"사기."

"그래, 사기를 당한 거래. 우리같이 이민 온 지 얼마 안 되는 촌뜨기들은 글씨를 모르기 때문에 사기를 당하는 경우가 많단다. 하지만 너는 교육을 받아서 글씨를 읽을 수 있을 테니, 우선 그 땅을 소유할 수 있는 땅문서인지 아닌지 확인한 다음에 돈을 주도록 해라."

"그러면 그 다음에는 다시 저금하지 않았나요, 엄마?"

"저금했다. 처음부터 다시 시작했지. 두 번째는 아이들이 많아서 훨씬 어려웠지만 그래도 꾸준히 모았지. 하지만 이사갈 때 네 아빠가 저금통을 찾아내서 돈을 모두 가져갔다. 네 아빠는 땅보다 닭을 좋아했기 때문에 그 돈으로 암탉과 수탉을 사서 뒷마당에 갖다 놓았지."

"네, 닭들을 본 기억이 나요. 굉장히 오래 전에."

"네 아빠는 닭이 계란을 낳으면 훨씬 많은 돈을 벌 수 있다고 했지. 아, 남자들 생각이란! 첫날에는 굶주린 고양이 스무 마리가 담장을 넘어와서 많은 닭을 잡아먹었지. 둘째 날은 이태리 사람들이 담장을 넘어와서 더 많은 닭을 훔쳐갔단다. 세 번째 날에는 경찰이 와서 브루클린에서는 마당에 닭을 기르는 게 위법이라고 하더구나. 그래서 네 아빠를 경찰서로 잡아가지 못하게 하려고 경찰에게 5달러를 주었지. 네 아버지는 몇 마리 남지 않은 닭을 팔아서 카나리아 몇 마리를 샀지. 두 번째 저금통은 그렇게 없어졌다. 하지만 나는 지금도 모으고 있다. 아마 언젠가는……"

메리가 말을 마치고 잠시 침묵 속에 앉아 있더니 갑자기 일어나서 어깨에 숄을 걸쳤다.

"어두워졌구나. 네 아빠가 직장에서 돌아올 시간이다. 성모마리아님이 너와 네 아이를 보살펴주실 게다."

학교 다니던 시절, 꿈이 넘치던

그리운 시절, 읽고 쓰고 계산하고……

9

프랜시네가 윌리엄스버그 그랜드 거리에 있는 지금의 이 집으로
이사 온 것은 엄마와 아빠가 결혼한 지 7년째 되던 해, 프랜시가 여
섯 살이 되는 해였다. 이 연립주택을 청소하고 관리해주는 대가로
얻은 셋집이었다. 이 3층짜리 연립주택에는 한 층에 한 가구씩 세
가구가 살고 있었다. 각 방을 통해 다음 방으로 들어가야 하기 때문
에 열차칸이라 불렀다. 천장이 높고 좁은 부엌은 마당을 향하고 있
었으며, 마당에는 아무것도 자랄 것 같지 않은 메마른 땅에 디딤돌
이 깔려 있었다.

하지만 그 척박한 땅에도 나무가 자라고 있었다.

프랜시가 처음 발견했을 때는 이층 정도 높이밖에 안 돼서 창가
에서 내려다볼 수 있었다. 나무는 마치 키가 각양각색인 사람들이
비를 피하기 위해 커다란 우산 속에 몰려든 것 같은 모습이었다.

연립주택의 마당 한쪽은 철망으로 된 담장을 경계로 학교 운동장
한쪽과 붙어 있었다. 마당은 일층에 사는 남자아이가 독점했기 때
문에 그 애가 있으면 다른 아이들은 마당에서 놀 수 없었다. 그래서
프랜시는 그 아이가 없을 때를 틈 타 마당에서 놀곤 했는데, 아이들
이 쉬는 시간에 무리 지어 운동장에서 뛰어 노는 모습이 자주 보였
다. 수백 명이나 되는 아이들이 한꺼번에 몰려나오면 손바닥만한
운동장은 금방 아이들로 꽉 차고 만다. 무슨 놀이를 한다기보다는
때를 지어 몰려다니면서 그냥 소리를 질러대곤 했다. 그러면 한 5분
정도 귀를 찢는 소리가 온 동네에 울려 퍼졌다. 그러다 수업시작을
알리는 종소리가 울리고 나면 마지막 발악 같은 소리가 다시 한번
최고조에 달했다가 점차 사그라지곤 했다.

한번은 프랜시가 오후에 마당에 혼자 있는데 조그만 여자애 한 명이 운동장으로 나와서 칠판지우개 두 개를 부딪쳐서 분필가루를 털어내기 시작했다. 프랜시는 얼굴을 철망에 바짝 갖다대고 쳐다보았다. 정말 근사해 보였다. 엄마 말로는 선생님은 가장 귀여워하는 학생에게 그런 일을 맡긴다고 했다.

프랜시는 부러움이 가득한 눈으로 계속 여자아이를 쳐다보았다. 여자아이가 그걸 눈치채고 으스대며 담장에 지우개를 탁탁 치더니, 그 다음에는 디딤돌에다 치고 마지막으로 두 손을 뒤로 돌려서 쳤다. 그리곤 동작을 멈추고 프랜시를 바라보며 물었다.

"가까이에서 보고 싶니?"

프랜시가 수줍은 얼굴로 고개를 끄덕거렸다. 여자아이가 지우개를 철망에 가까이 댔다. 프랜시가 여러 가지 색깔의 분필가루가 묻어 있는 지우개를 만지려고 철망 사이로 손가락을 집어넣었다. 그러나 곱고 아름다운 분필가루에 미처 손을 대기도 전에 여자아이는 지우개를 갑자기 뒤로 홱 잡아채고는 프랜시 얼굴에다 침을 퉤 뱉었다. 프랜시는 눈물이 흘러나오는 걸 참으려고 눈을 꼭 감았다. 여자아이는 호기심 어린 얼굴로 눈물이 나오기만 기다렸다. 하지만 프랜시가 울지 않자 사납게 소리쳤다.

"왜 안 울어, 이 계집애야! 얼굴에 또 침을 뱉어줄까?"

프랜시는 등을 돌려 지하실로 뛰어내려가 한참 동안을 어두컴컴한 곳에 앉아 있었다. 그래서 눈을 떠도 눈물을 흘리지 않을 만큼 마음을 다독거렸다. 이것이 프랜시가 세상사를 판단할 능력을 키워나가는 동안 계속 찾아올 수많은 환멸 가운데 하나를 처음으로 맛본 사건이었다. 프랜시는 그 때 이후 칠판 지우개를 좋아한 적이 없다.

10

프랜시네 거실에는 피아노 한 대가 있었다. 기도 한번 하지도 않았는데 생겨난 정말 대단한 기적이었다. 이전에 세 들어 살던 사람이 피아노를 옮길 형편이 안 돼 그냥 놔두고 떠난 것이다. 당시만 해도 지붕에 설치한 커다란 도르래를 써서 창문 아래로 피아노를 내리는 데 드는 비용이 가난한 집의 이삿짐을 몽땅 옮기는 것보다 서너 곱절이나 더 비쌌다. 그래서 피아노 주인은 엄마에게 피아노를 그냥 놔두었다가 나중에 가지러 와도 괜찮겠냐고 물었다. 엄마는 얼마든지 그렇게 하라고 대답했다.

피아노 주인은 간절한 표정으로 엄마에게 거실에 습기가 차거나 너무 차지 않게 해주고, 겨울에는 침실문을 약간 열어놓아 피아노가 휘지 않게 해달라고 부탁했다. 엄마가 쾌히 그러겠노라고 약속한 다음 피아노 주인에게 물었다.

"피아노를 잘 치나요?"

그러자 아줌마가 서글픈 듯이 대답했다.

"아니에요. 우리 식구 중에 칠 줄 아는 사람은 없어요. 칠 수 있으면 좋을 텐데……"

"그런데 왜 피아노를 샀어요?"

"원래는 부잣집 피아논데, 그 사람들이 아주 싼값에 내놓았어요. 그래서 너무 가지고 싶은 마음에 그만 덜렁 샀지요. 치지는 못해도 아름답잖아요…… 저것 하나면 집안도 환해지고……"

엄마는 주인이 찾으러 올 때까지 잘 보관할 테니 염려 말라고 약속했다. 하지만 주인은 그 뒤 두 번 다시 나타나지 않았다. 그래서 그 피아노는 놀란 가족의 것이 되었다. 반짝이는 검은색 나무로 만든 조그만 피아노였다. 앞면에는 무늬가 새겨져 있었으며 뚜껑은 뒤로 완전히 젖혀져 아름다운 빛을 반사했다. 그리고 양옆에는 촛대가 있어서 밤에 촛불을 켜고 상아색 건반을 두드릴 수 있었다.

처음 이사 와서, 프랜시는 피아노를 보고 한눈에 사로잡혔다. 두 팔을 벌리고 껴안으려 했지만 너무 커서 장미무늬가 새겨진 걸상을 껴안는 것으로 만족할 수밖에 없었다. 엄마는 창문 밑에 '피아노 레슨'이라고 쓰여진 간판을 발견하고 머릿속으로 계획을 세웠다.

아빠가 키에 따라 높이를 조절할 수도 있고 몸을 빙글빙글 돌릴 수 있는 회전의자에 앉아 피아노를 연주했다. 물론 피아노 연주법을 아는 건 아니었다. 아빠는 악보도 못 읽었다. 하지만 코드 몇 개를 알고 있었기 때문에 노래를 부르면서 사이사이에 코드를 눌렀다. 그러면 진짜로 피아노를 연주하며 노래를 부르는 것처럼 들렸다. 아빠가 마이너 코드를 치곤 프랜시의 두 눈을 바라보며 짓궂게 웃었다.

프랜시는 잔뜩 기대를 품고 아빠를 바라보며 웃었다. 아빠가 또다시 마이너 코드를 누르고 가만히 있으면서 계속 울려나오는 부드러운 소리에 맞추어 노래를 불렀다.

저 아름다운 멕스웰톤 언덕
아름다운 이슬꽃 피었네.
(코드-코드)
그곳에서 애니 로리가
날 보고 사랑을 맹세했다네.
(코드-코드-코드-코드)

프랜시가 고개를 돌렸다. 아빠에게 눈물을 보이고 싶지 않았다. 아빠가 왜 눈물을 흘리느냐고 물을까 봐 겁이 났다. 뭐라고 대답할 말이 없었다. 프랜시는 아빠도 사랑하고 피아노도 사랑했다. 하지만 왜 눈물을 흘리는지는 자신도 몰랐다.

엄마가 입을 열었다. 아빠가 오랫동안 그리워하던 예전의 그 부드럽고 다정한 목소리였다.

"여보, 아일랜드 노랜가요?"

"스코틀랜드 노래야."

"전에는 당신이 그런 노래를 부르는 걸 한번도 못 들었어요."

"응, 한번도 부르지 않은 것 같애. 그냥 알고 있는 노래야. 내가 일하는 파티석상에서는 이런 노래를 원하는 사람이 없지. 사람들은 〈비 오는 오후에는 나를 불러주오〉 같은 노래를 부르라고 하다가, 술에 취한 다음에는 〈귀여운 아델라인〉 같은 노래만 부르라고 하니까."

피아노 레슨! 꿈에 그리던 단어! 이사 온 지 얼마 안 지나 동네 돌아가는 분위기를 익힌 엄마는 '피아노 레슨' 간판이 붙어 있는 아랫집을 찾아갔다. 그곳에는 민모레 자매가 살고 있었는데, 언니 리지 선생은 피아노를 가르쳤고, 동생 매기 선생은 노래를 가르쳤다. 비용은 레슨 한 번 받는 데 25센트였다. 엄마는 2주일에 한 번씩 집안을 깨끗하게 청소해줄 테니 2주일에 한 번씩 피아노를 가르쳐달라고 제안했다. 리지 선생은 자신의 귀중한 시간을 엄마의 시간과 똑같이 계산할 수 없다고 반대했다. 하지만 엄마는 시간은 똑같은 시간이라고 맞섰다. 결국 시간은 시간이라는 주장에 동의해서 계약이 이루어졌다.

드디어 피아노 레슨을 받는 날이 왔다. 엄마는 프랜시와 닐리에게 레슨이 진행되는 동안 가만히 앉아서 두 눈과 귀를 활짝 열고 있으라고 말했다. 그리곤 선생이 앉을 의자를 피아노 앞에 놓았다. 두 아이는 피아노 옆에 나란히 앉았다. 엄마는 의자를 계속 다시 고쳐 놓았다. 그리곤 함께 가만히 앉아서 기다렸다.

리지 선생은 다섯 시 정각에 도착했다. 바로 아래층에서 올라오는 것일 뿐인데도 정장차림이었다. 점이 산뜻하게 박힌 망사로 얼굴을 가리고 빨간 새를 죽여 머리핀 두 개로 가슴과 날개를 잔인하게 찔러 넣은 모자를 썼다. 프랜시는 잔인한 모자를 계속 노려보았다. 엄마가 침실로 데리고 가서 그것은 진짜 새가 아니라 깃털을 풀로 붙여서 만든 모자이니 그렇게 노려보지 말라고 조그맣게 속삭였다. 프랜시는 그 말을 믿었다. 하지만 프랜시의 두 눈은 계속 그 잔인한 새모자에서 떠나질 못했다.

리지 선생은 피아노를 제외한 모든 것을 가지고 왔다. 지갑에서 니켈로 만든 사발시계와 박절기를 꺼냈다. 시계는 다섯 시를 가리켰다. 리지 선생이 시계바늘을 여섯 시에 갖다 놓고 피아노 앞에 앉았다.

프랜시는 박절기가 너무 신기해서 정신을 잃고 바라보느라, 리지 선생이 무슨 말을 하는지, 엄마 손을 어떻게 건반 위에 올려놓는지 도무지 신경이 가지 않았다. 프랜시는 계속 박절기가 째깍이는 단조로운 소리를 들으며 상상의 나래를 폈다. 닐리의 파란 눈도 왔다 갔다하는 박절기만 계속 따라가더니, 이윽고 입을 헤 벌리고 노란 머리를 어깨에 늘어뜨린 채 꿈의 세계로 빠져들고 말았다. 닐리가 숨을 내쉴 때마다 조그만 풍선이 코 안에서 나왔다가 다시 들어갔다. 엄마는 리지 선생이 한 사람 몫으로 세 사람이 배운다고 화를 낼까 봐 닐리를 깨우지 않았다.

박절기는 계속 단조롭게 째각거렸다. 사발시계 역시 계속 째각거렸다. 리지 선생은 박절기를 믿을 수 없다는 듯, 입으로 조그맣게 계속 "하나, 둘, 셋, 하나, 둘, 셋……"을 세었다. 엄마는 일에 찌든 뭉툭한 손가락으로 열심히 건반을 두드렸다. 시간이 지나자 집 안이 점차 어두워졌다. 사발시계가 갑자기 시끄러운 종소리를 울렸다. 프랜시는 너무 놀라 심장이 떨어지는 것 같았다. 닐리가 잠에서 화들짝 깨어나 의자 밑으로 떨어졌다. 첫 번째 레슨이 끝났다. 엄마가 더듬거리는 말로 고맙다고 말했다.

"설사 앞으로 다시 레슨을 안 받더라도 오늘 가르쳐주신 대로 연습하면 될 것 같아요. 정말 훌륭한 선생님이세요."

리지 선생은 찬사의 말을 듣고 만족한 얼굴이 되었다. 하지만 거기에 대해서는 아무 말도 안 하고 다른 말을 꺼냈다.

"아이들이 옆에서 배워도 좋아요. 다만 나를 바보 취급하지 않기만 바랄 뿐입니다. 앞으로도 아이들이 옆에 있는 걸 허락하겠습니다."

비밀을 들켜 창피해진 엄마가 얼굴을 빨갛게 물들이며 아이들을 내려다보면서 고맙다고 말했다.

리지 선생이 의자에서 일어나 가만히 서 있었다. 엄마가 언제 청소하러 가겠노라고 약속했지만, 리지 선생은 떠날 기미를 보이지 않았다. 엄마는 리지 선생이 뭔가 바라는 게 있다는 걸 눈치채고 물었다.

"무슨 일이……?"

리지 선생이 피부가 고운 뺨을 살짝 붉히고 머뭇거리며 말했다.

"나에게 레슨을 배우는…… 숙녀분들은…… 저…… 레슨이 끝난 다음에 차를 대접한답니다."

리지 선생이 한 손을 가슴에 대고 애매하게 부연설명을 했다.

"계단이 너무 높아서……"

"그럼 커피라도 한 잔 하시겠어요? 저희 집엔 지금 차가 없어서……"

"그야 물론이지요!"

리지 선생은 한시름 놓았다는 듯 다시 자리에 앉았다.

엄마가 부엌으로 달려가 항상 난로 위에 올려놓는 커피를 데우면서 동그란 양철 쟁반 위에 설탕빵 하나와 수저 하나를 챙겼다.

닐리는 소파 위에서 다시 잠에 골아 떨어졌고, 프랜시는 리지 선생과 마주앉아 선생의 얼굴을 가만히 쳐다보았다. 마침내 리지 선생이 물었다.

"꼬마야, 무슨 생각을 그렇게 하니?"

"그냥 아무거나 해요."

"가끔 보면 쓰레기통 옆에 앉아 몇 시간 동안 가만히 있던데, 그때는 무슨 생각을 하니?"

"아무것도 아니에요. 그냥 혼자 얘기하는 거예요."

"꼬마야, 너는 나중에 어른이 되면 소설을 쓰는 작가가 될 게다."

리지 선생이 엄숙한 얼굴로 쳐다보며 말했다. 느낌을 말한다기보다 명령하는 투였다.

"네, 선생님."

프랜시도 정중하게 동의했다.

엄마가 쟁반을 들고 거실로 들어와 죄송스럽다는 얼굴로 말했다.

"평소에 드시는 것처럼 좋은 건 아니겠지만 이것밖에 없어서요."

"괜찮습니다."

리지 선생은 이렇게 대답하고 나서 컵을 집어들더니 게걸스럽게 먹지 않으려고 온 힘을 다했다.

사실 민모레 자매는 학생들에게 대접받는 '차'로 연명해가고 있었다. 비록 하루에 서너 번 레슨을 하지만 한 번에 25센트밖에 안 되기 때문에 월세를 내고 나면 음식 살 돈이 없었다. 레슨 받는 아줌마들은 약간의 차와 크래커를 대접할 뿐, 25센트나 내면서 거기다 음식까지 대접하려는 사람은 없었다. 그래서 결국 리지 선생은 프랜시네 집에 올 시간만 기다리게 되었다. 커피는 물론 빵이나 볼로냐 샌드위치를 함께 대접받을 수 있었기 때문이다.

엄마는 레슨이 끝날 때마다 자기가 배운 걸 아이들에게 가르쳐주었다. 그리곤 매일 30분씩 연습하게 만들었다. 그래서 세 사람 모두 피아노 치는 법을 배울 수 있었다.

아빠는 리지 선생의 동생인 매기 선생이 노래 레슨을 한단 얘기를 듣고 엄마처럼 못할 것도 없다고 작정했다. 그래서 민모레 자매 집 창문에 고장난 도르래 줄을 고쳐주는 대가로 프랜시에게 노래 레슨 두 번을 가르쳐주기로 약속했다. 도르래 줄을 본 적도 없는 아빠가 망치와 십자 드라이버를 가져가서 창문 골조를 떼어냈다. 그리곤 고장난 줄을 살펴보았으나 어떻게 고쳐야 좋을지 알 수가 없었다. 이것저것 다해봐도 소용이 없었다. 기술이 형편없으니 도리가 없었다. 도르래 줄을 고칠 방법을 궁리하는 동안 우선 차디찬 비바람이 들이치는 걸 막아볼 요량으로 다시 창문을 달다가 그만 유리창을 깨뜨리고 말았다. 이렇게 해서 약속도 깨졌다. 민모레 자매는 정식 기술자를 불러서 고칠 수밖에 없었다. 엄마는 유리창에 대한 보상으로 집안을 두 번 더 청소해주어야 했으며 프랜시의 노래 레슨은 공수표로 끝나고 말았다.

11

프랜시는 학교 갈 날을 손꼽아 기다렸다. 학교에 가면 모든 게 해결될 것 같았다. 우선 많은 친구를 사귈 수 있을 터이니 외롭지 않을 것이고, 운동장에 있는 수도도 마음껏 들이킬 수 있을 터였다.

학교 수도는 꼭지가 거꾸로 달려 있어서 프랜시는 그곳에서 수돗물 대신 소다수가 나오는 걸로 알고 있었다. 그리고 결혼하고 나서 프랜시를 낳기 전까지 학교 청소일을 했던 엄마와 아빠가 학교 교실에 대해 말하는 걸 듣고는, 그곳에 있다는 차양같이 내려오는 지도를 보고 싶었다. 그러나 무엇보다도 학교에서 주는 학용품을 받고 싶었다. 학교에 가면 공책과 책받침, 새 연필이 가득 담긴 필통, 대포 모양으로 된 연필깎기, 볼펜, 대나무로 만든 30센티미터짜리 자 같은 걸 준다고 하지 않는가!

하지만 학교에 가려면 먼저 우두 예방접종을 받아야 한다. 그건 법이었다. 정말 끔찍한 법이 아닐 수 없었다! 보건소에서 우두 예방접종은 해가 없을 정도로 아주 조금만 병균을 몸 안에 집어넣어 병에 걸리지 않게 하는 거라고 가난하고 못 배운 사람들에게 설명했지만, 부모들은 그 말을 믿지 않았다. 이들이 이해할 수 있는 건 건강한 아이의 몸 안에 병균을 넣는다는 것 하나밖에 없었다. 그래서 외국에서 이민 온 부모들 중에는 아이들에게 예방주사 맞히는 걸 한사코 막았다. 이런 아이들은 학교에 입학할 수 없었다. 법으로 정해져 있었기 때문이다. 그래서 이런 사람들은 자유로운 나라라더니 이게 무슨 자유냐고, 학교에 들어가야 하는 법도 있고, 그 전에 병균을 몸 안에 집어넣어야 학교에 들어갈 수 있다는 법도 있다는 게 말이나 되느냐고 난리를 쳤다. 하지만 대부분의 어머니들은 눈물을 홀쩍이며 아이들을 데리고 보건소로 갔다. 그러면 아이들은 도살장에 끌려가는 소처럼 징징 울면서 따라가서는 바늘을 보자마자 비명을 내질렀다. 그러면 대기실에서 기다리는 어머니들은 숄을 머리에 두르고 아이를 죽인다며 커다란 소리로 통곡했다.

프랜시는 일곱 살이었고, 닐리는 여섯 살이었다. 엄마는 두 아이가 함께 학교에 다녀야 다른 아이가 괴롭히더라도 서로 힘이 된다고 하면서 프랜시를 일년 늦게 학교에 들어가게 했다. 8월의 어느 끔찍한 토요일, 엄마가 직장에 나가기 전에 침실에 들러서 아이들을 깨워 지시했다.

"자, 이제 일어나서 몸을 깨끗이 씻고 열한 시가 되면 저쪽 모퉁이를 돌아 보건소에 가거라. 그리고서는 9월에 학교에 들어갈 거라서 예방접종 받으러 왔다고 말해라."

프랜시가 몸을 떨기 시작했다. 닐리가 울음을 터트렸다.

"엄마도 같이 가요!"

프랜시가 간청했다.

"나는 일하러 나가야 돼. 내가 안 가면 일을 대신할 사람이 어딨다고 그래?"

케이티가 화를 터트려 양심의 가책을 억눌렀다.

프랜시는 더 이상 아무 말도 하지 않았다. 케이티는 두 아이가 말을 들을 거라는 걸 알고 있었다. 하지만 양심의 가책을 억누를 수 없었다. 그렇다. 케이티는 엄마 된 도리로 함께 가서 아이들을 안심시켜주어야 했다. 하지만 끔찍한 현장에 함께 가서 아이들이 지르는 비명소리를 견딜 자신이 없었다. 어차피 아이들은 예방접종을 맞을 수밖에 없다. 자신이 함께 있든 다른 데 있든 그 사실은 조금도 변하지 않는다. 그렇다면 셋 가운데 한 명이라도 고통을 덜 받는 게 낫지 않겠는가? 게다가 인정사정 없는 끔찍한 세상에서 살아가려면 아이들이 어려운 일을 스스로 헤쳐나가도록 만들어야 하지 않겠는가?

"그럼 아빠랑 함께 갈게요."

프랜시가 사정했다.

"아빠는 사무실에서 일거리를 기다리고 계셔. 오늘은 하루종일 집에 돌아오지 않으실 거야. 너희들은 이제 많이 컸기 때문에 너희들끼리만 갈 수 있어. 그리고 별로 아프지도 않아."

닐리가 더 큰 소리로 울었다. 닐리를 몹시도 애지중지하는 케이티로서는 더 이상 견딜 수 없었다. 아이들과 함께 가지 않으려던 가장 큰 이유가 닐리가 아파서 비명 지르는 소리를 도저히 견딜 수 없을 것 같았기 때문이었다.

그래서 닐리가 우는 소리에 마음이 잠시 흔들렸다. 하지만 안 된다. 그러면 반나절 동안 일을 못하기 때문에 일요일 아침에 직장에 나가서 벌충을 해야 한다. 그러고 나면 몸살에 걸릴 게 분명하다. 내가 없어도 아이들끼리 잘 해낼 수 있을 거야. 케이티는 서둘러 나갔다.

프랜시는 공포에 질려 계속 울어대는 닐리를 달랬다. 하지만 큰 아이들이 보건소에 가면 팔을 잘라낸다고 겁을 준 다음이라, 닐리를 달래는 건 쉽지 않았다. 프랜시는 닐리의 관심을 다른 데로 바꾸려고 동생을 데리고 마당으로 내려가서 진흙으로 파이를 만들기 시작했다. 두 아이는 놀이에 열중하느라 몸을 깨끗이 씻으라는 엄마의 말을 까맣게 잊어버렸다.

하마터면 파이 만드는 놀이가 너무 재미있어서 열한 시에 보건소에 가라는 말조차 잊을 뻔했다. 물론 진흙놀이를 하느라 손과 팔은 엉망이었다. 그런데 십분 전 열한 시에 게디스 부인이 창문 밖으로 얼굴을 내밀고 프랜시와 닐리에게 엄마가 열한 시가 다 되면 알려 주랬다고 소리쳤다. 닐리가 진흙파이를 다 만든 다음 다시 눈물을 흘렸다. 프랜시는 동생 손을 잡고 천천히 모퉁이를 돌아갔다.

프랜시와 닐리는 보건소에 들어가서 기다란 의자에 앉았다. 옆에서 유태인 엄마가 앉아 눈물을 흘리며 여섯 살 난 커다란 사내아이를 두 팔로 꼭 껴안고 이마를 열심히 비벼댔다. 다른 엄마들 역시 눈살을 잔뜩 찌푸린 채 불안한 얼굴로 앉아 있었다. 끔찍한 일이 진행되고 있을 뿌연 유리창 건너편에서 엉엉 우는 소리와 비명소리 그리고 다시 엉엉 우는 소리가 끊임없이 흘러나왔다. 그럴 때마다 한 아이가 창백한 얼굴로 왼팔에 하얀 천을 감고 밖으로 나왔다. 그러면 어머니가 달려가서 아이를 붙잡고 뿌연 유리창에 대고 주먹을 흔들며 외국말로 욕설을 퍼부은 다음 종종걸음으로 도살장을 빠져나갔다.

프랜시 차례가 되었다. 프랜시는 몸이 덜덜 떨리는 걸 느끼며 안으로 들어갔다. 의사나 간호사를 본 건 그 때가 처음이었다.

하얀 유니폼과 냅킨을 두른 쟁반 위에서 번쩍이는 잔인한 도구, 그리고 조그만 항생제, 특히 한쪽 옆에 핏빛처럼 새빨간 십자가가 그려진 소독기가 프랜시를 공포 속으로 몰고 갔다.

간호사가 왼쪽 팔소매를 걷고 천으로 조금 닦았다. 하얀 옷을 입은 의사가 병균이 든 잔인한 주사를 들고 다가왔다. 의사가 점차 커지더니 이윽고 거대한 바늘로 보이기 시작했다. 프랜시는 죽기를 기다리는 심정으로 두 눈을 감았다. 아무 일도 일어나지 않았다. 아무런 느낌도 없었다. 프랜시가 두 눈을 천천히 뜨고 모든 게 끝났기를 바라는 심정으로 쳐다보았다. 하지만 의사는 여전히 옆에서 주사기를 들고, 경멸스럽다는 얼굴로 팔을 쳐다보고 있었다. 프랜시도 시선을 돌려 자기 팔을 바라보았다. 진흙이 가득 묻은 한가운데에 옥시풀로 닦아낸 동그라미가 조그맣게 자리잡고 있었다. 의사가 간호사에게 말하는 소리가 들렸다.

"아침부터 밤까지 불결, 불결, 불결! 아무리 가난하더라도 몸을 깨끗하게 닦을 순 있잖아. 물 값도 공짜고 비누도 싼데 말이야. 저 팔 좀 보라구, 간호원."

간호사가 쳐다보고 깜짝 놀랐다. 프랜시는 너무 부끄러워 얼굴이 새빨갛게 달아오르는 걸 느꼈다. 의사는 하버드 출신으로 동네 병원에서 인턴 과정을 밟으면서 의무적으로 일주일에 한 번씩 보건소에 나와 서너 시간씩 봉사하는 사람인데, 인턴 과정이 끝나면 보스턴에서 개인병원을 개업할 예정이었다. 보스턴에 있는 상류 계층의 약혼녀에게 편지를 보낼 때는 동네사람들이 쓰는 말투를 사용해서 브루클린의 인턴 생활을 연옥으로 묘사하곤 했다. 간호사는 윌리엄스버그 출신이었다. 말투를 들으면 알 수 있다. 가난한 폴란드 이민자의 자식으로 태어나 낮에는 스웨터 공장에서 근무하고 밤에는 전문학교에 다니면서 간호사 자격증을 딴 야심만만한 처녀가 분명했다. 아마 지금은 무슨 일이 있더라도 의사와 결혼하고 말겠다는 희망을 불태우고 있을 터였다. 그래서 자신 역시 이 빈민가 출신이란 사실을 어느 누구에게도 알리고 싶지 않았으리라.

의사가 짜증을 내자 프랜시는 고개를 떨구고 일어났다. 자신은 더러운 아이다, 의사가 하고 싶은 말은 바로 이것이었다. 의사는 지금 이런 유형의 사람들이 어떻게 생명을 유지할 수 있는지 모르겠다며 세상을 깨끗하게 만들려면 이런 사람들에게 불임수술을 시켜서 자식을 못 낳게 하는 게 낫지 않겠냐고 간호사에게 묻고 있었다.

그렇다면 의사는 지금 내가 죽기를 바라고 있단 말인가? 진흙파이를 만드는 장난을 해서 두 팔과 두 손을 더럽혔으니 그냥 죽여버리고 말겠다는 말인가?

프랜시가 간호사를 쳐다보았다. 프랜시가 볼 때는 모든 여자가 다 자기 엄마와 시시 이모와 에비 이모처럼 엄마들이었다. 그래서 프랜시는 간호사가 이렇게 말할 거라 생각했다.

'아마 애 엄마가 바빠 일하러 가느라 오늘 아침에 애를 깨끗이 씻겨줄 시간이 없었을 거예요.' 혹은, '아시다시피 어린아이들은 항상 더러운 데서 놀잖아요.'

하지만 간호사 입에서 나온 말은 그렇지 않았다.

"그렇군요. 정말 끔찍하죠? 제 생각도 그래요, 선생님. 불결한 사람들을 보면 정말 견딜 수 없어요."

주사바늘이 살 속으로 파고들었다. 하지만 프랜시는 아무것도 느낄 수 없었다. 의사의 말에서 시작된 고통의 파도가 온몸을 집어삼켜 모든 감각을 빼앗아갔기 때문이다. 간호사가 숙달된 솜씨로 팔에 붕대를 감는 동안, 그리고 의사가 주사기에서 주사바늘을 빼 소독기에 집어넣고 새 바늘을 끼우는 동안, 프랜시가 입을 열었다.

"다음은 제 남동생 차례예요. 그 애도 나처럼 팔이 더러울 테니 놀라지 마세요. 그리고 그 애한테는 나한테 한 말을 하지 마세요."

두 사람이 깜짝 놀란 눈으로 조그만 여자아이를 바라보았다.

프랜시는 눈물이 흘러나오는 걸 억누르면서 억지로 입을 열었다.

"내 동생한테는 아무 말도 하지 마세요. 어차피 아무 소용없을 테니까요. 그 애는 남자애이기 때문에 더러운 걸 신경 쓰지 않아요."

프랜시가 등을 돌리고 약간 비틀거리면서 밖으로 걸어나왔다.

문이 닫히기 전에 의사가 놀란 목소리로 말하는 게 들렸다.

"저 애가 내 말을 이해할 줄 몰랐어."

그 뒤를 이어서 간호사가 한탄하는 소리가 들렸다.

"할 수 없죠, 뭐."

엄마는 아이들이 돌아온 점심시간에 집에 와서 안쓰러운 눈으로 팔에 맨 붕대를 바라보았다.

"엄마, 왜 그래요? 그 사람들은 도대체 왜…… 말을 하면서 주사를 놓아야 하지요?"

프랜시가 격한 어조로 묻자, 엄마가 담담하게 대답했다. 어차피 이젠 다 지나간 일이라는 생각이 들었다.

"예방접종은 아주 좋은 거란다. 이제 어느 팔이 오른팔이고 왼팔인지 알 수 있잖아. 나중에 학교에 가면 오른손으로 글씨를 써야 해. 그런데 이제 주사를 맞았으니, 왼팔로 쓰면 왼팔이 '아야! 이 손으로 쓰지 마. 다른 손으로 쓰라고' 하고 말한다구."

프랜시는 이 설명을 듣고 만족했다. 어느 손이 오른손이고 왼손인지 아직 구분을 못했기 때문이다. 그래서 음식을 먹을 때나 그림을 그릴 때 왼손을 사용할 때가 많았다. 엄마는 항상 주의를 주면서 분필이나 바늘을 왼손에서 오른손으로 옮겨주었다. 그런데 엄마가 설명한 바에 의하면, 예방접종을 받았으니 이제 왼손과 오른손을 구분할 수 있지 않겠는가! 주사바늘에 한번 찔린 걸로 그런 커다란 고민거리를 해결할 수 있다니 그런 대로 괜찮다는 생각이 들었다. 그 때 이후 프랜시는 왼손 대신 오른손을 주로 쓰기 시작했다.

12

프랜시는 학교에 대해 아주 대단한 기대감을 가지고 있었다.

예방접종이 그 즉시 왼손과 오른손의 차이점을 가르쳐주었다면, 학교는 더 커다란 여러 가지 기적을 가져올 게 분명했다. 그래서 학교에 들어가면 첫날에 읽기와 쓰기를 모두 다 배워서 집으로 돌아올 것 같았다. 하지만 그렇지 않았다.

소다수가 하나도 나오지 않는 수돗물을 먹으려고 숙인 머리를 어떤 커다란 아이가 내리쳐서 코피가 터져 코를 손으로 막고 집으로 돌아왔을 뿐이다.

한 사람이 쓰는 의자와 책상을 다른 여자아이와 함께 쓰게 된 것부터 실망스러웠다. 프랜시는 혼자 책상 하나를 쓰고 싶었다. 학급위원이 아침에 연필을 줄 때는 굉장히 기뻤다. 하지만 3시가 되자 그것 역시 다른 학급위원이 다시 걷어갔다.

학교에 입학한 지 반나절도 지나지 않아, 프랜시는 '선생님의 애완동물'이 절대 될 수 없다는 사실을 깨달았다. 그렇게 될 특권은 소수의 여자아이들만 가지고 있었다. 산뜻하게 빗은 머리에 비단 머리띠를 두르고 예쁜 앞치마를 입은 소수의 여자아이들…… 이들은 근방에서 몇 안 되는 커다란 상점 주인의 딸들이었다. 프랜시는 브리그 선생이 그들을 다정한 눈으로 쳐다보며 제일 앞줄 제일 좋은 자리에 앉힌다는 걸 눈치챘다. 게다가 책상도 한 명에 하나씩 배정했다. 제일 앞자리에 앉은 소수에게 말하는 브리그 선생의 목소리는 아주 부드러웠다. 하지만 지저분한 다수의 아이들에게 말하는 목소리는 정반대였다.

프랜시는 그 대다수 아이들 속에 파묻혀 자신이 깨달은 그 이상을 학교에 입학한 첫날에 배울 수 있었다. 우선 선생님의 이중적인 태도를 통해 위대한 민주주의의 계급구조를 배웠다. 선생님은 프랜시를 비롯한 대다수 아이들을 그냥 싫어했다. 선생님은 이들이 학교에 올 자격이 없지만 외압에 의해 어쩔 수 없이 받아들인다는 태도를 보여주었다. 그래서 최대한 다정하지 않게 대하려고 노력했다. 지식의 떡고물 몇 개가 더러운 아이들에게 가는 것 자체가 몹시 아까운 눈치였다. 선생님 역시 보건소 의사처럼 더러운 아이들은 이 세상에서 살아갈 자격이 없다는 듯이 행동했다.

그렇다면 환영받지 못하는 아이들 전부가 하나로 단결해서 자신을 적대하는 세력에 대항해야 할 것 같았다. 하지만 그런 아이는 한 명도 없었다. 이들은 선생님이 자신들을 증오하는 이상으로 서로 증오했다. 서로에게 말할 때도 선생님의 신경질적인 말투를 그대로 흉내냈다.

선생님은 더러운 아이들 가운데 한 명을 희생양으로 선택하는 걸 좋아했다. 희생양으로 뽑힌 불쌍한 아이는 노처녀의 신경과민으로 인한 온갖 고문과 학대를 받아야 했다. 그런데 다른 아이들까지 선생님이 고문하고 학대한 모습을 그대로 흉내내서 그 불쌍한 희생양을 괴롭혔다. 그렇게 하면 가해자와 가까워질 수 있다고 착각하는 것 같았다.

천 명 수용 규모의 학교에 삼천여 명의 아이들이 모여 있었다. 아이들 사이에서 추잡한 이야기들이 돌아다녔다. 그 가운데 하나는 머리칼이 노랗고 웃음이 헤픈 파이퍼 선생은 반장에게 학급을 맡기고 밖으로 나갈 때가 많은데, 그것은 수위 보조원과 지하실에 내려가서 함께 잠을 자기 위한 거라는 이야기였다. 또 하나는 실제로 당한 적이 있는 조그만 사내아이들 주변에서 나온 이야기인데, 옷에 금속덩어리를 달고 다니고 몸에서 소나무 냄새를 풍기는 엄격한 얼굴의 여자 교장 선생이 말썽꾸러기 사내아이들을 교장실로 불러 바지를 벗긴 다음 등나무 줄기로 엉덩이를 때린다는 것이었다.(여자 아이들은 옷을 입히고 때렸다.)

물론 때리는 것은 법으로 금지되어 있었다. 하지만 학교 안에서 공공연하게 체벌을 가한다는 사실을 학교 바깥에서 어느 누가 알 수 있겠는가? 어떤 아이가 자신이 매를 맞았다고 말하겠는가? 학교에서 매를 맞았단 사실을 부모에게 말하면, 부모는 학교에서 처신을 똑바로 하지 않았기 때문이라며 재차 매를 드는 게 관례였다. 그래서 아이들은 학교에서 매를 맞아도 입을 다물고 혼자 끙끙 앓을 수밖에 없었다.

하지만 가장 끔직한 건 이 모든 소문이 하나도 꾸밈없는 진실이라는 사실이었다. 1908년과 1909년 당시의 초등학교를 가장 적절하게 묘사할 수 있는 단어는 '잔인함'이라는 단어밖에 없었다. 그 당시의 윌리엄스버그에는 아동심리학이라는 것도 없었으며, 교사 채용도 엄격하지 않았다.

고등학교를 졸업한 다음 2년 동안 교원 전문학교를 다니면 교사로 채용되었다. 그래서 교직에 대해 사명감을 가진 교사는 극히 드물었다. 그들이 교직에 남아 있는 것은 다른 직업을 구할 수 없었기 때문이며, 그래도 공장보다는 월급이 많았기 때문이며, 긴 여름방학이 있었기 때문이며, 퇴직한 다음에 연금을 받았기 때문이며, 결혼 상대가 한 명도 없었기 때문이다. 결혼한 여자는 교단에 설 수 없었기 때문에, 교사 대부분은 본능적으로 사랑에 굶주린 노처녀 노이로제 환자일 수밖에 없었다. 아이를 낳지 못한 노처녀들은 다른 여자들이 낳은 아이를 가혹하게 대하는 것으로 마음껏 분풀이를 했다.

이 가운데서 가장 잔인한 교사는 빈민가 출신의 교사들이었다. 이들은 불행한 꼬마 아이들을 잔인하게 대하는 과정을 통해 자신의 공포스러운 출신 배경을 벗어 던질 수 있다고 생각하는 것 같았다. 물론 모든 교사가 나쁜 건 아니었다. 개중에는 다정한 얼굴로 아이들과 함께 괴로워하며 아이들을 조금이라도 도와주려고 노력하는 선생님이 가끔 있었다. 하지만 이런 선생님은 교사생활을 오래하지 못했다. 결혼해서 교단을 떠나거나 다른 교사들의 질시를 받아 쫓겨났기 때문이었다.

 _13

'교실을 나가는' 문제는 아주 심각했다. 선생님은 아이들이 수업시간에 손을 들 때마다, 아침에 미리 집에서 용변을 보고 오거나, 점심시간까지 참으라고 지시할 뿐이었다. 휴식시간에 충분한 시간이 있다고 생각했기 때문이다. 하지만 그 휴식시간을 이용할 수 있는 아이는 극소수에 불과했다. 휴식종이 울리자마자 아이들이 우루루 몰려들어 화장실 근처에도 가보지 못하는 경우가 많았다. 500명의 아이들에게 배당된 화장실이 열 개에 불과했기 때문이다. 개중에는 운이 좋아 화장실 입구까지 가는 아이도 있었다. 하지만 학교에서 가장 잔인한 아이들 열 명이 화장실을 하나씩 지키고 있어 안으로 들어가지 못하게 막았다. 아이들이 그 앞에 몰려들어 아무리 사정해도 그들은 들은 척도 하지 않았다. 동전 한 닢을 건네주는 아이만 화장실로 들어갈 수 있었다. 하지만 동전을 가지고 있는 아이는 거의 없었다. 잔인한 독재자들은 수업종이 울릴 때까지 화장실 문을 떠날 생각을 안 했다. 그런 잔인한 짓이 무슨 재미가 있다고 그러는지 정말 궁금할 정도였다. 하지만 벌을 받는 아이는 한 명도 없었다. 아이들 화장실로 오는 선생님은 한 명도 없기 때문이었다. 그렇다고 고자질하는 아이가 있는 것도 아니었다. 아무리 어린아이라 하더라도 고자질하면 안 된다는 걸 알고 있었다. 고자질했다는 게 알려지면 끔찍한 복수를 당하기 때문이다. 그래서 이 잔인한 놀이는 계속되었다.

물론 이론상으로는 수업 중에 허락을 받고 교실을 나갈 수 있었다. 손가락 하나를 들면 금방 나갔다 오겠다는 신호였고, 두 개를 들면 약간 오래 나갔다 오겠다는 신호였다. 하지만 아이들 사정을 전혀 생각하지 않는 잔인한 선생님들은 그런 신호를 볼 때마다 아이가 교실 바깥으로 도망칠 핑계에 불과하다 생각하고 허락하지 않았다. 쉬는 시간도 많고 점심시간도 있으니 그 때 나갔다 오라는 논리였다. 그래서 아이들은 스스로 해결할 수밖에 없었다.

물론 제일 앞자리에 책상을 하나씩 차고앉은 단정한 차림의 극소수 아이들은 아무 때나 밖으로 나갈 수 있었다. 하지만 대다수 아이들은 그런 특권을 누릴 수 없었다. 그래서 아이들 가운데 절반은 선생님의 논리대로 생리현상을 조절하는 방법을 배우고, 나머지 절반은 고질적인 오줌싸개가 될 수밖에 없었다.

프랜시가 교실을 나갈 수 있도록 해결해준 사람은 시시 이모였다. 시시 이모는 아이들이 학교에 입학했다는 걸 알고 어떻게 생활하는지 알고 싶었다. 시시 이모는 조카들을 무척이나 사랑했다.

이모 자신이 아이를 끔찍하게 원하는 데도 아이를 갖지 못했기 때문에 조카들에 대한 사랑이 유달랐던 것이다. 시시 이모는 열다섯 살부터 스물네 살이 될 때까지 여덟 명의 아이를 낳았지만, 모두 죽은 채로 태어났다. 죽은 아기를 낳을 때마다 아이를 바라는 시시 이모의 갈망은 더 깊어졌다. 시시 이모는 잠자리를 같이 하는 남자들과 두 여동생 에비와 케이티, 그리고 조카들에게 자신의 좌절된 모성애를 쏟아 부었다.

그래서 프랜시는 시시 이모를 끔찍이 좋아했다. 물론 사람들이 이모에게 손가락질하며 행실 나쁜 여자라고 수군거리는 소리를 듣기는 했지만, 그러나 그럴수록 프랜시는 시시 이모에게 더 애정이 갔다.

시시는 공장에 나가지 않고 학교가 끝날 시간에 학교 앞길에서 서성거렸다. 아이들 틈에서 닐리가 나오는 모습이 보였다. 커다란 아이가 닐리의 모자를 벗겨 땅에 내동댕이치고 발로 짓밟은 다음 도망쳤다. 닐리가 고개를 돌려 자기보다 조그만 아이에게 똑같이 했다. 시시가 닐리의 팔을 잡았다. 하지만 닐리는 깜짝 놀라 비명을 내지르며 팔을 뿌리치고 도망쳤다. 시시는 많이 큰 닐리를 씁쓸하게 바라볼 수밖에 없었다.

프랜시는 시시 이모를 발견하고 대뜸 두 팔로 이모를 껴안고 키스했다. 시시는 프랜시를 데리고 조그만 과자가게로 가서 초콜릿 음료수를 사주었다. 그리곤 프랜시를 걸상에 앉힌 다음 학교생활에 대해서 물었다. 프랜시는 교과서와 집에서 공부하는 책을 보여주며 학교생활에 대해 설명했다. 시시가 감격한 표정으로 깡마른 조카의 얼굴을 가만히 바라보다가, 떨고 있다는 사실을 눈치챘다. 올이 풀린 광목치마에 너덜너덜한 조그만 스웨터 그리고 얇은 광목스타킹은 11월의 추운 날씨에 적합하지 않은 옷차림이었다. 시시는 자신의 체온으로 조카를 따뜻하게 감쌌다.

"우리 귀여운 공주님이 나뭇잎처럼 떨고 있구나."

프랜시는 마음속으로 처음 듣는 표현이라 생각하면서 고개를 들고 건물 담장 바깥으로 뻗어 나온 조그만 나무를 바라보았다. 마른 잎 서너 개가 아직 가지에 달려 있었다. 그 가운데 하나가 바람을 받아 부르르 떨었다. 나뭇잎처럼 떨고 있다. 프랜시는 이 표현을 마음속에 담아두었다. 나뭇잎처럼……

"무슨 일이야? 온몸이 얼음장같아!"

프랜시는 입을 열지 않았다. 하지만 시시 이모가 계속 부드럽게 타이르며 묻자 창피해서 빨개진 얼굴을 이모 목에 파묻고 조그맣게 속삭였다. 그러자 시시 이모가 깜짝 놀랐다.

"하느님 맙소사! 이렇게 얼음장이 된 것도 무리는 아니군. 선생님한테 말하지 그랬니?"

"선생님은 우리가 손을 들어도 쳐다보지 않아요."

"그래? 하지만 그렇게 걱정할 것 없다. 누구나 그런 일을 겪는 법이니까. 영국 여왕도 어렸을 때는 그렇게 옷에 오줌을 쌌단다."

하지만 여왕이라면 이런 일로 창피스러워할 일도 없었을 것 아닌가! 프랜시는 가만히 눈물을 흘리기 시작했다. 창피하고 두려웠다. 집으로 가기 싫었다. 엄마에게 야단 맞을 게 분명했다.

"괜찮아. 엄마가 야단치지 않을 거야. 조그만 아이라면 누구에게나 이런 일이 일어날 수 있어. 네 엄마도 조그만 했을 때는 옷에 오줌을 쌌어. 네 할머니도 그랬구. 하지만 내가 말했다고 하지 마. 어

쨌든 이 세상 모든 사람들이 조그마할 때는 오줌을 싼다구. 너한테
만 일어나는 일이 아니야."

"하지만 나는 나이가 많아요. 아기가 아니라구요. 엄마는 닐리가
보는 앞에서 야단칠 거예요."

"엄마가 발견하기 전에 먼저 말하고 다음에는 절대 이런 일이 없
을 거라고 약속해. 그러면 야단치지 않을 거야."

"안 돼요, 약속할 수 없어요. 선생님이 우리를 나가게 하지 않기
때문에 다시 이런 일이 일어날 거예요."

"이제 앞으로는 선생님이 네가 원할 때마다 항상 밖으로 나가게
해줄 거다. 너는 이 시시 이모를 믿지, 그렇지?"

"으응, 네. 하지만 이모가 그걸 어떻게 알아요?"

"성당에 가서 촛불을 켜놓고 그렇게 해달라고 기도할 거야."

프랜시는 그 말에 위안을 얻었다. 집으로 가니, 엄마가 평소처럼
약간 야단쳤다. 하지만 프랜시는 시시 이모의 약속을 생각하고 울
음을 참았다.

다음날 아침, 수업이 시작하기 십분 전에 시시는 교실로 찾아가
선생과 대면했다.

"이 반에 프랜시 놀란이라는 조그만 여자아이가 있지요?"

시시가 먼저 입을 열었다.

"그런데요?"

브리그 선생이 반문했다.

"똑똑하지요?"

"그런 셈이에요."

"착하지요?"

"그런 셈이에요."

시시가 얼굴을 가까이 대고 목소리를 낮게 깔며 점잖게 말했다. 브리그 선생이 뒤로 주춤거렸다.

"나는 지금 아이가 착하냐고 물었어요."

"네, 착해요."

선생이 서둘러 대답했다.

"나는 그 애 엄마랍니다."

시시가 거짓말을 했다.

"진짜요?"

"네. 진짜요!"

"놀란 부인, 아이의 학교생활에 대해 알고 싶으신 게 있으면······"

"혹시 프랜시가 신장에 문제가 있다는 걸 알고 계시나요?"

"신장에 무슨 문제가요?"

"의사선생님이 말하길, 만일 화장실에 가야 할 때 못 가서 신장에 오줌이 가득 차면 그 자리에 쓰러져 죽을 가능성이 많다는군요."

"설마······ 과장이시겠죠."

"그 애가 교실에서 쓰러져 죽는 꼴을 보고 싶으신가요?"

"물론 아니지요, 하지만······"

"그럼 쇠창살이 둘러친 마차를 타고 경찰서로 끌려가서 의사와 판사 앞에서 오줌누러 가지 못하게 했다는 사실을 자백하고 싶으신가요?"

브리그 선생은 이 여자가 지금 거짓말을 하는 건지 아닌지 파악할 수 없었다. 꾸며낸 말 같았지만 너무 차분하고 점잖은 목소리로 말하니 진짜가 아니라고 단정할 수도 없었다. 바로 그 때 시시는 우연히 창 밖을 보다가 뚱뚱한 경찰이 어슬렁거리며 걸어가는 모습을 발견했다.

"저 경관이 보이세요?"

시시가 묻자 브리그 선생이 고개를 끄덕거렸다.

"저 사람이 내 남편이에요."

"프랜시 아버지?"

"그야 당연하지요."

시시가 창문을 열고 커다란 소리로 불렀다.

"여봐요, 조니."

경찰이 깜짝 놀란 표정으로 고개를 들고 쳐다보았다. 어떤 여자가 손으로 키스를 보내는 모습이 보였다. 경찰은 순간적으로 사랑에 굶주린 노처녀 선생이 미쳤나 보다고 생각했지만 곧 이어, 젊은 선생 가운데 한 명이 자신의 남성다운 모습에 오랫동안 가슴을 태우다가 마침내 용기를 내고 추파를 던지는 게 분명하다고 판단했다. 그래서 그는 커다란 주먹으로 키스를 보낸 다음 모자를 약간 벗어 명랑하게 인사하고 〈멋진 순경 아저씨〉를 휘파람 불면서 길을 따라 내려가며 생각했다.

'그래, 나를 보고 반한 여선생이 많을 거야. 하지만 집에 가면 아이가 여섯 명이나 있는데…… 안 되지, 안 돼.'

브리그 선생의 두 눈이 깜짝 놀라 동그랗게 변했다. 저렇게 멋지고 남자다운 경관이 프랜시의 아버지라니…… 바로 그 때, 금발머리 여자아이가 리본을 맨 사탕상자를 가지고 안으로 들어와서 선생에게 건네주었다. 브리그 선생은 함박웃음을 머금으며 아이의 핑크빛 뺨에 키스를 했다. 시시는 시퍼런 면도날 같은 마음으로 브리그 선생을 살펴보았다. 프랜시 같은 아이에게 다정하게 대할 사람이 아니라는 걸 단박에 알 수 있었다.

"선생님께서는 우리가 부자가 아니라고 생각하는 것 같군요."

"무슨 말씀을…… 저는 그런 생각을 한번도……"

"우리도 그렇게 째째한 사람이 아니에요. 이제 얼마 안 있으면 크리스마스가 될 테니 그 때 찾아뵙지요."

시시가 뇌물을 줄 의도가 있다는 투로 말하자, 브리그 선생이 마침내 인정했다.

"하기야 프랜시가 손을 드는 걸 못 볼 때가 가끔 있었을 거예요."

"아니, 프랜시가 어디에 앉기에 가끔 못 보는 일이 있나요?"

시시가 묻자 선생이 어두운 뒷좌석을 가리켰다.

"그렇다면 앞에 앉혀야 하겠군요. 그러면 잘 보일 거 아닙니까?"

"자리 배정이 끝났기 때문에 앞에는 빈자리가 없어요."

"크리스마스가 오고 있잖아요."

시시가 부드럽게 타일렀다.

"어떻게 한번 해보겠습니다."

"네, 부탁하겠어요. 그럼 안녕히 계세요."

시시가 문을 향해 걸어가다가 고개를 돌렸다.

"크리스마스가 오는 것 때문만은 아니에요. 만일 우리 아이에게 문제가 생기면 경찰서에 근무하는 우리 남편이 여기까지 뛰어와서 선생님을 곤죽이 되도록 팰 테니, 그런 일이 없도록 조심하세요."

프랜시는 그날 아침 브리그 선생이 학부형 면담을 한 이후부터 더 이상 고통을 겪지 않았다. 아무리 프랜시가 손을 조그맣게 들어도 브리그 선생이 고개를 돌리고 쳐다보았다. 게다가 한동안 프랜시를 제일 앞줄에 앉히기도 했다. 하지만 크리스마스가 되어도 아무 선물도 도착하지 않자, 프랜시는 다시 어두운 뒷줄로 쫓겨났다.

프랜시나 케이티는 시시가 학교에 찾아갔다는 사실을 전혀 몰랐다. 하지만 프랜시는 두 번 다시 창피스러운 일을 겪지 않았다. 비록 브리그 선생이 친절하게 대하진 않았지만, 그렇다고 괴롭히는 일도 없었다. 물론 브리그 선생은 시시가 말한 내용이 거짓말이라고 확신하고 있었다. 하지만 모험을 하고 싶은 생각은 없었다. 비록 브리그 선생은 아이들이 싫었지만 그렇다고 해서 마귀는 아니었다. 게다가 자기가 보는 앞에서 아이가 쓰러져 죽는 꼴을 보고 싶은 생각은 털끝만치도 없었다.

 _14

프랜시는 그 모든 잔인한 행위와 고통에도 불구하고 학교를 좋아했다. 많은 아이들이 학급단위로 나뉘어 모두 똑같이 행동하는 것에서 일종의 편안함을 느낄 수 있었다. 프랜시는 자신이 어떤 특정 집단의 일원이라는 걸, 한가지 목적을 추구하기 위해 함께 모인 공동체의 한 부분이라는 걸 느꼈다.

놀란 가족은 개인주의자들이었다. 이들은 이 세상을 살아가는데 아주 중요한 것들만 받아들였다. 이들은 어느 특정 집단의 일원이 아니었다. 어른은 괜찮다 하더라도 어린아이로서는 가끔 당혹스럽게 느낄 수밖에 없는 생활태도였다. 그래서 프랜시는 학교에서 편안함과 동시에 안전함을 느낄 수 있었다. 비록 잔인하고 추악한 행위가 난무했지만, 그래도 학교에는 어떤 목적과 발전이 있었다.

게다가 항상 잔인한 것도 아니었다. 매주 한 번씩 30분 동안 광명의 시간이 찾아왔다. 몰톤 선생이 음악을 가르치기 위해 교실에 들어오는 시간이 바로 그 시간이었다. 몰톤 선생은 지역 안에 있는 모든 학교를 돌아다니며 음악을 가르치는 특활수업 선생이었다. 몰톤 선생이 올 때는 학교 전체에 축제 분위기가 가득했다. 선생님은 제비꼬리가 달린 양복에 나비 넥타이를 하고 다녔다. 항상 명랑하고 즐거움이 가득해서 마치 구름 속에서 나온 하느님같이 보일 정도였다. 선생님은 아이들을 사랑하고 그 형편을 이해했으며, 아이들은 선생님을 숭배했다. 다른 선생들 역시 몰톤 선생을 숭배했다.

담임 선생 역시 제일 좋은 옷을 입었고, 평소처럼 잔인하게 대하지 않았다. 어떤 때는 머리를 파마하고 옷에 향수를 뿌릴 때도 있었다. 몰톤 선생은 여선생들에게 지대한 영향을 끼쳤다.

몰톤 선생은 폭풍처럼 들이닥쳤다. 문을 쾅 열어제치고 제비꼬리를 휘날리며 뛰어들어와 단상 위로 올라가선, 웃음이 가득 핀 얼굴로 아이들을 둘러보며 기쁜 목소리로 "자, 자," 하고 말문을 열었다.

그러면 아이들은 자리에 앉아 행복에 겨운 폭소를 터트렸으며 담임 선생 역시 계속 얼굴에 미소를 머금었다.

선생님은 흑판에 기다란 줄을 그리고 그 위에 조그만 다리들을 그렸다. 마치 궤도에서 벗어난 달리기 경주 같았다. 플랫(b) 표시는 땅딸보 같았으며 샤프(#) 표시는 콧물을 질질 흘리는 뺑코 같았다. 그러다가 새처럼 갑자기 노래를 부르기 시작했다. 때로는 몰톤 선생 자신이 감정을 주체하지 못하고 마치 다리가 저절로 움직이는 것처럼 춤을 출 때도 있었다.

선생님은 아이들이 미처 깨닫기도 전에 아주 훌륭한 음악을 가르쳐주었다. 위대한 고전음악에 별명을 붙여 〈자장가〉니 〈세레나데〉,

〈거리의 노래〉, 〈햇빛이 눈부신 날 부르는 노래〉라며 가르쳐준 것이다. 그래서 헨델의 〈라르고〉를 부르는 아기 같은 목소리가 커다랗게 울려 퍼졌으며, 사내아이들은 공기놀이를 하면서 드보르작의 〈신세계 교향곡〉을 휘파람으로 불었다. 사람들이 그 노래 이름이 뭐냐고 물으면 그들은 "〈집에 가자〉예요" 하고 대답했다. 또한 포치놀이를 할 때는 파우스트가 지은 〈병사들의 합창〉을 불렀는데, 사람들이 물으면 〈씩씩하게〉라고 대답했다.

몰톤 선생처럼 숭배하진 않았지만, 여선생인 번스톤 선생 역시 아주 좋아했다. 번스톤 선생 역시 일주일에 한 번씩 미술을 가르치러 오는 특활수업 선생이었다. 번스톤 선생은 얼굴이 예쁠 뿐 아니라 성격도 자상하고 녹색과 심홍색으로 된 아름다운 옷만 입어 마치 다른 세계에서 온 선생 같았다. 게다가 몰톤 선생처럼 깨끗한 옷을 입은 아이들보다 더럽고 버림받은 아이들을 훨씬 더 사랑했다. 하지만 다른 선생들은 번스톤 선생을 좋아하지 않았다. 그렇다. 다른 선생들은 번스톤 선생과 얘기할 때 눈살을 찌푸리기 일쑤였으며, 등뒤에서 흉보기에 바빴다. 번스톤 선생의 아름다운 모습과 다정한 성격, 그리고 사내들에게 매력적으로 보이는 사랑스런 모습을 질투한 것이다.

번스톤 선생은 꾀꼬리처럼 맑고 명랑하게 말했다. 백묵이나 흑연을 든 아름다운 두 손은 재빠르게 움직였다. 크레용을 든 손목을 한 번 움직이면 도화지에 사과 하나가 그려졌으며, 손목을 두 번 더 움직이면 그 사과를 들고 있는 한 아이의 아름다운 손이 그려졌다. 언젠가 흑연으로 제일 가난하고 짓궂은 아이를 도화지에 그린 적이 있었는데, 그림을 다 그린 다음에 쳐다보니, 가난하고 짓궂은 모습은 간데 없고, 너무 빨리 자라난 아기의 순진무구한 모습이 가득할 뿐이었다. 아, 번스톤 선생은 천사였다.

이 특활수업 선생 두 분은 진흙탕만 가득한 가혹한 학교생활에, 담임 선생이 아이들에게 두 손을 뒤로 한 채 뻣뻣하게 앉아 있게 만들고 자기는 무릎 밑에 소설책을 숨겨놓고 읽는 잔인한 학교생활에 잠시 비추는 황금빛 찬란한 햇살이었다. 만일 선생님들 모두가 번스톤 선생이나 몰톤 선생 같았다면, 프랜시는 하늘나라를 쉽게 이해할 수 있었을 것이다. 하지만 세상일은 그렇게 간단하지 않았다. 어둡고 음울할 때가 있어야 영광의 빛을 찬란하게 흩뿌리는 햇살의 소중함을 느낄 수 있을 터였다.

_15

아! 책을 읽을 수 있다는 사실을 처음 알았을 때의 그 기쁨을 무엇으로 표현할 수 있을까!

프랜시는 학교에서 많은 시간을 보내는 동안 알파벳을 읽고 쓰는 법을 배우고 나서 알파벳 여러 개를 한 단어로 묶어서 읽는 법을 배우게 되었다. 그러다가 어느 날, 책을 펼치니 '쥐'라는 단어가 나타나 갑자기 그 뜻을 전해왔다. 회색 쥐 한 마리가 프랜시의 마음속에서 뛰어다니는 것 같았다. 그 다음을 쳐다보니, 이번에는 '말'이라는 단어가 보였다. 그와 동시에 말이 달려가는 소리와 함께 햇살을 받아 번쩍이는 말 등이 보이는 것 같았다. 이번에는 '달려가는'이라는 단어가 갑자기 망막을 때렸다. 프랜시는 마치 자신이 달리기를 하는 것처럼 호흡이 가빠지는 걸 느꼈다. 각각의 알파벳 사이를 가로막던 장벽이 일시에 무너지고 단어 하나하나가 제각기 의미를 전달하는 게 한 눈에 보이기 시작했다.

프랜시는 몇 쪽을 단숨에 읽었다. 너무 기뻐서 숨을 쉴 수도 없었다. 프랜시는 이제 자기도 책을 읽을 수 있다고 커다랗게 외치고 싶었다.

그 때 이후, 전세계가 프랜시에게 문을 열어준 것 같았다. 사방에 읽을 거리가 쌓여 있었기 때문이다. 프랜시는 이제 더 이상 외로워할 필요가 없었다. 가까운 친구가 없다고 슬퍼할 필요도 없었다. 책이라는 친구가 생겼기 때문이다. 책 속에는 온갖 종류의 친구들이 가득했다. 시집은 조용한 친구가 되어주었으며, 모험소설은 재미있는 친구가 되어주었다. 나중에 사춘기가 되면 연애소설을 읽을 수 있을 터이고, 어떤 사람에게 친밀감을 느끼고 싶을 때에는 자서전이나 전기를 읽으면 될 터였다. 읽을 수 있다는 사실을 처음 발견한 그날, 프랜시는 생명을 다하는 날까지 하루에 책 한 권씩을 읽겠다고 맹세했다.

프랜시는 숫자계산을 좋아했다. 그래서 숫자 하나하나는 가족이고 해답은 가족이 모인 것이라 여기고 이야기 만드는 놀이를 개발했다. ‘0’은 엄마 품속에 든 아기인데, 이 아기는 별로 어렵지 않았다. 아기가 나타날 때마다 그냥 옆으로 옮겨놓기만 하면 되었다.

‘1’은 이제 막 걸음마를 배우기 시작한 아름다운 여자아이로서 쉽게 다룰 수 있었다. ‘2’는 걸음마에다가 말하는 법까지 조금 깨달은 남자아이였다. 이 남자아이는 이제 막 가족생활에 끼여들었지만

(계산에 끼여들었지만) 그다지 커다란 문제는 없었다. '3'은 유치원에 다니는 사내아이로 약간만 관심을 기울이면 충분했다. '4'는 프랜시 또래의 여자아이인데, '2'와 마찬가지로 쉽게 돌볼 수 있었다. 엄마는 '5'로서 친절하고 다정했다. 커다란 숫자를 계산할 때 엄마가 나오면 문제가 쉽게 풀려나갔다. 아빠는 '6'인데 다른 가족보다 약간 엄격했지만 그래도 아주 공평했다. 하지만 '7'은 까다로웠다. '7'은 변덕스러운 할아버지인데, 이 할아버지가 나오기만 하면 계산이 비비꼬이기 시작했다. 할머니는 '8'로서 어렵긴 했으나 할아버지에 비하면 훨씬 쉬웠다. 가장 어려운 숫자는 '9'였다. '9'는 집에 놀러 온 손님으로서 가족과 화합하는 게 어려웠기 때문이다!

덧셈을 할 때, 프랜시는 해답을 가지고 줄거리를 만들었다. 예를 들어, 해답이 924이면 그것은 가족이 모두 나가고 집에 놀러온 손님이 집에 남은 조그만 남자아기와 여자아이를 돌보는 걸 의미했다. 그리고 1024 같은 해답이 나오면, 그것은 꼬마 아이들이 아기를 데리고 정원에서 노는 걸 의미했다. 62는 아빠가 이제 막 걸음마를 배우는 사내아기를 데리고 산보를 나가는 것이며, 50은 엄마가 아기를 등에 업고 바람 쐬러 나간 것을, 그리고 78은 할아버지와 할머니가 겨울의 추운 저녁에 난로 가에 앉아 있는 것을 의미했다. 숫자가 여러 개 함께 있는 것은 가족이 여러 가지 모습으로 모인 걸 의미했지만 똑같은 숫자라 해서 이야기가 똑같은 적은 한번도 없었다.

프랜시는 이런 놀이방식을 대수(방정식)에도 그대로 적용시켰다. X는 남자의 애인으로서 이제 새 식구가 되려고 하는 중이라 아주 복잡했으며, Y는 남자인데 말썽을 자주 피웠다. 그래서 프랜시에게 산수는 인간미가 흐르는 따뜻한 공부였으며, 혼자 있을 때는 외로운 시간을 달래는 좋은 놀잇감이었다.

16

학교생활은 계속 진행되었다. 잔인한 폭력으로 마음을 아프게 하는 시간이 많았지만, 번스톤 선생과 몰톤 선생에게 배우는 밝고 아름다운 시간도 있었다. 그리고 사물에 대해 새롭게 깨닫는 마술 같은 시간도 있었다.

프랜시는 10월 어느 토요일에 산보를 하다가 우연히 낯선 동네로 들어가게 되었다. 그곳에는 연립주택이나 초라한 상점이 없었다. 워싱턴이 군대를 이끌고 롱아일랜드를 지나올 당시에 만들어진 낡은 주택들이 옹기종기 모여 있을 뿐이었다. 모두 낡고 허술한 집이었지만 나무로 만든 담장이 있었으며 그 한가운데에 대문이 있었다. 프랜시는 대문을 열어보고 싶었다. 대문 너머에는 낙화수가 밝게 빛나고 있었으며 한쪽 모퉁이에는 빨간색과 노란색의 화려한 낙엽수들이 있었다. 토요일의 화사한 햇살이 밝게 비치는 동네는 정적에 감싸여 있었다. 시간이 멈춘 것 같은 평화로움이 가득했다. 프랜시는 마술 거울 안으로 발을 들여놓은 이상한 나라의 앨리스가 된 듯한 행복을 느꼈다. 동화나라에 들어온 것 같았다.

프랜시는 산보를 계속했다. 오래된 조그만 학교 하나가 나타났다. 낡은 벽돌이 늦은 오후의 햇살을 받아 진홍색으로 빛났다. 정원 둘레에는 담장이 없었으며, 운동장에는 시멘트 대신 파란 풀이 자라고 있었다. 그리고 학교 건물 너머로는 널따란 초원이 펼쳐져 있었고, 그곳에는 메역취와 과꽃과 클로버가 가득 자라고 있었다.

심장이 쿵쿵 뛰는 것 같았다. 바로 이곳이라는 생각이 들었다. 이제 비로소 자신이 바라는 학교를 발견한 것 같았다. 하지만 어떻게 이 학교에 다닐 수 있단 말인가! 학군제가 엄격하게 적용되고 있으니, 이 학교에 다니려면 이 근처로 이사와야 하지 않는가? 하지만 자기가 이 학교에 다니고 싶다고 해봤자 엄마는 이 근처로 이사 오지 않을 게 분명했다. 프랜시는 계속 이런 생각을 하며 천천히 집으로 발길을 돌렸다.

프랜시는 그날 저녁, 잠을 자지 않고 아빠가 돌아오기만 기다렸다. 아빠가 〈계집애 같은 말론〉을 휘파람 불면서 도착해 계단을 뛰어오르고, 일터에서 가져온 새우와 상어알과 간 소시지를 몽땅 먹어치우고, 엄마와 닐리가 침실로 들어갈 때까지, 그리고 아빠가 시가를 다 피울 때까지 프랜시는 계속 옆에서 기다렸다. 마침내 기회가 찾아왔다. 프랜시는 아빠의 귀에 대고 그 낯선 동네의 학교를 보고 느낀 모든 생각을 가만가만히 속삭였다. 아빠가 프랜시를 쳐다보며 고개를 끄덕거렸다.

"좋아, 내일 보자꾸나."

"그럼 우리가 학교 근처로 이사갈 수도 있다는 말이에요?"

"아니다. 하지만 다른 방법이 있을 거야. 내일 함께 그곳에 가서 어떤 방법이 있을지 한번 생각해보자."

프랜시는 너무 흥분해서 밤새도록 잠을 이룰 수 없었다. 그래서 아침 일곱 시에 일어났지만, 아빠는 깊은 잠에 떨어져 일어날 생각을 하지 않았다. 프랜시는 초조한 마음을 억누르고 아빠가 일어나기만 기다렸다. 아빠가 잠꼬대로 한숨을 내쉴 때마다 프랜시는 아빠 옆으로 달려갔다.

하지만 아빠는 정오에 일어났다. 놀란 가족은 점심식사를 시작했다. 프랜시는 음식을 먹을 수 없었다. 계속 아빠를 바라보았지만 아빠는 아무런 신호도 보내지 않았다. 혹시 잊어버린 건 아닐까? 잊어버렸으면 어떻게 하지? 하지만 아니었다. 엄마가 커피를 따라주는 동안 아빠가 아무렇지도 않은 어투로 입을 열었다..

"식사를 마친 다음에 우리 공주님이랑 산보나 갔다 올게."

심장이 쿵쿵 뛰기 시작했다. 아빠는 잊지 않고 있었다. 프랜시는 가만히 기다렸다. 엄마가 뭐라고 대답할지 궁금했다. 엄마가 반대하면 어떻게 하지? 어쩌면 그 이유를 물어볼지 몰라. 아니야, 함께 가자고 할 가능성도 있어. 하지만 엄마 대답은 아주 간단했다.

"그렇게 하세요."

프랜시는 설거지를 했다. 그리곤 계단을 뛰어내려가 상점에서 일요일 신문을 사고, 담배가게에 가서 5센트짜리 시가 하나를 사왔다. 아빠는 신문을 읽어야 했다. 별 관계도 없을 것 같은 사교란을 비롯해 모든 기사를 꼼꼼하게 읽어야 했다. 그리곤 그 내용을 깡그리 엄마에게 설명해주어야 했다. 아빠는 기사 하나를 다 읽을 때마다 고개를 돌리고 엄마에게 말했다.

"요새 신문에는 정말 이상한 기사가 많아. 이 기사에 의하면……"

그럴 때마다 프랜시는 울음을 터트릴 것만 같았다.

4시가 되었다. 시가는 이미 끝을 향해 타 들어가고 있었으며 신문은 바닥에 널브러졌고, 엄마는 아빠 얘기를 듣다 지쳤는지 닐리를 데리고 외할머니 집에 놀러 갔다.

프랜시는 아빠와 손잡고 집을 나섰다. 아빠는 한 벌밖에 없는 턱시도와 중절모자를 걸쳤다. 아주 멋진 모습이었다. 게다가 날씨도 눈부셨다. 따사로운 햇살과 신선한 바람이 한데 어우러져 근처에 있는 바다 냄새를 담아왔다. 두 사람은 몇 블록을 걸어간 다음 모퉁이를 돌아 낯선 마을에 도착했다. 브루클린처럼 널따란 대도시가 아니라면 이렇게 뚜렷한 경계선을 긋기도 힘들 것 같았다. 낯선 동네는 5대 이상 미국인으로 살아온 사람들이 살고 있는 반면, 놀란 가족이 사는 동네는 미국에서 태어난 자체가 아주 신기하게 여겨지는 동네였다.

아빠는 이 낯선 동네가 어떤 곳이며, 이곳에 사는 사람들은 대부분 스코틀랜드나 영국 또는 웨일즈 출신의 후손으로 백년 이상 미국인으로 살아왔으며, 이 조상들은 장롱을 만들던 훌륭한 목수로 금과 은과 구리 같은 금속을 가지고 작업했다는 사실 등을 설명해주었다. 아빠는 나중에 스페인 계통이 사는 구역에 데리고 가겠다고 프랜시에게 약속하면서, 그곳에 사는 사람은 대부분 시가를 만드는 기술자인데, 작업하는 동안 소설책을 읽게 하려고 하루에 몇 페니씩 모아 소설책 읽는 사람을 고용한다는 설명을 덧붙였다.

두 사람은 정적에 감싸인 일요일 거리를 따라 내려갔다. 프랜시는 눈앞에서 낙엽 하나가 떨어지는 것을 발견하고 뛰어가 낙엽을 주웠다. 가장자리가 금빛인 반면 가운데는 진홍색이 선명한 낙엽이었다.

가만히 쳐다보고 있자니, 이렇게 아름다운 건 이 세상에 다시없을 것 같다는 생각이 들었다. 바로 그 때 모퉁이에서 한 여자가 나타났다. 입술연지가 진하고 모피를 입은 여자였다. 그녀가 아빠를 보고 살며시 웃으면서 물었다.

"외로우세요, 아저씨?"

아빠가 잠시 그 여자를 쳐다본 다음에 점잖게 대답했다.

"아니에요, 아가씨."

"정말이에요?"

여자가 짓궂게 물었다.

"정말이오."

아빠가 다시 점잖게 대답했다.

그러자 그 여자는 다른 곳으로 갔다. 프랜시는 뒤를 흘깃 쳐다보며 아빠의 손을 잡았다.

"더러운 여자지요, 아빠?"

프랜시가 호기심 어린 눈초리로 물었다.

"아니다."

"하지만 더러운 여자로 보이는데요?"

"더러운 사람은 별로 없다. 단지 불행한 사람들이 많을 뿐이지."

"하지만 저 여자는 화장이 진하고……"

"저 여자에게도 한때 좋은 시절이 있었을 거야."

말하고 나니 괜찮은 표현이란 생각이 들었다.

"그래, 저 여자에게도 한때 좋은 시절이 있었을 거야."

아빠가 한번 더 말한 다음 깊은 생각에 잠겨들었다. 프랜시는 계속 앞으로 달려나가 낙엽을 주웠다.

두 사람은 학교에 도착했다. 프랜시는 자랑스러운 표정으로 학교를 아빠에게 보여 주었다. 늦은 오후의 태양이 연한 색상의 벽돌을 따사롭게 비추었다. 조그만 창문이 햇살을 받아 춤추는 것같이 보였다. 오랫동안 바라보던 아빠가 마침내 입을 열었다.

"그래, 정말 멋있는 학교구나. 정말 아름다워."

아빠는 감동을 받을 때마다 노래를 부르는 습관이 있다. 아빠가 낡은 중절모를 벗어 가슴에 대고 똑바로 선 채로 학교를 바라보며 노래를 부르기 시작했다.

학교 다니던 시절, 학교 다니던 시절,
꿈이 넘치던 그리운 시절.

읽고 쓰고 계산하고……

길 가던 사람이 본다면 녹색 턱시도에 깨끗한 셔츠를 입은 사내가 누더기를 걸친 여자아이의 손을 잡고 어린애 같은 노래를 부르는 걸 이상하게 바라볼 게 분명했다. 하지만 프랜시가 볼 때는 정말 아름답고 정다운 모습이었다.

두 사람은 거리를 가로질러 널따란 풀밭으로 들어갔다. 프랜시는 집에 가져가기 위해 꽃을 꺾었다. 아빠는 이곳이 예전에는 인디언의 공동묘지였으며 자기는 어렸을 때 화살촉을 주우러 이곳에 오곤 했다고 설명했다. 프랜시가 함께 화살촉을 줍자고 제안했다. 두 사람은 약 30분 동안 화살촉을 찾아 돌아다녔다. 하지만 하나도 눈에 띄지 않았다. 아빠는 자신이 어렸을 때도 하나도 찾지 못했다고 설명했다. 프랜시는 그 말을 듣고 웃음을 터트렸다. 아빠는 어쩌면 이곳이 인디언의 공동묘지가 아니었을지도 모른다고, 어쩌면 어떤 사람이 꾸민 말인지 모른다고 고백했다. 그 말은 사실이었다. 그 말을 꾸며낸 장본인은 바로 아빠였기 때문이다.

집에 갈 시간이 되었다. 아빠는 이 학교로 전학 오는 것에 대해 아무 말도 하지 않았다. 프랜시의 얼굴에 눈물이 흐르기 시작했다. 딸의 눈물을 발견한 아빠가 좋은 계획 하나를 생각해냈다.

"이렇게 하면 될 거야. 이 근처를 둘러보고 멋진 집 하나를 골라서 주소를 적는 거야. 그리고 내가 너네 학교 교장 선생님에게 편지를 쓰는 거지. 네가 그 집으로 이사하기 때문에 이 학교로 전학하길 바란다고 말이야."

두 사람은 집 한 채를 발견했다. 담장에 하얀 페인트를 칠한 단층집으로 마당에는 늦은 국화가 자라고 있었다. 아빠가 주소를 적었다.

"우리가 하려는 일이 옳지 않다는 사실은 알고 있지?"

"이 일이 옳지 않은 일이에요, 아빠?"

"하지만 더 좋은 걸 얻기 위해선 어쩔 수 없는 일이란다."

"새빨간 거짓말 같은 거요?"

"좋은 결과를 얻기 위한 거짓말. 그러니 너는 앞으로 두 배 이상 착하게 살아가는 걸로 보답해야 한다. 알겠니? 학교에서 말썽을 부리거나 결석하거나 지각하면 안 된다. 학교에서 집으로 편지를 보내야 할 정도로 말썽을 피우면 안 된단 말이야. 알겠니?"

"네, 항상 착한 학생이 되겠어요, 아빠. 만일 저 학교에 다닐 수만 있다면……"

"좋아. 그럼 내가 공원을 가로질러서 학교까지 빨리 갈 수 있는 지름길을 알려주지. 지름길이라면 내가 잘 알지."

아빠가 프랜시에게 집에서 공원을 가로질러 학교까지 최대한 빨리 가는 길을 알려주었다.

"공원을 가로질러 다니면 정말 즐거울 거야. 학교를 오가는 동안 계절이 바뀌는 걸 알 수 있을 테니 말이야. 그렇지 않니?"

프랜시는 엄마가 예전에 읽어준 셰익스피어의 구절을 떠올리면서 대답했다.

"잔을 다 비웠노라."

아빠 말이 맞다는 뜻이었다.

엄마는 그 계획을 듣고 시큰둥한 반응을 보였다.

"마음대로 하거라. 하지만 나는 끼지 않겠어. 만일 주소를 속였다는 이유로 경찰이 너를 잡으러 오더라도 나는 아무 상관도 없다고 말할 테다. 어떤 학교를 다니든 마찬가진데, 왜 학교를 바꾸고 싶어 하는지 모르겠구나. 어느 학교를 가든 선생님은 숙제를 내준다구."

"좋아, 그럼 된 거야. 프랜시, 여기 이 동전을 가지고 나가서 편지봉투와 편지지를 사오너라."

아빠가 말했다.

프랜시는 계단을 뛰어내려가서 편지봉투와 편지지를 사들고 다시 뛰어올라왔다. 아빠는 프랜시가 이러저러한 주소에 사는 친척과 함께 살게 되었기 때문에 전학시켜주길 바란다는 편지를 썼다. 하지만 닐리는 계속 이곳에서 살 터이니 전학시킬 필요가 없다는 내용을 덧붙였다. 그리곤 그 밑에 서명을 하고 줄을 쪽 그었다.

프랜시는 다음날 아침 몸을 덜덜 떨면서 교장 선생에게 편지를 건네주었다. 교장 선생은 짜증 섞인 표정으로 편지를 읽은 뒤 전학 허가서를 써서 성적표와 함께 건네주면서 그만 나가라고 말했다. 어차피 이 학교에는 학생들이 너무 많아서 골치인 터였다.

프랜시는 혼자 새 학교에 가서 새 학교의 교장 선생에게 서류를 건네주었다. 교장 선생은 남자였다. 그분은 손을 내밀어 악수를 한 다음, 새 학교에서 잘 지내길 바란다고 말했다. 학급위원이 프랜시를 교실로 데려다 주었다. 담임 선생이 수업을 멈추고 프랜시를 학급 전체에 소개했다. 프랜시는 나란히 앉아 있는 조그만 여자아이들을 쳐다보았다. 비록 초라하긴 했지만 대체로 깨끗한 차림새였다. 프랜시는 책상 하나를 혼자 배정 받고 새 학교생활에 행복하게 빠져들었다.

이곳에 있는 선생들과 아이들은 예전 학교처럼 잔인하지 않았다. 그렇다. 개중에는 심술궂은 아이들이 있었지만 그것은 아이라면 누구나 갖기 마련인 심술 이상이 아니었다. 그리고 성격이 급하고 짜증을 쉽게 내는 선생도 있긴 했지만 잔인한 선생은 없었다. 게다가 폭력을 휘두르는 벌칙도 없었다.

학부형들 역시 모두 미국인으로서 헌법상의 권리에 대해 충분히 알고 있었으며, 부정을 용납하지 않는 사람들이었다. 이들은 다른 나라에서 이민 온 사람들이나 그 2세들처럼 폭력이나 잔인한 행동을 그냥 묵과하고 넘어가는 사람들이 아니었다.

_17

하지만 이 학교의 분위기를 더욱 독특하게 만드는 사람은 수위 할아버지였다. 수위 할아버지는 혈색 좋은 백발 노인으로 교장 선생님조차 '미스터 젠슨'이라고 존칭을 붙여서 부를 정도였다. 할아버지에게는 사랑하는 자녀와 손자들이 많았다. 하지만 다른 모든 아이의 아버지이기도 했다. 비 오는 날에 아이들이 젖은 몸으로 학교에 오면, 할아버지는 아이들을 끌다시피 해서 난로가 있는 수위실로 억지로 데려갔다. 그래서 젖은 신발과 양말을 벗어서 줄에 걸어 말리게 했다. 그러면 난로 둘레에 초라한 신발들이 빙 둘러싸이곤 했다.

수위실에서 난로를 쬐는 건 정말 재미있었다. 벽은 하얀 칠을 해서 깨끗했으며 빨간 칠을 한 난로에서는 따뜻한 열기가 뿜어져 나왔고 창문은 높이 달려 있었다. 그곳에 가만히 앉아서 따뜻한 불을 쬐며 조그만 조개탄 위로 노랗고 파란 불길이 올라와 춤추는 모습을 바라보고 있노라면 정말 행복한 느낌이 들었다.(수위 할아버지는 아이들이 옷을 말릴 수 있도록 난로 뚜껑을 항상 열어놓았다.) 그래서 프랜시는 비 오는 날이면 일부러 일찍 나와 학교까지 천천히 걸어왔다. 옷이 흠뻑 젖어 난로 옆에 오래 앉아 있을 수 있는 특권을 누리고 싶었기 때문이다.

젠슨 할아버지가 아이들을 교실에 들여보내지 않고 옷을 말리게 하는 것은 규칙에 어긋났지만 모두 다 그를 존경하고 좋아했기 때문에 아무도 항의하지 않았다. 프랜시는 젠슨 할아버지에 관한 소문을 들었다. 소문에 의하면, 할아버지는 대학공부까지 했으며 교장 선생님보다 더 많은 걸 알고 있다고 했다.

그런데 결혼해서 아이들을 낳게 되자, 학교 선생님보다 수입이 좋은 수위로 근무하게 되었다는 것이다. 어쨌든 사람들은 모두 다 할아버지를 좋아하고 존경했다. 한번은 할아버지가 교장 선생님 사무실에 있는 걸 본 적이 있는데, 그 때 그분은 깨끗한 줄무늬 정장 차림으로 의자에 앉아 무릎을 꼰 채 교장 선생님과 정치에 대해 토론하고 있었다. 소문으로는 교장 선생님 역시 가끔 수위실에 와서 난로 옆에 앉아 파이프 담배를 피면서 대화를 나눈다고 했다.

사내아이가 말썽을 부리면, 선생님은 그 아이를 교장실로 보내서 야단을 맞게 하지 않고 할아버지가 있는 수위실로 보냈다. 그러면 할아버지는 말썽꾸러기 사내아이를 야단치는 대신 브루클린 팀에서 투수로 활약하는 막내아들 이야기를 해주었다. 그리고 민주주의와 훌륭한 시민정신 그리고 공동선을 위해 모두가 최선을 다하는 좋은 사회에 대한 이야기도 해주었다. 그러면 아이들은 대개 더 이상 말썽을 부리지 않았다.

졸업식을 하게 되면 아이들은 예의상 졸업앨범 첫 페이지에 교장 선생님의 사인을 받았다. 하지만 그 다음 페이지에는 젠슨 할아버지의 사인을 받았다. 아이들은 두 번째 사인을 더 소중하게 여겼다. 교장 선생님은 재빨리 손을 휘둘러서 사인을 했지만 젠슨 할아버지는 달랐다. 먼저 일종의 예식을 올렸다.

졸업앨범을 받아 커다란 책상 위에 올려놓고 그 옆에 초를 켠 다음, 의자에 앉아 안경을 조심스럽게 닦고 나서 펜을 집어들었다. 그래서 펜을 잉크병 안에 담갔다 꺼낸 다음 한번 살펴보고 헝겊으로 닦은 후 다시 잉크병에 담갔다. 그리곤 자신의 이름을 멋있는 글씨체로 정성스럽게 서명했다. 정말 멋있는 사인이었다. 만일 용기를 내서 부탁한다면, 할아버지는 졸업앨범을 집까지 가져가서 투수로 활약하는 아들의 사인까지 받아주었다. 여자아이들은 별다른 관심을 기울이지 않았으나 사내아이들에게는 정말 꿈 같은 일이었다. 젠슨 할아버지의 필체는 너무 훌륭해서 특별 부탁을 받고 졸업장을 혼자 다 작성할 정도였다.

몰톤 선생과 번스톤 선생은 이 학교에도 왔다. 두 선생님이 강의할 때에는 젠슨 할아버지도 교실에 들어와서 뒷자리에 앉아 수업을 받았다. 그리고 추운 날에는 몰톤 선생이나 번스톤 선생이 다음 학교를 향해 출발하기 전에 난로가 있는 수위실로 데리고 가서 따뜻한 커피를 대접했다. 할아버지는 수위실에 조그만 식탁과 커피도구 그리고 조그만 가스레인지를 가지고 있었다. 그래서 커피를 충분히 탄 짙은 블랙커피를 두터운 잔에 담아 대접하면, 이 선생님들은 아주 고마워하며 커피를 마셨다.

프랜시는 학교생활이 아주 즐거웠다. 착한 학생이 되려고 열심히 노력했다. 그리고 주소를 적어낸 집을 지날 때는 감사와 사랑이 가득 담긴 얼굴로 쳐다보았다. 바람이 심하게 불던 어느 날인가는 편지가 바람에 날아가는 것을 보고 재빨리 뛰어가서 편지를 주어 그 집 우체통에 넣어준 적도 있었다. 그리고 아침에는 청소부 아저씨가 쓰레기통을 비우고 나서 아무렇게나 마당에 던져놓으면, 프랜시가 그것을 집어 제자리에 갖다놓곤 했다. 그러면 가끔 그 집에 사는 사람이 밖으로 나와 프랜시를 쳐다보며 성격이 차분하고 부끄러움을 많이 타는 아이라고 생각했다.

프랜시는 학교를 사랑했다. 하지만 그것은 매일 마흔여덟 개나 되는 거리를 지나다녀야 한다는 의미였다. 그러나 프랜시는 오래 걷는 것도 좋아했다. 아침에는 닐리보다 일찍 집에서 나오고 방과 후에는 닐리보다 늦게 집에 도착했지만, 점심을 먹으러 집에 오는 것을 제외하면 프랜시에게 문제될 건 하나도 없었다. 하지만 점심을 먹으러 집에 오려면 열두 개의 거리를 지나야 했으며 다시 돌아가려면 또다시 열두 개의 거리를 지나야 했다. 그러다 보면 점심시간이 거의 다 지나기 때문에 정작 음식을 먹을 시간이 별로 없었다. 엄마는 도시락을 가지고 다니는 걸 허락하지 않았다.

"그렇지 않아도 나이가 들수록 식구들과 멀어질 텐데 어릴 때만이라도 다른 아이들처럼 집에 와서 점심을 먹는 게 좋아요. 프랜시가 먼 학교에 다니게 된 게 내 잘못인가요? 프랜시가 원해서 그렇게 된 거 아닌가요?"

"하지만 여보, 그곳은 아주 좋은 학교야."

아빠가 항의했다.

"그렇게 좋다면 그에 따른 불편도 감수해야지요."

점심문제는 결국 이렇게 해결되었다. 걷는 시간을 빼면 프랜시에게 5분이라는 시간이 남았다. 그 시간에 샌드위치를 만들어 학교로 가면서 먹으면 충분했다. 프랜시는 절대 불평하지 않았다. 사실 프랜시는 학교생활이 너무 즐거웠기 때문에 어떤 식으로든 그 보상을 기꺼이 치르고 싶은 마음이었다.

스스로 다른 학교를 선택한 건 프랜시에게 정말 좋은 경험이었다. 그 학교를 통해 자신이 태어난 곳과 다른 세계가 있다는 사실을, 그리고 그 다른 세계에 쉽게 접근할 수 있다는 사실을 깨달을 수 있었기 때문이다.

 _18

프랜시는 날짜나 달이 아니라 축제일을 통해 일년이 지나는 걸 알아차렸다. 프랜시의 일년은 독립기념일인 7월 4일에 시작되었다. 학교가 방학에 들어간 후 처음으로 맞는 축제일이었기 때문이다. 프랜시는 이날이 되기 일주일 전부터 폭죽을 모으기 시작했다. 용돈이 생기기만 하면 조그만 폭죽상자를 사 와서 침대 밑에 놓아둔 작은 상자 안에 담아두었다. 그리곤 하루에 최소한 열 번은 상자를 꺼내 폭죽을 다시 쌓으면서 연한 빨간색 종이와 하얗게 뻗어 나온 선을 오랫동안 쳐다보았다. 어떻게 만들었는지 궁금했다. 그리고 폭죽이 오랫동안 연기를 내뿜을 수 있도록 세워두는 기다란 나뭇조각을 코에 대고 냄새를 맡아보기도 했다.

하지만 뭐니뭐니 해도 프랜시가 가장 들뜨는 축제일은 선거일이었다. 다른 축제일과 달리, 이날은 마을 전체가 들썩거리는 날이었다. 다른 지역에서도 선거가 진행되긴 하겠지만, 아마 이곳 브루클린처럼 떠들썩하게 진행되진 않았으리라.

아빠는 프랜시에게 스콜스 거리에 있는 게요리 전문점을 보여주었다. 전문점은 민주당의 원조 태머니가 결사대를 이끌고 부정부패를 척결하기 위해 암약하던 백년 전보다 더 전에 세워진 건물 안에 있었다. 이곳의 게요리는 주 전체에 소문이 자자했다. 하지만 이곳이 유명한 건 다른 이유 때문이었다. 시 정치를 주무르는 거물 정치인들이 이곳에서 비밀스런 회합을 가지곤 했던 것이다. 민주당 거물들은 이곳에 있는 밀실 안에서 은밀하게 만나 즙이 많은 게요리를 먹으며 당선시킬 사람과 낙선시킬 사람을 결정했다.

프랜시는 전문점 앞을 지날 때마다 안을 들여다보며 전율이 일어나는 걸 느꼈다. 이곳은 간판이 없었다. 그리고 창가에 화분 여러 개를 놓고 반쯤 내려오는 갈색 커튼을 쳐서 실내를 가렸다.

한번은 어떤 사람이 문을 열고 안으로 들어가고 있었다. 프랜시는 그 때 재빨리 내부를 들여다보았다. 어두컴컴한 빨간 불빛이 실내의 자욱한 담배연기만 비추었다.

프랜시는 아무런 의미나 이유도 모른 채 동네 아이들과 함께 투표소를 돌아다녔다. 투표하는 날 밤에는 앞에 있는 아이의 어깨에 두 손을 올려놓고 기다란 줄을 만들어 뱀처럼 춤추고 노래를 부르며 거리를 돌아다녔다.

민주당에서는 가난한 집 아이들과 부모들의 환심을 살 요량으로 매년 여름에 야유회를 열곤 했다. 그러면 엄마는 민주당을 경멸했지만 그래도 하루를 재미있게 즐길 자신의 권리를 기꺼이 행사했다. 그래서 그날이 되었을 때 전에 한번도 타본 적이 없는 유람선을 탄다는 말을 듣고 엄마는 마치 열 살짜리 여자아이처럼 기뻐했다.

그러나 민주당을 열성으로 지지하는 아빠가 오히려 함께 가길 거절했다. 엄마가 민주당 야유회에 갈 이유가 없다는 것이었다. 하지만 엄마에게는 나름대로 충분한 이유가 있었다.

"내가 그곳에 가는 이유는 삶을 사랑하기 때문이에요."

"만일 시끄럽게 떠들며 노는 게 삶을 사랑하는 거라면 나는 가지 않겠어."

하지만 결국엔 아빠도 함께 갔다. 유람선을 타는 게 아이들에게 좋은 교육이 될 수 있으니, 그렇다면 함께 가서 아이들에게 교육을 시키는 게 좋을 거라 생각했기 때문이다. 그날은 아주 무더웠다. 갑판에는 아이들이 잔뜩 모여서 이리저리 뛰어다니며 놀았다. 개중에는 허드슨 강으로 뛰어들려는 아이도 있었다. 프랜시는 강물이 움직이는 모습을 계속 쳐다보다가 생전 처음으로 머리가 아프고 속이 울렁거리는 걸 느꼈다. 아빠는 프랜시와 닐리에게 헨드릭 허드슨이 오래 전에 돛단배를 타고 이 강을 거슬러 올라왔다는 이야기를 해주었다. 프랜시는 헨드릭 허드슨도 자신처럼 머리가 아프고 속이 울렁거렸는지 궁금했다.

엄마는 에비 이모에게 빌린 보석이 박힌 녹색 모자에 노란 드레스를 입고 아름다운 모습으로 갑판에 앉아 있었다. 엄마를 빙 둘러싼 사람들이 폭소를 터트렸다. 엄마는 말재주가 좋았기 때문에 사람들은 엄마가 이야기하는 걸 좋아했다.

정오 직후에 유람선이 유원지에 도착했다. 사람들이 모두 다 내렸다. 아이들은 이리저리 돌아다니며 표를 사용했다. 일주일 전에 아이들에게 열 장짜리 표를 한 다발씩 주었는데, 표 위에는 핫도그, 목마, 음료수 같은 글자들이 적혀 있었다. 프랜시와 닐리 역시 표 한 다발씩 받았지만, 프랜시는 사내아이들 꼬임에 빠져 돌 던지기 시합을 하다가 모두 잃고 말았다. 돌 던지기 시합에서 이기면 오십 다발을 준다는 말에 넘어간 것이다. 그러나 닐리는 운이 좋아서 세 다발을 가지고 있었다. 프랜시는 닐리의 표 한 다발을 빼앗아달라고 엄마에게 부탁했다. 하지만 엄마는 그걸 도박을 하면 안 된다는 교훈을 심어줄 기회로 활용할 뿐이었다.

"너에게도 한 다발이 있었잖아. 하지만 너는 더 많은 욕심을 냈어. 그래서 도박을 했지. 사람들이 도박을 할 때는 딸 생각만 해. 잃는다는 생각은 안 하고 말이야. 내 말을 명심해. 따는 사람이 있으면 잃는 사람도 있는 법이야. 만일 네가 표 한 다발 잃은 걸로 이 교훈을 깊이 새길 수 있다면 그거야말로 정말 다행스런 일이야."

엄마 말이 맞았다. 프랜시는 엄마가 옳다는 걸 알고 있었다. 하지만 심심한 건 어쩔 수 없었다. 다른 아이들처럼 목마도 타고 음료수도 마시고 핫도그도 먹고 싶었다. 프랜시가 핫도그를 맛있게 먹는 아이들을 쓸쓸한 표정으로 물끄러미 바라보고 있는데 어떤 사람이 다가와서 말을 걸었다. 경찰복장을 하고 있었는데, 금줄이 다른 경찰보다 많은 게 눈에 띄었다.

"표가 없니, 꼬마 아가씨?"

"잃어버렸어요."

프랜시가 거짓말을 했다.

"그랬겠지. 하기야 나도 어렸을 때는 돌 던지기를 못했단다."

경관이 주머니에서 표 세 다발을 꺼내서 건네주었다.

"우리도 해마다 표를 걸고 돌 던지기를 했단다. 하지만 여자아이까지 낀 경우는 드물었지."

프랜시가 표 다발을 받아들고 고맙다고 말한 다음 등을 돌리려 할 때 경관이 물었다.

"저기 녹색 모자를 쓰고 앉아 있는 분이 네 엄마니?"

"네."

프랜시가 대답하고 잠시 기다렸다. 경관이 아무 말도 하지 않았다. 마침내 프랜시가 물었다.

"왜요?"

"밤에 기도를 할 때마다 네 엄마 절반만큼이라도 예쁘게 자라게 해달라고 기도하거라. 당장 오늘 밤부터."

"그리고 엄마 옆에 계신 분은 우리 아빠예요."

프랜시는 아빠 역시 잘 생겼다는 말이 나오길 기다렸다. 하지만 경관은 아빠를 물끄러미 쳐다볼 뿐 아무 말도 하지 않았다. 프랜시는 등을 돌리고 달려갔다.

엄마는 프랜시에게 삼십 분 간격으로 다시 돌아와서 자신이 있는 곳을 알리라고 지시했다. 그래서 삼십 분이 되었을 때 다시 돌아오니, 아빠는 다른 곳에 가서 공짜 흑맥주를 마시고 있었다.

엄마가 프랜시를 놀렸다.

"너는 꼭 시시 이모 같구나. 제복 입은 사내들과 얘기하고 말이야."

"그 사람이 나에게 표 다발을 주었어요."

"나도 보았어. 그래, 그 사람이 뭐라고 묻던?"

"엄마보고 우리 엄마냐고 물었어요."

하지만 프랜시는 경관이 자신에게 엄마 절반만큼이라도 예쁘게 자라게 해달라고 기도하랬다는 말은 하지 않았다.

"그래, 그렇게 물었을 거라고 생각했다."

엄마가 말을 마치고 두 손을 내려다보았다. 거친 흠집이 많았다. 엄마는 더운 날씨인데도 지갑에서 면장갑을 꺼내 두 손에 끼면서 한숨을 내쉬었다.

"너무 힘들게 일하다 보면 어떤 때는 내가 여자란 사실을 잊어버리릴 때가 있어."

프랜시는 깜짝 놀랐다. 엄마가 그렇게 불평하는 소리를 처음 들었기 때문이다. 게다가 갑자기 두 손을 창피스러워하는 게 이상했다. 프랜시가 다른 곳으로 발길을 돌리니, 등뒤에서 엄마가 옆에 있는 아줌마에게 묻는 소리가 들렸다.

"저기 저 남자 누구예요? 경찰복장을 하고 이쪽을 바라보는 사람이?"

"아마 마이클 맥쉐이 경관일 거예요. 관할구역이 당신네 동네인데, 아직 저 사람을 모른다니 우습군요."

 _19

조니는 생각을 많이 하는 사람이었다. 조니는 삶이 자신에게 너무 가혹하다고 생각했으며, 그것을 잊으려고 술을 더 많이 마시곤 했다. 프랜시는 아빠가 평소보다 술을 많이 마시면 옆으로 조심스럽게 걸어서 곧장 집으로 온다는 사실을 잘 알고 있었다.

그렇다. 조니는 술을 마시면 훨씬 조용해졌다. 술을 마시면 떠들거나 노래를 부르지 않았다. 감상에 젖지도 않았다. 오히려 더 많이 생각하는 표정이 되었다. 그래서 조니를 잘 모르는 사람은 조니가 술을 한 입도 대지 않았을 때 술에 취했다고 생각했고, 조니가 술을 마셨을 때는 자기 일에 충실한 아주 차분하고 사려 깊은 사람이라 생각했다.

프랜시는 아빠가 술 마시는 게 싫었다. 도덕적인 이유 때문이 아니라, 아빠가 평소와 다른 사람으로 보였기 때문이다. 그렇다. 조니는 프랜시를 비롯한 그 누구와도 말하지 않으려 했다. 조니는 낯선 눈초리로 프랜시를 쳐다보았다. 케이티가 말을 걸면, 조니는 얼굴을 다른 데로 돌렸다. 그러다가 술에서 깨어나면, 조니는 두 아이에게 더 좋은 아빠가 되어야 한다고 생각했다. 두 아이에게 모범이 되어야 한다고 생각했던 것이다. 그리고 나면 한동안은 술을 마시지 않았다. 열심히 일하고 남는 시간은 프랜시와 닐리에게 잘해주어야겠다고 생각했다.

조니는 교육에 대해서 장모 메리 로멜리와 똑같은 생각을 가지고 있었다. 두 아이에게 자신이 아는 모든 것을 가르치고 싶었다. 그래서 열네 살이나 열다섯 살이 되면, 두 아이가 자신이 서른 살까지 배운 모든 것을 알게 되기를 바랐다. 조니는 그 다음부터는 두 아이가 스스로 알아서 지식을 습득해 나갈 수 있을 것이며, 따라서 아이들이 서른 살이 될 즈음에는 자신이 서른 살일 때보다 두 배 이상 똑똑하게 될 거라는 생각이 들었다.

조니는 아이들에게 지리와 시민권과 사회에 대한 공부를 시켜야 한다고 생각했다. 그래서 두 아이를 부쉬위크 거리에 데리고 갔다.

부쉬위크 거리는 브루클린에서 가장 오래된 널따란 도로 가운데 하나였다. 거리에는 가로수가 울창했으며, 주변에는 화려한 저택이 가득했는데, 커다란 화강암으로 만든 높다란 계단이 특히 인상적이었다. 이곳은 거물 정치인들과 돈을 만드는 사람들 그리고 유럽의 부자들이 이민 와서 사는 곳이었다. 유럽의 부자들은 많은 돈과 이상하게 생긴 그림 그리고 유럽의 지위를 그대로 가지고 미국으로 와서 브루클린에 정착했다.

이즈음에 자동차가 등장하기 시작했으나, 이곳에 사는 사람들은 대부분 멋진 말과 훌륭한 마차를 훨씬 좋아했다. 아빠는 여러 가지 마차를 가리키며 설명해주었다. 프랜시는 마차가 굴러가는 모습을 감탄스런 얼굴로 바라보았다.

멋진 의상에 커다란 양산을 머리 위에 치켜든 숙녀들이 몸체가 조그맣고 지붕을 하얀 천으로 살짝 덮은 마차를 타고 가는 모습이 보였다. 그리고 부잣집에서 태어난 아이들이 기다란 의자에 마주보고 앉아서 재미있게 노는 동안 당나귀가 마차를 끌고 가는 모습도 보였다. 단정한 옷차림에 아름다운 얼굴을 한 가정교사가 아이들을 보살피며 당나귀를 몰았다.

하지만 프랜시는 조그만 마차를 제일 좋아했다. 바퀴가 두 개 밖에 없는 데도 잘 굴러가는 게 마술처럼 보였을 뿐 아니라, 승객이 뒤로 돌아앉고 바로 옆에 우스꽝스럽게 생긴 나지막한 문이 달려 있는 게 마치 동화 속에 나오는 마차 같았던 것이다. 프랜시는 만일 자신이 남자라면 나중에 커서 저런 마차를 모는 마부가 되었을 거라고 생각했다. 아, 커다란 채찍을 들고 말 위에 높이 앉아 저런 마차를 몰면 기분이 얼마나 좋을까! 커다란 단추에 비로드 칼라가 달린 멋진 외투를 입고 끝이 높다란 모자에 나비 넥타이를 하고 있으면 얼마나 멋지게 보일까! 아, 저 여자 무릎을 덮은 값비싼 담요가 한 장 있다면 얼마나 좋을까! 프랜시는 마부가 숨죽인 목소리로 뒤에 탄 사람에게 대답하는 소리를 그대로 흉내냈다.

"알겠습니다, 나리."

바로 그 때 아빠가 민주주의에 대한 환상에 젖어 입을 열었다.

"돈만 있다면 누구라도 저렇게 멋진 마차를 몰 수 있단다. 우리는 진짜 자유로운(free:공짜라는 뜻도 있음─역주)나라에 살고 있어."

"돈을 내야 한다면 공짜(free:자유라는 뜻도 있음─역주)라고 할 수 없는 거 아니에요?"

프랜시가 물었다.

"아니야, 자유(free)라고 할 수 있어. 이곳에서는 돈만 있다면 누구나 마차를 탈 수 있잖아. 다른 나라에서는 귀족이 아닌 사람은 아무리 돈이 많아도 마차를 탈 자유(free)가 없어."

"하지만 그래도 공짜(free)로 탈 수 있다면 더 공짜(free)나라 아니겠어요?"

프랜시가 다시 물었다.

"아니야."

"왜요?"

"그건 사회주의이기 때문이야. 우리는 이 나라가 사회주의가 되는 걸 바라지 않아."

아빠가 자랑스럽게 결론을 내렸다.

"왜요?"

"그건 우리가 민주주의를 가지고 있고, 민주주의는 가장 좋은 것이기 때문이지."

아빠가 궁색하게 대답했다.

20

제1차 세계대전 이전에 브루클린에서 자란 아이들 대부분은 추수감사절에 대해 아주 따사로운 추억을 가지고 있다. 그 당시만 하더라도 추수감사절은 아이들이 1페니짜리 가면과 이상한 의상을 둘러쓰는 '누더기 차림'을 하거나 '대문을 차며' 돌아다니는 날이었다.

프랜시가 첫 번째 거짓말을 의도적으로 꾸며댔다가 들켰을 때, 그래서 결국 작가가 되기로 결심했을 때도 바로 이즈음이었다. 추수감사절 하루 전에, 학교 교실에서 연극을 했다. 뽑힌 아이 네 명이 한 손에 그날의 상징물을 들고 시를 암송했다. 한 아이는 말린 옥수수를, 한 아이는 칠면조 다리 하나를 들고 있었는데 이것은 칠면조 한 마리를 의미하는 것이었다. 그리고 세 번째 아이는 사과 한 바구니를, 네 번째 아이는 조그만 접시 크기의 5센트짜리 호박파이를 들고 있었다.

연극이 끝난 다음 선생님은 칠면조 다리와 옥수수를 쓰레기통에 버리고 사과는 한 쪽 옆에 치워놓았다. 그리고 호박파이를 먹고 싶은 아이가 있느냐고 물었다. 아이들은 입에 침을 흘렸다. 서른 개의 손이 공중에 올라가고 싶어 근질거렸으나, 정작 올라간 손은 하나도 없었다. 대부분 가난하고 배가 고픈 아이들이었으나, 음식을 구걸하기에는 자존심이 너무 강했다. 어느 누구도 손을 올리지 않자 선생님은 파이를 쓰레기통에 버리라고 지시했다.

프랜시는 도저히 참을 수 없었다. 저렇게 맛있는 파이를 버리다니, 게다가 호박파이는 마차를 타고 인디언과 싸우던 전사들이 먹던 음식이라는데, 자신은 한번도 먹어본 적이 없지 않은가! 프랜시는 호박파이를 먹고 싶었다. 그래서 머릿속으로 거짓말을 생각한 다음 손을 들었다.

"원하는 학생이 있어서 다행이야."

선생님이 말했다.

프랜시는 천연덕스럽게 거짓말을 늘어놓았다.

"내가 먹으려고 그런 게 아니에요. 아주 가난한 집이 있는데 그 사람들에게 주고 싶어서요."

"착하구나. 바로 그게 추수감사절 정신이지."

프랜시는 그날 오후 집으로 걸어가면서 파이를 다 먹었다. 양심 때문인지 아니면 입맛에 맞지 않아서인지 잘 모르겠지만, 파이는 맛이 없었다. 비누를 먹는 것 같은 맛이었다. 다음 월요일, 선생님은 수업이 시작하기 전에 복도에서 프랜시를 만나 가난한 집 식구들이 파이를 좋아하더냐고 물었다.

"네, 아주 좋아했어요."

프랜시는 대답하고 나서 선생님이 관심 있게 쳐다보는 걸 발견하고 이야기에 살을 붙였다.

"그 집에는 금빛 곱슬머리에 푸른 눈이 커다란, 조그만 여자아이 두 명이 있어요."

"그런데?"

"그런데…… 그런데……, 그 둘은 쌍둥이예요."

"정말 재미있구나."

선생님이 관심을 보이자, 프랜시는 힘이 솟아나는 걸 느꼈다.

"한 명은 이름이 파멜라이고, 또 한 명은 카밀라예요."(이것은 프랜시가 있지도 않은 인형에게 붙여주기 위해 골라놓았던 이름이었다.)

"그런데 걔네들이 정말 가난한가 보지?"

선생님이 물었다.

"네, 아주 가난해요. 지난 3일 동안 아무것도 먹지 못해서 의사선생님이 내가 파이를 갖다주지 않았으면 죽었을 거래요."

"그렇게 조그만 파이가 두 사람의 생명을 구했구나."

선생님이 부드럽게 말했다.

프랜시는 자신이 너무 허풍이 심했다는 걸 깨닫고 후회했다.

선생님이 허리를 숙이고 두 팔로 프랜시를 껴안았다. 선생님 두 눈에 눈물이 고이는 게 보였다. 프랜시는 너무 후회스러워 온몸이 갈기갈기 찢어지는 것 같아 마침내 사실대로 고백했다.

"모두 다 새빨간 거짓말이에요. 내가 파이를 다 먹었어요."

"나도 안다."

"집에는 편지 보내지 마세요. 방과후에 매일 학교에 남아서……"

프랜시가 집주소가 다르단 사실을 생각하고 사정했다.

"상상력이 풍부하다는 이유로 벌을 주진 않는단다."

선생님은 거짓말과 이야기의 차이점에 대해서 천천히 설명해주었다. 거짓말은 겁쟁이가 나쁜 마음 때문에 꾸며대는 것이지만, 이야기는 자신이 하고 싶은 어떤 것을 실제로 벌어진 그대로가 아니라 그렇게 되기 바라는 마음에 지어낸 것일 뿐이라는 것이었다.

프랜시는 선생님의 설명을 듣고 커다란 문제를 해결할 수 있었다. 그렇지 않아도 최근에 어떤 일을 벌어진 그대로 얘기하지 않고 색깔과 감동과 극적인 요소를 집어넣어 과장해서 말하는 습관이 들어서 고민이었던 것이다. 엄마는 그럴 때마다 프랜시에게 일어난 그대로 말하는 것으로 끝내라고 계속 경고했다. 하지만 고칠 수가 없었다. 무엇을 말하다 보면 어느새 여러 가지 색깔이 들어가고 있었다. 아니, 여러 가지 색깔을 집어넣어야 기분이 풀렸다.

케이티 역시 이런 특성을 가지고 있었고 조니 또한 몽상가처럼 세상을 살아가고 있었다. 하지만 두 사람은 자기 아이들에게 이런 특성을 물려주지 않으려 했다. 물론 이들에겐 그럴 만한 이유가 있었다. 풍요로운 상상력으로 가난에 찌든 고통스런 삶을 너무 쉽게 견디어낸다는 게 바로 그것이었다. 케이티는 만일 자신들에게 이런 특징이 없었다면 사물을 있는 그대로 처절하게 바라보고 좀더 낫게 살았을 거라고 생각했다.

프랜시는 선생님이 친절하게 말한 내용을 항상 머리에 담아두었다.

"네가 꾸며서 하는 말을 새빨간 거짓말이라 생각하는 사람이 많을 거다. 하지만 그것은 네가 보는 진실이 사람들이 보는 진실과 다르기 때문이야. 그러니 어떤 일이 일어나면 사람들에게는 일어난 그대로 말하고 네가 바라는 내용은 공책에 적도록 해라.

사람들에게는 사실을 있는 그대로 말하고 공책에는 이야기를 쓰는 거야. 그러면 실제로 일어난 사실과 마음속으로 바라는 내용이 혼동되지 않을 거야."

프랜시에게 이것은 정말 훌륭한 조언이었다. 외롭게 자라난 아이가 그렇듯이, 프랜시는 사실과 환상이 혼란스러워 어떤 게 사실이고 어떤 게 꾸민 이야기인지 모를 때가 많았다. 그런데 선생님은 이 두 가지를 명확하게 구분하는 방법을 알려준 것이다. 프랜시는 그때 이후 자신이 보고 느끼고 행동한 내용을 이야기로 꾸며서 쓰기 시작했다. 그리고 사람들에게 말할 때는 비록 본능적으로 약간의 색깔을 집어넣긴 했지만 그래도 사실을 최대한 있는 그대로 말하려고 노력했다.

이야기를 쓰는 것으로 현실과 환상을 구분하는 방법을 찾아냈을 때 프랜시의 나이는 열 살이었다. 어떤 내용을 쓰는가 하는 것은 그다지 중요하지 않았다. 중요한 것은 이야기를 쓰다 보니 사실과 환상 사이에 뚜렷한 경계선을 그을 수 있었다는 것이다. 만일 이 같은 해결방법을 찾아내지 못했다면, 아마 프랜시는 끔찍한 거짓말쟁이로 성장했을 것이다.

_21

브루클린에서 크리스마스는 황홀한 순간이었다. 그것은 크리스마스가 되기 오래 전부터 바람을 타고 널리 전달되었다. 아이들은 몰톤 선생이 크리스마스 캐롤을 가르칠 때 크리스마스가 온다는 첫 번째 암시를 받았다. 하지만 좀더 분명한 징후는 상점의 쇼윈도에서 시작되었다.

어린아이가 아니라면 인형과 썰매를 비롯한 여러 가지 장난감이 가득 쌓인 쇼윈도가 얼마나 아름다운지 모를 것이다. 그런데 프랜시는 이 같은 아름다움을 공짜로 마음껏 즐길 수 있었다. 쇼윈도를 볼 수 있다는 건 장난감이 실제로 생긴 것만큼이나 즐거웠다

아, 거리 모퉁이를 돌자마자 크리스마스 물건으로 가득한 또다른 쇼윈도가 나타난다는 건 얼마나 즐거운 일인가! 아, 목화 솜으로 만든 눈이 내리고 그 위에서 별이 반짝이는 쇼윈도는 얼마나 아름다운가! 그 안에는 온갖 인형이 가득했다. 그 가운데서 프랜시는 머리

칼 색이 진한 커피에 크림을 잔뜩 풀어 넣은 것 같은 인형을 가장 좋아했다. 인형들은 모두들 완벽한 피부에 아름다운 얼굴 그리고 어느 누구보다 아름다운 옷을 입고 마분지 상자 안에 똑바로 서서, 깊고 푸른 눈으로 꼬마 여자아이의 마음속을 똑바로 쳐다보면서, 앙증스럽게 생긴 두 손을 내밀고 "우리 엄마가 돼 주세요!"하고 호소하는 것 같았다. 하지만 프랜시가 살 수 있는 인형은 5센트짜리 조그만 인형밖에 없었다.

그리고 썰매는 또 얼마나 아름다운가! 그것은 아이들이라면 누구나 꿈에 그리는 물건이었다. 나무에 짙은 파란색 꽃과 엷은 녹색 이파리를 그려 넣고 손잡이를 부드럽게 만든 썰매들! 그 위에는 여러 가지 이름이 적혀 있었다. '장미호!' '목련호!' '썰매왕!' '공중 썰매!' 프랜시는 다양한 썰매를 바라보면서 "만일 저 가운데서 하나만 나에게 준다면 앞으로 죽는 날까지 하느님에게 절대 아무것도 달라고 하지 않겠어요"하고 기도했다.

쇼윈도 안에는 그 외에도 번쩍이는 갈색 가죽에 은빛 바퀴가 달린 롤러스케이트를 비롯한 여러 가지 놀라운 물건이 잔뜩 쌓여 있었다. 그 모든 물건을 쳐다보며 여러 가지 이야기를 머릿속으로 생각하다 보니 머리가 빙글빙글 도는 것 같았다.

크리스마스가 되기 일주일 전부터 마을에 가문비나무가 전시되기 시작했다. 운반하기 쉽도록 나뭇가지를 접어 밧줄로 묶어놓은 크리스마스트리였다. 장사꾼은 상점 모퉁이를 빌려서 기다란 막대기를 바닥에 꽂고 연결한 기다란 줄에 나무를 기대어 놓았다. 그리곤 장갑을 끼지 않아 얼어붙은 두 손을 후후 불며 나무향기가 가득한 좁은 거리를 왔다갔다하다가, 사람들이 잠시 걸음을 멈출 때마다 한 가닥 희망이 담긴 시선으로 쳐다보았다. 개중에는 나무를 사는 사람도 있었지만 대체로 이것저것 살펴보다가 값만 물어보고 그냥 지나갔다. 이들은 나뭇가지를 만지다가 주인이 안보는 틈을 이용해 솔잎을 손가락으로 꺾어 그 향내를 맡는 것으로 만족했다. 그래서 크리스마스가 될 즈음에는 추운 날씨에도 불구하고 잠시나마 쓸쓸한 거리에 소나무와 등색나무 냄새가 가득 퍼져나가 지나는 사람의 마음을 훈훈하게 만들어주었다.

이 마을에는 잔인한 전통이 하나 있었다. 크리스마스 이브가 코앞에 다가오기 전까지 팔리지 않는 나무를 둘러싼 전통이었다. 크리스마스 이브가 될 때까지 나무를 사지 않은 사람은 '나무 벼락을 맞는다'는 말이 있었는데, 그것은 농담이 아니라 사실이었다.

인류의 구원자가 태어나기 전날 저녁이 되면, 아이들은 팔리지 않은 나무들이 있는 곳으로 모여들었다. 그러면 주인은 커다란 나무부터 차례대로 하나씩 던졌다. 아이들은 서로 나무를 받겠다고 자청하고 나섰다. 그래서 나무에 맞아도 쓰러지지 않으면 그 나무를 가질 수 있었다. 하지만 바닥에 넘어지면 나무를 얻을 기회는 사라지고 만다. 그래서 힘센 사내아이를 제외하면 아무도 커다란 나무를 얻을 수 없었다. 다른 아이들은 자신이 맞아도 쓰러지지 않고 견딜 수 있는 나무 차례가 올 때까지 초조한 마음으로 기다렸다. 조그만 아이들은 한 아름 정도밖에 안 되는 조그만 나무를 던질 때까지 기다렸다가 나무를 얻으면 기쁨에 찬 함성을 내질렀다.

크리스마스 이브가 되자 엄마는 열 살이 된 프랜시와 아홉 살이 된 닐리에게 처음으로 가서 도전해보도록 허락했다. 프랜시는 낮에 일찌감치 나무 하나를 골라놓았다. 그리곤 저녁 늦은 시간이 될 때까지 하루종일 아무도 그 나무를 사가지 않기만 기도했다. 다행히 그 나무는 한밤중이 될 때까지 그 자리에 있었다.

그것은 마을에서 가장 커다란 크리스마스 트리로서 가격이 너무 비싸서 아무도 살 수 없었다. 높이만 해도 4미터 정도나 되었으며, 특별히 하얀 밧줄로 가지를 묶어놓아 높은 키와 우람한 자태를 자랑했다.

주인은 이 나무를 제일 처음 선택했다. 프랜시가 미처 입을 열기도 전에 펑키 퍼킨스라는 열여덟 살 먹은 심술궂은 사내가 앞으로 나와 그 나무를 자기가 받아내겠다고 당당하게 말했다. 주인은 펑키가 너무 자신만만하게 구는 꼴이 마음에 들지 않는지, 주변을 둘러보며 물었다.

"다른 사람은 없소?"

프랜시가 앞으로 나갔다.

"저요, 아저씨."

주인이 입가에 실소를 머금었다. 아이들이 킬킬거리며 웃었다. 구경하러 몰려온 어른들 역시 폭소를 터트렸다.

"하느님 맙소사! 너는 너무 어려."

주인이 거절했다.

"나와 내 동생이요. 함께 있으면 어리지 않아요."

프랜시가 닐리를 앞으로 잡아당겼다. 주인이 앙상한 뺨에 몸이 가냘프면서도 아직 아기 같은 자태가 턱에 남아 있는 열 살짜리 여자아이와 멋진 금발머리에 파란 눈이 커다란 조그만 사내아이를 바라보았다. 둘 다 순진무구한 눈빛으로 쳐다보고 있었다.

"두 명이 함께 서는 건 공평하지 않아요."

펑키가 반대했다.

"아가리 닥쳐! 용기가 가상하잖아. 자, 모두 물러서요. 이 아이들에게 이 나무를 던지겠소."

주인이 소리쳤다. 주인이 한 말은 곧 법이었다.

사람들이 움직여 기다란 공간을 만들어주었다. 프랜시와 닐리는 깔때기처럼 생긴 공간 끝에 서고 커다란 나무가 있는 맞은편에 주인이 섰다. 이윽고 주인이 커다란 팔을 움츠려 커다란 나무를 들어올렸다. 그는 기다란 공간 끝에 서 있는 조그만 두 아이를 쳐다보았다. 너무나 조그만 아이들이었다.

순간 갈등이 일어났다.

'하느님 맙소사! 메리 크리스마스라고 말하고 그냥 이 나무를 건네주며 가져가라고 하는 게 좋겠어. 어차피 나에겐 소용없는 나무잖아. 올해에는 더 이상 팔 수 없을 것이고, 그렇다고 내년까지 보관할 수 있는 것도 아니잖아. 하지만 만일 그렇게 하면 다른 아이들도 그냥 주길 바랄 거야. 그리고 내년에는 나한테 아무도 나무를 사려 하지 않을 거야. 내가 은쟁반에 담아서 거저 주기만 기다리겠지. 안 돼. 나는 나무를 공짜로 줄 정도로 통이 크지 않아. 우리 아이들을 생각해야 돼.'

주인은 마침내 결론에 도달했다.

'아, 정말 지랄 같은 세상이군! 저 두 아이는 이 험한 세상을 살아가야 돼. 이 지랄 같은 세상살이에 익숙해져야 한다구. 주고받는 법을 배워야 해. 그런데 이 지랄 같은 세상은 항상 받기만 할 뿐 주는 법이 없어.'

마침내 주인이 있는 힘껏 나무를 던졌다. 심장이 찢어지는 것 같았다.

"지랄같이 온통 썩어빠진 세상아!"

프랜시는 나무가 공중을 날아오는 모습을 보았다. 순간적으로 시간과 공간이 사라졌다. 세상 전체가 어두워지고 공중에 괴물이 나타난 것 같았다. 모든 기억이, 심지어 살아 있다는 느낌조차 사라졌다.

거대한 어둠이 서서히 시야를 압도하더니 마침내 프랜시를 향해 떨어졌다. 몸이 흔들렸다. 닐리가 무릎을 굽히려 했다. 프랜시는 닐리가 쓰러지기 전에 재빨리 팔을 잡아당겼다. 나무가 땅에 떨어지는 소리가 지축을 흔들었다. 사방이 어두운 가운데 푸른색과 함께 따끔거리는 느낌이 느껴지기 시작했다. 나무에 맞은 옆머리에서 날카로운 통증이 일어났다. 프랜시는 닐리가 몸을 떠는 걸 느낄 수 있었다.

나이 많은 사내아이들이 나무를 치우자 프랜시와 닐리가 서로 손을 잡고 똑바로 서 있는 모습이 드러났다. 닐리 얼굴에서 피가 흐르고 있었다. 빨간 피가 흘러내리는 고운 피부와 겁에 질린 푸른 눈이 닐리를 어느 때보다 아기같이 보이게 만들었다. 하지만 얼굴은 웃고 있었다. 드디어 마을에서 제일 커다란 나무를 얻지 않았는가! 사내아이들 일부가 "만세!"를 외쳤으며 어른들은 박수를 쳤다. 주인이 커다란 소리로 외쳤다.

"망할 놈의 자식들! 이제 너희 나무니까 빨리 가지고 꺼져!"

프랜시는 말을 알아들은 이래 수많은 욕을 들으며 살아왔다. 사람들이 입으로 내뱉는 욕설은 아무 의미가 없었다. 대부분 자신의 감정을 표현할 어휘력이 부족해서 하는 소리로 일종의 사투리인 셈이었다. 중요한 것은 그 말속에 담긴 어투와 감정이었다. 그래서 나무 주인이 "망할 놈의 자식들"이라고 말할 때 프랜시는 얼굴에 함박 웃음을 머금었다. 그 말이 실제로는 '잘 가거라, 신의 은총이 함께

A Tree Grows in Brooklyn

하길 바란다'는 뜻인 걸 잘 알고 있었기 때문이다.

나무를 집까지 끌고 오는 건 쉽지 않았다. 한 걸음 한 걸음 앞으로 끌어당겨야 했다. 게다가 한 사내아이가 갑자기 "올라타자! 공짜다!"하고 소리치며 나무 위로 뛰어올라 한층 더 힘들었지만, 결국 그 아이는 흥미를 잃고 다른 곳으로 갔다.

하지만 나무를 질질 끌고 집으로 가는 오랜 시간은 아주 즐거운 시간이기도 했다. 자신들의 승리를 더 오래 자랑할 수 있었기 때문이다. 어떤 아주머니가 "저렇게 커다란 나무는 생전 처음이야!"하고 감탄하는 소리가 들려왔다. 프랜시는 굉장히 기뻤다. 어떤 아저씨가 "그렇게 커다란 나무를 사 오다니, 혹시 은행을 턴 거 아니야?"하고 소리쳤다.

모퉁이를 돌 즈음에는 경관이 멈춰 세우고 나무를 검사한 다음 근엄한 표정으로 10센트에 팔라고 제안했다. 그리고 만일 자기 집까지 운반해주면 5센트를 더 주겠다고 제안했다. 프랜시는 경관이 농담하고 있다는 걸 알고 있었지만 그래도 너무 자랑스러워 가슴이 터질 것 같았다. 프랜시는 1달러를 주어도 팔지 않겠다고 대답했다. 그러자 경관이 머리를 저으면서 자기 제안을 받아들이지 않으면 나중에 후회할 거라고 말했다. 그러면서 25센트를 제안했지만 프랜시는 계속 웃음을 머금은 얼굴로 머리를 저었다.

"싫어요."

마치 거리 모퉁이를 배경으로 어느 추운 크리스마스 이브 때 친절한 경관과 자신 그리고 남동생을 등장인물로 해서 크리스마스 연극을 하는 것 같았다. 프랜시는 대사를 이미 다 알고 있었다. 경관이 대사를 읊으면 프랜시는 무대설명에 따라 행복한 얼굴로 자기

대사를 읊조렸다.

드디어 집 앞에 도착했다. 좁은 계단 위로 나무를 끌고 올라가기 위해 아빠를 불렀다. 아빠는 당장 뛰어내려왔다. 다행히 아빠는 옆으로 걷지 않고 똑바로 뛰어왔다. 술에 취하지 않았다는 증거였다.

아빠는 나무 크기를 보고 도저히 믿을 수 없는 척했다. 어떻게 그런 나무를 얻을 수 있었냐는 것이다. 프랜시는 아빠에게 자초지종을 자세히 얘기하는 즐거움을 마음껏 누렸다. 아빠가 앞에서 끌고 프랜시와 닐리는 뒤를 밀면서 3층을 향해 좁은 계단을 올라가기 시작했다. 아빠는 너무 기쁜 나머지 늦은 밤이라는 사실도 잊고 노래를 부르기 시작했다. 〈고요한 밤 거룩한 밤〉이었다. 맑고 고운 목소리가 좁은 계단에 가득 울려 퍼지더니, 잠시 후에 메아리가 이중창을 부르기 시작했다. 삐걱거리는 소리와 함께 여기저기에서 문이 열리고 사람들이 문가에 서서 전혀 예상치 않던 신비로운 사건이 자신들의 삶 속에 뛰어든 것에 기쁨과 놀라움을 금치 못했다.

티모르 자매가 은발머리에 빗을 꽂은 채 풍성한 잠옷을 입고 문가에 서서 구경하더니, 이윽고 함께 노래를 부르기 시작했다. 프로시 가디스와 그녀의 엄마 그리고 폐병으로 죽어가는 그녀의 오빠 헨리 역시 문가에 서 있었다. 헨리가 울기 시작했다. 아빠는 그 모습을 보고 노래를 그쳤다. 자기 노래가 헨리를 너무 슬프게 만든다고 생각한 것 같았다.

22

케이티는 두 손을 앞으로 한 채 계단 끝에 서서 노랫소리를 들었다. 그리곤 천천히 올라오는 남편과 두 아이 그리고 커다란 나무를 지켜보면서 혼자 깊은 생각에 잠겼다.

'조니하고 애들은 저 나무를 굉장히 좋아하는군. 아이들은 나무를 공짜로 얻은 걸 좋아하고, 저 이는 한술 더 떠 노래까지 부르고 있어. 이웃 사람들도 아주 즐거워하고. 자신에게 생명이 붙어 있다는 걸. 그래서 또 한번 크리스마스를 맞이한 걸 다행스럽게 여기고 있어. 자기들이 더러운 사람들과 함께 더러운 거리, 더러운 건물에 살고 있다는 사실을 잊어버렸나 봐. 조니와 아이들은 이웃들이 저렇게 조그만 일에 행복해하는 게 불쌍하지도 않은가 봐. 우리 아이들은 무슨 일이 있더라도 여기서 벗어나야 돼. 조니와 나는 물론이고 우리 주변에 있는 누구보다 더 훌륭하게 자라나야 해. 하지만 어떻게 해야 그럴 수 있지? 매일같이 책 한 쪽씩을 읽어주고 양철저금통에 동전을 모으는 것으론 모자라. 돈! 돈이 있으면 아이들이 더 훌륭하게 될 수 있을까? 그래, 돈이 있으면 생활이 훨씬 편해질 거야. 하지만 그게 전부는 아니야. 돈만으로도 충분하지 않아.

맥게러티는 모퉁이에 커다란 건물도 가지고 있고 돈도 많아. 그 사람 부인은 다이아몬드 귀걸이를 하고 있지. 하지만 그 집 아이들은 우리 아이들만큼 똑똑하거나 착하지 않아. 아주 잔인하고 탐욕스런 성격을 가지고 있어. 언젠가 그 집 딸아이가 거리에서 사탕봉지 하나를 들고 먹는 걸 본 적이 있어. 굶주린 아이들이 그 애를 둘러싸고 침을 흘리며 쳐다보았지. 아이들은 사탕이 먹고 싶어 마음속으로 구걸하고 있었어. 하지만 사탕을 더 이상 먹기 싫어지자, 그 아이는 나머지 사탕을 아이들에게 주지 않고 하수구 안에 집어넣었어.

아! 아니야, 돈만 많다고 훌륭하게 되는 건 아니야. 맥게러티네 딸은 머리띠를 매일 바꾸어 달아. 하나에 50센트나 되는 머리띠지. 우리 식구가 하루를 먹을 수 있는 돈이야. 하지만 그 아이는 머리숱도 적고 색깔도 연한 빨간색이라 멋이 없어. 하지만 우리 닐리는 커다랗게 구멍이 난 여드름 모자를 쓰고 다니지만 숱 많은 곱슬머리를 가지고 있어. 그리고 우리 프랜시는 머리띠가 없어도 머리칼이 길고 윤기가 나. 돈으론 도저히 살 수 없는 거지. 이것은 돈보다 더 중요한 어떤 게 있다는 의미야.

잭슨 여사는 '복지관'에서 가르치는데 돈이 없어. 자선사업에만 열중하지. 꼭대기층 단칸방에 살면서 말이야. 옷도 한 벌밖에 없지만 항상 깨끗하게 다려 입고 다녀. 사람들하고 말할 때는 항상 두 눈을 정면으로 바라보고 말해. 잭슨 여사가 하는 말을 들으면 마음이 차분해져. 잭슨 여사는 세상일이 돌아가는 이치를 알고 있어. 아주 지혜로운 사람이야. 비록 더러운 동네에서 살지만 깨끗하고 멋있어. 연극에 나오는 여배우 같아. 쳐다볼 순 있지만 감히 범접할 수 없는 사람처럼 말이야. 잭슨 여사하고 맥게러티 부인하고는 큰 차이가 있어. 맥게러티 부인은 돈이 많지만 몸은 뚱뚱하고, 맥주 배달하는 트럭운전사와 추잡하게 놀아나. 돈 많은 맥게러티 부인과 돈 없는 잭슨 여사를 다르게 만드는 건 무엇일까?'

케이티의 머리 속에 해답이 떠올랐다. 너무 간단해 깜짝 놀랄 정도였다. 교육! 그것은 바로 교육이었다! 두 사람을 천양지차로 만드는 건 바로 교육이었다! 아이들을 지저분한 생활에서 벗어나게 하는 길은 교육밖에 없었다. 그 증거는! 잭슨 여사는 교육을 받았으며 맥게러티는 교육을 받지 않았다.

아! 친정 어머니 메리 로멜리가 오랜 세월 동안 강조하던 게 바로 이것이었다. 단지 교육이라는 단어를 모르고 있었을 뿐이다!

케이티는 계속 생각을 펼쳐갔다.

'프랜시는 똑똑해. 고등학교까지는 틀림없이 공부할 거야. 어쩌면 그 이상 공부할지도 몰라. 교육을 받고 언젠가는 훌륭한 사람이 되겠지. 하지만 그렇게 되면 나와 멀어질 거야. 아니, 벌써 나와 멀어지고 있어. 프랜시는 닐리가 사랑하는 만큼 나를 사랑하지 않아. 나는 프랜시가 멀어지는 걸 피부로 느낄 수 있어. 프랜시는 지금도 내가 자기를 잘 이해하지 못한다고 생각하고 있어. 아마 나중에 많은 교육을 많이 받으면 나를 창피스러워할 거야. 내가 말하는 방식을. 하지만 그 사실을 드러내진 않겠지. 자신은 나와 다르다는 느낌을 심어줄 뿐일 거야. 그러면 나는 프랜시가 나보다 훌륭하다는 걸 깨닫고 잔인하게 대하겠지.

프랜시는 나이를 먹을수록 지혜롭게 변할 거야. 그래서 생활을 행복하게 가꾸어나가겠지. 프랜시는 내가 자기를 닐리만큼 사랑하지 않는다는 것도 깨닫게 될 거야. 하지만 그건 나도 어쩔 수 없어. 그러나 프랜시는 그것을 이해하지 못할 거야. 어쩌면 프랜시는 벌써 그 사실을 느끼고 있는지도 몰라. 가끔 그런 느낌이 들어. 그래서 벌써 나와 멀어지기 시작한 거야. 그래. 일부러 먼 곳에 있는 학교로 전학간 게 바로 나한테서 도망치는 첫 단계인 게 분명해.

하지만 닐리는 절대 나를 떠나지 않아. 그래서 내가 닐리를 가장 사랑하는 거야. 닐리는 나를 계속 이해할 거야. 닐리는 의사가 되면 좋겠어. 아니, 의사가 되어야 해. 어쩌면 바이올린 연주하는 법도 익힐지 모르지. 닐리는 음악에 소질이 있어. 아빠에게 물려받은 자질이지. 피아노도 나나 프랜시보다 더 잘 치잖아. 그래, 조니는 아들에게 음악적인 자질을 남겨주었어. 하지만 자신에게는 별다른 소용이 없었지. 오히려 그것 때문에 신세를 망쳤을 뿐이야. 만일 노래를 못 불렀다면 사람들이 조니에게 술을 권하지 않았을 거야. 조니 자신은 물론 우리 생활에 별 도움이 안 된다면 노래를 잘 부른다 해서 무슨 소용이 있겠어? 하지만 닐리는 다를 거야. 교육을 받을 테니까. 나는 무슨 일이 있더라도 닐리에게 충분한 교육을 시켜야 돼.

조니는 우리와 오래 살지 못할 거야. 아, 나는 한때 조니를 굉장히 사랑했어. 지금도 가끔 그런 사랑을 느끼지. 하지만 조니는 무력해…… 특별한 가치가 없어. 아, 하느님도 나를 용서하실 거야.'

케이티는 조니와 아이들이 나무를 끌고 계단을 올라오는 사이에 이 모든 걸 생각했다. 그녀는 사람들이 밑에서 고개를 들고 쳐다보는 걸 명랑한 얼굴로 반겨주었지만, 마음속에서는 고통스러울 정도로 뚜렷한 결심이 자리 잡아가고 있었다. 하지만 그걸 알아차린 사람은 아무도 없었다.

_23

프랜시가 두 번째로 커다란 거짓말을 한 것은 그로부터 며칠 후였다. 둘째 이모인 에비 이모가 티켓 두 장을 가져왔다. 개신교 단체에서 종교와 상관없이 모든 가난한 아이들을 위해 베푸는 잔치에 초대하는 티켓이었다. 크리스마스 트리를 장식한 무대에서 크리스마스 연극을 하고 캐럴도 부르고 참석자 모두에게 선물을 나눠준다는 것이었다. 엄마는 가톨릭 아이가 개신교 잔치에 참석하는 것을 반대했다. 하지만 에비 이모가 계속 고집을 부렸다. 마침내 엄마가 체념을 하고 프랜시와 닐리가 잔치에 가는 것을 허락했다.

잔치는 커다란 강당에서 열렸다. 사내아이들은 한쪽에 앉고 여자아이들은 다른 쪽에 앉았다. 연극이 너무 종교적이어서 지루한 것을 제외하면 잔치는 그런 대로 좋았다. 연극이 끝난 다음 교회 아줌마들이 나와 복도를 오르내리며 아이들에게 선물을 나눠주었다. 여자아이들은 장기판을 받았고 사내아이들은 숫자 맞추기 카드를 받았다.

조금 더 노래를 부른 후에 한 아줌마가 무대 위에 나와서 특별 선물이 있다고 선언했다. 사랑스럽게 생긴 얼굴에 예쁜 옷을 입은 조그만 여자아이가 아름다운 인형 하나를 들고 나왔다. 진짜 노란 머리칼에 눈썹도 달린 데다 파란 눈을 떴다 감았다 할 수 있는 아주 커다란 인형이었다. 아줌마가 아이를 앞으로 데리고 나온 다음 다시 말을 이어나갔다.

"이 아이는 메리라고 해요."

조그만 메리가 얼굴에 웃음을 머금고 인사했다. 관중석에 앉아 있는 꼬마 여자아이들은 웃으면서 답례했지만, 사춘기가 되어가는 사내아이들은 날카로운 휘파람을 불어댔다.

"메리 어머니께서 이 인형을 사신 다음에 여기 메리가 입고 있는 옷과 똑같은 옷을 만들어 인형에게 입혀 주었어요."

조그만 메리가 앞으로 나와 인형을 높이 들어올렸다. 그러더니 아줌마에게 인형을 건네준 다음 치마를 접고 인사했다. 프랜시는 한눈에 그 말이 사실이라는 걸 알 수 있었다. 레이스를 댄 파란 비단치마와 핑크색 머리띠, 검은색 가죽구두, 하얀 비단양말 등은 아름다운 메리가 입고 있는 의상과 똑같았다.

"자, 이 인형은 인형을 선물하려는 친절한 꼬마 아가씨를 기념하기 위해 이름을 메리라고 지었어요."

조그만 메리가 또다시 우아한 미소를 머금었다.

"메리는 이 인형을 여러분 가운데 메리라는 이름을 가진 가난한 여자아이에게 선물하고 싶어해요."

옥수수 밭에 바람이 불듯이, 청중석에 앉아 있는 여자아이들 사이에서 수군거리는 소리가 일어났다.

"여러분 가운데 메리라는 이름을 가진 가난한 여자아이가 있나요?"

사방에 정적이 감돌았다. 참석자 가운데는 최소한 백 명에 달하는 메리가 있었을 것이다. 하지만 문제는 '가난한'이라는 형용사였다. 어떤 메리도 일어나지 않았다. 인형을 갖고 싶은 마음은 굴뚝같았지만, 수많은 사람 앞에서 가난한 여자아이의 상징이 되길 바라는 아이는 하나도 없었다. 아이들이 자기는 가난하지 않을 뿐 아니라 집에 가면 더 좋은 인형과 저 아이가 입은 것보다 더 좋은 옷이 있는데, 별로 입고 싶지 않아 이런 차림으로 왔을 뿐이라고 서로 속닥거리기 시작했다. 프랜시도 인형을 가지고 싶은 마음이 굴뚝같았지만 꿀 먹은 벙어리처럼 가만히 앉아 있었다.

"없어요? 메리가 한 명도 없어요?"

아줌마가 잠시 기다리더니 다시 물었다. 하지만 아무도 대답하지 않았다. 아줌마가 마침내 안타깝다는 투로 말했다.

"메리가 한 명도 없다니 정말 안됐군요. 그럼 이 아가씨가 인형을 다시 가져갈 수밖에 없겠어요."

조그만 메리가 다시 웃음을 머금고 인사를 한 다음 인형을 들고 돌아섰다.

프랜시는 도저히 견딜 수 없었다. 선생님이 호박파이를 쓰레기통에 버리라고 할 때와 똑같은 기분이었다. 프랜시가 벌떡 일어나 손을 번쩍 들었다. 아줌마가 프랜시를 보고 조그만 메리를 멈춰 세웠다.

"아! 메리가 있었군요. 아주 수줍음을 많이 타지만 메리는 메리예요. 자, 이리 나오세요, 메리."

프랜시는 너무 창피해서 뜨겁게 달아오르는 얼굴로 기다란 복도를 걸어가 무대 위로 올라갔다. 계단에서 비틀거리자 아이들이 폭소를 터트렸다.

"이름이 뭔가요?"

아줌마가 물었다.

"메리 프랜시 놀란."

프랜시가 조그맣게 대답했다.

"더 크게. 청중들을 쳐다보면서."

프랜시는 참혹한 기분으로 청중석을 바라보며 커다랗게 말했다.

"메리 프랜시 놀란."

청중석에 앉아 있는 얼굴이 하나같이 두터운 실에 매달린 풍선처럼 보였다. 만일 계속 쳐다본다면 얼굴들이 모두 천장까지 둥둥 떠오를 것 같았다.

아름다운 메리가 앞으로 나와 인형을 프랜시의 두 팔에 안겨주었다. 프랜시의 두 팔이 자연스럽게 인형을 껴안았다. 두 팔이 마치 오랫동안 인형을 껴안기만 기다린 것 같았다. 아름다운 메리가 한 손을 프랜시에게 내밀고 악수했다. 프랜시는 당혹감과 혼란에 휩싸여 있었지만 파란 핏줄과 핑크색 소라껍질처럼 빛나는 손톱이 보석같이 아름다운 하얀 손을 볼 수 있었다.

아줌마는 엉거주춤하며 자기 자리로 돌아가는 프랜시의 등뒤에 대고 말했다.

"여러분은 지금 진정한 크리스마스의 정신을 지켜보았어요. 조그만 메리는 부잣집 딸로서 크리스마스 때 아름다운 인형을 많이 선물 받았어요. 하지만 메리는 자기만 아는 아이가 아니었어요. 자신처럼 선물을 많이 받지 못한 다른 가난한 메리를 행복하게 만들고 싶었어요. 그래서 인형을 메리라는 이름을 가진 가난한 여자아이에게 선물했어요."

프랜시의 두 눈에 뜨거운 눈물이 고이기 시작했다.

'내가 가난하고 저 아이는 부잣집 딸이라는 말을 안 하고 그냥 선물만 주면 안 되나? 저런 말을 안 하고 그냥 주면 안 되는 이유가 뭐냐구?'

프랜시가 겪어야 하는 창피는 아직 많이 남아 있었다. 복도를 걸어오는 동안 여자아이들이 상체를 쭉 내밀고 조그맣게 소리질렀다.

"거지야, 거지, 거지."

프랜시는 자기 자리로 돌아오는 동안 계속 거지라는 말을 들었다. 여자아이들은 모두 자신이 프랜시보다 부자라고 생각하는 것 같았다. 물론 대부분 가난했지만 그들은 프랜시에게 없는 어떤 것을 가지고 있었다. 그것은 자존심이었다. 프랜시는 그 사실을 잘 알고 있었다. 거짓말을 해서 인형을 받은 것은 하나도 후회되지는 않았지만, 자존심을 내던지고 거짓말을 한 대가는 아주 가혹했다.

선생님이 거짓말을 입 밖에 내지 말고 공책에 적으라고 충고한 말이 생각났다. 어쩌면 인형을 받으러 올라가는 대신 그것을 이야기로 공책에 쓰는 편이 훨씬 좋았을지 모른다는 생각이 들었다. 하지만 아니야! 절대 아니야! 인형을 실제로 가지는 게 인형을 가지는 이야기를 쓰는 것보다 훨씬 좋아.

잔치가 끝나고 사람들이 국가를 부르기 위해 자리에서 일어날 때, 프랜시는 인형 얼굴에 자기 얼굴을 갖다 댔다. 머리칼에서 생전 잊지 못할 정도로 좋은 냄새가 일어나고, 인형이 입고 있는 옷에서 황홀할 정도로 부드러운 느낌이 전달되었다. 인형이 달고 있는 진짜 속눈썹이 뺨을 간지럽혔다. 너무 기쁜 나머지 몸이 덜덜 떨렸다. 아이들이 노래를 불렀다.

자유의 땅 위에,
용기가 넘치는 사람들 위에……

프랜시는 인형의 조그만 손을 꽉 잡았다. 손가락이 간지러웠다. 마치 인형이 간질이는 것 같았다. 하마터면 프랜시는 인형이 살아 있다고 생각할 뻔했다.

프랜시는 상으로 인형을 받았다고 엄마에게 말했다. 감히 진실을 말할 수 없었다. 엄마는 동정 받는 걸 싫어하기 때문에 만일 사실대로 말한다면 당장 인형을 빼앗아 내버릴 게 분명했다. 다행히 닐리가 고자질을 하지 않았다. 프랜시는 이제 인형을 가지게 되었지만 또다시 거짓말을 했다는 자책감이 사라지지 않았다.

그날 오후, 프랜시는 인형을 너무나 가지고 싶은 나머지 인형만 가질 수 있다면 영혼이 연옥을 헤매더라도 기꺼이 감수하겠다는 조그만 여자아이에 관한 이야기를 썼다. 아주 감동적인 이야기였지만, 그래도 마음이 풀리지 않았다.

다음 일요일에 고백성사를 보아야겠다는 생각이 들었다. 신부님이 아무리 힘든 보속을 주더라도, 프랜시는 자발적으로 세배 이상 보속을 실천하기로 굳게 다짐했다. 하지만 그래도 마음이 풀리지 않았다.

바로 그 때 어떤 계획 하나가 마음속에 떠올랐다! 거짓말한 내용을 사실로 만들 수 있다는 생각이 들었다. 프랜시는 가톨릭에서 아이에게 영세를 줄 때 성인의 이름을 하나 선택해서 본명으로 삼는 전통이 있다는 사실을 떠올렸다. 그 때 메리라는 이름을 택하면 모든 게 해결되지 않겠는가!

그날 저녁, 성서 한 쪽과 셰익스피어 한 쪽을 읽은 다음, 프랜시는 엄마와 상의했다.

"엄마, 영세를 받을 때 메리라는 이름을 본명으로 선택해도 돼요?"

"안 돼."

프랜시는 심장이 무너지는 걸 느꼈다.

"왜요?"

"그건 너에게 세례명을 지어줄 때 앤디 삼촌의 약혼녀 이름을 따서 프랜시라는 이름을 붙였기 때문이야."

"그건 나도 알고 있어요."

"그런데 그 때 네 외할머니 이름을 따서 메리라는 이름도 너에게 붙였단 말이야. 그래서 네 진짜 이름은 메리 프랜시 놀란이야."

프랜시는 인형을 침대 위로 잡아끌어 가만히 눕힌 다음 인형이 깨어나지 않도록 아주 조용히 누워서 잠을 청했다. 그리곤 가끔 일어나서 조그맣게 메리라는 이름을 부르면서 손가락으로 인형의 앙 증스런 신발을 만졌다. 가죽의 부드러운 촉감이 전달될 때마다 프 랜시는 몸을 부르르 떨었다.

그것은 프랜시가 가진 최초이자 마지막 인형이었다.

목욕을 하다가 어른이 되어가고 있다는 걸 알았다.

이제 때가 된 것이다……

_24

엄마에게 미래는 금방 닥쳐오는 일이다. 그래서 엄마는 "눈 깜짝할 사이에 크리스마스가 올 거다"라거나, 이제 겨우 방학을 시작했는데 "눈 깜짝할 새 학기가 다시 시작될 거다"는 식으로 말하는 습관이 있었다. 봄이 되어 프랜시가 즐거운 마음으로 두터운 바지를 벗어 던지면 엄마는 바지를 주우라면서 "이제 얼마 안 있으면 다시 입게 될 거야. 눈 깜짝할 새 겨울이 다시 시작될 테니 말이야"하고 말했다. 도대체 엄마는 무슨 말을 하고 있는 건가? 이제 방금 봄이 시작되었으니, 겨울은 절대 다시 돌아오지 않을 텐데 말이다.

조그만 아이는 앞일에 대한 생각을 별로 안 한다. 기껏해야 다음 주가 가장 길게 생각할 수 있는 미래이며, 크리스마스와 다음 크리스마스 사이의 일년이라면 거의 영원에 가까운 시간처럼 느낀다. 프랜시 역시 열한 살 때까지는 먼 미래를 생각할 수 없었다.

하지만 열한 번째 생일과 열두 번째 생일 사이에 모든 게 변했다. 미래가 훨씬 일찍 다가왔다. 하루하루가 훨씬 짧게 느껴졌으며, 일주일은 날짜가 줄어든 것 같았다. 아래층에 사는 헨리 가디스가 폐병으로 죽었는데, 그게 많은 영향을 미쳤다. 프랜시는 헨리가 죽을 거란 얘기를 귀에 못이 박히도록 들었다. 그래서 그가 결국엔 죽을 거라는 걸 알고 있었다. 하지만 그건 아주 오랜 뒤에 일어날 일이었다. 그런데 오랜 뒤에 일어날 일이 결국 일어나고 말았다. 미래에 일어날 일이 현재에 일어났으며 그 일은 이제 과거로 변할 터였다.

프랜시는 헨리 가디스가 죽은 것 때문에 자신의 시간 개념이 바뀌게 되었는지 잠시 생각해보았다. 하지만 아니었다. 외할아버지는 프랜시가 아홉 살 때 죽지 않았는가? 기억이 맞다면, 그 때는 크리스마스는 아직 멀게만 느껴지던 어느 날, 자신이 첫 번째 영성체를 하기 일주일 전이었다. 어쨌든 주변에 있는 모든 게 너무 빠르게 변하기 시작해서 프랜시는 혼란스러웠다.

한 살 어린 닐리는 갑자기 키가 쑥쑥 자라더니 어느새 자기보다 머리 하나가 더 커졌다. 모디 도나반은 이사를 갔다. 그리고 3개월 후에 한 번 놀러 왔는데, 예전과는 전혀 다른 모습을 하고 있었다. 지난 3개월 동안 훨씬 더 여성스럽게 변한 것이다.

또한 항상 옳게만 느껴지던 엄마 역시 가끔 틀릴 때가 있다는 걸 느낄 수 있었다. 그리고 자신이 그렇게 사랑하는 아빠의 언행 가운데 일부를 다른 사람들은 아주 어처구니없게 여긴다는 사실도 발견했다. 차를 파는 상점의 저울 역시 더 이상 밝게 빛나지 않았으며 나무통 역시 여기저기에 흠이 있는 초라한 모습으로 보였다.

프랜시는 토모니 아저씨가 뉴욕 시내에 놀러 갔다가 토요일 밤에 돌아오는 모습을 더 이상 지켜보지 않았다. 뉴욕 시내에 왔다갔다 하면서 산다는 게 갑자기 바보같이 느껴졌기 때문이다. 토모니 아저씨는 돈이 많았다. 그렇다면 자신이 그렇게 좋아하는 뉴욕 시내로 이사 가서 계속 그곳에 살지 않는 이유가 뭐란 말인가?

모든 게 변하고 있었다. 프랜시는 공포에 휩싸였다. 예전의 세계가 사라지고 그 자리에 새로운 세계가 들어오기 시작했다. 도대체 무슨 일이 벌어지고 있단 말인가? 프랜시는 예전과 마찬가지로 매일 저녁 성경과 셰익스피어를 읽었다. 그리고 매일 한 시간 동안 피아노를 연습했다. 양철저금통에 동전도 집어넣었다. 고물상 역시 계속 그 자리에 있었다. 다른 상점도 모두 마찬가지였다. 실제로 변한 건 하나도 없었다. 변하는 건 바로 프랜시 자신이었다.

프랜시는 그 모든 것을 아빠에게 이야기했다. 아빠는 혓바닥을 내밀어보라고 하더니, 손목을 잡고 맥박을 짚었다. 그리곤 씁쓸한 표정으로 머리를 흔들면서 말했다.

"아주 나쁜 병에 걸렸구나. 아주 나쁜 병에……"

"무슨 병인데요?"

"어른이 되는 병."

어른이 되는 병은 모든 걸 엉망으로 만들었다. 집안에 먹을 게 없을 때 하던 재미있는 놀이도 엉망이 되었다. 돈이 떨어지고 음식이 모자라면 엄마는 프랜시와 닐리와 함께 북극을 탐험하다가 눈보라를 만나 동굴 속에 갇혀 지내는 놀이를 했다. 구조대가 도착할 때까지 얼마 안 남은 음식으로 생계를 유지하는 놀이였다. 엄마는 찬장에 남아 있는 얼마 안 되는 음식을 배급이라며 조금씩 나눠주었다.

프랜시와 닐리가 배급을 먹은 다음에 아직 배가 고프다고 하면, 엄마는 "용기를 내게, 동지들. 이제 조금만 참으면 구조대가 올 거야" 하고 말했다. 그러다가 돈이 생기면 엄마는 음식을 많이 샀는데, 기념으로 조그만 케이크도 함께 사서 그 위에 1페니짜리 깃발을 꽂고 이렇게 말했다.

"자, 해냈다, 동지들. 결국엔 북극을 정복했다."

그런데 '구조대가 도착한' 어느 날, 프랜시가 엄마에게 물었다.

"탐험대가 굶주림 따위의 온갖 고통을 참아내는 건 그럴 만한 이유가 있기 때문이에요. 뭔가 커다란 목적이 있잖아요. 북극을 정복하는 거요. 그렇다면 우리가 굶주림을 참아내야 하는 건 어떤 이유 때문인가요?"

그러자 엄마가 갑자기 피곤한 얼굴로 대답했다.

"이제 너도 다 컸구나."

25

어른이 되는 병은 극장에 가는 재미도 엉망으로 만들었다. 정확히 말하면 극장이 아니라 연극이었지만 그 당시에는 누구나 극장이라고 말했다. 어쨌든 프랜시는 아슬아슬하게 사건이 진행되는 것에 더 이상 흥미를 느낄 수 없었다.

프랜시는 극장을 굉장히 좋아했다. 비록 한때는 집시여인이 되어 풍금을 치고 싶었다가 나중에는 학교 선생님이 되고 싶었고, 첫 영성체를 한 다음에는 수녀가 되고 싶었지만, 열한 살이 된 다음에는 배우가 되고 싶었다.

윌리엄스버그 아이들은 누구나 극장을 좋아했다. 그 당시에는 브래니 극단과 코스 페이튼 극단, 필립 라이슘 극단 등 마을에 좋은 극단이 많았다. 특히 라이슘 극단은 모퉁이를 돌면 바로 있었다. 프랜시는 5센트만 손에 들어오면 토요일 오후마다(문을 닫는 여름을 제외하고) 그곳에 갔다. 그럴 때는 제일 앞줄에 앉으려고 문을 열기 한 시간 전부터 가서 줄을 섰다.

프랜시는 주연 남자배우 해롤드 클레런스를 사랑했다. 연극이 끝나면 문가에 서서 기다렸다가 극장에서 나와 집까지 가는 그의 뒤를 졸졸 쫓아다니기도 했다. 그는 거리를 걸어갈 때조차 무대 위에서 하듯이 뻣뻣하게 걸어갔다. 얼굴은 아기처럼 불그스레했다. 그는 뻣뻣한 걸음으로 아주 천천히 걸어갔다. 비싸게 보이는 시가를 물고 앞만 쳐다보고 걸어가다가 집에 들어가기 직전에 담배를 버렸다. 집주인이 집 안에서 담배 피우는 걸 허락하지 않았기 때문이다. 그러면 프랜시는 가만히 서서 경건한 마음으로 꽁초를 지켜보다가 종이에 담아 약혼반지처럼 소중하게 일주일 동안 가지고 다녔다.

어느 토요일에 이 극단은 〈목사의 애인〉을 공연했다. 멋쟁이 목사님이 여자 주연배우 게리 모하우스와 사랑에 빠졌다는 내용이었다. 여자 주인공은 식료품가게에 일자리를 구해야 했다. 나쁜 여자가 있었는데, 이 여자 역시 잘생긴 목사를 사랑하고 있었다. 그래서 여자 주인공을 괴롭히기 위해 비싼 모피에 다이아몬드를 걸치고 거들먹거리며 식료품가게에 들어와서 여자 주인공에게 원두커피 1파운드를 주문했다. 그 여자가 "그것을 갈아!"하고 말할 때는 좌중에 긴장이 감돌았다. 여기저기에서 신음소리가 흘러나왔다. 아름다운 여자 주인공은 커다란 바퀴를 돌릴 만한 힘이 없었는데, 그 바퀴를 돌릴 수 있다는 걸 전제로 임시 취직되었기 때문이다. 여자 주인공이 애를 썼지만 바퀴는 조금도 돌아가지 않았다.

여자 주인공이 자신은 일자리가 필요한데 바퀴를 돌릴 수 없으니 그냥 가져가면 안되냐면서 나쁜 여자에게 사정하기 시작했다. 하지만 나쁜 여자는 냉혹하게 "빨리 갈아!"하고 명령했다. 모든 게 절망적으로 보이기 시작할 때, 잘생긴 해롤드가 불그스름한 얼굴에 목사님 옷을 입고 나타나 상황을 파악했다. 널따란 모자를 극적이긴 하지만 전혀 어울리지 않는 동작으로 벗어 무대 위에 내던지고 뻣뻣한 걸음으로 분쇄기 옆으로 걸어가 커피를 갈아서 여자 주인공을 곤경에서 구해주었다. 바로 그 때 커피 가는 신선한 냄새가 극장 안에 퍼지기 시작하면서 관중석에서 동요가 일어났다. 진짜 커피 냄새였다!

사실주의가 처음으로 연극에 도입된 것이다! 물론 사람들은 커피 가는 모습을 수천 번 보았지만 연극무대에 그런 냄새를 도입했다는 건 가히 혁명적인 사건이었다. 나쁜 여자는 이빨을 부드득 갈면서 말했다.

"이번에도 실패했군!"

해롤드가 게리를 껴안아 얼굴을 가렸다. 커튼이 내려왔다.

휴식시간이 되자 아이들은 푹신한 의자에 침 뱉는 놀이를 시작했다. 하지만 프랜시는 그 놀이에 끼지 않고 커튼을 쳐다보며 연극 줄거리를 생각했다. 남자 주인공이 커피를 갈아야 하는 바로 그 시간에 나타난 건 정말 다행이었다. 하지만 만일 그 때 나타나지 않았다면 어떻게 되었을까? 아마 여자 주인공은 해고되었을 것이다. 그러면 또 어떻게 되었을까? 너무 배가 고픈 나머지 다른 일거리를 찾으러 다닐 것이다. 어쩌면 엄마처럼 바닥을 청소하는 일자리를 구할수도 있고, 아니면 프로시 가디스처럼 공장에 다닐 수도 있다. 그런데 꼭 식료품가게에서만 일해야 하는 것은 연극대본에 그렇게 쓰여있기 때문이었다.

프랜시는 다음주 토요일에도 연극을 보았지만 만족스럽지 않았다. 다른 건 다 그렇다고 쳐도, 오랫동안 헤어져서 지내던 사랑하는 남자가 월세를 내야 하는 바로 그 시간에 꼭 등장해야만 하는가? 만일 그가 제 시간에 등장하지 않아서 월세를 낼 수 없었다면 어떻게 되었을까? 집주인은 30일 동안의 유예기간을 주었을 것이다. 최소한 브루클린에서는 그게 관례였다. 그러면 한달 안에 돈을 마련할수 있지 않겠는가? 만일 만들지 못한다면 집을 비워야 한다. 그렇다면 아름다운 여자 주인공은 공장에 취직하고, 어린 남동생은 아동취업증명서를 발급 받아 돈을 벌 수 있을 것이며, 어머니 역시 세탁일을 시작할 수 있지 않겠는가?

그들은 남자 주인공이 나타나지 않아도 어떤 식으로든 살아갈 수있을 터였다. 그래도 사는 게 죽는 것보다 쉽기 때문이다.

프랜시는 여자 주인공이 나쁜 남자와 결혼하지 않는 이유 또한 이해할 수 없었다. 결혼하면 월세문제도 해결할 수 있을 뿐 아니라, 남편은 그녀를 너무나 사랑한 나머지 온갖 문제거리를 몽땅 다 해결해줄 것이 아닌가? 최소한 남자 주인공이 나타나기 전까지는 그가 온갖 어려움을 해결해주기 위해 애쓰지 않았는가?

프랜시는 그 연극의 3장을 직접 쓰기 시작했다. 대화체로 쓰니 글쓰기가 훨씬 쉬웠다. 이야기를 쓰려면 사람들이 어떤 행동을 한 이유에 대해 상세하게 설명해야 했으나, 대화체로 쓸 때는 그럴 필요가 없었다. 대화 속에서 모든 이유가 다 나타나기 때문이다. 그래서 프랜시는 미래의 목표를 또다시 바꾸었다. 배우 대신 희곡작가가 되기로 결심한 것이다.

 _26

여름이 한창 기승을 부리던 어느 토요일이었다. '내 생애에서 가장 행복한 날'이라고 일기에 써도 좋을 날이었다. 프랜시의 이름이 난생 처음으로 활자로 찍혀 나온 것이다.

학년말이 되자, 학교에서 그 동안 작문시간에 쓴 글 가운데서 학년 별로 가장 우수한 작품을 모아 교지를 만들었다. 그런데 프랜시가 쓴 〈겨울〉이 7학년 최우수작으로 뽑혀 그 책에 실렸다. 프랜시는 교지값 10센트를 모으기 위해 토요일이 될 때까지 기다려야 했다. 그런데 학교가 어제부터 여름방학에 들어갔기 때문에 프랜시는 혹시 책을 사지 못할까 두려웠다. 하지만 젠슨 할아버지가 토요일에도 수위실에 나올 예정이니, 돈을 가져오면 교지 한 권을 주겠다고 약속한 상태였다.

프랜시는 젠슨 할아버지 덕분에 정오 즈음에 〈겨울〉이 실린 지면을 펼쳐들고 자기 방문 앞에 서 있을 수 있었다. 만나는 사람 누구에게나 이 책을 구경시켜 주고 싶은 마음뿐이었다.

프랜시는 점심식사를 하러 온 엄마에게 보여주었지만, 엄마는 다시 일하러 나가야 했기 때문에 읽을 시간이 없는 것 같았다.

점심을 먹는 동안 프랜시가 자기 글이 교지에 실렸다고 적어도 다섯 번쯤을 얘기했을 때, 마침내 엄마가 입을 열었다.

"그래, 그래. 알고 있어. 그럴 줄 알고 있었다구. 이런 일은 앞으로 계속 생길 거야. 그러다 보면 익숙해지겠지. 그러니 그렇게 흥분할 필요 없어. 설거지할 게 많단 말이야."

아빠는 이미 조합 사무실에 나간 다음이었다. 물론 아빠는 이 사실을 알면 굉장히 기뻐하겠지만, 일요일은 되어야 교지를 볼 수 있을 터였다. 그래서 프랜시는 자랑스런 교지를 팔 밑에 끼고 길가에 서 있었다. 잠시도 손에서 떼어놓을 수 없었다. 프랜시는 가끔 활자로 찍혀 나온 자기 이름을 쳐다보았다.

아무리 쳐다보아도 흥분이 가시지 않았다.

그 때 몇 집 건너편에 살고 있는 조안나라는 젊은 여자가 문 밖으로 걸어나왔다. 아기를 유모차에 태우고 산책을 하려는 것 같았다. 동네 아줌마들이 물건을 사러 오가다가 걸음을 멈추고 수군대기 시작했다. 조안나가 결혼도 하지 않은 상태에서 아이를 낳았기 때문이다. 말하자면 그녀는 미혼모였고, 아기는 사생아—사람들은 아비 없는 자식이라고 불렀다—였다. 그래서 정숙한 아줌마들은 조안나가 훤한 대낮에 아기를 밖으로 데리고 나와 자랑스런 엄마처럼 행동할 권리가 없다고 여기고 있었다. 이들이 생각할 때, 조안나는 아무도 보지 않는 어두컴컴한 곳에 숨어서 아기를 길러야 했다.

프랜시는 조안나와 아기에게 호기심을 느꼈다. 엄마와 아빠가 조안나에 대해 이야기하는 소리를 들은 적이 있었다. 프랜시는 유모차가 옆을 지날 때 아기를 쳐다보았다. 유모차에 앉아서 좋아하는 모습이 아주 귀여웠다. 비록 조안나는 행실이 나쁜 여자일지 모르지만, 그래도 아기만큼은 어느 정숙한 아줌마보다 귀엽고 예쁘게 길렀다. 아기는 고운 실이 달린 모자에 희고 깨끗한 옷, 그리고 턱받이를 하고 있었으며, 먼지 하나 없이 깨끗한 유모차 덮개에는 아름다운 수가 펼쳐져 있었다.

'참 예쁜 아기야, 조안나를 꼭 닮았어' 하고 프랜시는 생각했다. 언젠가 아빠가 조안나에 대해 하던 말이 떠올랐다.

"조안나의 살갗은 목련 꽃잎 같지."(사실 조니는 목련을 본 적이 없었다.) "머리카락은 까마귀 날개같이 까맣고……"(그는 까마귀 따위는 본 적도 없었다.) "눈은 숲 속의 연못처럼 깊고 어두워……"(그는 숲이라곤 들어가 본 적이 없었다. 그가 아는 연못이란 것도 야구시합에 내기를 걸 때 10센트씩 던져 넣던 웅덩이가 고작이었다. 이긴 팀을 맞힌 사람이 웅덩이 밑에 깔린 돈을 몽땅 가져가는 내기였다.)

그러나 아빠는 조안나를 정확하게 묘사했다. 그녀는 아름다운 여자였다. 그러나 케이티의 의견은 좀 달랐다.

"그럴지도 모르죠. 하지만 그게 무슨 소용이 있어요? 사람들한테 욕만 먹고 있는 걸요. 조안나의 엄마도 조안나처럼 결혼하지 않고 두 아이를 낳았대요. 아들은 교도소에 가 있고 딸은 아비 없는 아이를 낳고…… 집안에 나쁜 피가 흐르고 있는 게 분명해요. 이런 일에 감상적일 필요는 없어요. 당연한 대가니까."

엄마가 갑자기 프랜시에게 시선을 돌리며 말했다.

"조안나를 보고 잘 배워라."

그 토요일 오후에 프랜시는 조안나가 산책하는 것을 보면서 대체 조안나에게서 무엇을 배워야 하는 걸까 생각했다. 조안나는 아이를 자랑스러워했다. 그걸 배워야 할까?

조안나는 이제 열일곱 살이었으며 상냥했다. 누구나 자기한테 친절하게 대해주길 바랐다. 그녀는 이 정숙하고 엄격한 동네 여자들에게 자기가 먼저 미소를 보냈다. 하지만 그들은 얼굴을 찡그릴 뿐이었다. 그녀는 길에서 노는 아이들을 보고도 웃어주었다. 아이들 중 몇 명은 따라 웃었다. 그녀는 프랜시에게도 미소를 보냈다. 프랜시도 웃어주고 싶었지만 그렇게 하지 못했다. 조안나 같은 여자에게 친절하게 대해주면 안 된다는 걸 배워야 하는 걸까? 동네 아줌마들은 야채를 담은 봉지와 고기를 싼 갈색 종이를 팔에 안은 채 슬그머니 모여들어 길에 선 채 소곤거리곤 했다. 그러다가 조안나가 다가오면 얘기를 멈추었다가 지나가고 나면 다시 소곤거렸다. 할 일이 그것 밖에 없는 사람들 같았다.

조안나는 그들 앞을 지나갈 때마다 얼굴이 점점 붉어졌다. 그러나 그녀는 머리를 더 꼿꼿이 세우고, 일부러 치마를 펄럭이며 걸었다. 그렇게 걸으니 더 예쁘고 자신만만해 보였다. 그녀는 유모차 덮개를 조절하려고 자주 멈추었다. 그리곤 아기의 뺨을 어루만지면서 상냥하게 얼러주었다. 그럴 때마다 동네 여자들은 잔뜩 흥분했다.

"저런 뻔뻔스러운 년! 마치 정식으로 결혼한 여자처럼 굴다니!"

이 훌륭하기 짝이 없는 여자들은 욕설을 퍼부으며 아이들을 키운

다. 밤에는 옆에서 같이 자는 남편을 미워한다. 사랑의 행위를 해도 아무 기쁨이 없다. 그냥 무감각하게 사랑을 하면서 아이가 생기지 않기만 바랄 뿐이다. 이런 쓸쓸한 순종은 남자를 추하고 야만스럽게 만들었다.

조안나는 그들이 미워하는 것을 알았지만 신경 쓰지 않았다. 그녀는 결코 그 사람들에게 굴복해 방안에서 아이를 키울 여자가 아니었다. 그래서 조안나와 동네 아줌마들 사이에 긴장이 점차 높아져갔다.

결국 동네 아줌마들이 먼저 시비를 걸었다. 조안나가 그들 앞을 지나갈 때 심술궂게 생긴 아줌마가 큰소리로 말했다.

"부끄럽지도 않아?"

"뭐가 부끄러운데요?"

조안나의 목소리에도 팽팽한 긴장감이 스몄다. 아줌마가 상당히 불쾌하다는 어투로 주위에 있는 다른 여자들을 둘러보며 말했다.

"뭐가 부끄럽냐는데? 좋아, 몰라서 묻는다면 말해주지. 넌 한마디로 추잡한 여자야. 순진한 애들 앞에 그런 더러운 애새끼를 끌고 다니지 말란 말이야. 당장에 여기서 꺼지라구! 당장 꺼지란 말야!"

"그렇게 할 수 있다면 해보시지!"

"당장 내 눈앞에서 꺼져버려! 이 더러운 화냥년!"

심술궂게 생긴 아줌마가 욕을 퍼붓기 시작했다.

"말조심해요!"

조안나의 목소리가 떨렸다.

"너 따위한테 무슨 말조심을 해?"

다른 아줌마가 끼여들었다.

"다들 질투하고 있군요."

조안나는 조금도 동요하지 않고 말했다.

"우리가 질투한다는데?"

"누굴 질투해? 너 같은 년을?"

조안나는 심술궂게 생긴 아줌마를 똑바로 쳐다보며 말했다.

"남자들이 좋아하니까 날 질투하는 게 분명해요. 그래, 아줌마 같은 여자가 결혼을 했다니 억세게도 재수가 좋았어요. 그렇지 않았다면 아줌마 같은 여자한테 어떤 남자가 붙겠어요? 아줌마 남편은 당신하고 그 짓을 하고 나서 침을 뱉을 걸. 보나마나 틀림없어."

"아니, 이 화냥년이! 어디다 대고 나불거려! 오냐! 오늘이 네년 제삿날이다!"

아줌마가 미친 듯이 소리를 지르더니 땅바닥에서 돌을 주워들어 조안나에게 던졌다. 그래서 예수가 살던 시대보다 더 심한 일이 벌어졌다. 다른 여자들도 돌을 던지기 시작한 것이다. 어떤 여자는 돌 대신 말똥을 집어 던졌다. 조안나는 쏟아지는 돌세례를 맞고 있었다. 그러다 뾰족한 돌 하나가 빗나가서 아기의 이마에 맞았다. 아기의 얼굴 위로 금방 가느다란 핏줄기가 흘러내렸다. 깨끗한 턱받이에 핏방울이 뚝뚝 떨어졌다. 아기는 흐느껴 울면서 안아달라고 엄마에게 팔을 벌렸다.

아줌마들은 돌 던지기를 멈추고 제각기 발길을 돌렸다. 조안나를 괴롭히는 건 그걸로 끝이 났다. 갑자기 수치심이 느껴졌다. 조안나를 혼내주려고 했을 뿐이지, 아기를 해치려고 한 것은 아니었다. 그들은 종종걸음으로 집안으로 사라졌다. 싸움을 구경하고 있던 아이들은 다시 놀이를 시작했다.

조안나는 울면서 아기를 유모차에서 들어올렸다. 가엾은 아기는 누가 크게 울지도 못하게 한 것처럼 가느다랗게 흐느끼기만 했다.

조안나는 아기 얼굴에 뺨을 비벼댔다. 그녀의 눈물이 피에 섞여 흘렀다.

아줌마들이 이겼다. 조안나는 유모차를 길에 놔둔 채 아기를 안고 집으로 들어가 버렸다. 프랜시는 그 모든 것을 보았다. 하나도 남김없이 모든 광경을 다 보았다. 한마디도 빼놓지 않고 모든 말을 똑똑히 들었다. 프랜시는 조안나가 미소를 던지던 모습과 그 미소를 외면한 자신의 모습을 돌이켜 생각했다. 자신이 조안나의 미소에 답하지 못한 이유는 무엇일까? 왜 그랬을까? 프랜시는 앞으로 살아가는 동안 자신이 조안나에게 웃어주지 못한 장면을 떠올릴 때마다 괴로워할 거란 생각이 들었다.

아이들이 유모차 주위에서 잡기놀이를 하며 놀기 시작했다. 아이들은 도망을 칠 때마다 유모차를 밀고 당겼다. 프랜시는 아이들을 쫓아버리고 유모차를 끌고 가서 조안나네 집 문 앞에 세워두었다. 문 앞에 세워둔 것은 결코 건드리지 않는 게 이곳의 불문율이었기 때문이다.

프랜시는 여전히 자기 글이 실린 책을 들고 있었다. 그래서 유모차 옆에 선 채 다시 한번 자기 이름을 들춰보았다. 〈겨울. 프랜시 놀란〉. 프랜시는 조안나의 웃음을 외면한 것에 대해 어떤 식으로든 대가를 치르고 싶었다. 자신에게 가장 귀중한 어떤 것을 희생해야만 할 것 같았다. 프랜시는 자기 글을 아주 자랑스럽게 생각했다. 그래서 아빠와 에비 이모와 시시 이모에게 보여주고 싶어 안달을 했다. 언제까지나 들여다보고 싶어했으며, 볼 때마다 마음이 흐뭇했다. 이 책을 없애면 이제 다시 이 책을 구할 방법은 없다.

프랜시는 아기의 베개 밑에 책을 밀어 넣었다. 〈겨울〉이 실린 페이지를 펴놓은 채 눈같이 흰 아기의 베개 위에 묻어 있는 아주 작은 핏방울이 보였다. 다시 아기의 모습이 떠올랐다. 한줄기 가느다란 피가 흘러내리던 아기의 얼굴, 안아달라고 팔을 벌리던 아기의 모습…… 갑자기 격한 통증이 밀려왔다. 통증이 지나가자 온몸에서 기운이 모두 빠져 나갔다. 또다시 통증이 밀려왔다 사라졌다.

프랜시는 집으로 돌아와서 지하실로 내려갔다. 제일 어두운 구석에 놓여 있는 마대자루 위에 걸터앉았다. 그리고 통증이 지나가길 기다렸다. 통증이 올 때마다 프랜시는 몸을 떨었다. 통증이 멈추길 기다릴 수밖에 없었다. 만약 통증이 멈추지 않는다면 나는 죽을 것이다. 죽고 말 것이다……

통증이 점차 약해져갔다. 간격도 뜸해졌다. 프랜시는 생각했다.

'나는 지금 조안나에게서 무엇인가를 배우고 있어. 하지만 엄마가 말한 건 이런 게 아니야.'

프랜시는 돌을 던진 여자 가운데 한 명이 결혼한 지 석달 만에 아이를 낳았다는 것을 알고 있었다. 다른 아이들처럼 프랜시도 교회로 가는 결혼 축하행렬을 길가에서 구경했다. 그래서 신부가 세낸 마차에 올라탈 때 드레스 속에 감춰진 신부의 불룩한 배를 보았다. 또한 프랜시는 신부의 아버지가 신랑의 팔을 꼭 붙잡고 있는 것도 보았다. 신랑은 눈 아래가 시커멓게 멍든 얼굴로 몹시 슬퍼하고 있었다.

조안나는 아버지가 없었다. 남자형제도 없었다. 그녀의 집안에는 조안나를 임신시킨 사내의 팔을 꼭 붙잡고 교회에 데리고 갈 남자가 없었다. 그것이 바로 조안나의 죄였다. 프랜시는 결론을 내렸다. 조안나는 나쁜 짓을 한 게 아니라 남자를 교회로 끌고 갈 만큼 똑똑하지 못한 것이다.

통증이 어느 정도 가라앉을 무렵, 프랜시는 갑자기 이상한 느낌을 받고 마대자루에서 벌떡 일어났다. 몸 속에서 무슨 일인가 벌어지고 있었다. 프랜시는 가슴 위에 손을 대고 심장이 아직 뛰고 있는지 확인했다. 아빠는 늘 가슴에 대해 많은 노래를 불렀다. 부서지는 가슴, 괴로워하는 가슴, 춤추는 가슴, 짓눌린 가슴, 기쁨에 들뜬 가슴, 슬픔에 잠긴 가슴, 뛰는 가슴, 평온한 가슴……, 그래서 프랜시는 정말로 가슴이 그렇게 부서지고, 괴로워하고, 짓눌린다고 믿고 있었다. 프랜시는 조안나 아기의 일로 자기의 심장이 부서져서 피가 몸밖으로 흘러나오고 있다고 생각했다. 공포가 온몸을 사로잡았다. 프랜시는 위층으로 올라가서 거울을 들여다보았다. 눈 아래 검은 그림자가 생겼고, 머리가 지끈지끈 쑤셨다. 프랜시는 부엌에 있는 낡은 가죽소파에 누워서 엄마가 돌아오길 기다렸다.

프랜시는 엄마에게 지하실에서 있었던 일을 이야기했다. 엄마는 아무 일도 아니라고 하면서 한숨을 내쉬며 말했다.

"이렇게 빨리 하다니…… 이제 겨우 열세 살인데. 몇 년은 더 있다 할 거라고 생각했거든. 엄마는 열다섯 살에 했으니까."

"그럼 이게 아무 일도 아니란 말이에요?"

"그건 여자들은 어른이 되면 다 하는 거야. 자연스러운 일이지."

"나는 어른이 아니에요."

"바로 그게 어른이 되어간다는 표시야."

"그럼 곧 그치는 거예요?"

"며칠이 지난 다음에. 하지만 한 달 후에 다시 시작되지."

"언제까지 해요?"

"아주 오랫동안…… 마흔 살이나 쉰 살까지 하는 사람도 있어. 외할머니는 엄마를 쉰 살에 낳으셨으니까."

엄마가 웃으며 말했다.

"아, 그럼, 이게 아기 낳는 거랑 상관이 있어요?"

"그래. 이제 넌 아기를 낳을 수 있게 되었으니까 행동거지를 조심해야 한다, 알겠니?"

순간 프랜시의 마음에 조안나와 아기가 떠올랐다.

"남자애랑 키스하면 안 돼."

엄마가 다시 조심스럽게 말했다.

"그럼 아기가 생겨요?"

"아니, 그렇진 않아. 하지만 키스로 시작해서 아기를 갖게 되는 경우가 많거든. 조안나를 생각해보렴."

프랜시는 엄마의 마지막 말에 깜짝 놀랐다. 엄마는 길에서 일어난 일을 모르고 그냥 조안나를 떠올린 것에 불과하다. 그러나 프랜시는 엄마가 놀라운 통찰력을 갖고 있다 생각하곤 새삼 존경스런 눈으로 바라보았다.

_27

프랜시가 열세 살이 되던 해에 매우 중요한 일 두 가지가 일어났다. 유럽에서 전쟁이 터졌으며, 에비 이모네 말이 이모에게 홀딱 빠진 것이다. 에비 이모의 남편 윌리 이모부와 그의 말 드러머는 지난 8년 동안 원수지간이었다. 윌리 이모부는 말을 거칠게 다루었다. 차고 때리고 괴롭히고 재갈을 바짝 조여 물렸다. 말도 이에 지지 않았다. 원래 드러머는 배달코스를 훤히 알고 있어서 배달하는 집 앞에 알아서 멈춰 섰고, 윌리 이모부가 마차에 올라타면 출발했다. 그런데 얼마 전부터 윌리 이모부가 우유를 배달하려고 마차에서 내리면 드러머는 그냥 혼자서 출발해버렸다. 윌리 이모부는 반 블럭이나 뛰어서 뒤쫓아야 말을 잡을 수 있었다.

이 말은 윌리 이모부가 몸을 씻겨줄 때도 못된 짓을 저질렀다. 배 밑에 들어가 비누칠을 하고 있을 때 오줌을 갈기는 것이다. 동료들은 이제나저제나 그 순간을 기다리고 있다가 배를 잡고 웃곤 했다. 참다못해 윌리 이모부는 점심시간이 되면 식사도 할 겸, 드러머를 집으로 데리고 가서 몸을 씻기기 시작했다. 여름에는 할 만하지만 겨울에는 힘들었다. 몹시 추운 날에는 에비 이모가 쫓아 내려와서 이 추위에 찬물로 씻기는 건 너무 심하다며 말렸다. 그러다 보니 드러머는 에비 이모가 자기편이라고 여기게 되었다. 그래서 에비 이모가 남편과 말다툼을 하면 드러머는 구슬픈 울음소리를 내며 머리를 이모의 어깨에 기대곤 했다.

아주 추웠던 어느 날이었다. 드러머는 마침내 제 손으로—에비 이모는 '제 발로'라고 표현했다—일을 저지르고 말았다. 에비 이모는 동생 집에 와서 그 이야기를 모두 털어놓았다. 에비 이모가 이야기하는 내용을 듣고 있노라면 정말 재미있었다. 에비 이모만큼 이야기를 재미있게 하는 사람은 없다는 생각이 들 정도였다. 모든 이야기를 하나도 빠짐없이 자세히 아주 재미있게 묘사하는 건 물론, 심지어 드러머 역할도 실감나게 표현했다. 그리고 중간 중간에 자기 생각을 집어넣었다. 에비 이모가 한 말에 따르면 일은 이렇게 벌어졌다.

윌리는 길가에서 찬물과 노란 비누로 말을 닦고 있었다. 에비는 창가에서 이 광경을 보고 있었다. 그가 배 밑으로 들어가서 배를 닦으려 하자 말이 움찔했다. 윌리는 드러머가 또 오줌을 갈기는 줄 알고 벌컥 화를 내고 소리를 지르면서 배를 쥐어박았다. 그러자 말은 다리를 들어 윌리의 머리를 정통으로 걷어찼다. 윌리는 그만 쓰러져 의식을 잃고 말았다.

이모가 뛰어내려갔다. 말은 이모를 보고 기뻐서 웃었지만 이모는 말을 쳐다볼 겨를이 없었다. 말은 고개를 돌려 에비가 윌리를 자기 배 밑에서 끌어내리려고 기를 쓰는 모습을 보고, 이모를 향해 몇 걸음 움직였다. 에비를 도와서 마차를 끌어당겨 의식불명에 빠진 윌리를 구하려는 것인지, 아니면 그 위로 마차바퀴를 굴려 아예 끝장내려고 한 것인지는 알 수 없었지만.

에비가 "워, 워!"하고 소리치자, 드러머가 걸음을 멈추었다. 한 꼬마가 경찰을 부르러 뛰어갔다. 얼마 안 있어 앰뷸런스가 왔다. 응급치료사가 응급처치를 한 다음, 윌리를 싣고 그린포인트 병원으로 갔다.

집 앞에는 말과 빈 우유통이 가득한 마차만 덩그러니 남았다. 에비는 말을 몰아본 적이 없었다. 그러나 그렇다고 가만히 있을 수는 없었다. 그래서 남편의 낡은 외투를 걸치고, 머리에 수건을 두르고 의자에 올라앉아 채찍을 쥐고 소리쳤다.

"마구간으로 가! 드러머!"

말은 고개를 돌려 사랑이 가득한 눈길을 보내더니 경쾌한 발걸음으로 움직이기 시작했다. 말이 길을 알고 있어서 천만다행이었다. 에비는 마구간이 어디 있는지 전혀 알지 못했다. 하지만 드러머는 아주 영특했다. 사거리마다 걸음을 멈추고 에비가 좌우를 살피도록 기다렸다. 그래서 에비는 이상이 없으면 "이랴, 가자!"하고 소리치고, 다른 차들이 오면 "워, 기다려!"하고 지시를 내렸다. 이렇게 해서 그들은 무사히 마구간에 도착했고, 말은 뽐내듯이 제자리에 들어가 자리를 잡았다. 말을 닦고 있던 다른 마부들이 여자마부를 보고 놀라서 달려왔다. 관리책임자가 뛰어나와 무슨 까닭인지 물었다. 에비는 자초지종을 설명했다.

"그럴 줄 알았지. 윌리도 저 말을 싫어했고, 저 말도 윌리라면 질색을 했으니까. 이제 다른 사람을 써야겠군."

관리책임자의 말에 에비는 남편이 일자리를 잃을까 걱정이 되었다. 그래서 남편이 병원에 있는 동안 자기가 대신 일하면 안 되는지 물어보았다. 우유배달이란 어두울 때 하는 일이니까 아무도 보는 사람이 없을 거라고 주장했다. 관리인의 조롱하는 듯한 웃음에도 아랑곳하지 않고, 에비는 자기에게 일주일에 22달러 50센트가 얼마나 소중한지 설명했다. 에비가 작고 귀여운 얼굴에 애처로운 표정으로 열심히 애원한 덕분에 관리인은 에비의 부탁을 들어주었다.

관리인은 에비에게 고객명단을 넘겨준 다음, 아이들에게 마차에 우유를 실어주라고 지시했다. 그러면서 말이 길을 잘 아니까 그리 어렵지 않을 거라고 덧붙여 말했다. 마부 한 사람이 우유 도둑도 막고 동무도 삼을 겸 개를 데리고 가는 게 좋을 거라고 했다. 관리책임자도 그 의견에 동조했다. 그러면서 새벽 두 시에 마구간으로 나오라고 덧붙였다. 그렇게 해서 에비는 그 동네에서 최초로 우유배달 아줌마가 되었다.

에비는 일을 잘했다. 마구간 동료들도 윌리보다 낫다고 하면서 좋아했다. 비록 경험은 없지만 부드럽고 여성적으로 나지막이 이야기하는 에비를 모두 좋아했다. 드러머가 좋아한 건 말할 것도 없었다. 말은 너무나 좋아하면서 협력을 아끼지 않았다. 배달할 집마다 정확하게 섰고, 그녀가 의자에 안전하게 앉은 뒤에야 출발하였다.

월리 이모부가 그랬듯이, 에비도 점심시간이 되면 말을 집으로 데리고 갔다. 날씨가 너무 추웠기 때문에 침대에 있는 담요를 말에게 덮어주어, 밖에서 기다리는 동안 감기에 걸리지 않도록 했다. 그리고 위층에 올라가 말먹이를 따뜻하게 데워서 갖다 주었다. 얼음같이 찬 음식을 말에게 먹일 수는 없었던 것이다. 말은 따뜻한 먹이를 맛있게 먹었다. 드러머가 먹이를 다 먹고 나면 에비는 사과 반 조각이나 설탕 한 조각을 주었다.

에비는 점심을 먹은 다음, 길에서 말을 씻기기엔 너무 추운 날씨라 생각하고, 드러머를 마구간으로 데리고 갔다. 노란 비누도 너무 아플 거 같아서 부드러운 스위트하트 비누를 썼고, 그 다음에는 커다란 목욕수건으로 닦아주었다. 마구간에서 사내 두 명이 말과 마차를 닦아주겠다고 했으나, 에비는 말만은 자기가 닦겠다고 고집 부렸다. 그러자 두 남자는 서로 자기가 마차를 닦겠다고 싸웠다. 에비가 하루에 한 사람씩 돌아가며 하라고 해서 그 일은 겨우 결말이 났다.

에비는 드러머를 씻길 물도 사무실 가스 불에 따뜻하게 데웠다. 말을 찬물로 씻긴다는 건 생각도 할 수 없었다. 그래서 에비는 향긋한 냄새가 나는 비누와 따뜻한 물로 씻어주고 나서, 커다란 목욕수건으로 조심스레 닦아주었다. 에비가 말을 씻기는 동안 말은 조금도 무례한 짓을 하지 않았다. 오히려 좋아 죽겠다는 듯 히힝거렸다. 에비가 몸을 닦아줄 때면 드러머는 육감적인 흥분에 몸을 떨었다. 에비가 앞쪽에 있으면 드러머는 커다란 머리를 그녀의 작은 어깨 위에 올려놓았다. 드러머가 완전히 에비에게 빠졌다는 건 의심할 여지가 없었다.

월리가 회복되어 다시 일하러 나가자 말은 마구간을 떠나려 하지

않았다. 그래서 윌리는 다른 말을 골 수밖에 없었다. 그러나 드러머
는 다른 누구와도 밖으로 나가려 하지 않았다. 관리책임자는 드러
머를 팔아버리려고 마음을 먹었다가 갑자기 좋은 생각을 떠올렸다.
마부들 가운데 혀 짧은 소리로 여자처럼 말하는 젊은 사람이 한 명
있었던 것이다. 그에게 맡겼더니, 드러머는 그제야 만족스러운 표
정으로 여자같이 생긴 마부와 함께 일하러 나갔다.

그래서 드러머는 전처럼 다시 일하게 되었다. 하지만 매일 정오
가 되면 에비네 집 앞에 와서 걸음을 멈추었다. 그리곤 에비가 내려
와서 사과나 설탕을 주고 코를 만져주며 칭찬할 때까지 마구간으로
돌아가지 않았다.

"웃기는 말이네요."

이야기를 듣고 나서 프랜시가 말했다.

"웃기긴 하지만, 그래도 좋고 싫은 것 하나는 확실한 말이지."

에비 이모가 말했다.

_28

프랜시는 열세 번째로 맞는 생일날에 일기 첫머리를 다음같이 장
식했다.

'12월 15일, 오늘 나는 열세 살이 되었다. 열세 살이 되면 어떤

일이 생길지 궁금하다.'

　그러나 한해가 다 가도록 별다른 일이 생기지 않았다. 대부분 여주인공을 등장시킨 이야기를 꾸며서 일기를 채웠을 뿐이었다. 배우 헤롤드 클로렌스에 대한 낭만이 담긴 문장을 빼고 나면 삭막하기 짝이 없는 일기라는 생각이 들었다. 연말이 다가오자 프랜시는 일기장을 넘기며 여기저기 읽어보았다.

　1월 8일 외할머니는 오스트리아에서 가져온 예쁜 상자를 갖고 있다. 옛날부터 내려온 물건이다.
　그 속에는 검은 치마와 하얀 코트와 신발과 양말이 들어 있다. 죽으면 입게 될 수의라고 한다. 윌리 이모부는 자기가 죽으면 화장해서 자유의 여신상에 뿌려달라고 말했다. 그러면서 다음에 태어나면 새가 되어 하늘을 날고 싶다고 했다. 그러자 에비 이모가 당신은 벌써 새가 되었다고, 그것도 뻐꾸기라고 말했다. 내가 웃자 엄마가 야단치셨다. 땅에 묻는 것보다 화장하는 게 좋은 일일까? 알 수 없는 일이다.
　1월 10일 오늘은 아빠가 아프다.
　3월 21일 닐리가 맥카렌 공원에서 버들가지를 꺾어 그레첸 한에게 주었다. 엄마는 닐리에게 여자 생각을 하기에 아직 어리다고 하면서, 그럴 시간은 앞으로 얼마든지 있다고 말했다.
　4월 2일 아빠가 3주째 일을 나가지 않으셨다. 아빠 손에 이상이 생긴 것 같다. 심하게 떨려서 아무것도 잡을 수 없다.
　5월 8일 아빠가 오늘도 아프시다.
　5월 9일 오늘은 아빠가 일을 나갔지만 나중에 그냥 돌아오셨다. 사람들은 아빠를 보고 이제 폐인이 다됐다고 말했다.

5월 10일 아빠가 아프시다. 낮에 악몽을 꾸며 고함을 치셨다. 시시 이모를 불러왔다.

5월 12일 아빠는 한 달이 넘도록 일을 나가지 못하셨다. 닐리가 학교를 그만두고 신문 돌리는 일을 하겠다고 말했다. 하지만 엄마가 안 된다고 했다.

5월 15일 오늘은 아빠가 일을 나가셨다. 아빠는 이제부터는 아빠가 모든 걸 맡을 거라고 하셨다. 닐리가 신문을 돌리겠다고 하자 야단치셨다.

5월 17일 아빠가 아파서 집에 돌아오셨다. 몇몇 꼬마들이 아빠 뒤를 쫓아오며 놀려댔다. 아이들이 밉다.

5월 20일 닐리가 신문배달을 시작했다. 내가 도와주려 하자 닐리는 싫다고 했다.

5월 28일 오늘은 카니가 뺨을 꼬집지 않고 다른 곳을 꼬집었다. 고물을 주워다 팔기엔 너무 큰 것 같다.

5월 30일 가드너 선생님께서 내가 쓴 〈겨울〉을 교지에 실을 거라고 하셨다.

6월 2일 오늘도 아빠가 아프셔서 집에 돌아오셨다. 닐리하고 내가 엄마를 도와서 아빠를 위층으로 올려드렸다. 아빠가 우셨다.

6월 4일 오늘 작문시간에 A를 받았다. 〈나의 야망〉이란 주제였다. 나는 딱 한 가지 실수를 했다. 연극작가라고 썼는데 가드너 선생님은 극작가가 맞다고 고쳐주셨다.

6월 7일 두 남자가 아빠를 데리고 왔다. 아빠는 많이 아프셨다. 엄마는 외출 중이었다. 내가 아빠를 침대로 모시고 가서 블랙커피를 타다 드렸다. 엄마가 집에 오셔서 잘했다고 칭찬하셨다.

6월 12일 오늘 틴모어 양이 나에게 슈베르트의 〈세레나데〉 악보를 주었다. 엄마는 나보다 한 수 위다. 엄마는 탄하우저의 〈이브닝 스타〉를 가지고 있다. 닐리는 자기가 우리 두 사람보다 한 수 위라고 말했다. 실제로 닐리는 악보 없이 알렉산더의 〈랙타임 밴드〉를 연주할 수 있었다.

6월 20일 연극을 보러 갔다. 〈황금빛 서부의 소녀〉를 보았다. 정말 멋진 연극이었다. 천장에서 피가 흘러내리는 장면도 있었다.

6월 21일 아빠는 이틀 밤이나 집에 들어오지 않으셨다. 우리는 아빠가 어디 있는지 알 수 없다. 아빠는 아프셔야 집에 들어오신다.

6월 22일 엄마가 침대시트를 갈다가 내 일기장을 보셨다. 그리고 '술에 취했다'고 쓴 곳마다 줄을 긋고 '아프시다'로 고쳤다. 엄마에 대해 나쁘게 쓴 내용이 없는 게 다행이다. 나 같으면 내 자식이라해도 절대 일기장을 읽지는 않을 것이다. 나는 아이들도 사생활이 어느 정도 보장되어야 한다고 생각한다. 엄마가 다시 내 일기장을 발견한다면, 이 점을 알아두는 게 좋겠다.

6월 23일 닐리가 여자친구가 생겼다고 말했다. 엄마는 닐리가 너무 어리다고 하신다. 글쎄……

6월 25일 윌리 이모부와 에비 이모, 시시 이모 그리고 존 이모부가 저녁에 오셨다. 윌리 이모부는 맥주에 잔뜩 취해 울면서, 새로 일하게 된 말 베씨가 오줌싸는 것보다 더 못된 짓을 한다고 말했다. 내가 웃자, 엄마가 야단쳤다.

6월 27일 오늘 우리는 성경을 끝냈다. 이제 처음부터 다시 시작한다. 셰익스피어는 이미 네 번이나 뗐다.

7월 1일 전쟁을 일으키고, 유태인을 학살하고……

프랜시는 손으로 문장을 가렸다. 당시의 고통스런 기억이 밀려왔다가 다시 사라졌다. 프랜시는 계속 일기장을 넘겼다.

7월 4일 맥쉐인 경관이 아빠를 집에 데려왔다. 우리는 처음에 아빠가 잡혀가는 줄 알았다. 하지만 아빠는 아프셨다. 맥쉐인 아저씨는 닐리와 나에게 15센트를 주었다. 엄마는 그 돈을 되돌려드리라고 하셨다.

7월 5일 아빠는 아직도 아프시다. 아빠가 다시 일을 하실 수 있을까? 걱정이 된다.

7월 6일 우리는 북극 탐험대놀이를 하며 놀기 시작했다.

7월 7일 북극에서.

7월 8일 북극에서.

7월 9일 북극에서. 구조대는 오지 않았다.

7월 10일 오늘 우리는 깡통저금통을 열었다. 8달러 20센트가 있었다. 시시 이모가 크리스마스 선물로 주었던 황금빛 동전은 모두 검게 변해 있었다.

7월 20일 깡통저금통에 있던 돈도 다 써버렸다. 엄마는 맥게러티 부인한테 빨랫감을 받아왔다. 나는 다림질을 돕다가 그만 맥게러티 부인의 속옷에 구멍을 내고 말았다. 엄마는 이제 나한테 다림질을 하지 말라고 했다.

7월 23일 나는 여름방학 동안 핸들러 식당에서 일하기로 했다.

저녁시간에 사람들이 한창 붐빌 때 접시를 닦는 일이었다. 통에서 미끄러운 물비누를 떠서 접시를 닦았다. 월요일마다 어떤 남자가 와서 세 통의 기름덩어리를 가지고 가서 수요일이 되면 한 통의 부드러운 물비누로 만들어온다. 그냥 버리는 건 하나도 없다는 생각이 든다. 나는 일주일에 2달러를 받는다. 물론 밥은 거기서 먹는다. 일은 그리 어렵지 않았지만, 물비누는 정말 싫다.

7월 24일 엄마는 눈 깜짝할 새 여자가 될 거라고 하셨다. 정말 그럴까……

7월 28일 프랭크가 봉급만 인상되면 플로시 가디스와 결혼하겠다고 말했다. 프랭크는 윌슨 대통령이 얼마 안 있으면 우리를 전쟁터로 끌고 갈 거라고 말했다. 그러면서 바로 그 때문에 결혼을 하는 거라고 했다. 미국이 전쟁에 참가한다 해도 결혼해서 아이가 있는 사람은 전쟁터에 끌려가지 않는다는 것이다. 플로시는 사실은 그게 아니라고 말한다. 두 사람이 서로 진정으로 사랑해서 결혼한다는 것이다. 하지만 난 그 말은 의심스럽다. 몇 년 전부터 플로시가 프랭크를 계속 쫓아다녔다는 걸 잘 알기 때문이다.

7월 29일 아빠는 오늘 아프지 않으셨다. 아빠는 일자리를 얻으실 거다. 아빠는 엄마에게 맥게러티 부인의 빨래를 그만두라고 하셨다. 그리고 나도 일을 그만두라고 하셨다. 아빠는 우리가 곧 잘살게 될 것이라며 시골에 가서 살자고 하셨다. 글쎄다……

8월 17일 아빠는 지금 3주째 일하고 계신다. 우리는 멋진 저녁 식사를 하고 있다.

8월 18일 아빠가 아프시다.

8월 19일 아빠는 일자리를 잃으셔서 아프시다. 핸들러 씨는 내가 믿을 만한 아이가 못 된다고 생각했는지 나를 다시는 식당일에 부르지 않았다.

9월 1일 에비 이모와 윌리 이모부가 저녁에 왔다. 윌리 이모부는 〈프랭키와 쟈니〉라는 노래를 불렀는데 지저분한 단어를 가사에 끼워 불렀다. 에비 이모가 의자 위로 올라가서 이모부의 코를 잡아 비틀었다. 내가 웃자 엄마가 야단쳤다.

9월 10일 이제 이번 학기만 보내면 이 학교를 떠나야 한다. 가드너 선생님은 내가 작문에서 계속 A를 받는다면 졸업기념연극에 쓸 극본을 나에게 맡기겠다고 하셨다. 나는 머리 속으로 아주 근사한 줄거리를 생각했다.

무대 위에 하얀 드레스를 입고 머리칼이 등까지 치렁치렁 내려온 한 여자가 서 있다. 운명의 여신이다. 다른 여자들이 무대 앞으로 나와 소원을 말한다. 그러면 운명의 여신은 소원대로 될 거라 말한다. 마지막에 파란 드레스를 입은 한 여자가 팔을 앞으로 내밀고 "아, 그래서 우리 인생은 살 만한 가치가 있는가?"하고 말하면 모두가 "그렇다"고 합창한다. 물론 이 모든 내용은 시로 표현해야 한다. 나중에 아빠에게 이 생각에 대해 대강 말씀 드렸지만, 아빠는 너무 아파서 내 말을 알아듣지 못하셨다. 가엾은 아빠……

9월 18일 오늘 나는 엄마에게 캐슬 클립(Castle Clip)으로 머리를 말아도 되냐고 물었다. 그러자 엄마는 안 된다고 하시면서 왕관처럼 머리를 높이 올리는 모양은 어른이 된 다음에 하라고 말했다. 엄마는 내가 언제 어른이 될 거라 생각하고 있을까? 아, 빨리 어른이 되면 좋겠다. 그러면 마음대로 머리를 지지고 볶을 수 있겠지……

9월 24일 목욕을 하다가 내가 어른이 되어가고 있다는 걸 알았다. 이제 때가 된 것이다.

10월 25일 일기를 쓰는 게 점차 지겹게 느껴진다. 그래서 일기장을 거의 다 썼다는 게 굉장히 기쁘다. 중요한 일은 하나도 일어나지 않았다.

이제 딱 한 페이지가 남았다. 프랜시는 마지막 장을 펼쳤다. 그래, 이제 이 장만 채우면 더 이상 일기를 쓰는 일로 신경을 곤두세우지 않아도 되겠지. 프랜시는 연필 끝에 침을 적셨다.

11월 2일 사람들은 대부분 섹스를 즐긴다. 하지만 글을 쓸 때는 하나같이 좋지 않게 쓴다. 신부님도 섹스를 나쁜 것이라고 설교한다. 심지어 섹스를 하면 안 되는 법도 있다고 한다. 하지만 섹스는 모든 사람의 생활 속에 항상 변함없이 존재하고 있다. 학교에서도 여자아이들이 한 가지 화제만 가지고 떠들어댄다. 섹스와 남자가 그것이다. 아이들은 섹스에 대해 대단한 호기심을 가지고 있는 것 같다. 그렇다면 나도 섹스에 대해 호기심을 가지고 있는가?

프랜시는 마지막 문장을 곰곰이 들여다보다가 오른쪽 눈을 찡그리면서 줄을 쫙 그어버리고 다시 고쳐 썼다.
'나도 섹스에 대해 호기심이 많다.'

_29

그렇다. 윌리엄스버그 아이들의 최대 관심사는 섹스였다. 누구나 섹스에 대해 떠벌리고 다녔다.
아주 어린 꼬마들 가운데는 '네가 보여주면 나도 보여줄게'라는 식으로 노골적으로 자기 몸을 드러내는 녀석도 있었다. 좀 음흉한 아이들은 '엄마 아빠놀이' 나 '의사놀이' 같은 엉큼한 놀이를 제안했다. 몇몇 질 나쁜 아이들은 소위 '추잡한 짓' 을 하기도 했다. 하지만 어른들 사이에서는 섹스에 대해 서로 쉬쉬하는 분위기가 대부분이었다. 아이들이 물어오면 어떻게 대답해야 좋을지 몰라 쩔쩔맸다. 결혼한 부부들은 한밤중에 침대 속에서 은밀하게 그것에 대해 속삭이곤 했지만 훤한 대낮에 아이들에게 그런 말들을 해줄 만큼 용기 있는 어머니들은 거의 없었다. 그 아이들이 자라나면 그들 역시 자기 자식들에게 무슨 말을 해줘야 할지 모르게 될 터였다.

케이티 놀란은 정신적으로나 육체적으로나 결코 비겁하지 않았다. 무슨 일이든 적극적으로 대응했다. 섹스에 대해서 먼저 나서서 알려주지는 않았지만 프랜시가 물어오면 될 수 있으면 가장 적절한 말을 찾아 대답해주려고 애썼다. 한번은 프랜시와 닐리가 아주 꼬마였을 때 엄마에게 그런 종류의 질문을 하기로 둘이 짠 적이 있었다. 어느 날 아이들은 엄마한테 가서 물어보았다. 프랜시가 대변인 노릇을 했다.

"엄마, 우리는 어디서 왔어요?"

"하느님이 보내주셨지."

가톨릭 신자였던 아이들은 그 말을 받아들였다. 하지만 다음 질문은 더 까다로웠다.

"하느님이 어떻게 보내주셨어요?"

"그건 설명하기가 힘들구나. 너희가 알 수 없는 어려운 말을 많이 써야 하니까 말이다."

"그래도 말해봐요. 우리가 알지도 모르잖아요."

"너희가 안다면 말할 필요도 없겠지."

"그럼 다른 말로 해봐요. 아기들이 어떻게 생기는지……"

"이런, 아직 너희는 어리단다. 너희에게 말을 해주면 너희는 다른 아이들에게 이야기할 게 아니니? 그럼 엄마들이 쫓아와서 나한테 더러운 년이라고 욕을 하고, 보나마나 싸움이 벌어질 거야."

"좋아요. 여자애들은 남자애들하고 어떻게 달라요?"

엄마가 잠시 생각했다.

"화장실에 갈 때 여자애들은 앉아서 일을 보고, 남자애들은 서서 일을 보는 게 제일 다른 점이지."

"엄마, 난 화장실이 깜깜해서 무서우면 서서 누기도 해요."

"엄마, 나도 앉아서……"

어린 닐리가 고백하는 말을 엄마가 가로막았다.

"그래 그래, 여자에게도 남자 같은 점이 있고 남자에게도 여자 같은 점이 있지."

대화는 이것으로 끝났다. 너무 알쏭달쏭해서 더 물어보지 않는 게 상책일 것 같았기 때문이다.

　　　　　　　　　·

프랜시는 자기가 조금씩 여자가 되어가고 있다고 느낄 무렵, 다시 엄마에게 가서 섹스에 대한 궁금증을 물었다. 엄마는 알고 있는 모든 것을 아주 간단하고 평범하게 말해주었다. 다른 말은 아는 게 없었기 때문에 용감하고 단호하게 자기가 지저분하다고 생각하는 용어들을 여러 번 사용했다. 딸에게 그런 식으로 설명하는 엄마는 아주 드물었다. 그리고 당시에는 엄마 같은 사람들에게 섹스에 대해 올바로 가르쳐주는 책이 없었다. 그래서 비록 거칠고 투박하긴 해도 엄마의 설명은 결코 불쾌한 느낌을 주지 않았다. 프랜시는 이웃의 다른 아이들에 비하면 행운아였다. 나이에 맞게 알아야 할 내용을 모두 다 배울 수 있었기 때문이다. 그래서 다른 여자애들과 어두운 구석방에 쪼그리고 앉아 서로 잘못한 짓을 털어놓을 필요가 없었고, 섹스에 대해 왜곡된 생각을 가질 필요도 없었다.

 _30

이곳에서는 정상적인 섹스는 아주 은밀하게 취급되는 반면에, 법에서 금지하는 섹스는 공공연하게 진행되었다. 도시의 빈민구역에는 어디나 부모들에게 공포의 대상이 되는 섹스광들이 배회하고, 어떤 동네든 그렇게 보이는 사람들이 있는 법이다. 프랜시가 열네 살이 되던 해, 윌리엄스버그에도 그런 사람이 나타났다. 그는 오랫동안 어린 소녀들을 괴롭혀서 경찰의 수배를 받았지만 결코 잡히지 않았다. 그것은 아이들이 일을 당한 다음에 소문이 나돌아 남에게 따돌림당하는 일이 없도록 부모들이 비밀에 붙인 탓이다.

어느 날, 프랜시네 구역에서 어린 여자아이가 살해되었다. 이 소문은 금새 퍼져나갔다. 그 애는 일곱 살밖에 안 된 데다 말을 잘 듣는 착한 아이였기 때문에, 학교에서 늦게 와도 아이 엄마는 어디에서 놀고 있을 거라 생각하고, 아무 걱정도 하지 않았다. 그날도 마찬가지였다. 하지만 저녁을 먹을 때까지 돌아오지 않자, 결국 아이를 찾아 나서기 시작했다. 친구들을 찾아가서 물어보았으나 방과후에 그 애를 본 아이가 아무도 없었다.

삽시간에 온 동네가 공포에 휩싸였다. 아이들은 집안에서 한 발짝도 나오지 못했으며 거리가 텅 비어버렸다. 맥쉐인이 경찰 여섯 명을 데리고 다락방과 지하실을 뒤지기 시작했다.

마침내 아이가 발견되었다. 열일곱 살의 좀 모자란 오빠가 동생을 찾아냈다. 아이의 자그마한 몸은 이웃집 지하실에 있던 부서진 인형상자 위에 눕혀져 있었다. 찢겨진 치마와 속옷, 신발과 빨간 양말은 잿더미 위에 던져져 있었다. 아이 오빠는 심문을 받자 흥분이 되어 말을 더듬었다. 그러자 경찰은 용의자로 오빠를 체포했는데, 이것은 맥쉐인의 술수였다. 이렇게 해서 진짜 범인을 안심시키려 한 것이다. 맥쉐인은 살인범이 마음놓고 다시 범행을 저지를 거라 생각하고 경찰을 잠복시켰다.

부모들 역시 나름대로 대처하기 시작했다. 아이들에게 이 미치광이가 저지른 짓에 대해 설명한 것이다(적당한 말을 찾지 못해 애를 먹었지만). 어린 여자아이들은 낯선 사람이 사탕을 주어도 받지 말라는 주의를 받았다. 엄마들은 학교 밖에서 기다리고 있다가 학교가 끝나자마자 아이들을 데리고 왔다. 마치 피리 부는 소년이 산 속으로 아이들을 몰아간 것처럼 거리는 텅 비고 말았다. 마을 전체가 공포에 휩싸였다. 아빠는 프랜시가 너무 걱정되어 친구에게서 총을 빌려 왔다.

프랜시는 권총을 보자 묘한 생각이 들었다. 권총이 마치 죽음을 부르고 죽음을 향해 가도록 지시하는 손가락처럼 보였다. 그래서 아빠가 권총을 베개 속에 숨기자 정말 다행이라는 생각이 들었다.

베개 밑에 숨겨 놓은 권총은 한 달 동안 손 댈 필요가 없었다. 그 동안 아무 일도 일어나지 않았다.

범인이 어디로 가버린 것 같았다. 어머니들은 마음을 놓았다. 그래도 케이티를 비롯한 몇몇 어머니들은 아이들이 학교를 마칠 때쯤이면 문 앞이나 복도에서 지키고 있었다. 살인자는 으레 어두컴컴한 장소에서 희생자를 찾기 마련이라, 미리 조심하는 게 상책이라는 생각이 들었기 때문이다. 사람들 대부분이 마음을 놓고 있을 무렵 미치광이가 다시 일을 벌였다.

프랜시는 여느 때처럼 집에 돌아왔다. 현관문을 열고 길고 좁은 복도를 살펴보았지만 아무도 없어서 단단한 나무문을 뒤로 닫았다. 그러자 복도가 어두컴컴해졌다. 계단을 향해 재빨리 걸어갔다. 첫 번째 계단에 발을 올려놓는 순간 어떤 사람이 나타났다.

그는 지하실 입구의 계단 아래 좁은 구석에서 살며시 그러나 재빠르게 걸어왔다. 몸집이 작고 마른 체구에 칼라도 없고 타이도 없는 다 떨어진 셔츠를 입고 있었다. 부수수한 머리는 이마를 덮고 눈썹까지 내려왔고 매부리코에 가느다란 입 역시 조금 삐뚤어져 있었다. 희미한 속에서도 프랜시는 번들거리는 사내의 눈을 발견할 수 있었다. 프랜시는 한 계단을 더 올라가서 자세히 살펴보려 했다. 그러나 발이 굳어 버린 듯 꼼짝도 하지 않았다! 손도 계단 난간에 딱 붙어버린 것처럼 떨어지질 않았다. 그 순간 남자는 아랫도리를 벗은 채 프랜시를 향해 다가오고 있었다. 프랜시는 공포에 싸여 그 남자의 벗은 부위를 보았다. 더럽고 시커먼 얼굴과 손에 비하면 그것은 하얀 벌레 같았다. 구역질이 올라왔다. 전에 죽은 쥐에 붙어 우글거리는 구더기를 보았을 때도 구역질이 올라왔다. "엄마!"하고 외치려 했지만 아무 소리도 나지 않았다. 악몽을 꿀 때 아무리 소리를 지르려 해도 소리가 나지 않는 것 같았다. 아무리 애써도 몸을 움직일 수 없었다! 꼼짝도 할 수 없었다! 계단 손잡이를 너무 꽉 잡

는 바람에 손에 상처가 났다. 엉뚱하게도 난간을 이렇게 세게 잡았
는데 어째서 난간이 부러지지 않을까 하는 의문이 들었다.

아, 저 사람이 다가오고 있는데 움직일 수가 없다! 한 발자국도
뗄 수가 없다! 하느님 제발, 아무나 밖으로 나오게 해주세요. 프랜
시는 마음속으로 기도했다.

바로 그 때 케이티가 노란 비누를 들고 조용히 계단을 내려오고
있었다. 맨 아래층 바로 위에 왔을 때 그녀는 아래에서 일어난 광경
을 보았다. 그 남자가 프랜시를 향해가고 있었고, 프랜시는 겁에 질
려 난간을 잡은 채 움직이지도 못하고 있었다. 케이티는 아무 소리
도 내지 않았다. 아무도 케이티를 보지 못했다. 케이티는 재빨리 돌
아서 두 층을 뛰어올라갔다. 매트에서 열쇠를 꺼내 문을 열 때도 손
이 떨리지 않았다. 그녀는 자기가 뭘 하는지도 모르면서 비누를 빨
래통 위에다 올려놓느라고 그 귀중한 시간을 허비했다. 그런 다음
베개 밑에서 권총을 꺼내 쥐었다. 방아쇠에 손가락을 댄 채 앞치마
밑에 권총을 넣었다. 이제 손이 떨리기 시작했다. 다른 한 손을 앞
치마 속에 넣어 두 손으로 힘을 주어 총을 잡아야 했다. 그리곤 재
빨리 계단을 뛰어내려갔다.

살인자는 계단 바로 밑까지 도착한 상태였다. 고양이처럼 민첩하
게 두 계단을 뛰어 오르더니 한 팔을 뻗어 프랜시의 목을 감고 소리
를 지르지 못하게 손바닥으로 입을 막았다. 그리고 다른 한 팔로 허
리를 잡고 난간에서 잡아떼려고 했다. 미끄러지면서 그의 노출된
부분이 프랜시의 맨다리를 스쳤다. 그 순간 갑자기 굳어버린 다리
가 생명을 얻은 듯 다시 움직였다. 마비에서 깨어난 다리는 마구 버
둥대며 그 남자를 차기 시작했다. 그러자 이 더러운 녀석은 프랜시
의 몸에 자기 몸을 밀착시키며 난간 쪽으로 밀어붙였다. 그리고 그

는 난간에 딱 붙어 있는 프랜시의 손가락을 하나씩 떼어내기 시작했다. 그러는 동안 아이의 등뒤로 손을 집어넣어 다른 한 손도 떼어내기 시작했다.

무슨 소리가 들렸다. 프랜시가 얼른 위를 올려 보았다. 엄마가 위층 계단 끝에서 뛰어내려오고 있었다. 케이티는 조심스럽게 뛰어내려왔지만 앞치마 속에 두 손을 넣고 있어 뒤뚱거렸다. 남자가 엄마를 보았다. 하지만 총을 보지는 못했다. 그는 천천히 잡았던 손을 놓고 번들거리는 눈으로 케이티를 바라보며 마지못해 두 계단쯤 뒤로 물러섰다. 프랜시는 그대로 선 채 여전히 계단 손잡이를 붙들고 있었다. 손을 뗄 수가 없었다. 남자는 계단을 벗어나자 벽에 등을 딱 붙이고 지하실 문 쪽으로 천천히 움직여갔다. 케이티는 걸음을 멈추고 무릎을 꿇고 앞치마의 불룩한 부분을 계단 손잡이 사이로 내밀었다. 그리고 그 남자의 노출된 부위를 쏘아보며 방아쇠를 당겼다. 엄청난 총성이 울리고 케이티의 앞치마 타는 냄새가 났다. 강간범의 입이 벌어지고 부서진 더러운 이빨이 보였다. 그는 두 손으로 배를 움켜쥔 채 쓰러졌다. 벌레같이 허연 부위는 피로 범벅이 되었다. 좁은 복도에 냄새가 진동했다.

여자들이 비명을 지르며 뛰쳐나왔다. 문 여는 소리, 복도를 뛰어다니는 발소리로 주위는 금새 소란스러워졌다. 거리에 있던 사람들도 복도로 쏟아져 들어왔다. 순식간에 복도는 인산인해가 되어 쥐새끼 한 마리 드나들 수 없게 되었다.

케이티는 프랜시의 손을 잡고 위층으로 올라가려 했다. 그러나 프랜시의 손은 손잡이에 얼어붙은 듯 딱 달라붙어 있었다. 손가락이 펴지질 않았다. 케이티는 할 수 없이 총으로 프랜시의 손목을 때려서 겨우 달라붙은 손을 떼었다. 케이티는 프랜시를 끌고 계단을 올라가 복도를 지났다. 방마다 여자들이 쫓아 나왔다.

"도대체 무슨 일이야?"

"어떻게 된 거야?" 여자들이 소리를 질러댔다.

"이젠 괜찮아요. 별일 없어요."

프랜시는 계속 떨면서 무릎으로 기어가고 있었다. 케이티는 복도 끝까지 무릎을 구부린 채 프랜시를 끌고 가야 했다. 방에 들어가 부엌 소파에 프랜시를 눕히고, 문고리를 걸었다. 노란 비누 옆에 총을 조심스럽게 내려놓다가 우연히 총구에 손이 닿았다. 총구가 따뜻해서 케이티는 깜짝 놀랐다. 케이티는 총에 대해서 아무것도 모르고 있었다. 총을 쏘아본 적은 더더욱 없었다. 총이 저절로 따뜻해진 것으로 여겨질 뿐이었다. 빨래통 뚜껑을 열고 빨랫감들이 뒤섞인 그 속에 총을 던져버렸다. 노란 비누도 같이 던져 넣었다. 그리고 프랜시에게 다가갔다.

"프랜시, 다치지 않았니?"

"아니요. 엄마, 그냥 다리에 뭐가 닿았어요……"

프랜시가 중얼거렸다.

"어디?"

프랜시는 파란 양말 위를 가리켰다. 그러나 그곳엔 하얀 살갗만 보일 뿐 아무렇지도 않았다. 프랜시 역시 놀란 눈으로 다리를 내려다보았다. 살갗이 없어져 버렸을 거라고 생각했는데……

"아무렇지도 않구나."

엄마가 말했다.

"아직 뭐가 있는 것만 같아요. 다리를 잘라버렸으면 좋겠어."

프랜시는 중얼거리다가 울기 시작했다.

사람들이 문을 두드리며 무슨 일이냐고 떠들었지만 케이티는 아예 거들떠보지도 않았다. 프랜시에게 커피를 진하게 타서 가져다 주고 방을 이리저리 왔다갔다할 뿐이었다. 이제 비로소 몸이 마구 떨리기 시작했다. 어찌해야 좋을지 알 수가 없었다.

조니는 맥게러티 술집에 있었다. 조니는 그 때 막 술을 마시려던 참이었지만 닐리의 말을 듣고 쏜살같이 뛰어나왔다. 하지만 집으로 들어갈 수가 없었다. 앰뷸런스가 문 앞을 가로막고 있었고 경찰관 네 명이 의사를 안으로 들여보내려고 군중들과 싸우고 있었다.

조니와 닐리는 옆집 지하실을 통해 그 집 마당으로 나와 다시 담을 넘어 자기네 뒷마당으로 넘어가 비상계단을 타고 올라갔다. 케이티는 창문 위로 조니의 중절모가 올라오는 걸 보고 비명을 지르며 권총을 찾아다녔다. 하지만 천만다행으로 케이티는 총을 어디다 두었는지 기억할 수 없었다.

조니는 프랜시에게 뛰어가 이제 말만한 처녀가 된 딸을 마치 갓난아기 안 듯 들여올려 안았다. 그리고 프랜시를 품에 안은 채 흔들어주며 자장자장 두드려주었다. 프랜시는 계속 자기 다리를 잘라달라고 조르고 있었다.

"그놈이 얘를 건드렸어?"

조니가 케이티에게 물었다.

"아니요. 내가 그 자식을 해치웠어요."

케이티가 단호하게 말했다.

"당신이 총으로 쐈단 말이야?"

그녀가 구멍난 앞치마를 들어보였다.

"제대로 쐈어?"

"그럼요. 그런데 프랜시가 다리 이야기만 하니 그놈이……"

케이티가 닐리를 슬쩍 바라보더니 말했다.

"거 있잖아요. 그게 다리에 닿았대요…… 어쩌다 이 애한테 이런 일이 생겼는지…… 무엇이든 잊지 않는 아이잖아요. 결혼도 못하게 될지 몰라요."

"아빠가 고쳐주마."

그는 프랜시를 소파에 누이고 석탄산을 가져다 맨 살갗에 세게 문질렀다. 프랜시는 타는 듯한 아픔을 기꺼이 받아들였다. 그 남자가 건드렸던 기분 나쁜 기억이 사라지는 걸 느꼈다.

누군가 문을 두드렸지만 그들은 대꾸도 하지 않고, 나가 보지도 않았다. 지금은 아무도 집안에 들여놓고 싶지 않았다. 강한 아일랜드 억양의 목소리가 들려왔다.

"문 열어요. 경찰입니다."

케이티가 문을 열었다. 경관이 들어오고 가방을 가진 수련의 한 명이 따라 들어왔다. 경관은 프랜시를 가리키며 물었다.

"얘가 그 아이요?"

"그래요."

"의사, 조사해봐요."

"허락할 수 없어요."

케이티가 가로막았다.

"이건 법입니다."

그가 조용히 말했다.

케이티와 의사가 프랜시를 침실로 데리고 갔다. 겁에 질린 아이는 수치스런 조사를 받아야 했다. 이 말쑥한 의사는 주의 깊고 빠르게 검진을 마쳤다. 그리곤 일어나서 가방을 챙기기 시작했다.

"아무 이상 없습니다. 아이는 조금도 건드리지 못했어요."

그러다 프랜시의 부어오른 손목을 보고 물었다.

"이건 어떻게 된 거지요?"

"난간을 잡은 손이 떨어지질 않아 총으로 때렸어요."

의사가 무릎 상처를 보며 다시 물었다.

"이건 왜 생겼습니까?"

"복도에서 아이를 끌고 오느라고 생긴 상처예요."

다리에 생긴 화상을 발견한 의사가 짜증스런 어투로 물었다.

"도대체 이건 또 뭐란 말이요?"

"그놈이 닿은 자리를 애 아버지가 석탄산으로 닦은 거예요."

"맙소사. 하마터면 이 아이한테 3도 화상을 입힐 뻔했군요."

의사가 고함을 치며 다시 가방을 열어 화상연고를 바르고 붕대를
단단하게 매면서 계속 투덜거렸다.

"세상에! 부모라는 사람이 범인보다 더 큰 해를 입히다니……"

의사가 프랜시의 치마를 잘 내려주고 뺨을 만져주며 말했다.

"애야, 이젠 아무렇지도 않단다. 잠자는 주사를 놔줄 테니, 잠에
서 깨어나면 나쁜 꿈을 꾸었다고 생각해. 알았지? 나쁜 꿈이라고 생
각하면 되는 거야."

"네, 선생님."

프랜시는 공손하게 대답했다. 주사기를 다시 보자 예전 일이 생
각나서 갑자기 걱정이 되었다. 팔이 깨끗하던가? 의사선생님이 뭐
라고 하실지도 몰라……

"자, 아주 용감한 아가씨군."

의사가 주사를 놓으며 말했다.

'그래, 의사선생님은 내 편이야.'

언뜻 그런 생각이 들었다. 프랜시는 주사를 맞자 곧 잠에 빠졌다.

31

결국 모든 사건은 사라져갔다. 케이티는 한동안 이웃간에 영웅으로 통했지만 시간이 흐르자 이웃 사람들은 그녀가 범인을 쏘았다는 것은 잊어버리고 단지 어떤 남자를 쐈다는 사실만 기억했다. 그래서 마음에 들지 않는 일이 있더라도 케이티와 싸우지 않으려고 노력했다. 케이티가 총으로 쏠까 봐 두려웠기 때문이다.

석탄산으로 씻어낸 상처는 점점 줄어들어 이제 조그만 동전만해졌다. 시간이 지나고 나이를 먹는 동안, 프랜시는 그 자국에 익숙해져 나중에는 아무렇지 않게 되었다. 조니로 말할 것 같으면 그는 설리반 법을 어긴 것에 대해 벌금 5달러를 내는 것으로 끝났다. 그 법은 허가 없이 총기를 소유하면 안 되는 법이었다.

며칠이 지난 후 맥쉐인 경사가 케이티를 찾아왔다. 그녀가 무거운 쓰레기통을 모퉁이로 끌고 가는 것을 보자, 맥쉐인 경사는 연민이 가득 담긴 표정으로 쓰레기통을 같이 들어주었다. 케이티는 고맙다고 말하며 그를 바라보았다. 전에 유원지에서 처음 본 이래, 맥쉐인 경사를 본 건 이번이 세 번째였다. 두 번째로 본 건 그가 조니를 집에 데려다 주었을 때였다. 조니가 인사불성이 되어 혼자 집에 올 수 없었기 때문이다. 그 이후 케이티는 맥쉐인 부인이 불치의 폐결핵에 걸려 요양소에 격리수용되어 있다는 말과 함께 오래 살지 못할 거란 소문을 듣고, 궁금한 생각이 들었다.

'그럼 그는 다시 결혼을 할까? 그렇겠지. 그럴 거야. 좋은 인상에다 좋은 직업을 가진 정직한 사람이니까 마땅한 여자가 분명히 있을 거야.'

맥쉐인 경사가 모자를 벗고 입을 열었다.

"놀란 부인, 저희 경찰서 경관들을 대표해서 범인을 잡는 데 막대한 공을 세운 부인에게 감사의 마음을 전하는 바입니다."

"별말씀을 다 하세요."

"그래서 저희들이 고마운 마음을 전달하기 위해 돈을 조금 모아 왔습니다."

맥쉐인 경사가 봉투를 내밀었다.

"돈이요?"

그녀가 되물었다.

"많지 않습니다."

"도로 가져가세요!"

"하지만 부군께서도 직장이 마땅치 않고 아이들한테도 여러 가지로 돈이 들 텐데요."

"맥쉐인 경사님, 그건 경사님께서 상관하실 문제가 아닙니다. 보시다시피 저는 열심히 일하고 있답니다. 우리는 누구한테도 도움받을 필요가 없어요."

"정 그러시다면……"

맥쉐인은 조니에 대해 모든 것을 알고 있었다. 계속 그런 식으로 생활하면 오래 살지 못할 거라는 사실도 알고 있었다. 조니를 생각하면 괜히 불쌍한 느낌이 들었다. 자기 아내 몰리를 생각해도 마찬가지였다. 그는 두 사람 가운데 어느 누구도 괴롭힌 적이 없었다. 병든 아내에 대해서 육체적으로 불성실하게 행동한 적이 단 한번도 없었다. 아니, 생각조차 하지 않았다. 그는 자신에게 물었다.

'하지만 마음속에서는? 두 사람이 나쁘게 되길 바라고 있지 않는가? 그렇다. 나에게 필요한 건 기다림이야. 그렇다면 얼마나 많은 시간을? 2년? 5년? 아, 그래. 난 지금까지 희망이나 행복이 하나도 없는 오랜 세월을 살아왔어. 이제 와서 몇 년 더 기다린다 해서 무슨 차이가 있겠어?'

그는 그녀에게 다시 감사를 표하고 정중히 작별인사를 할 때 그녀의 손을 잡고 생각했다.

'언젠가 당신은 내 아내가 될 것입니다. 하느님이 원하시고 당신이 원한다면.'

케이티는 그가 무슨 생각을 하는지 알 수 없었다. 하지만 어쩌면 알고 있었을지 모른다. 마음속의 알 수 없는 어떤 움직임이 케이티로 하여금 이렇게 말하게 만들었기 때문이다.

"언젠가 경사님께 어울리는 행복이 찾아오길 빌겠어요, 맥쉐인 경사님."

_32

프랜시는 한밤중에 깨어났다. 무엇 때문에 잠이 깼는지 알 수 없었다. 아, 아빠가 아직 집에 오지 않았구나. 그렇다. 아빠가 집에 돌아오기 전에는 언제나 깊이 잠들 수 없었다. 프랜시는 잠에서 깨어나 여러 가지 생각에 잠겼다. 최근에 이민 온 지 얼마 안 된 이탈리아인 미혼모가 낳은 아기를 자기 아이로 맞아들여 아이를 갖고 싶다던 오랜 바램을 드디어 성취한 시시 이모에 대해서도 생각했고,

반드시 죽게 되어 있는 탄생에 대해서도 생각했다. 하지만 죽음에 대해서는 더 생각하고 싶지 않았다. 왜 사람들은 태어나면 반드시 죽어야 하는가? 프랜시가 죽음에 대한 생각을 하지 않으려고 애쓰고 있을 때 아빠가 노래를 흥얼거리며 계단을 조용히 올라오는 발자국 소리가 들려왔다. 프랜시는 아빠가 〈몰리 말론〉이라는 노래를 끝까지 부르는 걸 듣고 몸을 부르르 떨었다. 아빠는 절대로 그 노래를 끝까지 부르지 않았다. 단 한번도 그런 적이 없었다. 그럼 왜?

그녀는 열병으로 죽었다네.
아무도 그녀를 구할 수 없었지.
내 아름다운 몰리 말론을 잃은 건
바로 그 때문이라네……

프랜시는 가만히 누워 있었다. 아빠가 늦게 돌아올 때면 언제나 엄마가 문을 열어주게 되어 있었다. 엄마는 아이들이 잠을 설치는 걸 원하지 않았다. 하지만 노래가 끝나가고 있는데 엄마가 일어나는 기척이 없었다. 잠이 깊이 든 것 같았다. 프랜시가 침대에서 뛰쳐나왔다. 잽싸게 뛰어갔지만 문 앞에 닿기 전에 노래가 끝났다. 문을 열자 아빠는 모자를 손에 든 채 문 앞에 조용히 서서, 프랜시 머리 너머로 집안을 살펴보았다.

"아빠가 이기셨어요."

프랜시가 말했다.

"내가 이겼다고?"

아빠는 눈길도 주지 않고 방으로 들어왔다.

"오늘은 노래를 끝까지 부르셨잖아요?"

"그래, 그랬구나. 오늘은 노래를 끝까지 불렀어."

아빠가 창가에 있는 의자에 앉았다.

"아빠……"

"그만 불 끄고 자러 가거라."

프랜시는 아빠가 들어올 때까지 조그맣게 줄여서 켜놓은 불을 껐다.

"아빠, 어디 아프세요?"

"아니, 전혀. 술은 마시지 않았어."

아빠는 어둠 속에서 분명하게 말했다. 프랜시는 거짓말이 아니라는 걸 알고 있었다. 프랜시는 침대로 가서 베개에 얼굴을 파묻고 울었다. 하지만 우는 이유는 자신도 몰랐다.

_33

크리스마스 일주일 전이었다. 프랜시는 며칠 전에 열네 번째 생일을 보냈다. 닐리는, 자기 표현대로라면, 이제 열세 번째 생일로 막 들어서는 참이었다. 그러나 이번 크리스마스는 그다지 신날 것 같지 않았다. 아빠가 영 좋지 않았던 깃이다. 아빠는 술을 마시지 않았다. 물론 전에도 술을 마시지 않을 때가 있었지만 그래도 어쨌든 일을 하고 있었다. 그런데 지금 아빠는 술을 전혀 입에 대지도 않을 뿐 아니라 일도 안 하고 있었다. 더 나쁜 것은 술을 마시지 않았는데 꼭 술을 마신 것처럼 행동한다는 사실이었다.

아빠는 무려 이 주일 동안이나 식구들에게 아무 말도 하지 않았다. 프랜시는 아빠가 말한 게 그날 밤이 마지막이었다는 사실을 깨달았다. 술도 마시지 않고 〈몰리 말론〉을 끝까지 부르며 들어왔던 그날 밤……

그러고 보니, 그날 이후로 아빠는 노래를 전혀 부르지 않았다. 말없이 집을 드나들 뿐이었다. 밤이 늦어서야 술에 취하지 않은 말짱한 얼굴로 들어왔는데 어디서 시간을 보내다 왔는지 아무도 알 수 없었다. 게다가 두 손이 심하게 떨려서 식사를 할 때 포크를 제대로 잡지 못했다. 그리고 얼굴은 갑작스레 늙은 것처럼 보였다. 아빠는 어제 식구들이 저녁을 먹고 있을 때 들어와서 뭐라고 말할 듯한 표정으로 가족들을 뚫어지게 바라보았다. 그러나 아무 말도 하지 않고 잠시 눈을 감고 서 있더니 침실로 들어가버렸다. 아빠는 아주 불규칙하게 생활했다. 밤이고 낮이고 아무 때나 집을 들락날락했다. 집에 있을 때에도 나갈 때처럼 옷을 갖춰 입고 침대에 누워 눈을 감고 있었다.

엄마 역시 핼쑥한 표정에 말이 없었다. 무언가 마음속에서 일어나는 비극의 무게를 참아내는 듯한 모습이 엿보였다. 시간이 지날수록 엄마의 얼굴이 더욱 핼쑥해지더니, 이윽고 광대뼈 밑이 움푹 파이기 시작했다. 그러나 몸은 점점 더 살이 붙었다. 엄마의 뱃속에서 새로운 생명이 자라고 있었던 것이다. 아빠의 태도가 그토록 갑자기 달라졌던 것도 아마 그 때문일지도 몰랐다.

엄마는 크리스마스를 일주일 앞두고 일거리를 하나 더 맡았다. 그래서 전보다 더 일찍 일어나 건물 청소일을 재빨리 해치우고, 그랜드 거리 끝에 있는 골링스 백화점으로 달려갔다. 거기서 엄마는 오후 4시부터 7시까지 커피와 샌드위치를 만들었다. 크리스마스를 앞둔 시기라 사람들이 너무 붐벼서 점심식사를 하러 밖으로 나갈 시간이 없는 백화점 점원들이 먹을 식사였다. 이렇게 해서 엄마는 하루에 75센트를 벌었다. 가족에게 절실히 필요한 돈이었다.

7시가 다 되었다. 닐리는 신문배달을 끝내고 집에 돌아왔고, 프랜시는 도서관에서 돌아왔다. 온기라곤 하나도 없는 집이었다. 닐리와 프랜시는 엄마가 땔나무 살 돈을 가져오기만 기다렸다. 거실이 너무 추웠기 때문에 아이들은 코트를 입고 모자까지 덮어썼다. 프랜시는 엄마가 빨랫줄에 널어놓은 빨래를 보고 그것을 걷으려 했다. 하지만 빨래들이 꽁꽁 얼어서 괴상한 모습을 한 채, 마치 창안으로 들어오기 싫다는 듯 딱 달라붙어 떨어질 생각을 안 했다.

"내가 해줄게."

닐리가 말했다.

꽁꽁 얼어붙은 속옷 바지 하나가 영 속을 썩였다. 긴 다리를 뻗정다리처럼 뻗대고 있어서, 닐리 역시 어쩔 수 없었다.

"이 빌어먹을 놈의 다리를 부숴버려야지."

프랜시가 말하면서 아주 세게 때렸다. 그러자 속옷 다리가 뿌드득 소리를 내며 부서졌다. 프랜시는 다리를 무자비하게 잡아당겼다. 엄마와 아주 흡사한 모습이었다.

"프랜시 누나?"

"음?"

"누난……, 누닌 지금 심한 욕을 했어."

"나도 알아."

"하느님은 모든 걸 다 들으셔."

"시끄러!"

"하느님은 모든 걸 다 보고 다 들으셔."

"닐리, 너는 하느님이 이 조그맣고 허름한 방구석까지 다 들여다 본다고 믿고 있니?"

"큰일나, 누나! 그런 말하면……"

"그 따위는 믿지 마, 닐리. 하느님은 너무 바빠서 작은 참새가 땅에 떨어지는 일이나 조그만 꽃봉오리들이 언제 꽃을 피울 것인지 하는 것까지 일일이 챙기지는 못해……"

"누나, 그렇게 말하지 말라니까!"

"그러지 뭐. 만약 하느님이 네가 말하는 대로 집집마다 창문을 들여다본다고 한다면 일이 어떻게 돌아가고 있는지, 그 정도는 아셔야지. 이 집이 얼마나 추운지, 먹을 게 하나도 없다는 것쯤은 아셔야지. 엄마가 그런 힘든 일을 하기에는 몸이 약하다는 것도, 아빠가 어떻다는 것도 알아서 무언가 손을 써주셔야 할 거 아냐? 안 그래? 정말로 하느님이 계시다면 말이야!"

"프랜시 누나……"

동생은 불안한 눈으로 방을 둘러보았다. 프랜시는 닐리가 무서워하고 있다는 것을 알아챘다. 내가 어린 동생을 너무 놀렸구나, 프랜시는 그런 생각이 들어 목소리를 일부러 크게 하여 말했다.

"이제 괜찮아, 닐리."

그리고 아이들은 엄마가 올 때까지 다른 일들에 대해 말하기 시작했다.

엄마는 헐레벌떡 달려왔다. 2센트어치 땔나무를 사왔고, 가방에는 깡통우유와 바나나 세 개도 들어 있었다. 엄마는 종이와 땔나무를 난로에 넣고 불을 피웠다. 불은 금세 붙었다.

오트밀이 요리되었을 때, 엄마는 스프 접시에 오트밀을 가득 채

워서 식탁 위에 올려놓았다. 그리고 깡통우유에 구멍을 두 개씩 뚫어놓고, 각자의 접시 옆에 바나나 하나씩을 놓았다.

"엄마는 안 드세요?"

닐리가 물었다.

"난 좀 나중에 먹을게. 지금은 배가 안 고파."

엄마가 한숨을 쉬며 말했다.

"엄마, 지금 식사를 하지 않을 거면 피아노 한 곡 쳐주실래요? 그러면 레스토랑에서 기분내는 것 같을 텐데……"

"하지만 거실은 춥잖니?"

"기름난로를 켜면 돼요."

아이들이 입을 모아 외쳤다.

"좋아, 그러지."

엄마는 찬장 속에서 휴대용 기름난로를 가지고 왔다.

"내 연주가 그다지 신통치 않다는 것쯤은 알고 있겠지?"

"엄마 연주는 훌륭해요."

프랜시가 진정으로 말했다.

엄마는 흡족해서 기름난로에 불을 붙이고 아이들에게 물었다.

"무슨 곡을 칠까?"

"〈작은 나뭇잎들〉을 쳐요."

프랜시가 소리쳤다.

"〈달콤한 봄을 맞으며〉를 쳐요."

닐리도 큰소리로 말했다.

"그럼 먼저 〈작은 나뭇잎들〉을 칠게. 프랜시에게 생일선물을 못주고 지나가서 미안하니까……"

엄마는 결정한 듯 말하고 그 썰렁한 방으로 들어갔다.

엄마는 프랜시의 신청곡을 치기 시작했다. 그 곡은 몰톤 선생이 아이들에게 가르쳐준 곡이었다.

엄마는 곡에 맞춰 노래도 불렀다.

작은 나뭇잎들아, 이리 온, 바람이 말했네.
들판을 건너 이리와 나하고 놀자.
붉은 잎 황금 잎 드레스 걸쳐 입고……

"오우, 저건 애들 노래야."

닐리가 흥보는 바람에 프랜시가 노래를 따라 하다 뚝 그쳤다. 프랜시를 위한 노래를 다 치자 엄마는 루빈 스타인의 〈F선의 멜로디〉를 연주하기 시작했다. 그 곡도 몰톤 선생이 그들에게 가르쳐준 곡이었다. 몰톤 선생은 그 노래를 〈달콤한 봄을 맞으며〉라고 불렀다. 닐리가 노래하기 시작했다.

달콤한 봄이 오면
나 그대를 노래하며 맞으리

닐리의 목소리는 높은 소리가 나는 '노래하며'라는 대목에서 갑자기 테너에서 베이스로 바뀌었다. 프랜시가 낄낄거리며 웃자 닐리도 따라 웃는 바람에 노래를 할 수 없게 되었다. 아이들은 배를 잡고 웃었다.

"크리스마스가 곧 올 텐데……"

닐리가 말했다.

"생각나니? 우리가 어릴 적에 크리스마스가 얼마만큼 왔는지 냄새로 알아맞히던 거?"

이제 막 열세 살이 지난 프랜시가 말했다.

"아직도 그 냄새를 맡을 수 있는지 해볼까?"

닐리가 즉흥적으로 제안하더니 창문을 열고 코를 벌름거렸다.

"흠……."

"무슨 냄새가 나?"

"눈 냄새가 나. 왜 우리 어렸을 때 하늘을 보고 소리를 질렀잖아? 생각나? '깃털 소년아. 깃털 소년아, 날갯짓을 해서 깃털 좀 떨어뜨려다오' 하고 외치던 거?"

"그럼, 그래서 눈이 오면 하늘나라 깃털 소년의 깃털이 떨어지는 거라고 믿었잖아…… 저리 비켜봐, 나도 좀 맡아보자."

프랜시도 창 밖으로 코를 내밀고 냄새를 맡았다.

"정말 눈 냄새가 나네. 오렌지 껍질 냄새랑 크리스마스 트리 냄새도 같이 난다."

아이들은 창을 닫았다.

"누나가 자기 이름을 메리라고 하고 인형을 얻었을 때 난 절대로 고자질하지 않았어."

"그랬지, 나도 네가 커피 가루로 담배를 말아서 피우다가 불이 붙어서 옷에 큰 구멍이 났을 때 이르지 않았고……."

"응. 엄마는 그 구멍을 보고도 아무것도 묻지 않고 꿰매주셨어."

"엄마는 재미난 분이셔."

프랜시가 말했다.

아이들은 엄마의 수수께끼 같은 행동에 대하여 한동안 이야기하였다. 아이들은 행복했다. 부엌은 따뜻했고, 저녁도 먹었고, 엄마가 치시는 피아노 소리를 듣고 있으면 마음이 편안해졌고, 걱정도 사라졌다. 아이들은 작년 크리스마스에 대하여 이야기했다. 프랜시의 표현대로라면 '지난 날'에 대해 이야기하였다. 한참 그러고 있는데 누가 문을 두드렸다.

"아빠다!" 하고 프랜시가 말했다.

"아냐…… 아빠는 계단을 올라오실 때 노래를 부르시잖아?"

"닐리야, 아빠는 이제 그러시지 않아."

"문 열어!"

아빠가 소리를 질렀다. 아빠는 문이 부서져라 세게 두드렸다.

엄마가 방에서 뛰어나왔다. 엄마의 눈빛이 창백한 얼굴과 대조적으로 더 어두워 보였다. 엄마는 문을 열었다. 아빠는 밀치듯이 들어왔다.

아이들이 아빠를 쳐다보았다. 아빠의 그런 모습은 처음이었다. 아빠는 항상 옷을 말끔하게 입었는데, 지금은 온통 엉망진창이었다. 웃옷은 쓰레기통에서 빠져 나온 것처럼 지저분했고, 모자는 구겨져 있었다. 코트도 장갑도 가지고 있지 않았다. 손은 꽁꽁 언 채 덜덜 떨리고 있었다. 아빠는 식탁에 쓰러지듯이 앉았다.

"난 취하지 않았어" 하고 아빠가 말했다.

"누가 취했대요?"

"이제 다 끝났어. 증오해. 증오해, 나는……"

아빠는 식탁을 내리쳤다. 아빠가 진실을 말하고 있다는 것을 모두 알 수 있었다.

"난 그날 밤 이후로 술을 한 방울도 입에 대지 않았다구……"

그는 갑자기 말을 멈추었다.

"하지만, 아무도 나를 믿어주지 않아…… 아무도……"

"저…… 조니."

엄마가 부드럽게 불렀다.

"아빠, 무슨 일이 있어요?"

프랜시가 물었다.

"가만있어! 아빨 귀찮게 하지 마라"하고 엄마가 말했다.

엄마는 아빠에게 말했다.

"아침에 남은 커피가 있어요. 오늘 저녁엔 우유를 넣고 끓였더니 뜨겁고 맛있어요. 당신하고 저녁을 먹으려고 기다리고 있었어요."

엄마는 커피에 우유를 부으면서 아빠 앞에 앉았다.

"자, 마셔요, 여보. 따끈해요."

아빠는 컵을 가만히 바라보더니 갑자기 컵을 밀어버렸다. 엄마는 컵이 마룻바닥에 떨어져 산산조각이 나는 것을 숨을 죽인 채 바라보았다. 아빠는 팔에 머리를 묻고 흐느껴 울었다. 엄마가 다가갔다.

"무슨 일이 있었어요? 조니, 무슨 일이에요?"

엄마가 부드럽게 묻자 아빠는 마침내 울음을 그치고 말했다.

"오늘 난 웨이터조합에서 쫓겨났어. 나더러 부랑자고, 술주정뱅이라는 거야. 죽을 때까지 다시는 일자리를 주지 않겠대."

아빠는 잠시 울음을 참더니 아주 두려움에 찬 목소리로 "죽을 때까지……" 하며 다시 격하게 울음을 터뜨렸다.

"내 조합 배지도 돌려 달래."

아빠는 말하면서 웃옷의 깃에 달려 있는 녹색과 흰색의 작은 배지를 만졌다. 프랜시는 아빠가 그 배지를 마치 장미와 같은 장식품으로 달고 있다고 말씀하시곤 하던 것이 생각나 목이 메였다. 아빠는 조합원이라는 것에 긍지를 가지고 있었다.

"하지만, 나는 포기하지 않겠어."

아빠는 흐느끼며 말했다.

"아무 일도 아니네요. 여보. 당신이 잘 쉬고 나서 다시 건강해지면 그 사람들도 당신을 다시 받아줄 거예요. 당신은 유능한 웨이터이고, 조합에서 노래를 제일 잘하잖아요."

"아냐. 난 더 이상 쓸모가 없어. 이젠 노래도 잘 못해, 케이티. 내가 노래를 부르면 사람들이 웃어. 요즘 들어 일했던 곳들은 사람들을 웃기려고 나를 고용했을 정도야…… 이제 나는 끝났어."

아빠는 격렬하게 울면서 이야기했다. 어떻게 해도 멈출 수 없을 정도로 심하게 울고 있었다. 엄마는 팔로 아빠를 감싸안았다. 아빠는 가만히 엄마의 팔을 밀치고 소리 죽여 흐느끼면서 혼자 침실로 들어갔다.

"엄마는 아빠하고 좀 있어야겠구나. 너희들끼리 놀고 있어라……"

아이들은 멍하니 엄마를 쳐다보았다.

"왜 그렇게 쳐다보니?"

엄마가 갈라진 목소리로 물었다.

"아무것도 아니에요."

아이들은 고개를 돌렸다. 엄마는 난로를 가지러 거실로 갔다. 프랜시와 닐리는 한참 동안 그러고 서 있었다. 마침내 닐리가 먼저 입을 열었다.

"지난날에 대해 얘기할까?"

"아니."

프랜시가 대답했다.

_34

사흘 후에 조니는 죽었다.

조니가 그날 밤 침대에 누운 뒤 케이티는 그가 잠들 때까지 그 옆에 앉아 있었다. 나중에 케이티는 그의 잠을 깨우지 않으려고 프랜시와 같이 잤다. 조니는 밤중에 일어나서 조용히 옷을 입고 밖으로 나갔다. 그는 다음날 밤까지 돌아오지 않았다. 다음날 그들은 그를 찾아다녔다. 온갖 곳을 돌아다녀 보았지만 조니는 평소에 자주 가던 곳들에 지난 일주일 동안 들르질 않았다.

다음날 밤 맥쉐인 경사가 와서 근처에 있는 가톨릭 병원에 케이티를 데리고 갔다. 가는 도중에 그는 최대한 친절하게 조니에 대한 이야기를 해주었다. 조니는 이른 새벽에 길가에 몸을 구부린 채 발견되었다고 했다. 경찰이 그를 발견했을 때 그는 이미 의식이 없었다. 양복 재킷 위로 성 안토니의 메달이 보였기 때문에 경찰은 가톨릭 병원의 구급차를 불렀다. 아무 신분증도 없었다. 나중에 경찰은 그에 대해 행려병자들을 다루듯이 인상착의와 발견한 당시의 정황에 대해 보고했다. 보통 때처럼 그런 보고서를 다루던 중에 맥쉐인은 갑자기 한 사람의 얼굴이 떠올랐다. 그는 병원으로 달려갔다. 그의 육감이 맞았다. 그는 조니 놀란이었다.

조니는 케이티가 도착했을 때까지 살아 있었다. 급성폐렴이라고 의사가 말해주었다. 그는 이미 가망이 없었다. 벌써 죽음 직전의 의식불명 상태에 들어서 있었다. 그들은 케이티를 그에게 데리고 갔다.

조니의 침상은 복도처럼 기다란 병실에 놓여 있었다. 그 병실에는 자그마치 50여 개의 병상이 있었다. 케이티는 맥쉐인에게 감사하다고 말하며 잘 가라는 인사를 했다. 그는 그녀가 조니와 단 둘이 있고 싶어한다는 것을 알고 자리를 비켜주었다.

조니의 병상 옆에는 죽음을 암시하듯이 장막이 쳐져 있었다. 그들은 그녀에게 의자를 가져다 주었다. 그녀는 거기에 앉아 하루종일 남편을 바라보았다. 그는 가쁘게 숨을 쉬고 있었으며 얼굴에는 눈물자국이 말라붙어 있었다. 케이티는 그가 숨을 거둘 때까지 그의 곁을 지키고 앉아 있었다. 그는 다시는 눈을 뜨지 못했고, 아내에게 유언 한마디 남기지 못했다.

밤이 되어서야 그녀는 집으로 돌아왔다. 그녀는 애들에게는 아침까지 얘기하지 않으려고 마음먹었다. 아이들이 하룻밤이라도 더 슬픔 없이 푹 잘 수 있게 해야겠다는 배려였다. 그녀는 아이들에게 아빠는 많이 편찮으셔서 병원에 계시다는 말만 했다. 그러는 엄마의 얼굴이 하도 절망적으로 보여서 아이들은 더 이상 아무런 질문도 할 수 없었다.

새벽에 프랜시가 자리에서 일어났다. 엄마가 닐리 침대 옆에 앉아 그 애의 얼굴을 물끄러미 들여다보고 있었다. 엄마의 눈은 퀭하게 들어가 있었다. 엄마는 마치 밤새도록 그러고 앉아 있었던 사람 같았다.

엄마는 프랜시가 일어난 것을 보자 얼른 옷을 갈아입으라고 말하고 닐리를 살며시 흔들어 깨워 같은 지시를 내리고는 부엌으로 들어갔다. 침실은 음산하고 추워서 프랜시는 옷을 갈아입으며 부들부들 떨었다. 엄마에게 혼자 가기가 싫어 닐리가 옷 입기를 기다렸다. 엄마는 창문 가의 의자에 앉아 있었다. 아이들은 엄마 앞에 가 섰다.

"아빠가 돌아가셨다."

엄마가 말했다.

프랜시는 멍하니 서 있었다. 놀랍다든가 슬프다든가 하는 실감이
나질 않았다. 아무런 느낌도 들지 않았다. 엄마가 한 말은 아무런
의미도 없는 말 같았다.

"아빠를 위해 울 필요는 없다. 아빠는 이제 여기서 빠져 나가신
거야. 어쩌면 아빠가 우리보다 더 운이 좋은지도 모르지."

그 말은 아까 말보다도 더 무의미하게 프랜시의 귓전에서 맴돌았
다.

 _35

깡통저금통은 식탁 위에 놓여 있었다. 그것은 14년이나 된 데다
이제는 만신창이가 되어 있었다.

보험금으로 받은 돈 200달러만으로는 장례비와 장례용 의복, 묘
지 값을 다 대기에 부족해서 결국 저금통에 든 돈까지 모두 처분했
던 것이다.

"엄마, 저걸 다시 갖다 붙일까요?"

프랜시가 물었다.

"아니. 이젠 안 그래도 될 것 같구나. 한 뼘도 안 되겠지만 우리
에게도 땅이 생겼으니까."

그러면서 엄마는 아빠의 묘지권리증을 그 형편없이 망가진 저금

통 위에 올려놓았다.

거실에 관을 놓아두었기 때문에 프랜시와 닐리는 부엌에 있어야
만 했다. 잠도 부엌에서 잤다.

관속에 들어 있는 아빠를 보고 싶지 않았다. 케이티는 아이들의
심정을 이해했다. 그래서 억지로 아이들에게 아빠를 보게 하지 않
았다.

집안은 꽃으로 가득 찼다. 조니를 쫓아낸 지 일주일도 채 안 된
웨이터조합에서는 자줏빛 리본에 금박으로 '우리의 형제에게'라고
적은 하얀 카네이션으로 만든 거대한 화환을 보내왔다. 관할 파출
소에서는 살인자를 체포해준 데 대한 기억을 살려 붉은 장미 화환
을 보내왔다. 맥쉐인 경사는 한 다발의 백합을 보내왔고, 조니의 어
머니와 케이티의 친정인 로멜리 가에서도 각각 꽃을 보내왔다. 이
웃들이 보내준 꽃도 있었다. 조니의 친구들도 꽃을 잔뜩 보내왔는
데 그 중에는 술집 주인인 맥게러티라는 사람도 섞여 있었다.

"나 같으면 이런 작자가 보낸 꽃 따위는 쓰레기통에나 처박겠
다."

술집 주인이 보낸 조문카드를 읽으며 에비가 분개한 목소리로 말
했다.

"아니야, 맥게러티 씨가 무슨 죄가 있어? 조니가 술집에 가지 않
고는 못 배겼던 것뿐이지."

케이티는 부드럽게 말했다.(조니는 사실 맥게러티에게 38달러의
외상이 있었다. 하지만 그 술집 주인은 무슨 이유에선지 그것에 대해
서는 전혀 말하지 않았다. 그는 말없이 그 외상을 지워버렸다.)

드디어 조니의 관 뚜껑을 닫을 시간이 되었다. 아이들은 손을 꼭

잡고 아빠 앞으로 갔다. 닐리는 죽은 아빠를 흘낏 보자마자 무서워서 울며 방을 뛰쳐나갔다. 프랜시는 아빠를 보기가 겁나서 눈을 내리깐 채 그대로 서 있었다. 마침내 프랜시는 눈을 들었다. 아, 아빠가 돌아가신 분이라니 믿어지지가 않았다. 아빠는 깨끗하게 잘 다려진 양복을 입고 있었다. 새 칼라를 달고 있었고, 나비 넥타이를 매고 있었다. 가슴 위에는 카네이션이 놓여 있고, 그 위에는 조합단추가 보였다. 머리는 금빛으로 환하게 빛났으며, 보통 때보다 더 곱슬거렸다. 이마 위로 몇 가닥의 머리카락이 내려와 있었다. 아빠는 눈을 감고 있어서 마치 가볍게 잠든 것만 같았다.

아빠는 젊어 보였고, 아주 잘 생긴 얼굴이었다. 프랜시는 처음으로 아빠의 눈썹이 얼마나 아름다운가를 알았다. 짧은 콧수염은 잘 다듬어져 있어서 아주 귀엽게 보였다. 아빠의 얼굴에는 이제 어떠한 고통이나 슬픔이나 근심도 없었다. 그저 그 얼굴은 아주 온화하고 젊어 보이는 모습일 따름이었다. 아빠는 서른네 살이었다. 그러나 지금은 더 젊어 보여서 스무 살을 갓 넘긴 젊은이 같아 보였다. 프랜시는 은십자가 위에 조심스럽게 놓인 아빠의 손을 보았다. 셋째 손가락 위에 결혼반지가 끼어 있던 자국이 하얗게 남아 있었다.(엄마는 닐리가 크면 주려고 그 반지를 빼어 놓았다.)

아빠의 손은 언제나 심하게 떨리고 있었기 때문에 그렇게 가만히 있는 손을 보니 기분이 묘했다. 프랜시는 아빠의 손가락들이 얼마나 길고 가늘고 섬세하게 생겼는가를 비로소 알았다. 아빠의 손을 한참 바라보고 있자니 그 손이 움찔하는 것만 같았다. 등이 오싹했다. 달아나고 싶었다. 하지만 거기에는 자기를 바라보고 있는 사람들이 가득 차 있었다. 만약 자기가 나가 버린다면 사람들은 뭐라고 수군댈 것인가…… 아빠는 정말 좋은 분이셨다. 정말이다! 정말이다! 프랜시는 아빠의 이마에 흘러내린 머리카락을 살며시 제자리로 밀어 올렸다. 시시 이모가 다가와 프랜시를 감싸안으며 조용히 속삭였다.

"이제 시간이 되었단다."

사람들이 관 뚜껑을 닫을 동안 프랜시는 엄마와 함께 몇 발자국 뒤로 물러나 있었다.

미사가 진행되는 동안 프랜시와 닐리는 엄마의 양옆에 무릎을 꿇고 앉아 있었다. 프랜시는 내내 눈을 내리깔고 있었다. 제단 앞에 있는 꽃으로 덮인 아빠의 관을 보고 싶지 않았기 때문이다. 엄마를 한번 훔쳐보았다. 엄마는 무릎을 꿇은 채 똑바로 앞을 바라보고 있었다. 베일 속의 엄마의 얼굴은 창백하고 고요했다.

신부가 제단에서 내려와 관의 네 귀퉁이에 성수를 뿌리기 시작했을 때 복도 건너에 앉은 웬 여자가 커다랗게 울음을 터뜨렸다. 케이티는 죽음도 넘어서는 무서운 질투심으로 감히 조니를 위해 이렇게 큰소리로 우는 여자가 누군지 쏘아보았다. 그 여자는 케이티가 너무도 잘 아는 여자였다. 그러자 케이티는 다시 고개를 돌렸다. 케이티의 가슴이 마치 바람에 날리는 찢겨진 종이쪼가리들처럼 산산이 흩어졌다.

'힐디 오데어도 나이보다 늙었구나. 그 노랗던 머리도 분가루를 뽀얗게 바른 것처럼 되었고…… 사실 나보다 몇 살밖에 많지도 않을 텐데…… 서른 둘이나 셋쯤 됐겠지. 내가 열일곱일 때 저 앤 열여덟 살이었으니까. 넌 네 길을 가고 난 내 길을 가자. 당신은 케이티의 길로 간다는 말로 들리는군…… 힐디, 아, 힐디…… 저 앤 나하고 제일 친한 친구였는데…… 조니는 내 남자친구야, 케이티 로멜리…… 힐디, 힐디…… 난 나쁜 짓을 했던 거야…… 힐디, 너를 그렇게 해서는 안 되었는데…… 힐디, 힐디, 그래, 저 애를 울게 내버려두자…… 조니를 사랑했던 사람이라면 그를 위해 울어줘야 해. 하지만 난 울지 못해, 그러니 저 애가 울게 내버려둬……'

묘지에 도착하자 깊게 판 구덩이 옆에 간단하게 나무로 짠 상자가 놓여 있었다. 프랜시는 사람들이 그 상자의 휘장을 걷어내고 그것을 무덤 속으로 넣는 것을 지켜보았다.

그날은 흐리고, 찬바람이 부는 날이었다. 발 밑으로 얼어붙은 흙덩이들이 느껴졌다. 얼마 떨어지지 않은 곳에선 일주일쯤 된 무덤 앞에 남자들 몇 사람이 쌓여 있는 꽃 더미들 속에서 시든 꽃들을 떼어버리고 철사줄을 빼내고 있었다.

어떤 사람이 차가운 흙 한 줌을 프랜시의 손에 쥐어주었다. 프랜시는 엄마와 닐리가 무덤 옆에 서서 그 흙을 던져 넣는 것을 보았다. 프랜시는 천천히 거기로 다가가서 눈을 질끈 감고, 흙을 살살 뿌렸다. 흙 떨어지는 소리가 부드럽게 들렸다. 프랜시는 다시 멀미가 날 것 같았다.

장례가 끝나자 마차들은 각각 다른 방향으로 갔다. 조문객들은 다 제각기 자기 집으로 돌아갔다. 묘지로 가는 동안 내내 울부짖으며 통곡하던 친할머니 루씨도 자기 이웃들과 돌아갔다. 할머니는 잘 가라는 인사조차 하지 않았다. 장례를 치를 동안 할머니는 엄마나 아이들에게 한마디도 말을 걸지 않았다.

에비 이모와 시시 이모는 엄마와 아이들과 함께 마차를 탔다. 마차에는 다섯 사람이 앉을 자리가 없어서 프랜시는 에비 이모의 무룙에 앉아서 갔다. 돌아오는 길에 그들은 모두 말이 없었다. 엄마는 집으로 가는 모퉁이 길에 있는 이발소 앞에서 마차를 세우게 하고 말했다.

"저기 들어가서 아빠의 컵을 가져와."

프랜시는 엄마가 무얼 말하는지 알 수 없어 되물었다.

"무슨 컵을요?"

"그냥 아빠 컵을 달라고 하면 돼."

프랜시는 이발소 안으로 들어갔다. 손님은 하나도 없었고, 이발 사만 두 명 있었다. 한 사람은 벽 앞에 나란히 놓여 있는 의자에 다 리를 꼬고 앉아 만돌린을 켜고 있었다. 〈오, 솔레미오〉라는 노래를 연주하는 중이었다. 프랜시는 그 노래를 알고 있었다. 몰튼 선생이 〈햇살〉이라고 가르쳐준 곡이었다. 다른 이발사는 이발사용 의자에 앉아 기다란 거울을 들여다보고 있었다. 프랜시가 들어가자 그 사 람이 일어나 다가왔다.

"왜 그러니?"

"아빠의 컵을 가지러 왔어요."

"아빠 성함은?"

"존 놀란 씨예요."

"아, 그랬구나. 정말 안됐어."

그는 한숨을 쉬며 선반에 나란히 놓인 컵 중에서 하나를 꺼냈다. 그것은 두껍고 하얀 머그잔이었는데, 멋 부린 금박글씨로 '존 놀란' 이라고 새겨져 있었다. 그 컵 속에는 면도용 크림 찌꺼기와 낡은 솔 이 들어 있었다. 그는 크림을 닦아내고, 솔을 꺼내 이름이 써 있지 않은 더 큰 컵에 옮겨 담았다. 그런 다음 조니의 컵을 씻었다.

기다리는 동안 프랜시는 주위를 둘러보았다. 한번도 이 이발소

안에 들어와 본 적이 없었다. 비누 냄새와 깨끗한 수건 냄새와 갈색 럼주 냄새가 났다. 사람들은 누구나 비밀스런 삶을 갖고 있다고 프랜시는 생각했다. 아빠는 이 이발소에 대해 한번도 말한 적이 없었다. 그렇지만 아빠는 여기에 일주일에 세 번씩 와서 면도를 했다. 깔끔한 멋쟁이였던 아빠는 보란 듯이 자기만의 컵을 따로 썼다.

아빠는 돈만 있다면 일주일에 세 번씩 꼬박꼬박 이발소에 들렀을 것이다. 그래서 이 의자들 중의 하나에 앉아 저 거울을 보았을 것이며, 이발사들과 얘기를 나눴을 것이다. 아마도 아빠는 브루클린 팀이 이 해에 야구경기 성적이 좋을 것인지, 아니면 민주당이 보통 때처럼 승리할 것인지에 대해 얘기했으리라. 아마도 저 이발사가 만돌린을 켜면 따라서 노래를 불렀으리라. 그래, 확실히 아빠는 노래를 불렀을 거야. 아빠에게 노래 부르는 일은 숨쉬는 것보다 쉬운 일이었으니까. 아빠는 차례를 기다리면서 저 의자에 놓여 있는 〈형사 가제트〉를 읽었을까?

이발사는 컵을 씻고 깨끗이 닦아서 프랜시에게 주며 말했다.

"아빠는 아주 훌륭한 사람이었단다. 엄마에게 이발사 아저씨가 그렇게 말했다고 전하렴."

"고맙습니다."

프랜시는 공손하게 인사를 하고 슬픈 만돌린의 곡조를 들으며 이발소의 문을 밀고 나왔다. 마차로 돌아와서 프랜시는 엄마에게 컵을 주었다. 하지만 엄마는 그걸 받지 않았다.

"그건 네가 가지렴. 닐리한테는 아빠의 결혼반지를 줄 테니까."

프랜시는 금박으로 써 있는 아빠의 이름을 바라보다가 작은 소리로 공손히 말했다.

"엄마, 고맙습니다."

5분도 안 되는 새에 벌써 고맙다는 말을 두 번이나 한 셈이었다.

아빠는 이 땅 위에서 34년을 살다 갔다. 일주일 전만 해도 아빠는 바로 이 길을 걸어 다녔다. 그런데 지금은 이 컵과 반지와 집에 있는 웨이터용 앞치마 두 장외엔 아무것도 남아 있지 않았다. 그것들만이 유일하게 한 남자가 이 세상에 살다 갔다는 걸 증명해주고 있었다. 아빠를 기억하게 해줄 다른 물건이라곤 없었다. 아빠가 묻힐 때 장식단추가 달린 아빠의 옷들과 14K짜리 금단추도 다함께 묻혀버렸다.

_36

장례식이 끝난 다음날 엄마는 종일 침대에 누워만 있었다. 프랜시와 닐리는 당황하고 놀라서 집 주위를 서성거렸다. 저녁 무렵이 되자 엄마가 일어나 아이들을 위해 저녁을 지어주었다. 저녁을 먹고 나자 엄마는 아이들에게 나가서 바람을 좀 쐬고 오라고 내몰았다.

프랜시와 닐리는 브로드웨이로 통하는 그래엄 거리를 걸었다. 엄청나게 추운 날씨였고, 고요한 밤이었다. 그러나 눈은 오지 않았다. 길은 텅 비어 있었다. 크리스마스가 지난 지 사흘밖에 되지 않았으니 아이들은 집안에서 새로운 장난감을 갖고 놀고 있을 것이다. 가로등은 깜빡거리며 빛나고 있었다. 바다로부터 불어오는 얼어붙은 바람이 땅 위를 돌아다니며 쓰레기와 더러운 종이 조각들을 휘몰고 다녔다.

아이들은 지난 며칠 사이에 불쑥 커버린 느낌이었다. 아빠가 크리스마스 날 돌아가셨기 때문에 크리스마스는 알지도 못하는 새에 지나가고 말았다. 닐리의 열세 번째 생일도 지난 며칠 사이에 어디론가 사라지고 말았다.

아이들은 커다란 극장 앞에 밝게 켜 있는 불 앞으로 다가갔다. 지나가면서 보이는 건 모두 다 읽으면서 걸었기 때문에 그 주일에 출연하는 배우들의 명단도 자동으로 읽어 내려갔다. 6막 바로 밑에 커다란 글씨로 선전문구가 적혀 있었다.

"다음주 개봉박두! 촘시 오스본, 감미로운 목소리의 가수 촘시 오스본이 옵니다. 이 기회를 놓치지 마십시오!"

감미로운 목소리의 가수, 감미로운 목소리……

프랜시나 닐리나 아빠가 돌아가신 후 지금까지 단 한번도 눈물을 흘린 적이 없었다. 하지만 지금 프랜시는 꾸역꾸역 목 속으로 밀어 넣어둔 눈물이 마구 커지는 걸 느꼈다. 목이 메어왔다……

그 슬픔의 덩어리는 점점 더 커져갔다. 이것을 뱉어놓지 않으면 죽을 것만 같았다. 프랜시는 닐리를 보았다. 그 애의 눈에는 벌써 눈물이 그렁그렁 맺혀 있었다. 프랜시의 눈에서도 눈물이 흐르기 시작했다.

아이들은 길가의 후미진 곳으로 들어가 앉았다. 닐리는 울고 있으면서도 자기의 새 바지가 더러워지면 안 된다는 생각에 손수건을 깔고 앉았다. 너무 춥고 외로웠기 때문에 바짝 붙어 앉았다. 아이들은 그 추운 거리에 앉아 오래도록 조용히 울었다. 한참을 울고 나니 더 이상 눈물이 나오지 않았다. 프랜시가 비로소 말을 꺼냈다.

"닐리야, 아빠는 왜 돌아가셨을까?"

"하느님이 그러길 원하셔서 그랬을 거야."

"왜 그러길 원해?"

"아마 아빠를 벌주려 하셨겠지."

"아빠가 무슨 죄를 졌는데?"

"그거야 나도 모르지."

닐리는 풀죽은 목소리로 대답했다.

"넌 하느님이 아빠를 이 세상에 보냈다는 걸 믿지?"

"응."

"그럼 하느님은 아빠가 살기를 원했을 것 아냐?"

"그랬겠지."

"그럼 왜 아빠를 그렇게 빨리 죽게 한 거야, 하느님은?"

"아빠를 벌주려고 그랬을 거야."

닐리는 다른 대답이라곤 모르는 것처럼 아까의 말을 되풀이했다.

"그렇다고 쳐. 하지만 그럼 뭐가 좋은 거지? 아빠는 죽었으니까 자기가 벌받았다는 것도 모를 거야. 하느님은 자신의 모습을 따서 아빠를 만드셨어. 그리고 혼자 말했겠지. 감히 네가 무엇을 하겠느냐고, 분명히 그랬을 거야."

"하느님을 그렇게 말하면 안 돼."

닐리가 분명한 태도로 말했다.

"그래, 하느님은 위대하다고 하지. 모든 일을 알고 있고, 뭐든지 할 수 있는 분이라고들 말해. 그렇다면 말이야. 하느님은 네가 말한 대로 아빠를 벌주지 말고 도와줄 수도 있었잖아? 왜 그렇게는 안 한 거지?"

프랜시는 경멸하는 투로 말했다.

"난 그냥 그럴지도 모른다고 말한 거야."

"하느님이 온 세상을 주관하고 있다면, 그래서 태양과 달과 별과 세상의 모든 새들과 나무와 꽃과 짐승과 사람들을 다 다스리고 있다면 말야, 네가 생각하듯이…… 그렇다면 그분은 너무 바빠서 아빠와 같이 보잘것없는 한 사람, 물론 우리에게야 중요한 사람이지만, 그런 사람을 벌주느라고 시간을 보낼 만큼 한가하지는 않을 거야."

"하느님을 그런 식으로 말하면 안 돼. 누나는 벼락을 맞아 죽을지도 몰라."

닐리가 불안해하며 말했다.

"그러라고 해. 당장 이 자리에서 벼락을 내려 날 죽이라고 하란 말야!"

프랜시가 사납게 소리질렀다.

아이들은 겁에 질린 채 기다렸다. 아무 일도 일어나지 않았다. 프랜시가 다시 입을 열었다. 이제 프랜시는 훨씬 침착해졌다.

"난 하느님과 예수 그리스도와 그 어머니이신 마리아를 믿어. 예수는 진짜 살아 있는 아기였는걸. 여름이면 우리처럼 맨발로 다니셨어. 난 그림에서 예수님이 어렸을 때 맨발로 다니는 걸 봤어. 그리고 예수님은 남자였어. 아빠처럼 낚시도 다녔어. 사람들은 예수님을 해칠 수도 있었어. 하느님을 해칠 수는 없지만 말이야. 예수님은 사람들을 벌주러 온 게 아니었어. 그 분은 사람들에 대해 잘 알고 계셨어. 그래서 난 이제 예수님만 믿을 거야."

아이들은 예수의 이름을 말할 때마다 가톨릭 교도답게 십자가를 그었다. 그런 뒤 프랜시는 닐리의 무릎에 손을 올려놓고 나지막하게 말했다.

"닐리, 너한테만 말하지만 난 이제 하느님은 다시는 믿지 않을 거야."

"집에 가고 싶어."

닐리가 말했다. 그 애는 와들와들 떨고 있었다.

문을 열어주면서 케이티는 아이들의 얼굴이 지쳐 보이긴 해도 차분해진 걸 보았다.

'실컷 울었겠구나' 하고 그녀는 생각했다.

프랜시는 엄마의 얼굴을 쳐다보다 고개를 돌렸다.

'우리가 나간 새에 엄마는 내내 우셨구나. 눈물이 말라버릴 때까지 우셨구나.'

그러나 아무도 서로 운 것에 대해서는 말하지 않았다.

"너희들이 꽁꽁 얼어서 돌아올 줄 알았지. 그래서 깜짝 놀랄 선물을 준비했단다."

"뭔데요?"

닐리가 물었다.

"금방 알게 될 거야."

그 놀라운 선물은 코코아와 우유를 뜨거운 물에 넣고 휘저어서 만든 '핫 초콜릿' 이었다. 케이티는 그 걸쭉하고 부드러운 핫 초콜릿을 컵에 따라주었다.

"그게 전부가 아니란다."

엄마는 덧붙여 말하면서 앞치마 주머니에서 종이봉지를 꺼냈다. 그리고 그 속에서 세 개의 머쉬멜로우 과자를 꺼내 각자의 컵 속에 떨어뜨렸다.

"엄마!"

아이들은 한꺼번에 기쁨에 넘쳐 소리질렀다.

'핫 초콜릿'은 생일 때나 맛 볼 수 있는 정말 특별한 것이었다.

'엄마는 정말 특별한 사람이야. 엄마는 우리가 울고 온 걸 알면서도 아무것도 물어보지 않으셔. 엄마는 절대로 물어보지 않겠지……'

프랜시는 숟가락에 머쉬멜로우를 올려놓고 그것이 까만 초콜릿 속에서 하얀 줄을 만들며 녹아드는 것을 보았다.

갑자기 엄마에게 딱 어울리는 말이 생각났다.

'엄마는 완벽한 사람이야.'

그랬다. 엄마는 실수라곤 하지 않는 완벽한 사람이었다. 예쁘게 생겼지만 거칠어진 손을 사용할 때도 엄마는 자신 있게 손놀림을 하였다. 꽃을 꺾어 커다란 병에 꽂을 때에도, 오른손으론 북북 문질러 빤 빨래를 집어넣고, 왼손으론 꺼낼 때에도 엄마의 손놀림은 단호했다. 말을 할 때에도 엄마는 평범하지만 딱 알맞은 한 마디로 진실을 얘기했다. 엄마의 생각은 언제나 분명하고 단호했다. 그런 엄마가 말했다.

"닐리는 이제 누나랑 한방을 쓰기엔 너무 컸으니까 네 방을 따로 주마. 너의……"

엄마는 '아빠'라는 말을 꺼내기 전에 약간 머뭇거렸다.

"……아빠와 내가 쓰던 방을 이제 네가 쓰도록 해라."

엄마의 말에 닐리의 눈이 반짝 빛났다. 내 방, 나 혼자 쓰는 방이라니! 꿈이 이루어졌다! 그렇다.

두 가지나 꿈이 이루어졌다. 장례식 때 입으려고 산 것이긴 하지만 긴 바지 양복과 나만의 방…… 그러나 닐리의 눈은 금세 슬픈 빛을 띠었다. 그 애는 이 좋은 일들이 다 어떻게 해서 생긴 것인가에 생각이 미쳤던 것이다.

"그리고 난 '프랜시의 방'을 같이 쓰마."

엄마는 '난 프랜시랑 같이 방을 쓰마' 고 말하지 않고 재치 있게 돌려 말했다.

나도 내 방을 갖고 싶은데, 동생에게 질투를 느끼며 프랜시는 생각했다. 하지만 할 수 없었다. 침실은 두 개뿐이고, 닐리가 엄마와 쓸 수는 없었다.

프랜시의 생각을 읽은 것처럼 엄마가 말했다.

"날씨가 따뜻해지면 거실을 프랜시가 쓸 수 있게 해주마. 네 침대를 그 방에 갖다 놓고 낮에는 멋진 침대보를 씌워놓는 거야. 그럼 개인 응접실같이 느껴질 걸. 됐니, 프랜시?"

"네. 됐어요, 엄마."

잠시 후 엄마가 말했다.

"지난 며칠 동안 책읽기를 못했구나. 이제 다시 시작해야지."

벽난로 위에서 성경책을 꺼내면서 프랜시는 약간 놀란 기분으로 '모든 일이 예전대로 돌아가는 건가' 하고 생각했다.

"올해엔 크리스마스를 못 지키고 지나갔으니까 우리가 읽을 데는 뛰어넘고 아기 예수의 탄생 부분을 읽자. 돌아가면서 읽지. 자, 프랜시부터……"

프랜시는 읽었다.

……거기 있을 그 때에 해산할 날이 차서 맏아들을 낳아 강보로 싸서 구유에 뉘였으니 이는 그 집에 있을 방이 없음이러라.

엄마는 한숨을 깊이 쉬었다. 프랜시는 읽다가 말고 엄마를 조심스레 쳐다보았다.

"아냐, 아무것도 아니다. 계속 읽으렴."

그래, 아무것도 아니야, 이젠 생명에 대해 생각해야 할 때야, 케이티는 생각했다. 뱃속의 아기가 움직이는 게 희미하게 느껴졌다. 조니가 술을 마시지 않게 된 건 아이를 가진 걸 알았기 때문일까? 그래서 그는 다른 사람이 되려고 노력한 걸까? 좀더 나은 사람이 되려고 애쓰다가 죽어간 걸까? 아아, 조니, 조니……

그녀는 다시 한숨을 쉬었다.

그들은 돌아가며 예수의 탄생에 대해 읽었다. 읽으면서 그들은 조니 놀란의 죽음에 대해서 생각했다. 그러나 아무도 자기 생각을 입 밖에 내어 말하지는 않았다.

아이들이 잠자리에 들어갈 때, 케이티는 안 하던 짓을 했다. 케이티는 원래 드러내놓고 표현하는 여자가 아니었다. 그런데 그녀는 아이들을 꼭 껴안고 굿 나잇 키스를 해주며 말했다.

"이제부터 나는 너희들의 엄마이면서 동시에 아빠이기도 하단다."

_37

겨울방학이 끝날 때쯤 프랜시는 엄마에게 학교를 그만 다니겠다고 말했다.

"왜 학교 다니기가 싫니?"

엄마가 물었다.

"아뇨. 하지만 난 이제 열네 살이니까 취업허가증을 받을 수 있어요."

"일을 왜 하려는 건데?"

"돕고 싶어서 그래요."

"안 된다, 프랜시. 난 네가 학교를 마저 다녀서 졸업하길 바래. 이제 겨우 몇 달밖에 안 남았잖아. 네가 미처 알지도 못하는 새에 6월이 온단다. 그럼 넌 여름방학 동안 일을 할 수 있을 거야. 닐리도 그래야겠지. 하지만 가을이 되면 둘 다 고등학교에 가야 해. 그러니까 그런 건 잊어버리고 학교나 잘 다니렴."

"하지만 엄마, 그럼 여름까지 어떻게 버텨요."

"어떻게 해나갈 수 있을 거야."

말은 그렇게 했지만 사실 케이티도 자신은 없었다. 조니가 그리울 때가 한두 번이 아니었다. 조니는 꾸준히 일을 하지는 못 했지만 토요일이나 일요일 밤에는 자주 일을 해서 3달러씩 가져오곤 했다. 더군다나 그는 아주 상태가 나빠지면 어떻게든 자신을 일으켜 세워 식구들이 최악의 상태에 빠지는 것만은 막아주었다. 하지만 지금 조니는 없다.

케이티는 머리를 짜보았다. 집세는 어쨌든 이 연립주택을 청소하면 안 물어도 된다. 그리고 닐리가 신문을 배달하고 받아오는 일주일에 1달러 50센트가 있다. 그러면 밤에만 불을 땐다면 석탄값은 된다. 아, 참! 그 돈에서 매주 20센트씩이 보험금으로 나가야 된다. 케이티는 자기 이름으로 매주 10센트, 아이들의 몫으로 각각 매주

5센트씩 보험을 들고 있었다. 좋아, 석탄을 조금 덜 때고, 침대에 좀 더 일찍 들어가서 자는 거야. 옷은 어떻게 하지? 그건 생각지 말자. 다행히도 프랜시는 새 구두가 있고, 닐리는 새 옷이 있다. 그 다음에 가장 큰 문제는 식비였다. 맥게러티 부인이 다시 빨래를 맡겨줄지도 몰라. 그럼 일주일에 1달러는 벌 수 있으니까. 그럼 나는 청소를 몇 집 더 하는 거야. 그래, 그런 식으로 그럭저럭 버텨나갈 수 있겠지.

케이티는 밤늦게까지 부엌 식탁에 앉아 있었다.

"두 달만 버틸 수 있으면 되는데…… 꼭 두 달만…… 하느님, 두 달만 버틸 수 있게 해주세요. 짧은 시간이잖아요. 두 달 후면, 아이도 낳고 다시 회복될 거예요. 그 때면 아이들도 졸업을 하겠지요. 내가 내 몸과 마음을 조절할 수 있게 되면, 나는 하느님께 아무것도 부탁드리지 않겠어요. 하지만 지금은 내 몸을 마음대로 움직일 수도 없으니, 당신께 도움을 청합니다. 꼭 두 달만, 두 달만……"

그 동안은 아이들 보험을 해약해서 받은 돈 25달러와 언니들이 도와주는 푼돈으로 그럭저럭 버텨왔다. 식탁 위에는 시시가 준 1달러짜리 지폐와 에비가 준 50센트짜리 동전이 놓여 있었다. '사흘은 살 수 있겠구나' 하고 그녀는 생각했다.

'그러나 그 다음엔?'

그녀는 자기도 모르게 간절히 중얼거렸다.

"조니, 당신이 어디 있든, 제발 한 번만 도와줘요. 한 번만……"

그녀는 기다렸다. 온몸에 따뜻한 기운이 느껴졌다.

그래서 조니가 그들을 도와주러 오는 일이 일어났다.

38

술집 주인인 맥게러티는 조니에 대한 생각을 떨쳐버릴 수가 없었다. 그는 조니를 그리워했다.

그게 사실이었다. 돈 때문에 그런 것은 결코 아니었다. 오히려 늘 빚지고 있는 건 조니 쪽이었다. 단지 조니가 술집에 있기만 해도 좋았다. 조니는 자기가 있는 곳의 품격을 높이는 사람이었다. 이 말쑥한 젊은이가 트럭기사들과 노동자들에게 둘러싸인 채 유쾌하게 바에 기대 서 있는 모습은 보기에 좋았다.

맥게러티는 스스로 인정했다.

'그래, 확실히 조니 놀란은 자기 주량 이상으로 마시긴 했지. 하지만 여기서 안 마시더라도 다른 데 가서 그만큼은 마실 테니까. 게다가 그는 주정뱅이는 아니거든. 술은 좀 마셨지만 욕을 하거나 시끄럽게 굴지는 않았지. 그래, 조니는 참 괜찮은 사람이었어.'

맥게러티는 조니가 얘기하는 것이 듣고 싶었다.

'그는 어떻게 해서 저 남부의 목화농장이나 아라비아의 해안이나 태양이 내리쬐는 프랑스에 대해 마치 가본 것처럼 얘기할 수 있었을까? 사실은 자기가 부르는 노래가사를 통해 얻어들은 지식이었을 텐데…… 그래, 그가 그렇게 머나먼 곳들에 대해 얘기하는 걸 나는 즐겨들었지…… 하지만 무엇보다도 좋았던 건 그가 자기 식구들에 대해서 말하는 것이었어.'

지난 8년간 조니는 맥게러티 술집의 단골이었다. 그는 매일 맥게러티에게 찾아와 케이티와 아이들에 대해 자랑을 했다. 맥게러티는 이 8년 동안 비밀게임을 했다. 그는 자기와 조니를 바꾸어 생각했다. 자기가 조니를 찾아가 자기 아내와 자기 아이들에 대해 그렇게 말하는 것이라고 생각했다.

조니가 한번은 주머니에서 종이를 꺼내면서 자랑스럽게 말했다.

"보여줄 게 있어. 우리 딸이 학교에서 작문을 써서 A를 받았다구. 걔는 겨우 열 살인데 말야. 들어보라구, 읽어줄 테니……"

조니가 읽기 시작하면 맥게러티는 그 글을 자기 딸이 쓴 거라고 상상하며 들었다. 어떤 날 조니는 서툴게 만든 책받침대 한 쌍을 들고 와 뽐내면서 바 위에 올려놓았다.

"자네에게 보여줄 게 있어. 내 아들녀석 닐리가 이걸 학교에서 만들었대."

맥게러티는 그 책받침대를 꼼꼼히 살펴보면서 마음속으로 자신에게 자랑스럽게 말했다.

어떤 때, 맥게러티는 그에게 말을 시키기 위해 묻기도 했다.

"어때? 전쟁이 일어날 거라고 생각하나, 자넨?"

그러면 조니는 대답했다.

"우습지만 케이티와 난 바로 그 일을 놓고 얘기를 나누느라고 어제 밤새 앉아서 논쟁을 벌였지. 겨우 아내에게 납득시킬 수 있었어. 윌슨 대통령만이 전쟁을 막아줄 거라고 말이지."

어떻게 그럴 수가 있는 걸까, 맥게러티는 혼자 생각했다. 자기가 아내 매와 함께 밤새도록 앉아서 그런 문제에 대해 얘기한다는 게 있을 수 있는 일일까? 그녀가 "당신이 옳아요, 짐"이라고 말해주는 게 과연 가능한 일일까? 그러나 한번도 그래본 적이 없었기 때문에 그런 일이 있을 수 있는 일인지 아닌지조차 알 도리가 없었다.

맥게러티는 영혼에 큰 죄를 짓고 있는 사람이었다. 그는 자신에게 성실하지 않은 아내 매만이 아니라 욕심꾸러기 같은 인상이 얼굴에 그대로 묻어나는 자기 아이들까지도 미워했다. 그는 지금과 다른 아내, 다른 아이들을 원하고 있었다. 그에게 조니의 아내와 아이들은 비록 상상 속에서이지만 유일한 대안이었다. 그래서 조니가 죽었을 때 맥게러티는 자신의 꿈을 잃었다. 그는 혼자서 그 게임을 다시 해보려고 했으나 잘 되지 않았다. 누군가 조니처럼 그 일을 다시 하게 해줄 수 있는 사람이 필요했다.

맥게러티에게 한 생각이 떠올랐다. 그는 어디에 써야 될지 모를 정도로 많은 돈을 갖고 있었다. 어쩌면 조니의 아이들을 통해서 그 꿈의 게임을 다시 살 수 있을지도 몰랐다. 케이티가 거절할까 봐 걱정이 되긴 했다. 그렇다면 조니의 아이들이 방과후에 할 수 있는 일들을 찾아줄 수도 있으리라. 그는 그들을 도와주고 싶었다…… 신은 알리라. 그가 그들을 도울 힘이 있다는 것을. 그리고 그가 뭔가 그 보답을 받을 수 있으리라는 것도. 그 애들은 자기 아버지에게 말하던 식으로 그에게 말할지도 몰랐다.

맥게러티는 케이티의 맞은편 부엌 의자에 안절부절못하며 앉아 있었다. 아이들은 숙제를 하고 있었다. 그러나 프랜시는 책 속에 머리를 파묻은 채 그의 말에 귀를 기울이고 있었다.

"벌써 제 안사람에게도 말을 해서 그 사람도 찬성했습니다만 저, 우리는 댁의 따님에게 일을 좀 시켰으면 합니다. 물론 힘든 일은 아닙니다. 침대나 정돈하고 그릇이나 몇 개 씻으면 됩니다. 또 아드님에게는 아래층에서 달걀껍질을 벗기고, 치즈를 네모나게 자르는 일을 시켰으면 좋겠어요. 밤에 서비스 안주로 쓰이는 것들이죠. 바 근처에는 절대로 들어가게 하지 않을 겁니다. 뒤쪽 부엌에서만 일하면 되거든요. 학교 끝나고 한 시간씩만 일하면 될 겁니다. 토요일은 한나절 동안 일하구요. 일주일에 2달러씩 지불하지요."

케이티의 가슴이 뛰었다.

'그러면 일주일에 4달러, 신문배달에서 1달러 50센트. 그럼 애들은 학교에 계속 다닐 수 있어. 먹을 것도 걱정 없고. 그거면 우리는 어떻게든 살아갈 수 있어.'

"어떻게 하시겠습니까? 놀란 부인?"

"아이들에게 달려 있지요."

"그렇겠죠?"

그는 고개를 아이들에게 돌리며 물었다.

"어떠냐, 너희들 생각은?"

프랜시는 그제서야 책에서 눈을 떼는 척하면서 물었다.

"무슨 말씀이신데요?"

"우리 집 일을 좀 도와주겠니?"

"그러지요."

프랜시가 대답했다.

"그럼, 너는?"

그는 닐리를 보았다.

"그러지요."

메아리처럼 그 아이도 똑같이 말했다.

"그럼 다 됐군요. 물론 이 일은 집안 일과 주방 일을 돌볼 아주머니를 구할 때까지 임시 일거리입니다."

그는 케이티를 보며 말했다.

"저도 그러는 쪽이 더 좋아요."

케이티가 말했다.

"아주 짧은 기간일 수도 있습니다. 그래서 첫 주급을 선불로 드리겠습니다."

그는 주머니 속에서 손을 꼼지락거리며 말했다.

"아니오, 맥게러티 씨. 애들이 번 돈이니까 주말에 자기들이 직접 돈을 타서 가져올 권리가 있지요."

"좋습니다."

그러나 그는 손을 주머니 속에서 빼는 대신에 두툼한 지폐뭉치에 갖다 댔다. 아, 나는 왜 이렇게도 쓸모 없는 돈을 많이 갖고 있는 것일까, 이 사람들에게는 아무것도 없는데…… 그러자 한 가지 아이디어가 떠올랐다.

"놀란 부인, 아시다시피 조니와 나는 거래를 해왔어요. 조니는 자기가 번 팁을 몽땅 가져다 주었고, 나는 술을 얼마든지 외상으로 마시게 했지요. 어쨌든 조니에게 돌려줄 돈이 조금 남아 있습니다."

그는 두꺼운 지폐뭉치를 꺼냈다. 맥게러티는 원래 조니에게 줄 돈이 12달러라고 말할 작정이었다. 그러나 고무줄을 빼면서 케이티를 바라보니 그녀는 눈을 가늘게 뜨고 있었다. 12달러라는 생각은 바꿀 수밖에 없었다. 그녀는 조금도 자기 말을 믿고 있지 않았다.

"물론 많지는 않습니다. 겨우 2달러예요. 하지만 어쨌든 돌려드려야지요."

그는 아무렇지도 않게 말하며 지폐 두 장을 빼서 그녀에게 내밀었다. 그러나 그녀는 머리를 흔들었다.

"우리에게 줄 돈이 하나도 없다는 걸 잘 알고 있어요. 사실을 말하자면 조니가 당신에게 빚을 졌겠지요."

그는 그녀의 말에 부끄러워 돈을 도로 주머니에 집어넣었다.

"하지만 맥게러티 씨, 당신의 친절한 마음에는 정말 감사를 드려요."

케이티가 말했다.

그녀의 이 마지막 말이 맥게러티의 혀를 풀리게 했다. 그는 말하기 시작했다. 아일랜드에서 보낸 소년시절과 어머니와 아버지와 형제자매들에 대해서 이야기했다. 그가 꿈꾸던 결혼에 대해서도 말했다. 오랫동안 자기가 생각해온 모든 것을 이야기했다. 단지 자기 아내와 아이들에 대해서는 조금도 말하지 않았다. 그들의 일은 아예 제쳐놓고 말했다. 그는 조니에 대해서도 말했다. 조니가 매일 그를 찾아와 자기 아내와 아이들에 대해 말한 것들을 이야기했다.

"저 커튼도 알고 있어요. 조니가 말해줬지요. 당신이 낡은 치마로 어떻게 부엌 커튼을 만들었는지. 저 커튼이 부엌을 훨씬 멋있게 만들었다고 했어요. 마치 집시의 마차 속같이 됐다구요."

맥게러티는 그 두터운 손을 흔들면서 부엌에 걸려 있는 반쪽짜리 커튼을 가리켰다. 그것은 붉은 장미가 디자인된 노란 면직커튼이었다.

프랜시는 이제 공부하는 시늉도 포기하고 맥게러티가 말한 마지막 말을 떠올렸다. 집시마차라, 프랜시는 그 커튼을 새로운 눈으로 바라보며 생각했다.

'그래, 아빠가 그런 말씀을 하셨다구? 난 아빠가 커튼이 바뀐 것도 모르시는 줄 알았는데…… 아빤 아무 말도 안 하셨지만 다 알고 계셨어. 이 아저씨한테 그 모든 걸 얘기하셨던 거야.'

그렇게 아빠가 말한 것들을 듣고 있자니 아빠가 돌아가셨다는 게 믿어지지 않았다. 그래, 아빠가 이 아저씨한테 그런 말들을 다 했어, 하고 프랜시는 생각했다. 프랜시는 새로운 흥미를 느끼며 맥게러티를 바라보았다. 그는 두툼한 손과 붉고 짧은 목에 벗겨져 가는 머리를 가진 뚱뚱한 남자였다.

'참, 누가 상상이나 할까, 한 사람의 겉모습과 속마음이 저렇게

다르게 생길 수 있다는 걸.'

맥게러티는 쉬지 않고 두 시간이나 이야기했다. 케이티는 주의 깊게 그의 이야기를 들었다. 사실 맥게러티가 말하는 걸 듣고 있는 게 아니었다. 그녀는 맥게러티가 조니에 대해 말하는 것을 듣고 있었다.

그가 잠시 말을 멈출 때면 그녀는 "그래서요?", "그 다음엔요?", "그래서 어떻게 됐어요?" 하는 간단한 질문만을 했다. 그가 적당한 말을 찾지 못해 더듬대면 그녀가 바로 그 말을 찾아주어서 그는 마음속으로 고마워했다.

방이 어두워져 갔다. 맥게러티는 말을 멈추었다. 목이 쉬고 피곤했다. 그러나 그것은 평화롭고 따뜻한 새로운 종류의 피곤이었다. 그는 마지못해 가야겠다고 생각했다. 술집은 이 시간이면 일을 끝내고 집에 돌아가는 사람들이 식사 전에 한 잔하러 들러서 붐비고 있을 터였다. 그는 사람들이 많을 때 아내가 바에서 일하는 걸 좋아하지 않았다. 그는 천천히 일어났다.

"놀란 부인……, 가끔 와서 이야기를 하다 가면 안 될까요?"

그는 갈색 모자를 만지작거리며 말했다.

그녀는 천천히 머리를 저었다.

"그냥 얘기만 하는 건데도요?"

그가 애걸하듯이 다시 물었다.

"안 되지요, 맥게러티 씨."

그녀는 자기로서 할 수 있는 한 가장 친절하게 말했다. 그는 한숨을 쉬며 떠나갔다.

39

아빠가 돌아가신 후 프랜시는 새나 나무나 자신의 감각에 대해 더 이상 이야기를 쓰지 않았다. 그 대신 아빠가 너무 보고 싶은 나머지, 아빠에 관한 이야기들을 썼다. 프랜시는 아빠가 비록 일찍 돌아가셨지만 정말 좋은 아빠였으며, 정말 친절한 사람이었다는 사실을 나타내려고 애썼다. 그러나 프랜시가 쓴 세 편의 아빠 이야기는 다른 글처럼 A를 맞은 것이 아니라 모두 C를 맞았다. 네 번째 글은 '방과후에 좀 남으라' 는 메모가 써진 채 돌아왔다.

아이들은 모두 돌아갔다. 교실에는 가드너 선생과 프랜시 두 사람만 있었다. 가드너 선생님의 책상 위에는 커다란 사전 한 권, 그리고 프랜시가 최근에 쓴 네 편의 작문들이 놓여 있었다.

"프랜시, 갑자기 왜 이러는 거니?"

가드너 선생이 물었다.

"잘 모르겠어요."

"넌 제일 우수한 학생들 가운데 하나였어. 글을 너무 아름답게 써서 나는 네 글을 즐겁게 읽었지. 하지만 이 네 편의 글은……"

가드너 선생님이 경멸하는 몸짓으로 종이를 들췄다.

"전 철자를 찾아보고 글씨본도 열심히 따라 썼어요……"

"그게 문제가 아니고 내용이 문제란다."

"선생님께서 아무 거나 마음대로 쓰라고 하셨잖아요."

"하지만 가난이나 굶주림이나 주정뱅이를 다루는 건 글로 쓰기엔 너무 아름답지 못한 이야기들이야, 물론 우린 이 세상에 존재하는 모든 것을 인정할 수밖에 없어. 하지만 굳이 그런 걸 글로 옮길 필요는 없어."

"그럼 무엇을 글로 옮겨야 하나요?"

무심결에 프랜시는 선생님의 말을 그대로 따라 물었다.

"상상력을 깊이 펼치면 그 속에서 아름다움을 볼 수 있지. 작가는 예술가처럼 언제나 아름다움을 찾아야 돼."

"어떤 게 아름다움인데요?"

"키이츠가 정의한 것보다 더 좋은 말은 없다고 여겨진다. 그는 이렇게 말했지. '아름다움은 진실이며 진실은 아름다움이다'라고."

프랜시는 두 손을 모아 잡고 용기를 내어 말했다.

"이 얘기들은 다 진실이에요."

"그런 얘기가 아냐!"

가드너 선생은 흥분해서 소리쳤다가 다시 부드럽게 음성을 낮추어 말했다.

"진실이란 별처럼 언제나 제자리에 있고, 태양처럼 언제나 떠오르는 것, 인간의 고결함과 어머니의 사랑과 조국을 사랑하는 것 같은 그런 것이란 말이다."

"알겠어요, 선생님."

가드너 선생님이 말을 계속 이어나갔다. 프랜시는 고통스런 마음을 달래며 속으로만 대답하면서 가만히 들었다.

"술에 취한 건 진실도 아름다움도 아니야. 그건 악덕이지. 주정뱅이들은 글로 써야 하는 대상이 아니라 수용소로 보내야 할 대상이야. 그리고 가난이란 문제도 그래. 거기에 대해선 변명의 여지가 없어. 누구든 원하기만 하면 일할 수 있어. 사람들이 가난한 건 너무 게으르기 때문이야. 나태함 속에는 아무런 아름다움도 없어."

(엄마가 게으르다니!)

"굶주림도 아름다운 게 아니야. 그건 있을 수가 없는 일이야. 우리에겐 잘 조직된 자선단체들이 수두룩해. 누구든 굶게 내버려두지 않아."

프랜시는 치를 떨었다. 엄마는 '자선'이란 말을 이 세상 그 어떤 말보다 싫어했다. 그리고 엄마는 프랜시와 닐리 역시 그 말을 증오하도록 키웠다.

"지금 난 잘난 척하는 게 아니란다. 난 부잣집에서 태어나지 못했어. 우리 아버진 쥐꼬리만한 봉급을 받던 목사였지."

(하지만 봉급을 받았잖아요, 선생님.)

"그리고 어머닌 시골에서 올라온 아무것도 할 줄 모르는 애들만 데리고 일하셨어."

(그래요, 정말 가난하셨군요. 식모가 딸린 가난뱅이였군요. 선생님은……)

"그나마 하녀 없이 보낸 때도 많았어. 그럴 때 어머닌 혼자서 집안 일을 다 꾸려나가셨지."

(우리 엄마는 집안 일을 다 언제나 혼자 해왔어요. 거기다가 집안 일의 열 배나 되는 청소 일을 해요, 선생님.)

"난 4년제 대학에 가고 싶었지만 그럴 형편이 못 됐어. 그래서 아버진 나를 작은 교단에서 운영하는 단과대학에 보낼 수밖에 없었지."

(하지만 선생님은 대학에 가는 건 문제가 없었잖아요.)

"그런 대학엔 가난한 집 애들이나 가는 거였지. 난 굶주림이 어떤 건지도 알아. 아버지의 봉급이 안 나올 때가 몇 번이나 있었지. 먹을 걸 살 돈이 없어서 어떤 때 우린 사흘 동안이나 차와 토스트만 먹고 지내기도 했어."

(선생님은 그런 걸 굶주림으로 아시는군요.)

"하지만 내가 단지 가난이나 굶주림에 대해서만 쓴다면 그건 너무 어리석은 일 아니겠니?"

프랜시는 대답하지 않았다.

"그렇지 않니?"

가드너 선생님이 강조하듯 다시 물었다.

"그래요, 선생님."

"자, 그럼 이제 너의 졸업연극 대본을 보자꾸나."

그녀는 서랍에서 얇은 대본을 꺼내며 말했다.

"어떤 부분은 참 좋더구나. 하지만 나머지는 실패했어. 예를 들면 이 페이지를 봐. 여기 운명의 여신이 말하는 부분을 볼까? '젊은이여, 그대의 야망은 무엇인가?' 그러자 소년이 대답하지. '저는 의사가 되고 싶습니다. 그래서 몸이 망가진 사람들을 고쳐줄 것입니다.' 그래, 여기까진 잘 나갔어. 그런데 다음 부분은 엉망이야. 운명의 여신이 말하지. '자, 보아라. 이것이 너의 미래의 모습이다.' 쓰레기통 밑바닥을 땜질하고 있는 노인이 조명을 받으면서 말하지. '아, 나도 한때는 인간을 고치는 사람이 되려고 했건만…… 지금 나는 쓰레기통이나……"

읽다 말고 가드너 선생님이 갑자기 프랜시를 쳐다보며 말했다.

"너 설마 웃기려고 억지로 이렇게 쓴 건 아니겠지, 프랜시?"

"아니에요, 절대로!"

"그래, 이제 알겠니? 왜 우리가 이 대본을 졸업 연극에 쓸 수 없다고 결정했는지?"

"예, 알겠어요."

프랜시는 가슴이 찢어질 듯 아팠다.

"그런데 베아트리스 윌리엄이 아주 깜찍한 생각을 해냈어. 요정이 손짓을 하면 소년과 소녀들이 의상을 입고 뛰쳐나오는 거야. 각각 여러 축제일을 하나씩 나타내는 요정이야. 그래서 각각 자기가 나타내는 축제일에 대한 시를 읊는 거지. 아주 훌륭한 생각이야. 하지만 베아트리스는 시를 쓰지 못하는구나. 프랜시, 네가 이 아이디어로 시를 쓰면 어떻겠니? 베아트리스는 괜찮다고 했거든. 프로그램에다 이 아이디어가 그 아이한테서 나왔다는 걸 주석으로 달아주면 될 거야. 어때, 그러면 공평하겠지?"

"그렇겠죠, 선생님. 하지만 저 그 애의 생각대로 쓰고 싶지 않아요. 전 제 아이디어로 쓰고 싶을 뿐이에요."

"물론 그렇겠지. 네 태도는 훌륭해. 강요하진 않겠다."

그녀는 자리에서 일어났다.

"내가 너에게 이런 얘기를 한 건 네가 장래성이 있는 아이이기 때문이야. 자. 이제 할 말은 다했다. 난 네가 앞으로 이런 추잡한 얘기는 안 쓰리라 믿는다."

추잡하다니! 프랜시의 뺨이 벌겋게 달아올랐다. 프랜시는 아빠가 자기에게 보여주었던 그 사려 깊고 다정한 행동들을 떠올렸다. 눈앞에 붉은 것이 어른거렸다. 프랜시는 돌아서서 가드너 선생을 바라보았다.

"우리한테 어떻게 그런 말을 쓰실 수 있어요?"

"우리한테라니?"

가드너 선생이 얼빠진 표정으로 되묻더니 말했다.

"우린 너의 작문에 대해 얘기했잖니? 도대체 왜 그러니, 프랜시?"

그녀는 어처구니가 없다는 표정으로 말했다.

"정말 깜짝 놀랐다! 너같이 예의바른 아이가 그런 식으로 나오다니! 네가 선생님한테 이렇게 무례하게 굴었다는 걸 어머님이 아신다면 뭐라고 하시겠니?"

프랜시는 깜짝 놀랐다. 선생님에게 무례하게 군다는 건 브루클린에서는 감화원에 갈 만한 일이었다.

"잘못했어요, 선생님! 잘못했어요! 그러려는 게 아니었는데……"

프랜시는 애걸하듯 말했다.

"이해한다."

가드너 선생은 부드럽게 말하며 프랜시를 안고 문 앞으로 데려갔다.

"우리 얘기가 네게 충격을 준 것 같구나. 추잡하다는 말은 좋은 말이 못 되지. 그 말을 쓴 데 대해 네가 분개한 게 난 기쁘단다. 그건 네가 이해했다는 말이니까. 이제 넌 나를 좋아하지 않겠지. 하지만 네가 잘되라고 그런 거란 사실을 믿어주면 좋겠어. 언젠가 넌 내가 얘기한 것에 대해 고마워하게 될 거야."

어른들은 그런 말 좀 안 하면 안 되는 것인가? 벌써 프랜시의 어깨에는 미래에 감사해야 될 짐이 잔뜩 얹혀져 있었다. 꽃다운 젊은 시절을 이 사람 저 사람 쫓아다니며 당신이 옳았으니 감사하다는 말을 하느라고 다 보내야 할 판이었다. 하지만 그렇게 젊은 시절을 보내고 싶은 생각은 손톱만큼도 없었다.

가드너 선생은 프랜시에게 그 '추잡한' 작문과 연극대본을 건네주면서 말했다.

"집에 가면 이것들을 몽땅 난로에다 집어넣고 태워버려라. 네 손으로 성냥을 그어서 불을 붙여. 불꽃이 활활 타오르면 이렇게 말하렴. '난 지금 추악한 것들을 태우고 있어. 추악한 것들을 태우고 있어' 하고……"

정신이 아득해질 정도로 화가 나서 집에 돌아온 프랜시는 공책을 갈가리 찢어 난로 속에다 쑤셔 넣었다. 공책에 불이 붙자 더 화가 치밀어서 침대 밑에서 작문 상자를 가져왔다. 아빠에 대해서 쓴 글들만 조심스럽게 밀어놓고 나머지는 다 난로 속에 집어넣었다. 아름답게 잘 썼다고 A를 받은 모든 작문들에 불을 붙였다.

종이가 검게 타 들어가면서 거기에 쓰여진 문장들이 선명하게 빛났다. '하늘을 배경으로 키가 크고 고요하고 차가운 거인처럼 커다란 포플러'란 문장이 빛났다. 이런 것도 있었다. '부드러운 파란 하늘이 우리 머리 위로 아치를 이루고', '이것은 완벽한 시월의 하루'…… '선명한 노을 빛의 접시꽃과 굳건한 하늘 같은 참제비꽃' 등등.

'난 포플러를 본 적도 없어. 아치를 이룬 하늘같은 건 어디선가 읽었겠지. 이런 꽃들은 씨앗 파는 안내문에서나 봤고…… 그런데도 난 늘 A를 받았어. 거짓말을 잘한 탓이지.'

프랜시는 더 빨리 타라고 종이를 휘저었다. 그것들이 재로 변해 가는 걸 보면서 프랜시는 중얼거렸다.

"난 지금 추잡한 것들을 태우고 있다. 난 지금 추잡한 것들을 태우고 있다."

마지막 불꽃마저 사라지자 프랜시는 난로 위에서 끓고 있는 주전자를 보며 연극대사처럼 말했다.

"너는 내 작문의 힘으로 끓어오른다!"

_40

드디어 엄마가 이모들의 도움을 받아 여동생 로리를 낳았다.

엄마는 아빠가 즐겨 부르던 노래 애니 로리를 따서 아기 이름을 지었다.

졸업식 날이 다가와서 프랜시는 로리를 돌볼 시간이 거의 없었다. 두 아이의 졸업식에 한꺼번에 갈 수는 없기 때문에 엄마는 닐리의 졸업식에 가기로 하였다. 그건 올바른 결정이었다. 프랜시가 제 맘대로 학교를 바꾼 것이니 닐리가 피해를 입을 수는 없었다. 이해는 했지만 그래도 가슴이 아팠다. 아빠가 살아 계셨다면 분명히 자기 졸업식에 와줬을 것이다. 프랜시의 졸업식에는 시시 이모가 가기로 했다. 에비 이모는 집에서 로리를 봐주었다.

1916년 6월의 마지막 밤이었다. 프랜시는 자기가 그렇게 좋아했던 학교 가는 길을 마지막으로 걸어보았다. 아기가 생긴 뒤부터 조용하게 변해버린 시시 이모 옆에서 프랜시도 말없이 걸어갔다. 두 명의 소방관이 지나갔지만 시시 이모는 전혀 신경을 쓰지 않았다. 한때 이모는 저 옷을 입은 사람을 보면 그냥 지나치지 못했던 시절이 있었다. 프랜시는 이모가 변하지 않았다면 좋을 텐데 하고 생각했다. 이모가 변하니까 외로웠다. 이모의 손을 더듬어 잡았다. 그러자 이모는 그 손을 꼭 움켜쥐었다. 비로소 마음이 편안해졌다. 시시 이모는 마음속 깊은 곳에서는 아직도 시시 이모 그대로였다.

졸업생들은 강당의 앞쪽에 앉고, 축하객들은 뒤쪽에 앉았다. 교장 선생님은 조만간 전쟁은 미국에도 닥칠 것이며, 이 전쟁이 끝난 후에 새로운 세상을 건설해나갈 책임은 바로 학생들에게 있다는 것에 대해 열성으로 연설했다. 그는 학생들이 이 세상의 건설에 앞장

서기 위해 고등교육을 꼭 받으라고 당부했다. 프랜시는 이 연설에 감명을 받아 그가 말한 대로 횃불을 들고 앞장서 나가겠다고 다짐했다.

그런 후 졸업연극이 공연되었다. 프랜시는 눈물을 참느라고 눈시울이 붉어졌다. 의미 없고 재미없는 대사들이 되풀이되었다.

'내가 쓴 걸로 했으면 훨씬 좋았을 걸. 쓰레기통 부분은 뺄 수도 있었는데, 선생님이 나한테 쓰게만 해주셨다면 뭐라도 했을 텐데……'

연극이 끝나고 학생들은 앞으로 나가 졸업장을 받고 마침내 졸업했다. 국민의례를 마치고 교가를 부르면서 졸업식은 끝났다.

이제 프랜시에게 가장 고통스런 시간이 왔다. 브루클린에서는 졸업하는 소녀들에게 꽃다발을 보내는 관습이 있었다. 강당에는 꽃을 들고 들어갈 수 없었기 때문에 꽃다발들은 교실로 배달되었고, 선생님들은 그것을 졸업생들 각자의 책상 위에 놓아둔다.

프랜시는 성적표를 받고, 책상 속에 있는 필통과 서명록을 가지러 교실에 가야 했다. 자기 책상 위에만 꽃이 없으리란 걸 잘 아는 프랜시는 한참 동안 교실 밖에 서서 전전긍긍하였다. 그런 관습이 있다는 걸 엄마에게 알리지도 않았고, 또 알았다 한들 집에는 그럴 돈이 없었기 때문에 꽃이 없을 건 확실했다.

아무래도 겪어야 할 일이었다. 프랜시는 교실문을 열고 자기 책상 쪽은 돌아보지도 않고 담임 선생님 책상 앞으로 똑바로 걸어갔다. 교실 안 공기는 꽃다발의 향내로 온통 싱그러웠다. 아이들이 저마다 자기 꽃다발을 들고 좋아하며 떠드는 소리가 들렸다. 서로 꽃다발을 칭찬해주는 소리도 들렸다.

프랜시는 성적표를 받았다. 4과목은 A였고, 하나는 C마이너스였다. 그것도 작문점수가 그랬다. 이 학교에서 가장 글을 잘 쓰던 내가 가까스로 낙제만 면하다니……

갑자기 프랜시는 학교 전체가 미워졌다. 선생님들도 다 싫어졌다. 특히 가드너 선생님은 꼴도 보기 싫었다. 이제 꽃다발을 받고 안 받는 따위는 문제도 되지 않았다. 그따위는 아무것도 아니었다. 그건 어쨌든 바보 같은 관습에 불과했다. 책상에 가서 내 물건을 꺼내야지. 누구라도 내게 말을 걸면 입 닥치라고 해버릴 거야. 그리고 이 학교에서 영원히 나가버릴 거야, 누구에게도 작별인사도 하지 않을 테야. 프랜시는 혼자 마음먹었다.

그리고 나서 프랜시는 눈을 돌렸다. 꽃이 놓여 있지 않은 책상은 내 것 밖에 없을 테니까…… 하지만 빈 책상이라곤 하나도 없었다! 모든 책상 위에 하나도 빠짐없이 꽃이 놓여 있었다!

아마 어떤 애가 자기 꽃다발을 잠시 내 책상 위에 놓아둔 모양이군, 프랜시는 이렇게 생각하며 책상 앞으로 다가갔다. 꽃다발을 집어서 주인에게 돌려주며 "책상에서 내 물건들을 꺼내 가야 하니까 좀 치워주겠어?"라고 말할 작정이었다.

프랜시는 꽃다발을 집었다. 안개꽃 속에 스물네 송이의 흑장미가 들어 있는 꽃다발이었다. 다른 아이들이 하듯이 꽃다발을 가슴에 품어보았다. 잠시라도 자기 것인 양 보이고 싶었다. 그리고는 주인의 이름을 보기 위해 카드를 열어보았다. 그러나 카드에는 자기 이름이 적혀 있었다! 프랜시 놀란! 게다가 카드에는 '프랜시의 졸업을 축하한다. 사랑을 보내며, 아빠가'라고 써 있는 것이 아닌가!

아빠!

그 글씨는 집에 있는 검은 잉크로 쓴 아빠의 세련되고 멋진 글씨가 분명했다. 그렇다면 이 모든 게 꿈이었던가? 아주 길고 복잡한 꿈? 로리도 꿈이었고, 맥게러티 씨 집에서 일하던 것도 꿈이었고, 졸업연극도, 작문점수가 나빴던 것도 다 꿈이었단 말인가? 이제 일어나 나가기만 하면 모든 것이 제자리로 돌아와 있는 것이다. 아빠는 복도에서 나를 기다리고 계신다!

하지만 복도에는 시시 이모만 혼자 서 있었다.

"그럼 아빠는 돌아가신 게 맞군요."

프랜시가 힘없이 말했다.

"그래, 벌써 6개월이나 지났지."

"하지만 그럴 리가 없어요. 시시 이모, 아빠가 내게 꽃다발을 보내줬어요."

"프랜시, 그건 일년 전에 아빠가 미리 카드를 써서 나한테 2달러와 함께 맡겨두셨던 거란다. '혹시 내가 깜빡 잊으면 내 대신 꽃을 좀 보내줘요' 하면서 말이지……"

프랜시는 울음을 터뜨렸다. 모든 것이 꿈이 아니란 게 드러났기 때문만은 아니었다. 너무 열심히 일하느라 지친 탓이기도 했고, 로리를 낳는 동안 엄마가 걱정이 되어서이기도 했고, 졸업연극대본을 쓸 수 없어서이기도 했고, 작문점수가 형편없는 탓이기도 했으며, 꽃다발을 못 받을 거라고 너무 잔뜩 긴장했던 탓이기도 했다.

시시 이모는 프랜시를 화장실로 데려가 안에 집어넣고 문을 닫으며 말했다.

"커다랗게 실컷 울어버려. 그리고 서둘러 가자. 엄마가 무슨 일이 있나 걱정하겠다."

프랜시는 화장실 안에서 장미꽃다발을 껴안고 흐느껴 울었다. 누가 들어오는 소리가 날 때마다 변기통의 물을 내려 자기가 우는 소리를 감추었다. 프랜시가 밖으로 나오자 시시 이모는 찬물에 적신 손수건을 건네주었다. 프랜시가 눈가를 닦자 시시 이모는 이제 기분이 괜찮냐고 물었다. 프랜시는 고개를 끄떡이며 인사를 하고 올 테니 조금만 기다려달라고 말했다.

프랜시는 교장 선생님의 방으로 가서 선생님과 악수를 했다.

"프랜시야, 이 옛날 학교를 잊지 말고 가끔 놀러 오려므나."

교장 선생님이 말했다.

"그러겠습니다."

프랜시는 약속을 했다. 그리고 이번에는 담임 선생님께 인사를 하러 갔다.

"프랜시, 네가 보고 싶을 거야."

선생님이 말했다.

프랜시는 책상 속에서 필통과 서명록을 꺼내면서 친구들에게 작별인사를 했다. 아이들이 프랜시 주위를 둘러쌌다. 한 아이는 프랜시의 허리를 껴안고 다른 두 아이는 프랜시의 뺨에 입맞춤을 해주었다. 그러면서 아이들은 작별인사를 했다.

"프랜시야, 우리 집에 놀러와."

"어떻게 지내는지 가끔 편지를 써줘, 프랜시."

"프랜시, 우리 전화 놨거든. 가끔 전화 걸어. 내일도 전화해줘."

"내 서명록에 사인 하나 해줄래, 프랜시? 이 다음에 네가 유명해지면 팔 수 있게 말이야."

"난 여름캠프에 갈 거거든. 내 주소를 적어줄 테니까 편지해줘. 알았어, 프랜시?"

"난 9월에 진학할 거야. 여자고등학교에 갈 거야. 너도 그래라, 프랜시."

"아니야. 동부지구 고등학교에 나랑 같이 가자."

"여고에 가자니까!"

"동부지구 학교가 훨씬 좋아!"

"에라스무스 홀 고등학교가 최고야. 거기로 와, 프랜시. 그럼 졸업할 때까지 친구로 지낼 수 있잖아. 네가 그 학교에 같이 가기만 하면 난 다른 친구는 하나도 사귀지 않을 거야."

"프랜시, 내 사인은 안 받을 거야?"

"내 것도!"

너도나도 다투어 프랜시의 서명록에 사인을 했기 때문에 금세 빈자리가 없어졌다.

'아, 참 좋은 애들이야. 그런데도 난 친구를 하나도 제대로 사귀지 못했어. 저 애들이 나를 싫어한다고 생각했지. 내가 잘못했던 거야.'

베아트리스는 '너의 작가 친구 베아트리스 윌리엄'이라고 서명했다. 프랜시는 '저 애는 동료 작가라고 써야 했을 텐데……' 하고 아직도 연극에 대한 질투심을 버리지 못한 채 생각했다.

프랜시는 마침내 밖으로 나왔다. 복도 바깥에서 시시 이모에게 말했다.

"한 군데만 더 갔다올게요."

"넌 졸업하는 데도 시간이 많이 걸리는구나."

시시 이모가 부드럽게 항의했다.

가드너 선생님은 햇살이 환한 자기 방 책상 앞에 앉아 있었다. 그녀는 혼자였다. 그녀는 인기가 없었기 때문에 아무도 인사하러 오지 않았다. 프랜시가 들어가자 그녀는 기다렸다는 듯이 쳐다보며 기쁜 목소리로 말했다.

"네가 이 늙은 작문 선생한테 작별인사를 하러 왔구나."

"그래요, 선생님."

가드너 선생님은 가만히 있지 못했다. 그녀는 어쩔 수 없는 선생이었다.

"네 점수 말이다. 넌 이번 학기에 과제물을 내지 않았더구나. 낙제를 시켜야 했지만 결국 너를 친구들과 함께 졸업시켜줘야겠다는 생각으로 결정을 내렸지."

그녀는 기다렸다. 프랜시는 아무 말도 하지 않았다.

"어때? 나한테 고맙지 않니?"

"감사합니다. 선생님."

"왜 너는 고집을 부려서 과제물을 내지 않았니?"

프랜시는 할 말이 없었다. 가드너 선생에게 설명할 수 없는 문제였다. 프랜시는 손을 내밀었다.

"안녕히 계세요, 선생님."

그들은 악수를 했다.

"그래, 잘 가거라. 때가 되면 너는 내가 옳았다는 걸 알게 될 거야, 프랜시."

프랜시는 대답하지 않았다.

"그렇지 않니?"

가드너 선생이 날카롭게 되물었다.

"그래요, 선생님."

프랜시는 밖으로 나갔다. 이제 가드너 선생님이 밉지 않았다. 좋아하지도 않았지만 선생님이 안됐다는 생각이 들었다. 가드너 선생님은 자기가 얼마나 옳은가에 대한 확신 외에는 아무것도 가진 것이 없는 사람이었다.

젠슨 할아버지는 계단에 서 있었다. 할아버지는 아이들의 손을 두 손으로 꼭 쥐어주며 말해주었다.

"잘 가라. 하나님이 축복해주시길."

젠슨 할아버지는 프랜시에게는 개인적인 내용을 덧붙였다.

"착하게 살고 열심히 일해서 꼭 학교에 보답해라."

프랜시는 그러겠다고 약속했다.

집에 오는 길에 시시 이모가 말했다.

"자, 엄마에게는 누가 꽃을 보냈는지 말하지 말기로 하자. 얘길 하면 엄마는 또 아빠 생각을 하게 될 거야. 로리를 낳고 겨우 좀 나아지고 있는데……"

그래서 꽃다발은 시시 이모가 갖다 준 걸로 하기로 했다. 프랜시는 카드를 빼서 필통 속에 넣었다.

_41

프랜시가 학교를 졸업하고 처음으로 간 직장은 조화를 만드는 공장이었다. 그러나 일을 시작한 지 한 달이 채 못 가 사장은 앞으로 며칠 간 공장이 쉴 거라고 했다. 그러나 어느 공장이나 마찬가지였다. 그래서 사람들은 항상 떠돌이 노동자로 일손이 필요한 이 공장 저 공장으로 옮겨다녀야 했다.

우연히 엄마가 '더 월드' 신문사에서 서류를 정리할 사원을 모집하는 광고를 보았다. '초보자 환영, 16세 이상. 종교 밝힐 것'이라고 써 있었다. 프랜시는 1페니를 주고 편지지와 봉투를 사서 조심스럽게 신청서를 썼다. 그리고 주소를 쓰고 그 회사에 부쳤다. 프랜시는 열네 살 밖에 안 됐지만 엄마는 프랜시가 충분히 열여섯 살로 보일 수 있다고 말했다. 그래서 편지에는 16세라고 적어 넣었다.

이틀 뒤에, 잘려진 신문 옆에 가위와 풀이 그려진 재미난 마크가 찍힌 회신이 왔다. 그것은 뉴욕의 캐널 거리에 있는 '모델 프레스 클리핑 뷔로(Model Press Clipping Bureau)'라는 신문 스크랩 회사에서 온 것이었다. 편지에는 면접시험을 보러 내사하라는 내용이 적혀 있었다.

시시 이모가 프랜시의 쇼핑을 도와주었다. 프랜시는 태어나서 처음으로 어른 옷과 굽 높은 구두를 샀다. 또 태어나서 처음으로 윌리엄스버그 다리를 건너 면접을 보러 갔다.

프랜시는 처음으로 다리를 건널 때의 긴장감을 기대했다. 하지만 다리를 건너는 것쯤은 사실 난생 처음 어른 옷을 입은 기쁨에 비하면 아무것도 아니었다.

면접시험은 간단했다. 프랜시는 잡일을 하기로 되었다. 근무시간은 9시부터 5시 반까지였고, 점심시간은 30분, 봉급은 일주일에 7달러부터 시작하기로 했다. 처음에 사장은 프랜시를 데리고 사무실을 한 바퀴 돌며 보여주었다.

경사지고 기다란 책상 앞에 열 명의 '리더'(reader:읽는 사람들)들이 앉아 있었다. 그들은 모든 주(州)의 신문들을 분류했다. 미국의 모든 주 모든 도시들로부터 날마다 매시간 신문들이 쏟아져 들어오고 있었다. 그들은 기사를 체크해서 상자에 담았고, 자기 자신의 고유번호를 맨 앞 페이지 꼭대기에 표시하였다.

표시된 신문들은 모아져서 인쇄기에 보내진다. 인쇄기에는 날짜 조정이 되는 장치와 활자선반이 달려 있다. 그러면 인쇄공은 날짜를 맞추고 그 신문의 이름과 도시와 주가 들어 있는 활자를 바꾸어서 표시된 기사들의 수만큼 길고 가느다란 종이 조각들에 인쇄한다.

그러면 그 종이 조각들과 신문은 절단기로 보내진다. 절단기는 거대한 경사진 책상 앞에 서 있는데 날카롭게 구부러진 칼로 표시된 기사들을 단번에 잘라낸다. 잘라진 신문 쪼가리들은 바닥에 떨어져서 15분마다 신문더미가 허리까지 쌓인다. 이 버리는 신문들은 어떤 남자가 와서 짐 꾸러미로 싸서 버렸다.

오려낸 기사들과 종이 조각들이 풀칠하는 사람인 접착공에게 보내지면 그는 기사와 종이조각을 같이 붙인다. 그리고 그것들은 철해져서 모아지고 봉투에 넣어져 발송된다.

프랜시는 이 철하는 작업에 아주 쉽게 적응했다. 2주일이 지나자 2천 개가 넘는 이름과 서류함의 표제들을 다 외우게 되었다. 그러자 리더훈련을 받게 되었다. 2주 동안은 상세히 기록된 고객들의 카드만 조사하였다. 고객들의 주문내용을 다 파악하게 되자 프랜시는 비로소 오클라호마 주의 신문들을 읽게 되었다. 사장은 절단기에 신문을 넣기 전에 프랜시가 표시한 신문들을 보고 실수를 집어냈다. 체크할 필요가 없을 만큼 능숙해지자 프랜시는 펜실바니아 주의 신문들까지 맡게 되었다. 얼마 지나지 않아 뉴욕 주의 신문들도 읽게 되어 프랜시는 세 개 주의 신문들을 읽는 리더가 되었다.

8월말 무렵엔 사무실 안의 누구보다도 많은 신문을 읽고, 많은 기사를 표시하게 되었다. 프랜시는 신입사원이었지만 일하는 게 즐거웠고 시력이 좋았다.(안경을 끼지 않는 리더는 프랜시 혼자였다.)

또한 카메라처럼 아주 재빨리 한눈에 보는 법도 익혔다. 하나의 기사를 한눈에 보고 그게 표시할 만한 기사인지 아닌지 즉각 알아냈다. 그래서 하루에 180장에서 200장의 신문을 읽었다. 다음으로 잘 읽는 사람이 100장에서 110장 정도를 읽었다.

그랬다. 프랜시는 그 사무실에서 가장 빨리 읽고, 가장 적게 받는 사람이었다. 리더가 되면서 주급 10달러를 받게 됐지만 프랜시 다음으로 읽는 사람은 주급 25달러를 받았고, 다른 사람들은 20달러를 받았다. 프랜시는 아직 그곳의 직원들과 속내 얘기를 할 만큼 친해지지 못해서 자기가 얼마나 조금 받고 있는지조차 몰랐다.

프랜시는 신문읽기를 좋아했고, 일주일에 10달러를 버는 데 자부심을 느끼기는 하였지만 행복하지는 않았다. 뉴욕에 일하러 가게 된 것에 흥분하긴 했었다. 도서관의 갈색 항아리에 꽂힌 꽃 한 송이 같이 작은 것에도 흥분하곤 했으니 이렇게 거대한 뉴욕이라는 도시에는 얼마나 흥분할 것들이 많을까 기대했다. 하지만 그렇지도 않았다.

윌리엄스버그 다리야말로 첫 번째 실망을 주었다. 집 지붕 위에 올라가서 그 다리를 볼 때는 다리를 건너는 것만으로도 하늘로 날아오르는 기분일 거라고 생각했는데, 막상 다리를 건너보니 브루클린 거리를 걷는 것과 다를 게 없었다. 다리 옆에는 인도가 있어서 브로드웨이의 거리처럼 신호등이 있었고, 철도도 마찬가지였다.

전철을 타고 다리를 건너는 것도 별다른 느낌을 주지 못했다.

뉴욕이란 곳 자체가 실망덩어리였다. 빌딩이 높고 사람이 많다는 걸 빼면 브루클린과 다를 바가 없었다. 이제 이 세상에 있는 새로운 모든 것들은 내게 실망만 주게 된 걸까?

"그러니 이 세상에 새로운 건 없는 거야."

하고 프랜시는 씁쓸한 기분으로 단정지었다.

"뭔가 색다른 게 있다면 그건 브루클린에도 있는 것인데, 단지 내가 못 보고 지나친 거겠지."

위대한 알렉산더 대왕이 그랬듯이 프랜시는 이 세상에는 이제 더 이상 정복할 것이 없노라는 비탄에 잠겼다.

프랜시는 출퇴근하는 뉴욕 사람들의 초를 다투는 리듬에 적응하게 되었다. 출근하는 일이 신경을 혹사하는 전쟁처럼 되었다. 9시 1분전에 도착하면 자유로운 사람이 될 수 있었고, 1분 후에 도착하면 사장이 혹시 그날 심기가 불편할 경우 속죄양이 되어야 했다. 그래서 프랜시는 몇 초를 아끼는 방법을 배웠다. 전철이 역에 도착하기 훨씬 전에 문 쪽으로 미리미리 나가서 문이 열리자마자 후다닥 내릴 수 있게 했다. 차에서 내려서도 사슴처럼 달려서 사람들을 뚫고 계단을 제일 먼저 내려간다. 회사까지 걸어가는 데에도 건물 옆에 바짝 붙어 걸어서 모퉁이 길에서 재빨리 돌 수 있게 했다. 거리를 가로지를 때에도 몇 발자국을 아끼기 위해 사선으로 건넜다. 빌딩에 도착해서도 엘리베이터로 쏜살같이 달려가 "다 찼어요"라는 말을 듣더라도 억지로 올라탄다. 이런 모든 기동작전을 수행하면 9시 1분전에 도착하는 것이다!

한번은 집에서 10분 일찍 나와보았다. 서두를 필요가 없는데도 기차 문 앞에 미리 가서 서 있었고, 계단을 뛰어내려갔고, 거리를 가로질러 갔고, 가득 찬 엘리베이터에 쑤시고 탔다. 그래서 15분전에 도착할 수 있었다. 커다란 사무실은 텅 비어 있었고, 프랜시는 외롭고 쓸쓸했다. 다른 사람들이 9시 몇 초 전에 우르르 몰려 들어왔다. 자기 혼자만 배신자처럼 느껴졌다. 다음날 아침 프랜시는 10분을 더 자고 원래 시간으로 돌아갔다.

프랜시가 당황하지 않고 편하게 말할 수 있는 사람이 회사 안에서 두 사람 있었다. 한 사람은 사장이었다. 그는 하버드 졸업자였는데 닥치는 대로 'a'라는 관사를 집어넣어 말을 하는 버릇이 있긴 했지만 그의 말은 대단히 평범했다. 고등학교 졸업자들이지만 수년 동안 신문읽기를 통해 광범위한 어휘를 사용하는 이곳 리더들보다도 더 쉽고 간단한 말만을 썼다.

또 한 사람은 암스트롱 양이었다. 그녀는 사장을 빼곤 유일하게 대학을 나온 사람이었다. 암스트롱 양은 '시티 리더(city reader)'로 특별히 도시의 신문만을 담당했다. 그녀의 책상은 동북향인 이 방에서 특별히 선택된 빛이 제일 잘 드는 구석진 자리에 놓여 있었다. 그녀는 시카고와 보스턴과 필라델피아와 뉴욕 시의 신문만 읽었다. 특별 배달부가 있어서 뉴욕 시의 신문들은 나오자마자 그녀의 손에 배달되었다. 그녀는 신문을 읽기만 할 뿐 상자에 담고 정리하는 일은 하지 않았다. 그 일은 그녀 뒤에 앉아 조수노릇을 하는 다른 리더가 했다. 다음 신문을 기다릴 때까지 그녀는 손톱에 매니큐어를 칠하거나 뜨개질을 했다. 주급 30달러로 사무실에서 제일 많은 돈을 받는 암스트롱 양은 프랜시가 외로움을 느끼지 않도록 가끔 말을 걸어주곤 하는 친절한 사람이었다.

한번은 화장실에서 암스트롱 양이 사장의 정부라는 소문을 들었다. 프랜시는 그 즉시 암스트롱 양을 정부로서 관찰하기 시작했다. 암스트롱 양은 예쁜 여자는 아니었다. 그녀의 얼굴은 입이 커다랗고 코가 뭉뚝해서 원숭이와 흡사했다. 정말 얼굴은 별 볼일이 없었다. 이번에는 다리를 보았다. 다리는 길고 날씬해서 모델 다리를 뺨쳤다. 흠 하나 없는 순실크 스타킹을 신고 그 아름답게 잘록 들어간 발에는 최고급 하이힐을 신고 있었다.

'아름다운 다리, 그래, 그게 정부가 된 비결이구나.'

프랜시는 그렇게 결론을 내리면서 길기만 하고 말라빠진 자기 다리를 내려다보았다.

'난 죽어도 안 되겠다.'

한숨을 쉬면서 프랜시는 다시 자신의 순진무구한 삶으로 돌아갔다.

 _42

8월말이 가까워오고 있었다. 그때까지도 엄마가 고등학교에 가는 문제에 대해 아무 말도 꺼내지 않았기 때문에 프랜시는 불안했다. 정말로 간절히 학교에 다니고 싶었다. 엄마나 외할머니나 이모들이 고등교육을 받아야 한다고 내내 얘기해왔기 때문에 프랜시는 더 많은 교육을 받고 싶다는 정도가 아니라 자기의 현재 교육수준에 대해 심한 열등감을 갖고 있었다.

프랜시는 자기 서명록에 사인을 해주었던 친구들이 그리웠다.

그 애들과 다시 만나고 싶었다. 그 애들은 자기와 똑같은 생활을 했고, 아직은 멀어지지 않았다. 프랜시가 있어야 할 곳은 나이든 여자들과 경쟁적으로 일하는 곳이 아니라 그 애들과 함께 공부하는 학교였다.

뉴욕에서 일하는 것도 싫어졌다. 끝없이 군중 속에서 북적대는 데 진저리가 쳐졌다. 프랜시는 자신이 통제할 수 없는 삶의 방식 속으로 떠밀어 넣어졌다고 생각했다. 가장 끔찍한 일은 복잡한 전철을 타는 일이었다.

어느 날이던가 전철 안이 대단히 복잡했다. 손잡이를 잡고 빽빽하게 끼여 있어서 손을 내릴 수가 없었다. 그 때 어떤 남자의 손이 슬금슬금 몸에 닿는 것을 느꼈다. 프랜시는 몸을 비틀고 꿈틀거려 보았지만 그 손에서 벗어날 수가 없었다. 차가 흔들려서 이리저리 휩쓸릴 때면 그 손은 더 바짝 달라붙었다. 너무 사람이 많아 고개를 돌려 누가 그런 짓을 하는지 돌아볼 수가 없었다. 프랜시는 절망적인 허탈감으로 그 수모를 참아야 했다. 소리를 질러서 항의할 수는 있었지만 사람들의 주의가 쏠리는 건 더 견딜 수 없었다. 사람들이 내려서 다른 칸으로 갈 때까지 기다리던 시간이 악몽 같았다. 그 뒤로 복잡한 전철을 타는 일은 가장 끔찍한 고통의 시간이 되었다.

노동절이 되기 얼마 전에 사장은 프랜시를 사장실로 불렀다.

그는 암스트롱 양이 결혼을 해서 그만둔다는 사실을 알려주었다. 그러면서 그는 헛기침을 몇 번 하더니 그녀는 사실 자기와 결혼한다고 덧붙였다.

프랜시의 정부(情婦)에 대한 이미지는 산산이 부서졌다. 남자는 자기 정부와는 절대로 결혼하지 않는다고 프랜시는 믿고 있었다. 정부란 다 쓴 장갑처럼 버려지는 존재였다. 그런데 암스트롱 양은 버려지는 장갑이 아니라 정식 아내가 된다는 것이다. 어쨌든 정말 잘된 일이다!

"그래서 우린 그 자리에 새 사람이 필요한데…… 암스트롱 양이 추천했고······ 우리는······ 흠······ 널 그 자리에 승진시키기로 했어. 놀란 양."

프랜시의 심장이 두근거렸다. '시티 리더' 자리라! 리더라면 누구나 가장 탐내는 자리! 사장은 프랜시에게 주급 15달러를 주겠다고 했다. 자기 아내에게 주었던 돈의 반값으로 가장 좋은 리더를 얻는 것이다. 이 아이는 좋아 죽겠지······ 저렇게 어린아이가 주급 15달러라니······ 저 앤 열여섯 살이 넘었다고 하지만 열세 살로 밖에 안 보이는 걸······ 물론 나이가 어린 건 상관없었다. 실력만 있으면 되니까 미성년자를 고용하는 게 위법이라는 건 전혀 위협이 되지 않았다. 아이가 진짜 나이를 속였다고 말하면 되는 것이다.

"주급은 조금씩 올라갈 거야."

그는 온화하게 말했다. 프랜시는 행복하게 미소짓고 있었지만 그는 걱정이 되었다.

'내가 발을 잘못 집어넣었나? 하지만 진짜로 봉급인상까지 기대하진 않겠지······'

그는 자신의 실수를 허겁지겁 덮었다.

"물론 맡은 일을 잘 하나 본 다음에 아주 조금씩 올릴 테지만······"

"잘 모르겠어요······"

프랜시가 조심스럽게 말을 꺼냈다.

'나오는 꼴을 보니 열여섯 살이 넘은 게 틀림없나 보군. 돈을 더 올려달라는 수작이겠지······'

사장은 선수를 치기 위해 말했다.

"주급 15달러는 시작할 때 액수야. 시간이 지나면······ 어쨌든 10월부터 시작해보지······"

그는 잠시 망설였지만 너무 착한 사람이 될 필요는 없기 때문에 적당히 얼버무렸다. 그리고는 느긋하게 의자 뒤로 기댔다.

"제 말은 그렇게 오랫동안 있게 될지 모르겠다는 거예요."

'또 시작이군. 만만하게 보이면 안 돼지.'

그렇게 생각한 그는 큰소리로 물었다.

"왜 그렇지?"

"노동절이 지나면 학교에 가야 할 것 같아서요. 계획이 정해지는 대로 말씀드리려 했어요."

"대학에?"

"고등학교에요."

'핑스키를 그 자리에 앉혀야겠군. 그녀는 지금 25달러를 받고 있으니 30달러를 달라고 하겠지. 그럼 원래대로 돌아가는군. 일도 놀란이 핑스키보다 훨씬 잘하는데 말이야. 제기랄! 여자들은 왜 결혼하면 일을 그만둬야 한다고 생각하는 거야! 그냥 일을 계속하면 좀 좋아…… 그러면 돈도 덜 나가고 그 돈을 모아 집을 살 수도 있는데……'

혼자 궁리하던 그는 프랜시에게 말했다.

"그거 참 유감스럽군. 내가 고등교육을 인정하지 않는 건 아니지만 난 신문 읽는 일이 대단한 교육이 된다고 생각하거든. 그건 같은 시대의 살아 있는 생생한 교육이잖아? 학교에서는…… 고작 책을 배울 뿐이야…… 죽어 있는 책을."

그는 빈정거리듯 말을 맺었다.

"전……, 전 어머니와 상의를 해야 돼요."

"어쨌든 그래야겠지. 어머님께 내가 교육에 대해 말한 것을 말씀드려. 그리고 이렇게 말해."

그는 눈을 감고 잠시 생각하다 결단을 내리고 말했다.

"우리가 주급 20달러를 주겠다고 했다고 말이야. 11월초부터."

그는 한 달은 제쳐놓았다.

"그건 너무 많은 돈이에요."

프랜시는 솔직하게 말했다.

"돈을 많이 주면 더 열심히 일하는 법이니까. 그리고…… 놀란 양. 너의 주급에 대해서는 입을 다물어주기 바래. 아무도 그렇게 받지 못하니까. 다른 사람들이 알면……"

그는 거짓말을 늘어놓은 뒤 어쩔 수 없다는 표정의 제스처를 썼다.

"알겠지? 화장실 같은 데서 소곤거리지 말라는 거야."

프랜시가 화장실 같은 데서 그를 절대로 배반하지 않을 것을 장담하자 그는 안도의 얼굴을 했다. 프랜시는 다행스럽게 생각했다. 사장은 얘기가 끝났다는 표시로 밀어놓았던 서류에 서명하기 시작했다.

"놀란 양, 얘기는 끝났어. 그리고 노동절 다음날까지 최종결정을 해주기 바래."

"예. 사장님."

1주일에 20달러라! 프랜시는 깜짝 놀랐다. 두 달 전만 해도 주급 5달러를 받게 됐다고 기뻐했다. 윌리 이모부는 겨우 주급 18달러를 번다. 이모부는 40살인데…… 시시 이모의 존 이모부도 똑똑하지만 주급 22달러를 번다. 이웃에서 주급 20달러를 받는 남자들은 몇 안 된다. 그리고 그들 역시 가족들이 있다.

'그 돈이 있으면 우리 집 문제는 모두 해결되겠지. 어딘가 방 세 개가 딸린 집을 빌릴 수도 있고, 엄마는 일을 하지 않아도 돼. 그럼 로리도 그렇게 혼자 오래 있지 않아도 되겠지. 그렇게 되면 나는 집 안에서 중요한 사람이 될 거야…… 하지만 난 학교로 돌아가야 해!'

 _43

프랜시는 학교문제에 대해 말했다. 엄마는 "그래, 얘기해야겠지" 하고 말했다. 그 얘기는 저녁식사를 마친 후 밤에 하기로 했다.

저녁 커피를 마신 후 엄마는 쓸 데 없이(모두 알고 있는데) 학교는 다음주에 연다는 말을 했다.

"난 너희 둘 다 고등학교에 가길 원해. 하지만 올 가을엔 너희 중에 한 명밖에 보낼 수가 없겠다. 내년엔 너희 둘을 다 보내기 위해서 난 너희들이 번 돈에서 최대한 저금하려고 애쓰고 있단다."

엄마는 기다렸다. 아이들은 둘 다 가만히 있었다.

"왜? 둘 다 진학하기가 싫은 거니?"

프랜시의 입술이 굳어졌다. 자기 말이 제발 엄마 기분을 상하지 않게 하길 바랐다.

"아뇨. 엄마. 난 학교에 가고 싶어요. 내 인생에서 다른 것은 하나도 원하지 않아요."

"난 학교에 가고 싶지 않아요. 날 학교에 보내지 마요, 엄마. 난 일하는 게 좋고, 내년 초엔 주급이 2달러 더 올라요."

닐리가 갑자기 끼어 들었다.

"넌 의사가 되고 싶지 않니?"

"우리 사장처럼 돈을 많이 벌고 싶어요. 언젠가는 슈퍼마켓을 열어서 백만장자가 될 거예요."

"닐리는 진학하고 싶어하지 않는구나…… 이게 뭘 말하는지 알겠지, 프랜시?"

엄마는 프랜시를 보며 거의 애원하듯이 말했다.

프랜시는 입술을 깨물었다. 안 그러면 울 것 같았다. 울고 싶지 않았다. 엄마가 말했다.

"그건 닐리가 고등학교에 가야 한다는 말이야."

"난 안 가요! 엄마가 뭐라 하시든 가지 않을 거예요! 난 일해서 돈을 벌러 나갈 거예요. 난 지금 어른들이나 똑같은 사람이에요. 하지만 학교에 가면 그냥 또 철부지가 될 뿐이에요. 게다가 엄마는 돈이 필요해요. 엄마. 우린 다시 가난해지고 싶지 않아요."

닐리가 소리쳤다.

"넌 진학해야 돼. 프랜시의 돈만으로도 살 수 있어."

엄마가 조용하게 말했다.

"왜 엄마는 싫다는 애를 굳이 진학시키려는 거예요? 고등학교에 가고 싶어 죽을 지경인 나는 못 가게 하면서?"

프랜시가 소리쳤다.

"그건…… 닐리는 억지로 보내지 않으면 절대로 다니지 않을 테니까. 하지만 프랜시 너는 무슨 일이 있어도 언젠가는 반드시 진학하게 될 거야."

"어떻게 그렇게 확신해요? 내년이면 난 고등학교에 가기엔 너무 늙어버려요. 닐리는 그래도 열세 살이지만. 닐리는 내년에 가도 나이가 된단 말예요."

"말도 안 돼. 넌 내년 가을에 겨우 열다섯 살이 되잖니?"

"열일곱이 돼죠. 금방 열여덟이 될 거고…… 새로 시작하기엔 너무 나이가 많아요."

"무슨 바보 같은 말을 지껄이고 있니?"

"바보 같은 말이 아니에요. 직장에서 나는 열 여섯이에요. 열네 살이 아니라 열 여섯처럼 보여야 하고 그렇게 행동해요. 내년이면 나이로는 열 다섯이 되지만 난 두 살을 더 먹은 애처럼 살 거예요. 여학생으로 돌아가기엔 너무 늙어버린다구요."

"닐리는 다음주에 고등학교에 간다. 프랜시는 내년에 갈 거고."

엄마가 엄한 목소리로 결정을 내렸다.

"둘 다 미워요. 만약 날 학교로 보내면 난 집에서 나가버릴 거예요. 그래요! 그럴 거라구요!"

닐리가 소리를 질러대면서 문을 쾅 닫고 나가버렸다.

엄마의 얼굴이 비참하게 일그러졌다. 프랜시는 엄마가 안쓰러웠다.

"엄마, 걱정 마세요. 닐리는 집을 나가지 않을 거예요. 그냥 말로만 그래보는 거예요."

그러나 순간적으로 엄마의 얼굴에 떠오른 안도의 표정이 프랜시를 화나게 했다.

"언젠가 집을 나갈 사람은 나예요. 하지만 지금은 더 이상 왈가왈부하지 않겠어요. 엄마에게 내 돈이 필요하지 않을 때가 오면 그때 떠나겠어요."

"그렇게 착했던 내 아이들에게 무슨 일이 생긴 거냐?"

엄마가 고통스럽게 말했다.

"나이를 먹은 거죠."

엄마는 모르겠다는 얼굴로 프랜시를 바라보았다. 프랜시는 설명했다.

"우린 취업허가증을 얻지 못했어요."

"그건 얻기가 힘들었어. 신부님은 세례증명서를 내주실 때마다 1달러씩을 받으셨고, 난 너를 데리고 시청에 갈 수 없었지. 난 그때 두 시간마다 로리에게 젖을 먹여야 했으니까. 너희들을 그냥 열여섯이라고 말하는 게 더 쉽다고 생각했지. 그럼 아무 일도 없을 거라고."

"그건 잘하셨어요. 하지만 우리가 열여섯이라고 말하면 우리는 열여섯이 되어야 해요. 그런데 엄마는 우리를 열세 살짜리로 취급해요."

"아, 네 아빠가 지금 여기 같이 있다면 얼마나 좋을까. 아빠라면 이런 일들을 잘 이해할 텐데, 난 모르겠구나."

프랜시의 마음에 고통이 스치고 지나갔다. 프랜시는 잠시 가만히 있다가 입을 열어 11월초면 자기 월급이 두 배로 오른다는 얘길 했다.

"그럼 20달러라구! 오, 저런!"

엄마의 입이 딱 벌어졌다.

"넌 언제 그 사실을 알았니?"

"토요일 날이요."

"그리고 지금까지 입 다물고 있었구나."

"네."

"나한테 그 사실을 알리면 일을 계속하라고 할까 봐 그랬구나."

"네."

"하지만 난 그 사실을 몰랐어. 닐리가 학교로 돌아가는 게 옳다고 생각했기 때문에 그렇게 말한 거야. 돈이 안 들어오더라도 난 내가 옳다고 생각하는 대로 해. 너도 알지, 그렇지 않니?"

엄마는 애원하듯 물었다.

"아니요. 모르겠어요. 난 단지 엄마가 닐리를 나보다 좋아한다는 것만 알아요. 엄마는 모든 걸 그 애한테 맞춰요. 그리고 나는 내 길을 알아서 갈 수 있다고만 말해요. 언젠가 난 엄말 속일지도 몰라요. 내가 옳다고 생각하는 대로만 할 테니까요. 엄마 생각하고 틀려도……"

"난 걱정 안 한다. 난 내 딸을 믿을 수 있기 때문이야."

엄마는 프랜시가 부끄러워질 만큼 마음에서 우러나는 솔직함으로 담담하게 말했다.

"그리고 내 아들도 나는 믿어. 그 아인 하기 싫어하는 일을 하게 해서 지금 화가 나 있지. 그렇지만 잘 이겨내고 고등학교에 갈 거야. 닐리는 좋은 애야."

"그래요. 그 앤 좋은 아이죠. 하지만 그 애가 나쁜 애라도 엄마는 그걸 보지 못할 거예요. 내가 걱정하는 것은……"

프랜시의 목소리에는 울음이 묻어 있었다.

엄마는 길게 한숨을 쉬었지만 아무 말도 하지 않았다. 엄마가 일어나 식탁을 치우려고 컵을 잡았다. 생전 처음으로 프랜시는 엄마의 손이 실수하는 걸 보았다. 손이 떨려서 컵을 놓친 것이다. 프랜시는 엄마 손에 컵을 잡아드렸다. 그 컵에는 금이 크게 가 있었다.

'우리 식구들은 단단한 컵 같았는데…… 똘똘 뭉쳐 있었고, 건강했고, 모든 일을 잘 해나갔어. 아빠가 돌아가시면서 처음으로 금이 가기 시작했지. 그리고 오늘 밤 싸움이 또다른 금을 가게 한 거야. 이제 점점 더 많은 금이 가게 될 거야. 그러면 컵은 깨지겠지. 모두 하나였는데 산산조각이 나겠지. 그런 일은 안 일어나면 좋을 텐데…… 하지만 난 일부러 깊은 금을 내고 있어.'

프랜시는 엄마와 똑같이 길게 한숨을 쉬었다.

엄마는 그 가슴 아픈 논쟁을 그만두고 새근새근 자고 있는 바구니 속의 아기를 보러 갔다. 프랜시는 엄마가 아직도 떨리는 손으로 바구니에서 아기를 들어올리는 걸 보았다. 엄마는 창가의 흔들의자에 앉아서 아기를 꼭 안은 채 흔들고 있었다.

프랜시는 엄마가 불쌍해서 미칠 것 같았다. 엄마한테 내가 너무 못되게 굴었어. 엄마는 지금까지 일만 열심히 해왔는데 이런 고통을 겪어야 하다니…… 지금 엄마는 위로 받기 위해 아기에게로 갔어. 엄마가 그토록 사랑하는 로리도 지금은 엄마에게 의존하고 있지만 이제 자라면 내가 지금 그랬듯이 엄마에게 대들 거라고 생각하겠지.

프랜시는 엄마의 뺨에 손을 대었다.

"엄마, 괜찮아요. 엄마가 옳았어요. 엄마가 말한 대로 할 게요. 닐리가 학교에 가야 해요. 우린 그 애가 잘 해나가도록 지켜봐요."

엄마는 프랜시의 얼굴을 쓰다듬으며 말했다.

"내 착한 딸……"

"엄마, 나한테 화내지 말아요. 나와 싸웠다고 해서…… 옳다고 생각하면 싸우라고 가르쳐준 건 엄마였어요. 그리고…… 난…… 내가 옳다고 생각했어요."

"알고 있단다. 그래서 네가 그렇게 할 수 있는 게 난 기쁘단다. 네가 자기가 할 일을 위해 싸운 것도. 무슨 일이 있어도 넌 항상 잘 해나갈 거야. 넌 그런 점에서 나랑 똑같지."

'그래서 모든 문제가 생기는 거야. 엄마와 난 서로 이해하기엔 너무 비슷해. 우린 우리 자신조차 이해할 수 없어. 아빠와 나는 너무 달라서 서로 이해할 수 있었어. 엄마는 닐리가 엄마와 달라서 이해하는 거야. 닐리처럼 나도 엄마와 달랐다면 좋았을 걸.'

"그럼 이제 모든 일이 다 잘된 건가?"

엄마가 애써 웃음 지으며 물었다.

"물론이죠."

프랜시도 웃으며 엄마의 뺨에 입맞춤을 했다.

그러나 그들 두 사람의 마음속 깊은 곳에서는 결코 모든 일이 다 잘된 게 아니란 것을 알고 있었다. 그리고 다시는 그들 사이가 전 같지 않으리라는 것도.

_44

프랜시네 가족은 크리스마스 분위기가 한창인 며칠 동안 마치 옛날로 돌아간 듯한 기분을 가질 수 있었다.

그러나 새해가 되자 아빠가 죽은 다음의 판에 박힌 일상생활이 다시 시작되었다. 그 한 가지로, 이제 더 이상 피아노 연습을 하지 않게 되었다. 프랜시는 몇 달 동안 피아노를 쳐보지 않았다. 닐리는 밤마다 아이스크림 가게에 가서 피아노를 쳤다. 닐리는 래그타임(재즈음악의 일종—역주)에 명수였고, 재즈에도 전문가가 되어가고 있었다. 사람들은 닐리가 피아노와 대화를 나누듯이 연주한다며 그를 좋아했다. 그는 피아노를 친 대가로 소다를 마음대로 먹었다. 가끔 쉬플리 씨는 토요일 밤 내내 피아노를 연주하면 1달러를 주었다. 프랜시는 닐리가 그러는 게 마음에 들지 않아서 엄마에게 자기 생각을 얘기했다.

"나 같으면 못하게 하겠어요."

"하지만 그게 뭐 나쁜 일이냐?"

"엄마는 닐리가 피아노를 연주하고 음식을 그냥 먹는 습관에 익숙해지는 걸 원하지 않잖아요? 그러다가 혹시……"

프랜시가 망설인 말을 엄마가 이어주었다.

"아빠처럼 말이지? 아냐, 닐리는 틀려. 너의 아빠는 절대로 자기가 좋아하는 노래를 부르지 않았어. 〈애니 로리〉나 〈마지막 여름의 장미〉 같은 건 절대로 사람들 앞에서 안 불렀단 말이야. 아빠는 〈달콤한 아델라인〉이나 〈낡은 방앗간 아래로〉같이 사람들이 좋아하는 노랠 불렀어. 닐리는 달라. 닐리는 항상 자기가 좋아하는 걸 연주하지. 사람들이 그걸 좋아하든 말든 그런 건 관심도 안 둔단 말이야."

"엄마 말대로라면 아빠는 단순한 가수였고, 닐리는 예술가라는 말이군요."

"글쎄…… 그럴 수도 있겠지……"

엄마는 분명치 않게 동의했다.

"그래요…… 내 생각엔 아무래도 엄마의 사랑이 좀 지나치다싶어요."

프랜시가 단정지어 말했다.

엄마가 인상을 찌푸렸다. 프랜시는 화제를 바꿨다.

닐리가 고등학교에 입학한 다음부터 그들은 성경과 셰익스피어

읽기를 그만두었다. 닐리는 학교에서 〈쥴리어스 시저〉를 공부했고, 교장 선생님이 조회 때마다 성경을 한 장씩 읽어주기 때문에 그거면 충분하다고 말했다. 프랜시는 하루종일 신문을 읽기 때문에 눈이 너무 피곤해서 밤마다 지쳐 잠들었다. 엄마는 강요하지 않았다. 이제 아이들은 읽고 싶든 읽기 싫든 자기가 원하는 대로 할 만큼 충분히 나이를 먹었다고 생각했다.

저녁마다 프랜시는 외로웠다. 로리까지 높은 의자에 앉혀 놓고 함께 식사하는 저녁시간을 빼면 식구들이 함께 있는 시간은 거의 없었다. 저녁을 먹고 나면 닐리는 밖으로 나가서 친구들과 어울리거나 아이스크림 가게에 가서 피아노를 쳤다. 엄마는 신문을 읽다가 8시가 되면 로리를 데리고 침대로 갔다. 엄마는 프랜시와 닐리가 집에서 아기를 봐주고 있는 동안 청소를 끝내기 위해 아직도 새벽 다섯 시에 일어났다.

그 해는 봄이 빨리 왔다. 달콤하고 따뜻한 밤 공기가 마음을 들뜨게 했다. 프랜시는 거리를 여기저기 걸어다녔다. 공원도 지나다녔다. 어딜 가나 함께 있는 여자와 남자들뿐이었다. 그들은 서로 팔짱을 끼고 걷거나 어깨에 팔을 두른 채 공원 벤치에 함께 앉아 있거나 현관 앞에 조용히 꼭 껴안고 서 있거나 하였다. 자기만 빼고 모든 사람들이 애인이나 친구가 있는 것 같았다. 브루클린 전체에서 자기만 외톨이처럼 느껴졌다.

1917년 3월이었다. 전쟁의 불가피성에 대한 화제가 동네 사람들의 최대 관심사가 되었다. 프랜시의 연립주택에는 한 과부가 아들 하나를 데리고 살고 있었다. 그녀는 아들이 군대에 끌려가 죽게 될까 봐 겁에 질려서 아들에게 코넷이라는 관악기를 사다 주고 레슨을 받게 하였다. 군악대에 들어가면 행진할 때 연주만 하면 되니까 전선에 나가지 않아도 된다고 생각했다. 그 주택에 사는 사람들은 그 집 아들의 끝없이 계속되는 서투른 코넷 연습에 죽을 지경이 되었다. 견디다 못한 한 남자가 꾀를 냈다. 그는 과부를 찾아갔다.

그리고 군대 내부에 아는 사람이 있어서 정보를 들었는데, 군악대는 병사들을 싸우게 하기 때문에 제일 먼저 처형된다더라는 얘기를 해주었다. 겁에 질린 그 불쌍한 과부는 그 자리에서 코넷을 전당포에 맡겨버리고 전당포 보관증을 찢어버렸다. 그래서 더 이상 그 끔찍스러운 연습은 계속되지 않았다.

저녁을 먹을 때마다 엄마는 프랜시에게 물어보았다.

"아직, 전쟁에 들어가지 않았니?"

"아직은요, 하지만 곧 참전할 거예요."

"그래, 시작할 거면 빨리 시작하면 좋겠다."

"엄만 우리가 전쟁에 참전하길 바래요?"

"바라지야 않지. 하지만 이왕 일어날 거면 빨리 일어나는 게 좋지. 빨리 시작하면 빨리 끝날 테니까."

_45

신문 한 장이 프랜시의 책상 위에 놓여 있다. 호외였고, 신문사에서 직접 온 것이었다. 아직도 머릿기사는 잉크가 채 마르지 않았다. 5분 동안이나 신문은 그대로 책상 위에 놓여 있었다. 프랜시는 표시하기 위해 연필을 들지 않았다. 프랜시는 날짜를 뚫어지게 보았다.

1917년 4월 6일.

이 한마디의 말이 6인치나 되었다. 그 말은 끝으로 가면서 얼룩져서 그 말, '전쟁'이란 단어가 흔들리는 것처럼 보였다.

프랜시는 상상했다. 지금부터 50년 후 손자들에게 자기가 그날 어떻게 사무실에 왔으며, 어떻게 자기 책상에 앉았으며 평소 때처럼 어떻게 신문읽기를 시작하다가 전쟁이 선포되었다는 걸 알게 되었는지를 얘기해주는 장면을 떠올렸다. 프랜시는 외할머니한테서 나이가 들면 젊은 날의 기억들을 꾸며대게 된다는 말을 들었었다.

하지만 프랜시는 그러고 싶지 않았다. 생생하게 살아 있는 일들, 아니면 조금 양보하더라도 회고담보다는 사실 그대로의 재생을 원했다.

그래서 이 순간을 있는 그대로 자기 삶 속에 정확하게 새겨놓아야겠다고 생각했다. 아마도 생생하게 있는 그대로 기억해놓는 것이 자기에게는 소위 말하는 추억이 될 것이다. 그리고 프랜시는 고객들이 1면과 2면에 대해 항의할 거라는 건 생각지도 않고 그 신문의 첫 장을 찢어내서 그것을 조심스럽게 네모지게 접어서는 우편물을 보낼 때 쓰는 누런 마닐라산 봉투에 집어넣었다.

겉봉에다 프랜시는 이렇게 썼다.

프랜시 놀란. 15세 4개월, 1917년 4월 6일.

'지금부터 50년 뒤에 이 봉투를 열어본다면 난 다시 지금의 내가 될 거고, 나한테 늙는다는 일은 결코 없을 거야. 50년이라면 아직은 너무도 멀고 먼 훗날의 일이지…… 백만 시간은 지나야 하겠지. 하지만 내가 여기 앉아 있는 동안에도 벌써 한 시간이 흘렀어…… 내 인생의 한 시간…… 내 삶의 모든 시간 중에 한 시간이 사라졌어.'

심부름하는 소년이 다가와서 다른 시의 신문을 책상 위에 놓고 갔다. 이번 신문에는 단 두 단어만이 머리말 제목으로 뽑혀 있었다.

전쟁 선포!

마루가 들썩이고 눈앞에 온갖 색깔들이 번쩍였다. 아직 잉크가 마르지 않은 신문 위에 프랜시는 머리를 묻고 조용히 울었다. 나이든 리더 한 사람이 화장실에서 돌아오다가 프랜시의 책상 앞에서 멈추었다. 그녀는 그 헤드라인과 울고 있는 소녀를 보았다. 그녀는 나름대로 짐작했다.

"아, 전쟁이구나! 애인이나 동생이 있나 보지?"

그녀는 한숨을 쉬더니 과장된 억양으로 물었다.

"그래요. 동생이 있어요."

프랜시는 사실대로 말했다.

"가엾은 놀란 양."

그 리더는 자기 책상으로 돌아갔다.

'난 또 취했구나. 이번엔 뉴스 헤드라인 때문에. 이번 건 좋지 않다. 울고 말았으니까.'

프랜시는 생각했다.

전쟁은 '모델 프레스 클리핑' 사무실에도 영향을 끼쳤다. 연극시즌이 지나자 배우들의 거래가 떨어져나갔다. 봄 시즌에는 출판물의 홍수로 수백 명의 계절적인 5달러짜리 작가 고객과 여남은 명 정도의 백 달러씩 내는 출판사 고객이 생기곤 했는데, 이번에는 홍수는 커녕 출판되는 책이 거의 없었다. 고객들은 세상이 좀더 조용해질 때까지 구독을 중지했다. 많은 연구직 사람들은 군대에 불려나갈 것을 대비해 자기 구좌를 취소했다. 직원들은 더 나은 임금을 받는 다른 일자리를 찾아 떠나갔다. 사장 부인이 다시 돌아와 일을 시작했고, 프랜시를 뺀 나머지 사람들은 다 해고되었다.

그 세 사람이 사무실을 운영해 나가려고 애쓰는 동안 그 거대한 사무실은 적막감에 둘러싸였다. 프랜시와 사장 부인은 읽고, 철하고, 다른 사무 일도 해나갔다. 사장은 신문의 중요한 부분을 잘라서 희미한 조각들을 인쇄하고, 그 기사들을 비뚜름하게 풀로 붙였다.

6월 중순이 되자 사장은 포기했다. 그는 사무실 장비를 팔아치우고, 전세계약을 파기하고, 고객들의 환불 요구에 "나를 고발하시오"라는 말로 간단히 처리해버렸다.

프랜시는 그 사무실에서의 마지막 날을 구인광고를 살펴보는 걸로 보냈다. 사무직은 다시 잡무부터 시작해야 한다는 것을 알고 있었으므로 건너뛰었다. 속기사라든가 타이피스트가 아니면 사무실에서 일하기는 힘들었다. 어쨌든 프랜시는 공장 일이 더 좋았다. 사람들도 공장사람들이 더 좋았고, 손으로 일할 동안 마음대로 생각할 수 있다는 것도 좋았다. 그러나 물론 엄마는 다시 공장에 돌아가는 걸 허락하지 않을 것이다.

그러다 공장과 사무실을 기분 좋게 조화해놓은 것 같은 광고를 하나 찾아냈다. 그것은 사무실 환경에서 일하는 오퍼레이터였다. 커뮤니케이션 회사는 전신기 작동을 가르쳐주고 교육기간 동안 주급 12달러 50센트를 준다고 써 있었다. 시간은 오후 5시부터 새벽 1시까지였다. 그렇다면 적어도 그것은 프랜시의 외로운 저녁에 무언가 할 일을 주는 것이다.

프랜시가 사장에게 작별인사를 하러 가자 그는 마지막 주의 주급은 지금 줄 수 없다고 말했다. 그는 프랜시의 주소를 받아 적었고, 그리로 보내주겠다고 말했다. 프랜시는 사장과 그의 부인과 그리고 자기의 마지막 주급에 작별을 고했다.

커뮤니케이션 회사는 뉴욕 중심가에 있는 높은 건물에 있어서 이스트 강을 내려다보고 있었다. 지난 번 사장이 써 준 강력한 추천서를 제출한 후에 열두 명쯤의 다른 소녀들과 함께 프랜시는 신청서를 써넣었다. 적성검사도 보았는데 아주 바보 같은 질문에 대답하는 것들이었다. 그 문제들은 가령 1파운드의 납과 1파운드의 깃털 중 어느 쪽이 무거운가 하는 것이었다. 당연히 프랜시는 합격했고, 1번의 번호를 받았다.

그것은 25센트를 지불해야 하는 사물함 열쇠였다. 그리고 다음 날 5시에 출근하라고 하였다.

집에 도착했을 때는 4시도 되지 않았다. 복도청소를 하고 있던 케이티는 계단을 올라오는 프랜시의 얼굴이 우울한 것을 보았다.

"걱정 마세요, 엄마. 아프지도 않고 아무 일도 없어요."

"아, 그러니? 난 잠시 네가 실직했나 생각했지."

"그랬어요."

"오, 저런!"

"그리고 지난주 임금도 받지 못했어요. 그렇지만 다른 직업을 얻었어요…… 내일부터 시작돼요…… 주급은 12달러 50센트지만 시간이 지나면 올려줄 거예요."

케이티가 물어보기 시작했다.

"엄마. 난 피곤해요, 엄마. 아무것도 말하고 싶지 않아요. 거기에 대해선 내일 말해요. 저녁도 안 먹을래요. 자고만 싶어요."

프랜시는 계단을 올라갔다.

케이티는 계단에 앉아 근심하기 시작했다. 전쟁이 시작되어서 식료품 값과 모든 물가가 하늘 높은 줄 모르고 치솟았다. 지난달 케이티는 프랜시의 은행구좌에 돈을 넣지 못했다. 일주일에 10달러로는 모자랐다.

로리는 신선한 우유 1/4갤런을 매일 먹어야 했고, 분유는 비쌌다. 그리고 오렌지주스도 먹여야 했다. 그런데 일주일에 12달러 50센트라…… 프랜시의 용돈을 주고 나면 더 줄어든다. 곧 방학이 될 것이다. 닐리는 여름 동안 일을 할 수 있다. 그러나 가을에는 어떻게 하나? 닐리는 학교로 돌아가야 하고, 프랜시도 이번 가을에는 고등학교에 가야 한다. 어떻게 하나? 어떻게 하나?

그녀는 계단에 앉은 채 걱정에 잠겼다.

프랜시는 자고 있는 로리를 한번 들여다보고 옷을 벗고 곧장 침대로 들어갔다. 머리 밑에 손을 집어넣고 환기용 창에 걸린 회색천을 바라보았다.

'여기에 내가 있어…… 15세의 표류자. 난 1년도 안 되게 일했지만 벌써 세 가지 직업을 가졌어. 전에는 이 직업에서 저 직업으로 옮겨다니는 게 재미있겠다고 생각했었지. 하지만 이젠 두려워. 난 아무 잘못도 없이 벌써 두 가지 일자리에서 쫓겨났어. 일자리마다 난 최선을 다해서 일했어. 내가 줄 수 있는 모든 것을 주었어.

그런데 지금 나는 어디선가 모든 것을 다시 시작해야 돼. 이젠 무섭기만 해. 이번에는 새로운 상관이 '한 번 뛰어라' 하면 난 두 번 뛰겠지. 쫓겨날까 봐 말이야. 식구들이 모두 내 돈에 의지하고 있기 때문에 항상 조심하겠지. 내가 일하기 전에는 어떻게 살았던 것일까? 그래, 그땐 로리가 없었고, 닐리와 나는 어려서 돈이 많이 들지 않았어. 물론 아빠도 약간 도왔고…… 좋아…… 대학이여 안녕. 대학하고 상관 있었던 모든 것들도 안녕……'

 _46

프랜시는 커다란 방의 타자기 앞에 앉아 있었다. 그 기계 위에는 금속으로 된 덮개가 지붕처럼 덮여 있었다. 자판을 보지 않게 하기 위해서였다. 그리고 아주 커다란 자판그림이 방 앞에 걸려 있었다. 프랜시는 덮개 밑에 있는 자판을 칠 때 그 자판그림을 보면서 쳤다. 그것이 첫날의 일이었다. 두 번째 날에는 한 뭉치의 오래된 텔레그램 복사본을 받았다. 프랜시는 복사본을 보고 자판그림을 보면서 손으로 쳐나갔다.

둘째 날이 끝날 즈음에는 그 기계 위의 글자 위치를 다 외우게 되어 자판그림을 보지 않아도 되었다. 일주일 뒤에 덮개는 벗겨졌고, 이제 아무런 문제도 없었다. 프랜시는 능숙한 타이피스트가 되었다.

강사가 전신기 작동에 대해 설명해주었다. 하루동안 프랜시는 전신을 보내고 받는 연습을 하였다. 그런 다음 프랜시는 뉴욕과 클리브랜드 사이의 전신을 담당하게 되었다.

기계 앞에 앉아서 타이프를 치면 수백 마일 떨어진 오하이오의 클리블랜드에서 그 글자가 찍혀져 나온다! 이건 정말 놀라운 기적이라고 프랜시는 생각했다. 멀리 클리블랜드의 소녀들이 무전을 치면 프랜시의 기계에서 그 말이 쏟아져 나오는 것도 기적 같은 일이었다.

일은 쉬웠다. 한 시간마다 송수신을 교대로 하면 되었다. 두 번의 교대시간 동안 15분씩 쉴 수 있었고, 밤 9시에는 30분간의 야식시간이 있었다. 전신을 담당하면서 임금도 주급 15달러로 올랐다. 어쨌든 간에 그리 나쁘지 않은 일이었다.

집안 일은 프랜시의 새로운 일정에 맞춰 조정되었다. 프랜시는 오후 4시가 지나면 집을 나가서 새벽 2시가 되기 바로 전에 집으로 돌아왔다. 1층 복도에 들어서기 전에 프랜시는 초인종을 세 번 눌렀다. 그러면 엄마가 복도에서 누가 딸을 덮치지나 않는지 살펴주었다.

프랜시는 오전 11시까지 잤다. 엄마는 이제 프랜시가 로리를 봐줄 수 있기 때문에 새벽같이 일어날 필요가 없었다. 엄마가 집일을 하고 다른 두 집의 일을 할 때쯤이면 프랜시가 일어나 로리를 돌봐주었다. 프랜시는 일요일 밤에도 일했지만 수요일 밤에는 쉬었다.

프랜시는 바뀐 생활일정을 좋아했다. 이제 그 쓸쓸한 저녁들이 해결되었고, 엄마를 도울 수 있게 되었으며, 날마다 로리를 데리고 공원에 가서 몇 시간씩 보낼 수 있게 되었다. 따뜻한 햇살은 프랜시와 모두에게 좋았다.

케이티의 마음에 한 가지 안이 떠올라 그녀는 프랜시에게 물었다.

"회사에선 계속 밤일만 시킬 거라니?"

"그러겠죠. 아주 만족스러워하고 있으니까요. 보통 여자애들은 밤에 일하려고 하지 않잖아요?"

"그럼 이번 가을에 너도 고등학교에 갈 수 있겠구나. 낮에는 학교에 가고, 밤에는 일하고 말야. 물론 힘들겠지만 어쨌든 해나갈 수 있을 거야."

"엄마, 엄마가 뭐라 하시든 난 고등학교에 안 갈 거예요."

"그건 또 무슨 소리니? 넌 작년에 그 일로 싸우기까지 했잖니?"

"그건 작년 얘기예요. 그땐 가는 게 옳았어요. 하지만 지금은 나무 늦었어요."

"늦지 않았어. 고집 좀 부리지 마라."

"이제 와서 고등학교에 가면 대체 내가 뭘 배울 수 있겠어요? 아, 그렇다고 내가 뭐 잘난 척하거나 그런 것은 아니에요. 하지만 어쨌든 난 지난 한해 동안 날마다 거의 8시간씩 신문 읽는 일을 하면서 내 나름대로 배웠어요. 역사에 대해서나 정치, 지리, 소설이나 시에 대해서 내 나름의 생각을 갖게 되었어요. 사람들에 대해서는 너무 많이 읽었어요. 사람들이 무엇을 하며 어떻게 하는지, 범죄와 영웅적 행동 따위도요. 엄마. 난 모든 것에 대해 읽었어요. 이젠 그 코흘리개 꼬마 애들이랑 교실에 같이 앉아서 노처녀 선생이 이래라 저래라 하는 것을 들으며 앉아 있지 못할 거예요. 아마 난 벌떡 일어나서 내내 틀린 것들을 고치거나 아니면 아주 얌전한 모범생이 되어 내 자신을 혐오하게 될 테죠…… 그리고…… 밥 대신 죽을 먹겠죠. 그러니 난 절대로 고등학교에 가지 않겠어요. 하지만 언젠가 대학에는 진학하겠어요."

"그렇지만 고등학교엘 가지 않으면 대학에 못 들어간다는 것쯤은 너도 알고 있잖니?"

"고등학교에서 4년이라…… 아니, 5년이 될지도 모르죠. 어쩌면 일이 생겨서 그것도 더 지연될지 모르니까. 그리고 대학 4년, 공부를 끝내기도 전에 나는 스물다섯 살의 말라빠진 노처녀가 되어 있겠군요."

"네가 무슨 일을 하든, 좋든 싫든 간에 넌 언젠가 스물다섯 살이 되는 거야. 그 나이가 될 때까지 교육을 받는 게 좋지 않겠니?"

"마지막으로 한마디하겠어요. 엄마. 난 고등학교에 안 갈 거예요."

"어디 두고 보자꾸나."

케이티는 입을 한일자로 꾹 다물어버렸다.

프랜시 역시 엄마처럼 한일자로 입을 꾹 다물었다.

그러나 이 대화 덕분에 한 가지 방법이 떠올랐다. 엄마가 생각한 대로 밤에 일하고 낮에 고등학교를 다닐 수 있다면 그런 식으로 대학도 다닐 수 있지 않겠는가?

당장 신문광고를 살펴보았다. 브루클린에서 가장 오래되고 좋은 대학이 여름방학 강좌를 개설한다는 광고가 나와 있었다. 그 강좌는 조기졸업을 원하는 대학생들이나 학점이 부족해서 채워야 할 대학생들, 미리 대학의 학점을 이수해놓으려는 고등학생들을 위해 개설된 강좌라고 했다. 자기는 고등학생은 아니었지만 그렇다고 볼 수도 있었다.

프랜시는 안내서를 보내달라고 편지를 띄웠다.

안내서에서 프랜시는 오후에 있는 강좌 중에서 세 과목을 골랐다. 그렇게 하면 보통 때처럼 11시까지 자다가 수업을 듣고 곧장 일하러 가면 된다. 불어입문, 기초 화학, 복고연극이라는 과목이었다.

등록금을 계산해보았다. 실험 실습비까지 합해서 60달러가 좀 넘었다. 은행에는 105달러가 있었다. 프랜시는 엄마에게 갔다.

"엄마, 엄마가 나 대학 갈 때 쓰려고 모아놓은 돈 중에서 60달러만 가져도 되요?"

"뭐 땜에 그러니?"

"물론 대학 때문에 그렇죠."

프랜시는 일부러 극적인 효과를 높이기 위해 뜸을 들였다. 엄마는 프랜시의 말을 되받으며 놀라서 물었다.

"대학이라구?"

"대학의 여름방학 강좌요."

"하…… 하지만……"

엄마는 말을 더듬었다.

"알아요. 고등학교에도 안 가지 않았냐는 거죠? 하지만 학위나 졸업장을 원하는 게 아니라 그냥 배우기 위해서라면 할 수 있을 거예요."

엄마는 선반 위에서 모자를 꺼내 썼다.

"엄마, 어딜 가시는 거예요?"

"은행에 돈 찾으러 가야지."

프랜시는 엄마의 열성에 웃었다.

"은행 문 닫을 시간이 지났어요. 그리고 그렇게 급하게 구실 필요는 전혀 없어요. 등록은 아직 일주일이나 뒤예요."

47

그 대학은 브루클린 하이츠에 자리잡고 있었다. 등록은 어렵지 않게 이루어졌다. 경리는 돈을 받고 등록 영수증을 주었다. 프랜시는 등록번호와 도서관 출입증과 교과 시간표와 구입해야 할 책 목록을 받았다.

프랜시는 학생들을 따라 한 블록 떨어져 있는 구내서점으로 갔다. 목록을 보고 '불어입문'과 '기초화학' 책을 달라고 하자 점원이 물었다.

"새 책으로요? 헌 책으로요?"

"글쎄, 잘 모르겠네요. 어떤 걸 사야 하죠?"

"새 책을 사세요."

점원이 대답했다.

그때 누군가가 프랜시의 어깨를 잡았다. 돌아보니 아주 잘 생기고 옷도 잘 입은 남자애가 서 있었다. 그가 말했다.

"헌 책을 사요. 내용은 똑같고 값은 반값이니까."

"고마워요."

프랜시는 점원을 보고 "헌 책으로 주세요"하고 단호하게 말했다. 프랜시는 연극과목에 쓸 두 권도 달라고 하려 했다. 다시 그 애가 어깨를 잡았다.

"사지 마요. 수업 시작 전이나 후에 도서관에서 읽을 수 있으니까요."

"정말 고마워요."

프랜시가 말했다.

"별 말씀을."

그는 대담하고 유유히 사라졌다.

프랜시는 서점 밖으로 나가는 그에게서 눈을 떼지 않았다. 정말 키도 크고 잘 생긴 사람이야, 프랜시는 생각했다. 대학이란 확실히 근사한 데구나!

프랜시는 회사로 가는 전철 속에서 두 권의 교과서를 꼭 끌어안고 앉아 있었다. 전철이 철길을 지날 때의 박자가 마치 '대학~대학 ~대학~' 하는 것처럼 여겨졌다. 프랜시는 멀미가 났다. 멀미가 너무 심해서 회사에 늦는다는 걸 알면서도 다음 역에서 내려야 했다. 프랜시는 기대어선 채 대체 무슨 일 때문에 멀미가 났는지 생각해 보았다. 점심 먹는 걸 잊었으니 그 때문일 리는 없었다. 그러다 아주 거창한 생각이 떠올랐다.

'우리 할아버지는 읽고 쓰는 법을 하나도 모르셨어. 그 전의 분들도 그랬지. 엄마의 형제인 이모만 해도 읽지도 쓰지도 못해. 우리 부모는 초등학교도 제대로 졸업하지 못했어. 나는 고등학교에 가지 않았어. 하지만 나, M. 프랜시. K. 놀란은 지금 대학에 가는 거야. 프랜시야, 너 듣고 있니? 넌 이제 대학생이라구!'

프랜시의 입 밖으로 한마디가 튀어나왔다.

"아, 어지러워!"

48

프랜시는 첫 번째 화학시간에 흥분으로 넋이 나가 있었다. 그 첫 시간에 프랜시는 모든 물질이 언제나 움직이고 있는 원자로 이루어져 있다는 것을 배웠다. 어떤 것도 사라지거나 파괴되는 게 없다는 생각은 프랜시를 사로잡았다. 어떤 물질이 타 버리거나 썩어서 사라지더라도 그것은 지구에서 사라지는 것이 아니었다. 그것은 가스나 물이나 가루들로 바뀌었다. 첫 강의가 끝나고 프랜시는 모든 것은 살아 있으며, 화학에서 죽음이란 없다는 결론을 내렸다. 왜 배운 사람들이 화학을 종교로 받아들이지 않는지 정말 이상했다.

복고연극은 읽어야 할 숙제가 많긴 했지만 집에서 셰익스피어를 읽어왔던 덕분에 쉽게 해나갈 수 있었다. 그 과목은 아무 걱정도 되지 않았다. 화학도 그랬다.

그러나 프랑스어 입문은 그렇지 않았다. 그건 정말 입문이 아니었다. 강사는 학생들이 전에 프랑스어 학점을 땄든 낙제를 했든 고등학교에서 배웠든 안 배웠든 상관없이 기초를 대강 넘어가고 곧장 번역으로 들어갔다. 프랜시는 가뜩이나 영어문법이나 철자, 구두점에 주눅이 들어 있었던 터라 프랑스어에는 더군다나 자신이 없었다. 그 과목은 포기해야 할 것 같았다. 프랜시가 할 수 있는 것이라곤 단어를 열심히 외워서 매달려보는 것뿐이었다.

프랜시는 전철을 타고 오가는 중에도 공부했다. 쉬는 시간이나 심지어는 밥을 먹으면서도 팔꿈치를 식탁에 받치고 책을 들고 읽으면서 식사를 했다. 과제물은 회사의 교육실에 있는 타자기로 쳐서 제출했다. 수업에는 절대로 빠지지 않았고 지각 한번 하지 않았다. 오직 두 과목에서라도 학점을 딸 수 있기를 빌고 또 빌었다.

서점에서 알게 된 그 소년은 프랜시의 수호신이나 다름없었다. 그의 이름은 벤 브레이크였고, 아주 놀라운 소년이었다. 그는 메스 페스 고등학교 졸업반으로 학교신문의 편집자였으며, 반장이었고, 풋볼의 하프백을 맡고 있는 자랑스런 학생이었다. 이번까지 세 번의 여름방학 동안 그는 계속 이 강좌를 들어왔다. 그래서 고등학교를 졸업할 때면 1년 분의 대학강좌를 마치게 되어 있었다.

학교공부 외에도 그는 오후에 변호사 사무실에서 일했다. 그는 변론을 작성했고, 법정호출에 응했고, 행위와 기록을 조사했고, 판례들을 찾았다. 그는 그 주의 법령들에 통달해 있어서 법정에서의 어떤 경우에도 충분히 변론해낼 능력이 있었다. 학교에서 그렇게 모든 것을 잘 해내면서도 그는 일주일에 25달러를 벌었다. 회사에서는 그가 고등학교를 졸업하면 그 회사의 정식직원으로 일하길 원했다. 그래서 법률을 함께 공부해서 나중에 변호사 자격시험을 치게 되길 바랬다. 그러나 벤은 대학을 나오지 않은 변호사들을 경멸했다. 그는 중서부에 있는 유명한 단과대학을 골라놓았다. 그는 거기서 학위를 딴 다음에 법대로 진학할 예정이었다.

겨우 19세에 그의 삶은 확고부동한 계획으로 진행되고 있었다. 변호사 자격시험을 통과한 다음에 그는 시골에 있는 법률사무소를 인수할 계획이었다. 젊은 변호사에게는 작은 도시에서 개업하는 것이 정치적으로 더 유리하다고 생각했기 때문이다. 개업할 장소도 이미 물색해놓았다. 그의 먼 친척 하나가 시골에서 잘되고 있는 변호사 사무실을 차리고 있었는데 그것을 인수하기로 되어 있었다. 그는 미래의 인수자로부터 지속적인 연락을 받고 있었고, 매주 기다란 지침서도 받고 있었다.

벤은 사무실을 개업하고 그 지방 검사가 될 계획이었다. 그 조그만 도시에서는 변호사들이 돌아가며 검사직을 맡고 있었다. 그것이 그에게는 정치적으로 좋은 출발이 될 터였다. 그는 열심히 일해서 유명해지고, 신뢰를 쌓아서 마침내 자기 주의 상원의원이 될 터였다. 그는 또한 충실히 직무를 수행하여 재선될 것이다. 그런 다음 그는 돌아와 주지사로 헌신할 것이다. 그것이 그의 계획이었다.

더욱 놀라운 것은 이러한 생각을 벤 브레이크 자신만 확신하는 것이 아니라 그를 아는 모든 사람들이 그가 계획한 대로 될 거라고 믿는 데 있었다.

그런 아이가 벤 브레이크였다. 옷 잘 입고, 유쾌하고, 잘생기고, 똑똑하며, 자신감에 가득 차 있고, 남자애들에게도 인기가 있으며, 여자애들은 아예 미치는 벤 브레이크. 프랜시 놀란은 전율감으로 사랑에 빠지고 말았다.

날마다 그를 만났다. 프랜시의 프랑스어 과제물에는 그의 만년필 자국들이 곳곳에 있었다. 화학숙제도 도와주었으며, 복고연극의 불분명한 부분도 명쾌하게 설명해주었다. 그는 다음 여름에 프랜시가 들을 강좌를 고르는 데도 도와주었고, 너무도 자상하게 프랜시의 앞으로의 삶의 계획에 대해서도 도와주려고 하였다.

여름이 끝날 무렵 두 가지 일로 프랜시는 슬퍼졌다. 하나는 이제 벤을 날마다 보지 못하게 된다는 것이고, 또 하나는 프랑스어 과목을 통과하지 못할 거라는 점이었다. 프랜시는 벤에게 뒤의 슬픔만을 얘기했다.

"바보같이 굴지 마. 넌 돈을 냈고, 여름 내내 수업을 들었어. 게다가 저능아도 아니니까 넌 분명히 통과할 거야."

그는 간단히 말했다.

"아냐. 난 떨어질 거야."

"마지막 시험을 위해서 벼락공부를 해야 돼. 그럼 하루종일 해야 될 텐데…… 자, 어디로 간담?"

"우리 집에서 할까?"

프랜시가 조심스럽게 물었다.

"아니. 식구들이 있잖아."

그는 잠시 생각했다.

"아주 좋은 데가 있어. 일요일 아침 9시에 게이트에서 브로드웨이로 가는 모퉁이에서 만나."

프랜시가 전차에서 내렸을 때 그가 먼저 나와 기다리고 있었다.

프랜시는 대체 이런 동네에서 어디로 데려갈 것인지 궁금했다. 그는 브로드웨이 쇼가 개봉되고 있는 연극극장의 무대 뒤로 프랜시를 데리고 갔다.

그는 그 마술과 같은 문을 열고 들어가면서 열린 문 안쪽에 햇살을 쬐며 낡은 의자에 앉아 있는 머리가 하얗게 센 남자한테 단지 "안녕하세요, 아저씨"하고 인사할 뿐이었다. 프랜시는 이 놀라운 아이가 이 극장의 토요일 밤의 좌석 안내인이란 걸 알 수 있었다.

프랜시는 단 한번도 무대 뒤에 들어가보지 못했기 때문에 너무 흥분해서 열이 날 지경이었다. 무대는 넓었고, 극장의 천장은 너무 높아서 아주 아득하게 없는 것같이 보였다. 무대를 따라 걷다가 문득 걸음을 바꾸어 아주 천천히 해롤드 클레런스의 걸음을 흉내내서 딱딱하게 걸어보았다. 벤이 부르자 프랜시는 연극적으로 천천히 고개를 돌렸다. 그리고 목청을 가다듬어 말했다.

"당신이……, (의미심장하게 조금 쉬었다가) 불렀는가?"

"뭘 좀 보여줄까?"

그는 장막을 걷어올렸다. 그러자 장막은 거인의 그림자처럼 말려

올라갔다. 그는 돌아나갔고, 프랜시는 무대 앞으로 걸어나가 어둠 속에 비어 있는 수많은 좌석들을 보았다. 프랜시는 고개를 숙이고 객석의 맨 끝을 향해 소리쳤다.

"안녕하세요, 거기 누구 계셔요?"

프랜시의 목소리는 그 어두운 빈자리들 속으로 백 배나 크게 울려 퍼졌다.

"자, 너는 극장이랑 프랑스어 중에 어떤 것에 더 관심이 있는 거야?"

그가 자상하게 물었다.

"그거야 물론 극장이지."

그건 사실이었다. 프랜시는 자신의 첫사랑이었던 무대에 대한 꿈에 대해서 얘기했고, 어떻게 그것이 사라져갔는가를 말했다. 벤은 발을 구르며 웃었다. 그는 장막을 내리고 두 개의 의자를 가져와 마주 보게 놓았다. 어떤 방법으로 구했는지 그는 지난 5년간의 시험지들을 가져와서 출제빈도가 높은 문제들과 낮은 문제들을 가려냈다. 거의 하루종일 프랜시에게 질문하고 답해가며 지도했다. 그리고 프랜시에게 몰리에르의 〈수전노〉 한 페이지와 그 번역문을 달달 외우게 했다. 그는 설명했다.

"내일 시험에 너한테는 그리스어처럼 보이는 어려운 문제가 하나 나올 거야. 그럼 그 문제에 답하려 하지 말고 내가 시키는 대로 해. 그러니까 솔직하게 그 질문에 답을 할 수 없지만 그 대신에 몰리에르의 작품에서 인용하는 것으로 답변을 삼겠다고 쓴 다음에 네가 외운 부분을 번역문하고 같이 써서 그걸 내는 거야."

"하지만 정확한 대목을 요구하는 그런 문제가 나온다면?"

"그러지 않을 거야. 난 어떻게도 해석이 되는 모호한 대목을 골랐으니까."

결국 프랜시는 벤이 시킨 대로 해서 프랑스어 시험을 통과했다.
사실 제일 꼴찌였지만 합격은 합격이었다.
그리고 화학과 연극은 아주 성적이 좋았다.
벤과 약속한 대로 프랜시는 성적표를 받으러 일주일 뒤에 학교에
가서 그와 만났다. 그는 힐러의 가게로 가서 초콜릿 소다를 사주었
다.
"프랜시, 넌 몇 살이니?"
그가 소다를 마시면서 물었다.
프랜시는 재빨리 계산을 하였다. 자기는 집에서는 15세이고, 직
장에서는 17세이다. 벤은 19세였다.
만약 프랜시가 겨우 15세란 걸 안다면 그는 다시는 말을 걸지 않
을지도 몰랐다. 그는 프랜시가 망설이는 것을 보고 말했다.
"뭔가 나이를 말하는 데 걸리는 게 있나 보구나."
프랜시는 용기를 내어 대담하게 말했다.
"난…… 난 열다섯 살이야."
프랜시는 부끄러움으로 고개를 숙였다.
"흠, 난 네가 좋아, 프랜시."
'난 널 사랑하는데.'
프랜시는 속으로 말했다.
"전에 내가 알았던 다른 여자애들처럼 널 좋아해. 하지만 물론
난 여자를 사귈 시간이 없어."
"일요일 날 한 시간도 안 돼?"
프랜시가 용기를 내어 물었다.

"나한테 자유시간이라곤 고작 몇 시간뿐이거든. 그 시간은 엄마와 보내야지. 난 엄마한텐 전부니까."

프랜시는 브레이크 부인에 대해선 그때까지 한번도 들은 바가 없었다. 하지만 자기를 행복하게 해줄 수 있을 그의 자유시간을 그 부인이 먼저 차지하고 있었기 때문에 그녀가 미웠다.

"하지만 난 널 생각할 거야. 시간이 나면 편지도 쓸게.(그는 프랜시의 집에서 30분 거리에 살고 있었다.) 내가 만약 필요한 일이 생긴다면, 아무리 하찮은 일이어도 말이야, 나한테 전화를 해. 그럼 내가 어떻게 시간을 내서 너를 만날게."

그는 벤자민 프랭클린 브레이크라는 정식 이름이 구석에 적혀진 명함 한 장을 주었다. 그들은 가게 밖으로 나와서 다정하게 악수를 나누었다.

"내년 여름에 봐."

그는 그렇게 말하고 가버렸다.

프랜시는 그가 모퉁이를 돌아서 보이지 않을 때까지 선 채로 그를 보았다. 내년 여름! 지금은 겨우 9월이고, 내년 여름은 수백년 뒤에나 올 것 같았다.

그 여름학교는 너무 즐거웠기 때문에 프랜시는 그 대학에 등록하고 싶어졌다. 하지만 등록금이 300달러나 되어서 어떻게 할 도리가 없었다. 아침마다 프랜시는 42번 가에 있는 뉴욕 도서관에 가서 안내문들을 샅샅이 뒤지느라고 시간을 보냈다. 그래서 뉴욕에 사는 거주자에게는 등록금이 면제되는 여자대학 하나를 찾아냈다.

프랜시는 등록을 하러 갔지만 거기서는 프랜시가 고등학교를 졸업하지 않아서 입학할 수 없다고 하였다. 프랜시는 자신이 어떻게 해서 여름강좌 입학허가를 받았는지를 얘기했다. 아! 하지만 그곳은 달랐다. 그 강좌는 단지 과목이수만을 할 뿐이었다. 여름학교에서는 학위가 수여되지 않는 것이다.

프랜시는 학위와 상관없이 다닐 수는 없냐고 물었다. 그것도 안되었다. 프랜시가 25세가 넘었다면 특별 청강생으로 입학이 허가되고, 학위를 받지 않는다는 조건으로 수업을 들을 수 있다고 했다. 프랜시는 자기가 아직 25세를 넘지 않은 게 유감스러웠다. 한가지 방법이 있긴 했다. 입학시험이나 리젠트 시험(대학 평의회의 자격시험—역주)에 합격하면 고등학교 졸업을 안 했어도 입학할 수 있다고 했다.

프랜시는 입학시험을 쳤다가 화학을 뺀 모든 과목에서 낙제를 했다.

"아, 그래요. 난 알았어야 했어요. 대학에 들어가는 게 그렇게 쉽다면 누가 그 지겨운 고등학교를 다니겠어요? 하지만 걱정 마세요. 엄마. 이제 입학시험이 어떤 것인지 알았으니까 책을 사서 공부해서 내년에 다시 치겠어요. 내년엔 합격할 거예요. 반드시 그럴 거예요. 두고 보세요."

프랜시의 근무가 주간 근무로 바뀌었기 때문에 설사 대학에 합격했다 할지라도 다니지 못할 뻔하였다.

프랜시는 이제 아주 빠르고 능숙한 오퍼레이터여서 회사에서는 전신량이 많은 주간에 근무하도록 하였다. 회사에서는 만약 프랜시가 원한다면 여름에는 다시 밤 근무로 돌려주겠다고 말했다. 봉급도 인상되었다. 이제 프랜시는 주급 17달러 50센트를 받았다.

외로운 저녁이 다시 찾아왔다. 프랜시는 그 가을의 아름다운 밤에 브루클린의 거리들을 헤매고 다니며 벤을 생각했다.

'언제라도 내가 필요하면 편질 써. 그러면 내가 너를 보러 갈게.'

그랬다. 지금 프랜시는 그가 필요했다. 하지만 내가 지금 외로우니까 나한테 와서 나랑 같이 걷고 얘기해줘, 하고 편지를 보낸다면 그는 결코 오지 않을 사람이었다. 그의 꽉 짜인 인생계획표 속에는 '외로움' 이라는 제목의 줄은 들어 있지 않았다.

 _49

시시는 자기가 11월말에 아기를 낳을 거라고 했다. 케이티와 에비는 시시와 그 문제에 대해 가능하면 말하지 않는 게 나중에 시시에게 좋으리라고 생각했다. 그들은 시시가 또 사산아를 낳으리라 믿었고, 그것에 대해 얘기를 안 하면 안 할수록 시시가 나중에 잊어버리기가 더 좋을 거라고 생각했던 것이다. 하지만 시시는 가히 혁명적이랄 수 있는 결단을 내려서 그 문제를 들고 나왔다. 시시는 의사에게 진찰을 받고 아기도 병원에서 낳겠다고 했다.

그녀의 어머니와 여동생들은 놀라고 말았다. 로멜리 가의 어떤 여자도 아기를 낳을 때 의사한테 가지 않았다. 단 한번도. 그건 아무래도 좋은 일로 보이지 않았다. 산파와 이웃 여자들이나 어머니를 불러 남자들을 쫓아내고 닫힌 문 뒤에서 비밀스럽게 진행하는 일이 그 일이었다. 아이란 여자들의 일이었고, 병원이란 죽을 때나 가는 거라고 모두들 믿고 있었다.

시시는 그들이 시대에 뒤떨어졌다고 말했다. 산파는 이미 지나간 시대의 유물이라고도 했다. 게다가 그녀는 자랑스럽게 그 사실을 말했고 더 이상 그 점에 대해 왈가왈부하지 못하게 했다. 스티브 이모부도 의사에게 보이고 병원에 갈 것을 강력하게 주장했다. 게다가 그게 전부가 아니었다. 시시는 유태인 의사에게 간 것이다!

"왜, 시시 언니, 왜?"

그녀의 동생들은 충격을 받아 물었다.

"그럴 때는 유태인 의사가 가톨릭 의사보다 더 동정심이 많기 때문이야."

"난 유태인에 대해서 어떤 반감도 없어. 하지만…… 그래, 우리가 십자가를 보고 기도할 때 아론슈타인 의사의 민족이 별을 보고 기도한다고 해서 그가 좋은 의사가 아니라고 할 순 없겠지. 하지만…… 언니가 이왕이면 자신과 같은 종교의 의사를 부르는 게 낫지 않을까…… 더군다나 그런 때(케이티는 죽을지도 모르는 때라고 하려다가 말을 바꿨다)…… 출산 같은 때……"

"저런, 세상에!"

시시가 화난 듯이 말했다.

"초록은 동색이야. 언니는 유태인들이 가톨릭 의사를 부르는 걸 봤어?"

에비는 자기가 핵심을 잘 잡았다고 생각하며 말했다.

"그건 유태인 의사가 더 똑똑하다는 걸 세상 전부가 다 알고 있기 때문이지."

시시가 말했다.

출산은 보통 때와 다름이 없었다. 시시는 언제나처럼 느긋한 성품인 데다 의사의 협조로 더 쉽게 아기를 낳았다. 드디어 아기가 나오는 순간 시시는 눈을 꼭 감았다. 그녀는 아기를 보는 게 두려웠다. 이번 아기만은 반드시 살 거라고 마음속으론 굳게 믿었지만 막상 그 순간이 되자 그렇지 않을 수도 있다는 생각이 든 것이다. 그녀는 마침내 눈을 떴다. 아이는 바로 옆의 테이블에 놓여 있었다. 아기는 소리가 없었고, 온몸이 시퍼랬다. 그녀는 고개를 돌려버렸다.

'또다시 또다시 또다시…… 열한 번이나! 아, 하나님! 어째서 내게 한 아이도 허락하지 않으시나요? 열한 명 중에 단 한 명도! 몇 년만 지나면 이제 나는 아기를 낳을 수 있는 시기가 지나가요. 그리고 마침내 죽어가겠죠…… 한번도 생명을 낳아보지 못한 여자로! 아, 하나님, 어째서 저를 이렇게 저주하시는 거예요?'

그때 그녀는 어떤 말을 들었다. 그녀로선 한번도 들어보지 못한 말이었다. '산소호흡기' 란 말이었다.

"빨리! 산소호흡기를!"

의사가 소리치는 게 들렸다. 의사가 아기한테 무엇인가 해주는 것을 그녀는 보았다. 그리고 어머니가 옛날 성인들이 이루었다고 얘기해주던 그런 기적이 바로 눈앞에서 일어나는 것을 보았다. 죽어 있던 파란 아이가 살아 있는 하얀 피부로 바뀌는 것이었다. 분명히 생명이 깃들어 있지 않던 아기에게서 숨이 터져 나왔다. 처음으로 시시는 자기가 낳은 아기의 울음소리를 들었다.

"사…… 살…… 살아 있어요?"

믿어지지가 않아 시시는 겁에 질려 물었다.

"그럼 살아 있지, 뭐 다른 게 있나요? 내가 본 중에서 최고로 잘

생긴 아들을 낳으신 걸요."

그 의사는 어깨를 으쓱하며 말했다.

"그 말이 정말이죠?"

"부인께서 아기를 삼층 창문 아래로 떨어뜨리지만 않는다면요."

그는 다시 어깨를 으쓱하며 말했다.

시시는 의사의 손을 잡고 그 손에 무수한 감사의 입맞춤을 하였다. 그러나 아론스타인 의사는 시시의 그런 감격에 대해 유태인이 아닌 의사들이 그렇듯이 당황하지 않았다.

그녀는 그 아기에게 스테판 아론이란 이름을 붙여주었다.

케이티가 말했다.

"난 실패하지 않을 거라고 생각했어. 아이가 없는 여자가 양자를 들이면 팡! 하고 터지는 거야. 1, 2년 후면 반드시 그 여자는 자기 아기를 낳게 돼. 하나님이 그 여자의 착한 마음을 아신 것처럼 말이지. 한 아이만 딱 기르는 건 좋지 않으니까 아이가 둘이 된 건 좋은 일이야."

"리틀 시시하고 스테판은 두 살 차이가 나네. 닐리하고 나하고 비슷해요. 그래, 그 애들은 서로 친구가 되어줄 거예요."

프랜시가 엄마 말에 맞장구를 쳤다.

밤마다 나를 위해 기도해줘.

우리 다시 만날 날까지……

50

프랜시가 16세가 된 그 해, 햇살이 밝은 어느 봄날이었다. 프랜시는 5시에 회사를 나와 걸어가다가 같은 회사에서 전신을 치는 소녀인 아니타를 보았다. 그 애는 커뮤니케이션 빌딩의 문 앞에 두 명의 군인과 함께 서 있었다. 한 사람은 아니타의 팔을 당당히 끼고 환하게 웃고 있는 키 작고 땅딸막한 남자였고, 또 한 사람은 키가 크고 후리후리한 사람으로 수줍게 서 있었다. 아니타는 그 군인에게서 떨어져서 오더니 프랜시를 옆으로 끌고 가서 말했다.

"프랜시, 날 좀 구해줘. 조이는 내일이면 바다를 건너가야 돼. 오늘이 휴가 마지막 날이야. 우린 약혼했거든."

"약혼했으면 둘이서 잘 해내야지. 무슨 도움이 필요해?"

프랜시가 놀리듯이 물었다.

"내 말은 저 옆에 있는 친구를 도와달라는 거야. 조이는 할 수 없이 저 친구를 달고 나왔나 봐. 둘이 친한 사이라 하나가 가면 꼭 같이 다녀. 이 친구는 펜실베이니아의 작은 시골에서 왔는데 뉴욕에 아는 사람이라곤 없어. 그러니 우릴 졸졸 쫓아다닐 거고, 난 조이랑 단둘이 있지 못하게 될 거야. 날 좀 도와줘, 프랜시. 벌써 세 명한테 거절당했어."

프랜시는 저만큼 떨어져 서 있는 그 펜실베이니아 남자를 쳐다보았다. 그는 별 볼일이 없는 사람이었다. 다른 세 친구가 아니타의 요청을 거절한 것도 알 만했다. 그 때 그의 눈이 프랜시의 눈과 마주치자 그는 천천히 부끄럽게 미소지었다. 어쨌든 그는 잘 생기진 않았지만 사람이 좋아 보였다. 그 부끄러운 미소 때문에 프랜시는 결정을 했다.

"내 동생이 아직 일하는 데 있으면 엄마한테 얘길 해달라고 할게. 걔가 벌써 떠났으면 난 집에 가야 해. 저녁 먹을 때 내가 안 보이면 엄마가 걱정하시니까."

"그럼 얼른 동생한테 전화해봐. 자, 여기 동전 있으니까 빨리 걸어봐!"

그녀는 자기 주머니에서 동전을 꺼내주며 재촉했다.

프랜시는 모퉁이 담배가게에서 전화를 걸었다. 닐리는 아직 맥게러티 가게에 있었다. 프랜시는 닐리에게 엄마에게 말해달라고 했다. 가게에서 돌아오자 아니타는 벌써 그녀의 조이와 가버렸고, 그 부끄러운 미소의 군인만이 혼자 서 있었다.

"아니타는 어디 있어요?"

프랜시가 물었다.

"난 그녀가 당신과 간 줄 알았는데…… 조이와 가버렸군요."

프랜시는 당황했다. 더블 데이트를 할 거라고만 생각했던 터였다. 도대체 이 커다란 낯선 남자와 이제 무엇을 해야 한단 말인가?

"그들을 탓하진 않아요. 둘만 있고 싶을 겁니다. 나도 약혼한 사람이거든요. 어떤 심정인지 이해가 가요. 떠나기 전날에는 한 여자와 있고 싶은 거죠."

'약혼했다구? 으흠? 그럼 적어도 부담스럽게 굴지는 않겠구나.'

프랜시는 생각했다.

"당신이 나와 함께 꼭 있어주지 않아도 괜찮아요. 34번가로 가는 전철 타는 데만 일러주시겠어요? 난 이 도시가 처음이라서요. 호텔에 돌아가서 편지라도 쓰면 되겠죠. 아무것도 할 일이 없을 때는 편지라도 쓸 수 있으니까."

그는 그 외롭고 부끄러워 보이는 미소를 지었다.

"벌써 식구들에겐 늦는다고 전화했어요. 그러니까 당신이 좋으시다면……"

"정말이요? 아! 오늘은 억세게 운이 좋은 날이군요. 고마워요, 미스……"

"놀란. 프랜시 놀란이에요."

"내 이름은 리 라이너입니다. 정말은 레오인데 사람들이 다 리라고 불러요. 만나게 돼서 정말 기뻐요. 미스 놀란."

그는 손을 내밀었다.

"저도 기뻐요, 라이너 하사님."

"아, 벌써 계급장을 봤어요? 그나저나 하루종일 일하셨으니까 배가 고프시겠어요. 저녁식사를 할 만한 어디 좋은 데 있습니까? 그러니까 정찬을 할 만한……"

그는 행복하게 웃으며 말했다.

"그냥 저녁만 먹으면 돼요. 그런데 아는 데가 없네요. 당신은?"

"난 여기서 그 잡채란 걸 먹어보려고 했거든요."

"그럼 42번가에 근사한 중국집이 있어요. 음악도 나오는……"

"그럼 갑시다!"

전철을 타고 가는 동안에 그가 말했다.

"미스 놀란, 당신을 프랜시라고 불러도 될까요?"

"그럼요. 다들 그렇게 부르는 걸요."

"프랜시!"

그는 이름을 다시 불러보았다.

"프랜시, 또 한가지 부탁이 있어요. 당신을 내가 제일 사랑하는 여자라고 생각해도 될까요? 오늘 밤만요."

'흠, 정말 성급한 사람이구나.'

프랜시는 생각했다.

그는 프랜시의 마음을 들여다본 것처럼 말했다.

"내가 성급하다고 생각하시겠죠? 하지만 난 이 1년 동안에 거의 여자들을 보지 못했어요. 그리고 며칠 후면 프랑스로 건너가는 배를 타게 돼요. 그 다음엔 어떻게 될지 모르죠. 이 몇 시간 동안이라도 당신만 괜찮다면 그래봤으면 하는 거예요. 나한텐 대단한 친절이 될 겁니다."

"그러세요."

"고마워요."

그는 자기 팔을 가리키며 다시 말했다.

전철에서 내릴 때 그는 잠시 멈춰 서서 말했다.

"리라고 불러봐요."

그가 명령했다.

"리!"

"이렇게 말해줘요. '안녕, 리. 이렇게 다시 보다니 정말 기뻐요. 내 사랑……' 하고……"

"안녕, 리. 이렇게 다시 보니 정말 기뻐요……"

프랜시는 부끄러워서 더 이상은 말을 하지 못했다. 그는 프랜시의 팔을 더 힘주어 꼈다.

중국 식당 '루비'의 웨이터는 잡채밥 접시 두 개와 차가 담긴 차 주전자를 가져다 주었다.

"당신이 따라준다면 집에 있는 기분이 들 겁니다."

리가 말했다.

"설탕은?"

"설탕은 넣지 않아요."

"저도 그래요."

"그래요? 우린 입맛이 똑같군요, 그렇죠?"

그가 말했다.

두 사람은 모두 굉장히 배가 고팠기 때문에 얘기를 멈추고 그 미끌미끌하고 축축한 음식을 허겁지겁 먹었다. 프랜시가 바라볼 때마다 그는 미소를 지었다. 그가 프랜시를 보고 웃음 지으면 프랜시도 행복하게 웃어주었다. 잡채밥과 차를 다 먹자 그는 뒤로 기대어서 담배를 꺼냈다.

"담배 필래요?"

프랜시는 머리를 저었다.

"한 번 피워봤는데 좋지가 않았어요."

"잘했어요. 난 담배 피는 여자가 싫거든요."

그런 뒤 그는 자신에 대해 말하기 시작했다.

그는 자기 자신에 대해 기억하는 모든 것을 프랜시에게 말해주었다. 펜실베이니아의 시골에서 보낸 어린 시절에 대해서도 말했다. (프랜시는 신문스크랩 사무실에서 펜실베이니아 주의 주간신문을 통해 그 도시에 대해 읽은 걸 떠올렸다.) 그는 자기 부모와 누이와 남자 형제들에 대해서도 얘기했다. 그는 학창시절에 대해서도 얘기했다. 자기가 갔던 파티며, 자기가 가졌던 직업이며, 자기 나이는 22세인데 어떻게 해서 21세로 등록이 되어 있는지도 얘기했다. 군대생활에 대해서도 말했다. 어떻게 해서 하사가 되었는지도 말했다. 그는 프랜시에게 자기 자신에 대한 모든 생각들을 털어놓았다. 집에 두고 온 약혼녀에 대한 얘기만 빼고.

프랜시 또한 자기 삶에 대해 그에게 얘기했다. 프랜시는 행복한 얘기들만을 했다. 아빠가 얼마나 멋있었는지, 엄마가 얼마나 지혜로운지, 닐리가 얼마나 잘생긴 남동생인지, 아기동생이 얼마나 귀여운지에 대해 얘기했다. 또 프랜시는 도서관 책상에 놓여 있던 갈색 항아리에 대해서, 닐리와 자기가 식당에서 얘기하며 보냈던 것 따위를 말했다. 프랜시는 벤 브레이크에 대해서는 전혀 생각하지 않았기 때문에 그에 대한 얘기는 하지 않았다. 얘기가 끝났을 때 그가 말했다.

"나는 그 동안 내내 외로웠어요. 사람들이 북적대는 곳에서도 외로웠어요. 여자에게 키스를 하는 중에도 외로웠어요. 동료들이 잔뜩 있는 군대에서도 외로웠어요. 하지만 지금 난 이제 외롭지 않아요."

그의 얼굴에 그 특별한 수줍은 미소가 천천히 피어올랐다.

"나도 그래요. 남자랑 키스한 적은 없지만. 하지만 지금 처음으로 외롭지 않아요."

웨이터가 다시 와서 비워놓은 그릇들과 잔들을 치웠다. 그건 너무 오래 앉아 있었다는 암시라는 걸 프랜시는 알았다. 사람들이 기다리고 있었다. 프랜시는 리에게 나가자고 하였다. 벌써 10시가 다 되었다니! 그들은 거의 4시간이나 얘기한 것이다!

"집으로 가야 해요."

프랜시는 후회가 되어 말했다.

"내가 데려다 줄게요. 당신은 브루클린 다리 근처에 사나요?"

"아니요. 윌리엄스버그에 살아요."

"브루클린 다리 근처면 좋을 텐데…… 뉴욕에 가게 되면 브루클린 다리를 건너보고 싶었어요."

"건너보면 되잖아요? 난 브루클린의 끝에서 전차를 타면 돼요.

집 앞까지 가거든요."

　그들은 브루클린 다리로 가는 전철을 타고 내려서 그 다리를 걸어서 건너기 시작했다. 반쯤 건넜을 때 잠시 서서 이스트 강을 내려다보았다. 그들은 딱 붙어 서 있었다. 그가 프랜시의 손을 잡았다. 그는 맨해튼 쪽 강변의 마천루들을 바라보았다.

　"뉴욕이군요! 난 항상 여길 와 보길 원했는데 지금 드디어 왔군요. 사람들이 말하던 건 사실이네요. 세상에서 가장 훌륭한 도시 뉴욕!"

　"브루클린은 더 멋져요."

　"그곳엔 뉴욕 같은 마천루는 없지 않습니까?"

　"없죠. 하지만 거기엔 어떤 느낌이 있어요. 아, 설명할 순 없어요. 브루클린을 알려면 살아봐야 해요."

　"우린 언젠가 브루클린에서 살 겁니다."

　그가 조용하게 말했다. 프랜시의 가슴이 마구 뛰었다.

　그때 순찰하던 한 경관이 그들에게 다가오는 게 보였다.

　"떠나는 게 좋겠어요. 브루클린 해군기지가 바로 저기 있거든요. 저 정박해 있는 위장된 배들이 수송선이에요. 그래서 경찰들은 스파이가 있나 항상 감시해요."

　프랜시가 불안스럽게 말했다.

　그 순경이 다가왔을 때 리가 말했다.

　"우린 아무것도 날리지 않을 겁니다. 단지 이스트 강을 보고 있을 뿐이에요."

　"아, 그러시겠죠. 이 오월의 밤이 얼마나 아름다운지 내가 모를 것 같나요? 나도 얼마 전에는 젊은이였는걸요."

　그는 그들을 보고 웃었다. 리는 프랜시를 돌아보며 웃었고, 프랜시는 두 사람을 보고 웃었다. 그 순경은 리의 소매를 보고 말했다.

"그럼, 안녕히 가십시오, 장군님! 가시면 그놈들을 다 지옥으로 싹 쓸어버려요!"

"그러겠습니다."

리는 약속했다.

경관은 가던 길로 계속 갔다.

"좋은 사람이야."

리가 말했다.

"모두 좋은 사람들뿐이에요."

프랜시가 행복한 기분으로 말했다.

브루클린 쪽 다리 끝으로 왔을 때, 프랜시는 이제 남은 길은 데려다 주지 않아도 된다고 말했다. 야간근무할 때 늘 혼자 밤길을 다녔기 때문에 괜찮다고 설명했다. 게다가 집 앞까지 데려다 줬다간 그가 다시 뉴욕으로 돌아갈 길을 잃을지도 모른다고 말했다. 브루클린의 길은 복잡해서 거기서 사는 사람이 아니고서는 길을 잘 알 수 없다고 하면서.

사실 프랜시는 그에게 자기가 사는 곳을 보여주고 싶지 않았다. 물론 자기 동네를 사랑했고, 이웃들을 부끄럽게 여기지는 않았다. 그러나 자기 같은 생각을 갖고 있지 않는 낯선 사람 앞에서 그것은 초라하고 허름한 장소로만 비칠 것이다.

프랜시는 먼저 그에게 뉴욕으로 돌아갈 전철을 타는 곳을 가르쳐 주었다. 그런 다음 그들은 프랜시가 전차를 탈 곳으로 걸어갔다. 가다가 문신을 하는 가게를 지나치게 되었다. 유리창을 통해서 안에 앉아 있는 젊은 해군이 보였다. 그는 소매를 걷어올리고 있었고, 문신 기술자는 그 해군 앞에 등 없는 의자에 앉아 있었다. 그의 옆에는 문신용 잉크를 담은 그릇들이 놓여 있었다. 그는 그 해군 젊은이의 팔에다 화살이 심장을 뚫고 가는 그림을 새기고 있었다.

프랜시와 리는 멈춰 서서 창문 안을 들여다보았다. 그 해군은 그들을 보고 자유로운 다른 팔로 손을 흔들어주었다. 그들도 같이 손을 흔들어주었다. 그 문신 기술자는 그들을 보더니 들어오라고 신호를 보냈다. 프랜시는 눈살을 찌푸리고, 아니라는 뜻으로 머리를 흔들었다.

가게를 떠나 걸어가면서 리가 놀랐다는 식으로 말했다.

"진짜로 문신을 하네! 세상에!"

"절대 문신 같은 건 하지 말거라."

프랜시가 장난조로 엄하게 말했다.

"네, 어머니."

그가 온순하게 대답해서 그들은 웃음을 터뜨렸다.

그들은 전차를 기다리느라 모퉁이에 서 있었다. 어색한 침묵이 둘 사이에 흘렀다. 그들은 뚝 떨어져서 서 있었고, 그는 담배에 불을 붙여 피우다가는 반도 태우기 전에 꺼버리곤 하였다. 마침내 전차가 보였다.

"내 차가 오네요."

프랜시가 말했다. 프랜시가 오른손을 내밀고 인사했다.

"잘 가요, 리."

그는 금방 불을 붙였던 담배를 던져버렸다.

"프랜시?"

그는 두 팔을 벌렸다.

그녀가 그에게 다가가자 그는 그녀에게 키스하였다.

51

다음날 아침, 프랜시는 하얀 죠르젯으로 만든 주름진 비단 블라우스와 파란 정장을 입고 일요일에만 신는 가죽구두를 신었다. 프랜시와 리는 데이트 약속이 없었다. 다시 만날 약속조차 하지 않았다. 그러나 프랜시는 자기가 일이 끝나는 5시에 그가 기다리고 있을 거라고 생각했다. 프랜시가 나가려고 할 때 닐리가 자리에서 일어났다. 프랜시는 닐리에게 오늘 저녁식사 때 들어오지 못할 거라고 엄마에게 말해달라고 부탁했다.

"누나한테 드디어 남자가 생겼대요! 누나한테 드디어 남자가 생겼대요!"

닐리가 놀려댔다.

닐리는 창가에 놓인 아기 의자에 앉아 있는 로리에게로 갔다.

의자에 붙어 있는 쟁반 위에 오트밀 그릇이 놓여 있었다. 아기는 열심히 숟가락으로 오트밀을 떠서 마루에다 버리는 짓을 하고 있었다. 닐리는 아기의 턱을 쳐들고 말했다.

"야, 이 얼간아! 드디어 너네 언니한테 남자가 생겼다구!"

그 두 살짜리 아이는 오른쪽 눈썹 밑에 희미한 선을 만들며(엄마는 그 선을 로멜리 선이라고 불렀다.) 무슨 말인지 이해하려고 애썼다.

"프-래-니?"

아기는 혀짧은 말로 되물었다. 아기는 프랜시를 프래니라고 말했다.

"잘 들어, 닐리. 내가 로리를 침대에서 안아서 오트밀을 줬어. 오트밀을 먹이는 건 이제 네 몫이야. 그리고 아기한테 얼간이라고 하지 마."

현관 홀을 지나 거리로 나섰을 때, 자기 이름이 뒤에서 들려왔다. 프랜시는 올려다보았다. 닐리가 잠옷바람으로 창가에 매달려 있었다. 닐리는 목소리를 높여 노래를 불렀다.

그녀가 간다네
뾰족구두 신고
잔뜩 멋을 부리며
제일 좋은 옷 입고……

"닐리, 이 못된 자식! 나쁜 녀석!"
프랜시는 창문을 보고 소리쳤다. 닐리는 못 알아들은 척 딴전을 피웠다.
"그 남자가 못된 자식이라고 그랬어? 그 남자가 커다란 콧수염에 대머리라구?"
"아기 밥이나 먹여."
프랜시가 되받아 소리쳤다.
"뭐라구? 아기를 가질 거라구? 누나가? 정말 아기를 가질 거라고 한 거야?"
한 남자가 그 길을 지나다가 프랜시를 보고 한 눈을 찡끗했다. 여자아이 둘이 팔짱을 끼고 지나다가 배를 잡고 웃어댔다.
"넌 지옥에 갈 거야."
프랜시는 소용없는 화를 내며 고함을 질렀다.
"어, 누나가 나한테 저주했어! 엄마한테 이를 거야. 난 엄마한테 이를 거야. 누나가 날 저주했다고 엄마한테 이를 거야."

널리는 계속 놀려댔다.

전차가 오는 소리가 들려서 프랜시는 달려가야 했다.

프랜시가 일을 마치고 나오자 그가 기다리고 있었다. 그는 바로 그 수줍은 미소를 지으며 프랜시를 맞았다.

"안녕, 내 사랑."

그가 프랜시의 팔을 잡아당겼다.

"안녕, 리. 다시 만나서 기뻐요."

"……내 사랑……"

그가 재촉했다.

"내 사랑……"

프랜시가 덧붙였다.

그들은 그가 가 보길 원하는 다른 장소인 오토매트 식당에 가서 먹었다. 그곳은 금연장소였기 때문에 리는 담배가 피고 싶어 오래 앉아 있을 수 없었다. 그들은 커피와 후식이 끝나자 오래 앉아 얘기를 나눌 수 없었다. 그들은 춤을 추러 가기로 하였다. 브로드웨이를 막 벗어나는 데에 동전을 넣고 춤을 추는 곳을 찾아냈다. 그곳은 또 군인들은 반값으로 할인되었다. 그가 1달러를 주고 20번이나 춤을 출 수 있는 기다란 표를 사 와서 그들은 춤을 추기 시작했다.

그들이 홀을 반 바퀴쯤 돌며 춤을 추었을 때, 프랜시는 이 후리후리하고 소박해 보이는 남자가 겉보기와는 다르다는 것을 알았다. 그는 아주 부드럽고 능숙하게 춤을 잘 추었다. 그들은 서로 몸을 딱 붙인 채 춤을 추었다. 굳이 말할 필요가 없었다.

악단은 프랜시가 제일 좋아하는 노래 중의 하나인 〈어떤 일요일
아침〉을 연주하고 있었다.

어떤 일요일 아침
날씨는 청명하고

프랜시는 중창단이 부르는 노래를 콧소리로 따라했다.

무명옷으로 차려 입고
나는 어떤 신부가 될까.

프랜시는 리가 자기를 안은 팔에 힘을 주는 걸 느꼈다.

난 내 친구들을 알지
그 애들은 내게 샘을 내겠지.

프랜시는 행복했다. 한번 더 돌았을 때, 가수들은 다시 그 노래를
합창했는데, 이번에는 그곳에 있는 군인들을 위해 가볍게 바꾸어
불렀다.

국방색 군복을 입고
당신은 어떤 신랑이 될까

프랜시는 그의 어깨에 두른 자신의 팔에 힘을 주었다. 그리고 그
의 옷에 얼굴을 묻었다. 프랜시는 케이티가 17년 전에 조니와 춤을

추면서 가졌던 생각과 똑같은 생각을 하였다. 아, 이 남자 곁에서 언제나 살 수만 있다면 어떠한 희생이나 고생도 기꺼이 받아들이겠어. 그리고 꼭 케이티처럼 프랜시는 자기의 고생과 희생을 바쳐야 할 아이들에 대해선 아무런 생각도 하지 않았다.

한 무리의 군인이 홀을 나가고 있었다. 관례대로 악단은 연주하던 노래를 멈추고, 〈우리 다시 만날 때까지〉란 곡을 연주하기 시작했다. 사람들은 모두 춤을 멈추고, 그 군인들에 대한 작별노래를 불렀다.

프랜시와 리는 비록 그 가사의 내용을 확신하진 못했지만 손을 잡고 노래했다.

……구름이 흐를 때
그때 내가 돌아오면
그때 하늘은 더 파랗게 맑아지고……

사람들 사이에서 "잘 가세요, 군인들!"하는 소리가 들려왔다. "행운을 빕니다. 군인 아저씨!", "우리 다시 만날 때까지, 안녕!"하는 말들도 쏟아져 나왔다. 그러자 나가던 군인들이 잠시 서서 노래를 불렀다. 리는 프랜시를 문 쪽으로 잡아끌었다.

"우리도 지금 갑시다. 그럼 이 순간이 영원한 추억으로 남을 거예요."

그들은 천천히 계단을 걸어 내려갔다. 노랫소리가 뒤따라왔다. 거리에 나섰지만 그들은 노랫소리가 사라질 때까지 가만히 서서 기다렸다.

……밤마다 나를 위해 기도해줘.

우리 다시 만날 때까지.

"저걸 우리의 노래로 삼읍시다. 저 노래를 들을 때마다 내 생각을 해줘요."

그가 속삭였다.

그들이 걸을 때 비가 내리기 시작했다. 그들은 뛰어가다가 어떤 빈 가게 앞에서 비 피할 장소를 찾아냈다. 그들은 그 구석지고 어두운 문 앞에 손을 꼭 잡고 비가 내리는 걸 바라보며 서 있었다.

'사람들은 항상 행복이란 게 저 멀리 있는 것이라고 생각해. 어떤 복잡하고 얻기 힘든 걸로. 하지만 얼마나 작은 일들이 행복을 만들어주는 걸까. 비가 내릴 때 피할 수 있는 곳, 우울할 때 아주 뜨겁고 진한 커피 한 잔, 남자라면 위안을 주는 담배 한 개피, 외로울 때 읽을 책 한 권, 자기가 사랑하는 사람과 함께 있을 수 있다는 것. 그런 것들이 행복을 만들어주는 거야.'

프랜시는 그 빗속에서 생각했다.

"난 내일 아침에 떠나요."

"프랑스로 가는 건 아니지요?"

프랜시는 갑자기 행복에 대한 자기 생각에서 벗어나며 말했다.

"네. 집으로 가는 겁니다. 어머니가 하루나 이틀이라도 함께 있길 원하셔서요. 내가 떠나기 전에……"

"아!"

"당신을 사랑해요, 프랜시."

"하지만 당신은 약혼했잖아요? 처음 만났을 때 그 얘길 했어요."

"약혼했죠. 사람들은 모두 약혼을 했거나 결혼을 했거나 곤경에

처해 있거나 그래요. 그렇게 작은 마을에서는 도통 할 일이라곤 없으니까요."

그는 비통한 어조로 말을 이었다.

"당신이 남자이고 학교를 간다고 쳐봐요. 한 여학생하고 같이 학교에 가게 돼요. 그 애하고 가는 건 다른 이유가 없어요. 그 애가 학교 가는 길에 살고 있기 때문일 뿐이에요. 그러다 자라게 되죠. 그 소녀는 자기 집에 열리는 파티에 당신을 초대해요. 당신이 다른 파티에 가면 사람들은 그녀도 함께 데리고 오길 바라죠. 그리고 당신의 집에 그녀를 부르고…… 그렇게 되면 아무도 그녀를 데리고 나가려 하지 않게 돼요. 사람들은 모두 그녀는 당신의 여자라고 믿어버리는 거예요. 그러다…… 그래요. 만약 당신이 그녀를 데리고 살지 않게 되면 당신은 비열한 사람이 되어버려요. 그리고서 다른 아무 일도 없기 때문에 당신은 결혼하죠. 그리고 그녀가 괜찮은 여자이고 당신도 괜찮은 남자라면(대개는 그래요.) 모든 일은 잘되었다고 하는 거예요. 깊은 열정 없이 단지 어떤 종류의 애정만으로 만족하는 거죠. 그리고 아이들이 줄줄이 태어나고 그들은 서로가 갖지 못했던 사랑을 이 아이들에게 흠뻑 쏟는 거예요. 그리고 아이들이 자라나는 거죠…… 그래요. 난 어쨌든 약혼했어요. 그렇지만 나와 그녀 사이는 나와 당신 사이 같지는 않아요."

"하지만 당신은 그녀랑 결혼할 거잖아요?"

그는 한참 말없이 있다가 입을 열었다.

"아니요. 안 하겠어요."

프랜시는 다시 행복해졌다.

"나한테도 말해줘요, 프랜시. 말해줘요."

그가 나직이 재촉했다.

프랜시는 말했다.

"당신을 사랑해요, 리."

 __*52*__

프랜시는 약속한 대로 그날 밤 편지를 썼다. 자기 자신의 모든 사랑을 쏟아놓고, 자기가 한 약속을 몇 번이고 되풀이해놓은 긴 편지였다.

34번가에 있는 우체국에서 편지를 부치기 위해 조금 일찍 출근길에 나섰다. 창가에 앉은 우체국 직원은 그 편지가 그날 오후면 목적지에 닿을 거라고 장담했다. 그날은 수요일이었다.

목요일 밤에 프랜시는 별로 큰 기대를 갖지는 않았지만 그래도 혹시 편지가 오지 않을까 기다렸다. 그 역시 헤어진 후 돌아가는 즉시 편지를 쓰지 않았다면 시간이 없었을 것이다. 그러나 물론 그는 짐을 싸야 했을 것이고, 기차를 타기 위해 빨리 일어나야 했을 것이다.(프랜시는 자기는 시간을 냈다는 생각을 하지 않았다.) 목요일 밤에 편지는 없었다.

금요일에 프랜시는 계속해서 주야간 16시간의 근무를 해야 했다. 회사에 독감이 돌아서 일손이 부족했던 탓이었다. 새벽 두 시가 다 되어서야 집에 도착할 수 있었다. 부엌 식탁 위에는 편지 한 통이 설탕 그릇에 기대어 놓여 있었다. 프랜시는 얼른 그 편지를 뜯었다.

"친애하는 놀란 양에게."

행복은 사라졌다. 그건 리에게서 온 편지가 아니었다. 그러면 "사랑하는 프랜시에게"라고 썼을 것이다. 프랜시는 편지를 넘겨서 끝에 적힌 이름을 보았다. '엘리자베스 라이너(부인).'

아! 그의 어머니인 모양이었다. 아니면 시누이 될 사람. 혹시 그는 병이 들어서 편지를 못 썼을지도 몰랐다. 아니면 바다를 건너야 할 군인들은 편지를 쓰면 안 된다는 규칙이 있을지도 몰랐다. 그래서 그는 다른 사람에게 편지를 쓰게 한 것이다. 그래, 그랬을 거야. 프랜시는 편지를 읽기 시작했다.

"리가 당신에 대한 모든 얘길 해줬어요. 그가 뉴욕에 있는 동안 그렇게 친절하게 대해 주신 데 대해 감사를 드립니다. 그는 수요일 오후에 집에 왔지만 다음날 밤까지 부대로 돌아가야 했습니다. 그는 집에 하루 반 밖에 머무르지 못했습니다. 우리는 매우 조촐하게 결혼식을 올렸습니다. 식구들과 몇몇 친구들만……"

프랜시는 편지를 내려놓았다.

'난 열여섯 시간이나 줄곧 일을 했어. 지금 난 너무 피곤해. 난 오늘 수천 개의 전보를 읽어서 지금은 어떤 말도 똑바로 들어오지가 않아. 우선 세수를 해서 잠을 쫓고, 커피를 마신 다음에 편지를 다시 읽어야지. 그러면 바로 읽을 수 있을 거야.'

케이티는 침대에 누운 채 프랜시가 부엌에서 왔다갔다하는 소리를 듣고 있었다. 그녀는 긴장해서…… 기다렸다. 자기가 기다리고 있는 게 무엇인지 알지 못했지만.

프랜시는 편지를 다시 읽었다.

"……결혼식을 올렸습니다. 식구들과 몇몇 친구들만 참석했습니다. 리는 내게 당신에게 편지를 써서 왜 자기가 답장을 쓰지 못하는지 말해달라고 하였습니다. 그가 당신이 사는 도시에 갔을 때 그렇게 친절하게 그를 즐겁게 해주신 데 대해 다시 한번 감사 드립니다. 엘리자베스 라이너 (부인) 올림."

추신도 붙어 있었다.

"당신이 리에게 보낸 편지도 읽었습니다. 그가 당신과 사랑에 빠진 척한 것은 아주 비열한 행동이었습니다. 나는 그에게도 그렇게 말했습니다. 그는 말할 수 없이 당신에게 미안하다고 말했습니다. E. R."

프랜시가 몸을 부르르 떨었다. 이가 덜덜 떨렸다.
"엄마, 엄마!"
프랜시는 신음소리를 내며 엄마를 불렀다.

케이티는 사연을 다 들었다. 프랜시가 그녀에게 편지를 주었다. 그녀는 그것을 천천히 읽었다.
"무슨 말이든 해줘요. 왜 아무 말도 안 하세요?"
프랜시가 애원했다.
"무슨 말을 하겠니?"
"넌 아직 젊으니까 잘 극복할 거라고 말해주세요. 얼른 말해주세요. 빨리요. 거짓말이라도 좋아요."
"그래, 사람들은 그렇게 말하지, 잘 극복할 거라고. 나라도 그렇게 말할 거야. 하지만 그건 사실이 아닌 걸. 아, 너는 다시 행복해질 거야. 두려워하지 마. 그러나 넌 그걸 잊을 수 없을 거야. 사랑에 빠질 때마다 애인의 어떤 점 속에서 그를 떠올리게 될 거야……"

"어머니……"

어머니라니! 케이티는 기억이 났다. 자신도 자기 어머니에게 조니와 결혼하겠다는 말을 할 때 처음으로 어머니라고 불렀던 것이다. "어머니, 전 결혼하겠어요……" 그전까지 그녀는 한번도 어머니라고 부르지 않았다. 언제나 엄마라고 했었다. 그러나 그 뒤로 다시는 엄마라고 부르지 않았다. 그런데 지금 프랜시가……

"어머니, 그가 나한테 밤을 같이 보내자고 했을 때 따라갔어야 했을까요?"

케이티는 알맞은 말을 고르느라고 한참을 생각했다.

"거짓말은 하지 마세요, 어머니. 진실을 말해주세요."

케이티가 마침내 입을 열었다.

"거기엔 두 가지 진실이 있어. 어머니로서 나는 한 소녀가 낯선 남자랑—그 남자를 안 지 겨우 48시간도 안 되었으니까—자러 가는 일은 끔찍한 일이 될지도 모른다고 말해야겠지. 너한테 엄청난 일이 생길 수도 있었어. 너의 전 생애가 파괴될 수도 있었고. 이건 너의 어머니로서 내가 너에게 말해주는 진실이야. 그러나 여자로서……"

그녀는 망설이다 말했다.

"여자로서 너에게 진실을 말해주마. 그건 아주 아름다운 일이 될 수도 있었단다. 그건…… 네가 그런 식으로 사랑하는 일은 단 한번밖에 없기 때문이야."

프랜시는 생각했다.

'그때 그와 함께 갔어야 했어. 난 다시는 어떤 사람도 그만큼 사랑하지 못할 거야. 난 그와 함께 같이 가기를 원했는데 가지 않았어. 그리고 지금 다른 여자의 소유가 된 그를 더 이상 원하지는 않아. 그러나 나는 원했는데 가지 않았어. 지금은 모든 게 너무 늦었어.'

프랜시는 식탁 위에 머리를 묻고 울었다.

잠시 후 케이티가 말했다.

"나도 편지를 받았단다."

그녀의 편지는 며칠 전에 왔지만 그걸 말할 적당한 때를 기다려 왔다. 지금이 적당한 때라고 그녀는 결정했다.

"난 편지를 받았단다."

그녀는 다시 말했다.

"누가…… 누가 보냈는데요?"

프랜시는 흐느꼈다.

"맥쉐인 씨."

프랜시는 더 커다랗게 울었다.

"관심 없니?"

프랜시는 울음을 그치려고 애썼다.

"아니요. 그 사람이 뭐라고 했는데요?"

프랜시는 기운 없이 물었다.

"다음주에 한번 들르겠다는 말만 썼어."

그녀는 기다렸다. 프랜시는 더 이상 그 문제에 관심을 보이지 않았다.

"맥쉐인 씨가 아버지가 되는 일을 어떻게 생각하니?"

프랜시가 머리를 바짝 쳐들었다.

"어머니! 한 남자가 집에 오겠다고 썼어요. 그러자마자 어머닌 그런 일들을 생각하시는 거예요? 도대체 엄마는 어떻게 해서 그렇게 항상 모든 일을 알고 있다고 생각하시는 거예요?"

"난 아는 게 아니야. 난 정말로 아무것도 알고 있지 못해. 단지 느낄 뿐이야. 그리고 그 느낌이 충분히 강하면, 그때 가서 그걸 안다고 말하는 것 뿐이야. 그러나 난 알지 못해. 그러니까 넌 그 사람을 아버지로서 괜찮게 생각하니?"

프랜시는 비통하게 말을 했다.

"내 삶이 실패한 다음엔요. 난 충고를 해줄 수 있는 마지막 사람이에요."

케이티는 웃지 않고 말했다.

"난 너한테 충고를 바라는 게 아니야. 단지 내 아이들이 그에 대해 어떻게 느끼는지 알면 내가 취할 행동을 더 잘 알 것 같아서 그럴 뿐이야."

프랜시는 어머니가 맥쉐인에 대해 얘기를 꺼낸 게 자기의 생각을 딴 데로 돌리려는 작전이 아니었나 의심이 들었다. 그리고 그 작전이 거의 먹혀들었기 때문에 분개했다.

"난 몰라요, 어머니. 아무것도 몰라요. 그리고 난 더 이상 아무것도 얘기하고 싶지 않아요. 제발 가세요. 혼자 좀 내버려두세요."

케이티는 침대로 돌아갔다.

그래, 한 사람이 그렇게 오랫동안 울 수 있다니! 우는 동안에도 시간은 흘렀다. 벌써 다섯 시가 되었다. 프랜시는 이제 자러 가기에는 너무 늦었다고 생각했다. 아침 7시에 다시 일어나야 하기 때문이었다.

프랜시는 배가 몹시 고프다는 걸 깨달았다. 전날 점심 때 이후로 야간 교대시간에 샌드위치 한쪽 먹은 것말고는 먹은 게 없었다. 프랜시는 커피를 새로 끓이고, 토스트를 굽고, 계란 두 개를 휘저어 볶았다. 프랜시는 그 모든 것이 너무 맛있다는 것에 깜짝 놀랐다. 그러나 식사를 하다가 눈길이 편지로 가자 눈물이 다시 흘렀다.

프랜시는 편지를 싱크대로 가져가 성냥불을 붙였다. 그런 뒤 수도를 틀어 검은 재가 하수구로 흘러가는 것을 보았다. 프랜시는 다시 아침식사를 했다.

프랜시는 선반 위에 있는 상자 속에서 편지지를 꺼낸 다음에 편지를 쓰기 위해 앉았다. 프랜시는 써 내려갔다.

보고 싶은 벤, 네가 필요할 때 편지하라고 말했지? 그래서 이렇게 쓰는 거야⋯⋯

프랜시는 종이를 반으로 찢었다.

"아냐! 난 누군가를 필요로 하고 싶지 않아. 난 날 필요로 하는 사람을 원해⋯⋯ 내가 필요한 사람을 원해."

프랜시는 다시 울었지만 이번에는 그렇게 심하게 울지 않았다.

_53

맥쉐인이 제복을 입고 있지 않은 모습을 프랜시는 그날 처음으로 보았다. 값비싼 더블단추의 회색빛 양복을 입은 그의 모습은 상당히 멋져 보였다. 물론 아빠만큼 잘 생기지는 않았다. 그 대신 그는 키가 더 크고, 몸집이 더 컸다. 그리고 비록 머리는 회색빛이었지만 그 나름의 멋을 가진 사람이라고 프랜시는 생각했다. 하지만 어머니에 비해 그는 너무 늙었다. 사실 어머니도 그렇게 젊은 것은 아니었다. 어머니는 곧 서른다섯 살이 된다. 그러나 쉰 살보다는 한참이나 젊은 나이였다. 어쨌든 남편감으로서 맥쉐인은 조금도 부끄럽지 않은 사람이었다. 그의 겉모습은 그의 직업답게 날카로운 경관처럼 보였지만 얘기할 때의 목소리는 부드러웠다.

그들은 커피와 케이크를 먹고 있었다. 맥쉐인이 예전에 아버지가 앉았던 자리에 앉아 있는 것을 보고 프랜시는 고통을 느꼈다. 어머니는 아버지가 죽은 후 일어난 일들을 그에게 다 얘기해주었다. 맥쉐인은 그들이 겪어온 과정에 놀라는 눈치였다. 그는 프랜시를 바라보았다.

"그래, 이 조그만 소녀가 혼자 힘으로 지난 여름에 대학에 다녔단 말이오?"

"그리고 이번 여름에도 또 다닌데요."

어머니가 자랑스럽게 말했다.

"넌 정말 훌륭하구나!"

"그리고 일도 잘 해서 이제 주급 20달러를 벌어요."

"거기다 이렇게 건강하고!"

그는 진정으로 놀라워하며 말했다.

"아들 아이는 이제 고등학교를 반쯤 다녔어요."

"그래요?"

"그리고 저 애도 오후와 저녁에 여기저기서 일을 해요. 가끔은 방과후에 일하는 걸로 일주일에 5달러를 벌 때도 있지요."

"정말 착한 소년이구나. 게다가 저 아이의 건강한 모습을 봐요. 당신도 얼굴이 좋아 보이고……"

프랜시는 처음엔 왜 그가 자기들은 당연하게 여기는 건강에 대해 그렇게 감탄을 하는지 이상하게 생각했다. 그때 그의 아이들에 대한 일들이 떠올랐다. 그에게는 많은 자식들이 태어났는데 모두 아파서 채 자라지 못하고 죽었던 것이다. 그가 건강에 대해 저렇게 놀라워하는 것도 무리가 아니었다.

"아기는?"

그가 물었다.

"가서 아길 데려오렴, 프랜시."

어머니가 말했다.

아기는 거실에 있는 아기침대에 있었다. 아기침대는 원래 프랜시의 방에 두기로 했지만 아기가 잘 때는 특히 공기가 잘 통하는 곳이 좋을 것 같아 거실에 두기로 하였다. 프랜시는 자고 있는 아기를 들어올렸다.

아기는 눈을 뜨자마자 당장 무언가 하려고 하였다.

"바이바이. 프래니? 공원 가? 공원?"

아기가 혀 짧은 소리로 물었다.

"아니, 아가야. 어떤 사람한테 소개해주려고 그래."

"사람?"

로리는 의심쩍다는 투로 물었다.

"그래. 아주 큰 사람."

"큰 사람!"

아기가 즐겁게 따라 했다.

프랜시는 아기를 데리고 부엌으로 갔다. 아기는 정말로 사랑스러

운 존재였다. 분홍색 플란넬 잠옷을 입은 아기는 신선하고 귀엽게
보였다. 아기의 머리는 부드럽고 검은 곱슬머리였다. 양미간이 떨
어진 검은 눈은 총명해 보였고, 뺨은 발그레한 장미빛이었다.

"아, 아기군. 아기. 정말 한 떨기 장미 같구나. 들장미 같아……"

맥쉐인이 중얼거렸다.

아빠가 여기 계셨더라면 〈나의 아일랜드 들장미〉란 노래를 부르
기 시작했을 텐데…… 프랜시는 어머니가 한숨쉬는 소리를 들었다.
어머니도 나랑 같은 생각을 하였을까……

맥쉐인은 아기를 안았다. 아기는 그의 무릎 위에서 뒤로 몸을 뻗
치고 그를 의심쩍게 바라보았다. 어머니는 아기가 울까 봐 걱정스
런 얼굴이었다.

"로리! 맥쉐인 씨야, 말해봐, 맥.쉐.인……"

아기는 머리를 뒤로 젖히고 그를 보더니 알겠다는 듯이 웃으며
머리를 흔들었다.

"아냐. 아냐. 사……라프…… 사람이야!"

그러더니 아기는 갑자기 승리감으로 크게 소리쳤다.

"큰 사람!"

아기는 맥쉐인을 보고 웃으며 애교 있게 말했다.

"로리 바이바이할까? 공원에? 공원?"

그러더니 아기는 그의 코트에 뺨을 대고 눈을 감았다.

"자장자장……"

맥쉐인이 살살 아기를 두드려주었다. 아기는 그의 팔 안에서 잠
이 들었다.

"놀란 부인, 오늘 밤 제가 왜 왔는지 궁금하시겠지요. 오게 된 용

건을 말씀드리겠습니다. 전 개인적으로 물어보고 싶은 게 있어서 왔습니다만……"

프랜시와 닐리는 자리를 비키려고 일어섰다.

"아니다. 애들아, 너희도 그대로 있어주렴. 내 질문은 너희들 어머니에게 하는 것이긴 하지만 너희들과도 관련이 있단다."

그들은 다시 앉았다. 그가 헛기침을 하더니 말했다.

"놀란 부인, 부군께서 세상을 뜨신 지도 세월이 많이 흘렀지요. 신이여, 그의 영혼에 안식을 주소서…… 전 오래 기다려왔습니다. 그리고 이제는 때가 됐다고 생각했습니다. 지금쯤은 이런 말을 해도 실례가 되지 않겠지요…… 캐서린 놀란, 저는 당신을 내 평생의 반려자로 맞고 싶습니다. 이번 가을에 저와 결혼해주십시오."

어머니는 재빨리 프랜시를 쳐다보더니 얼굴을 찡그렸다. 어머니한테 뭐 언짢은 일이 생겼나? 프랜시는 웃는다는 것에 대해선 생각조차 못하고 있었다.

"저는 당신과 당신의 세 자녀를 돌볼 수 있습니다. 연금과 봉급과 우드해븐과 리치몬드에 있는 조그만 땅에서 수입이 들어오는 게 있어서 합치면 1년에 만 달러 정도는 됩니다. 또 보험도 있구요. 아이들도 모두 대학에 보낼 것입니다. 그리고 저는 당신의 충실한 남편이 되겠습니다."

"생각을 많이 해보셨나요, 맥쉐인 씨?"

"생각할 필요도 없습니다. 5년 전에 당신을 처음 마호니 우틴에서 봤을 때부터 마음을 결정했다면 믿지 않으시겠죠? 그때 나는 저 아이에게 당신이 엄마인지 물었습니다."

"전 교육을 받지 못한 잡역부예요."

어머니는 사실대로 그러나 조금도 주눅들지 않고 말했다.

"교육이요! 누가 나한테 읽기랑 쓰기를 가르쳤던가요? 아무도 없었어요. 난 혼자서 배웠어요."

"하지만 당신 같은 남자분은, 그러니까 공적인 생활을 하는 분은 사회생활에 대해서도 잘 알고 영향력 있는 사업친구들도 잘 대접할 수 있는 그런 아내가 필요하지요. 전 그런 종류의 여자가 아닙니다."

"사업적인 접대는 사무실에서 합니다. 내 집은 내가 사는 곳이에요. 그렇다고 당신을 존중하지 않는 건 아닙니다. 당신은 어떤 남자보다도 신뢰할 만합니다. 그러나 나는 내 사업을 도와줄 여자를 찾고 있는 게 아닙니다. 사업은 나 혼자서 할 수 있어요. 감사하게도. 내 마음을 얘기해야 하겠군요. 나는 당신을 사랑합니다."

그는 그녀를 이름으로 부르는 데 조금 주저했다.

"……캐서린? 시간이 필요할까요?"

"아니요. 생각할 시간은 필요 없어요. 당신하고 결혼하겠어요, 맥쉐인. 당신의 수입 때문에 결혼하는 건 아니에요…… 전 당신이 좋은 분이고 당신을 제 남편으로 맞고 싶기 때문에 결혼하는 거예요."

그것은 사실이었다. 케이티는 만일 그가 요구한다면 결혼하려고 마음먹고 있었다. 삶이란 자기를 사랑해주는 남자가 없다면 불완전한 것이기 때문에 그랬다. 그것은 조니에 대한 사랑과는 아무런 관련도 없었다. 그녀는 언제나 그를 사랑할 것이다. 맥쉐인에 대한 그녀의 감정은 보다 조용한 것이었다. 그녀는 그를 좋아하고 존경했고, 자기가 그에게 좋은 아내가 될 것이란 걸 알고 있었다.

"고마워요, 캐서린, 물론 나는 이렇게 예쁘고 젊은 부인과 세 명의 건강한 자식들을 얻기에는 많은 점이 부족합니다."

그는 진정으로 겸손하게 말했다.

그가 프랜시를 돌아보았다.

"장녀로서 너도 동의하니?"

프랜시는 자기 대답을 기다리는 어머니를 보았다. 남동생도 보았다. 프랜시는 고개를 끄떡였다.

"저와 제 동생은 맥쉐인 씨를 맞아들이겠어요. 우리들의……"

프랜시는 자기 아버지를 생각하자 눈물이 앞을 가려서 말을 잇지 못했다.

"알겠다, 알겠어. 난 너에게 걱정을 끼치지 않겠다."

맥쉐인은 부드럽게 말했다. 그는 어머니를 돌아보았다.

"난 위의 큰애들 둘에게는 '아버지'라고 부르라고 요구하지 않겠습니다. 애들은 아버지를 가졌었고, 그는 언제나 노래를 부르던 아주 좋은 사람이었지요."

프랜시는 목이 졸아드는 것만 같았다.

"그리고 나는 저 애들에게 내 성을 따르라고 요구하지도 않겠어요. 놀란은 그대로 아주 좋은 이름입니다…… 하지만 내가 안고 있는 이 작은아이는…… 한번도 아버지의 얼굴을 보지 못했지요. 이 애만은 나더러 아버지라고 부르게 해주시겠습니까? 내 호적에도 올려서 내 성을 따르고 당신과 내가 함께 키우게 해주시겠습니까?"

어머니는 프랜시와 닐리를 바라보았다. 애들이 어떻게 받아들일 것인가, 자기들의 동생이 놀란 대신에 맥쉐인이라는 성을 갖게 되는 걸…… 프랜시는 동의한다는 뜻으로 고개를 끄떡였다. 닐리도 고개를 끄떡였다.

"우린 당신에게 아기를 드리겠어요."

어머니가 말했다.

"우린 아빠라고 부르진 못해요."

갑자기 닐리가 말하더니 재치 있게 덧붙였다.

"하지만 아버지라고 부를 순 있을 거예요, 아마."

"고맙다, 얘야."

맥쉐인은 간단하게 대답했다. 그는 긴장이 풀려서 그들을 보며 미소지었다.

거실의 어둠 속에서 프랜시는 자기 동생에게 속삭이며 물었다.

"어떻게 생각해?"

"엄마한텐 좋은 사람인 것 같아. 물론 저 사람이 아빠가 될 수는 없지만……"

"그럼, 그럼. 아무도…… 아빠가 될 수는 없어. 하지만 그 점만 빼놓는다면 저 사람은 괜찮은 사람이야."

"로리는 아주 편안하게 살 수 있겠다."

"애니 로리 맥쉐인! 얘는 우리처럼 힘든 시절은 절대로 안 보내 겠지, 그렇지?"

"그래. 그리고 얘는 절대로 우리처럼 재미난 시절도 보내지 못할 거야."

"그렇구나! 우린 정말 재미있었어. 그렇지, 닐리?"

"그럼!"

"가엾은 로리!"

프랜시는 동정에 찬 목소리로 말했다.

　프랜시는 누가 갑자기 어깨를 치는 바람에 깜짝 놀랐다. 그러나 프랜시는 곧 마음을 놓고 미소지었다. 교대시간이었을 뿐이다! 새벽 1시, 프랜시는 몰두해서 일을 했고, 교대자가 이제 교대하러 온 것이다.

　"딱 하나만 더 칠게."

　프랜시가 말했다.

　"그렇게 일이 재밌니?"

　그 교대자는 미소지었다.

　프랜시는 자신의 마지막 전보를 천천히 그리고 애정을 갖고 쳤다. 그 전보의 내용이 사망통지가 아니라 탄생을 알리는 것이어서 기뻤다. 그 전보는 프랜시의 작별인사였다. 누구에게도 자기가 그만둔다는 말을 하지 않았다. 프랜시는 아무에게도 알리지 않고 떠날 작정이었다. 사람들에게 작별인사를 했다가는 울음을 터뜨릴까 봐 두려웠다. 자기의 어머니처럼 프랜시도 남들 앞에서 감정을 드러내기를 두려워했다.

　곧장 사물함으로 가는 대신에 프랜시는 그곳에서 일하는 소녀들이 15분간의 휴식시간을 거의 다 보내는 커다란 휴게실로 갔다. 그들은 피아노를 치는 한 소녀의 주위를 둘러싸고 〈안녕, 남자 없는 세상을 주세요〉라는 노래를 하고 있었다.

　프랜시는 20층 아래로 이스트 강을 내려다볼 수 있는 커다란 창가로 걸어갔다. 그리고 그 창문에서 마지막으로 이스트 강을 내려다보았다. 어떤 것이든 마지막으로 본다는 것은 죽음처럼 뼈에 사무치는 것이었다.

내가 지금 보고 있는 이것은 앞으로 다시는 똑같은 식으로 볼 수 없다고 프랜시는 생각했다. 아, 비록 과장된 느낌이 없지는 않지만 그래도 모든 것을 마지막으로 본다는 것은 얼마나 뚜렷하게 사물을 보게 하는가. 그리고 매일 그것들을 볼 수 있었을 때 더 잘 보지 않았던 것들을 슬퍼하게 한다.

외할머니가 뭐라고 하셨던가? "항상 무엇이든 맨 처음이나 마지막으로 보는 것처럼 바라보아라. 그러면 지상의 모든 시간이 영광으로 가득 찰 것이다."

메리 로멜리 할머니!

외할머니는 몇 달 동안이나 마지막 병에 시달렸다. 그러나 그날 동트기 직전에 스티브 이모부가 그들에게 알려주러 왔을 때 임종의 시간은 왔다.

"난 장모님이 그리워요. 그분은 위대한 숙녀였어요."

스티브 이모부가 말했다.

"위대한 여성이었다는 말이겠지요."

어머니가 말했다.

프랜시는 창가에 선 채 강을 내려다보노라니 지나온 수많은 일들이 꿈처럼 느껴졌다. 그날 현관복도에서의 그 강간범. 그거야말로 꿈이었다! 맥쉐인이 어머니를 기다려온 오랜 날들도 꿈이었다. 아빠가 죽은 것은 오랫동안 꿈 같았으나 이제 아빠는 한번도 존재하지 않았던 사람처럼 여겨졌다. 로리가 태어난 것도, 아빠가 돌아가신 후 5개월만에 태어난 그 애도 꿈에서 나온 것처럼 보였다. 브루클린은 꿈이었다.

거기서 일어난 모든 일들은 일어날 수 없는 일들이었다. 그것은 모두 꿈 속의 일이었다. 아니면 그 모든 것은 전부 현실이고, 사실이고, 프랜시 자신만이 꿈을 꾸는 사람이었던가?

그래, 프랜시는 자기가 미시간에 가보면 알 거라고 생각했다. 미시간에 가서도 똑같이 꿈 같은 느낌이라면 프랜시는 자기가 하나의 꿈을 꿨다는 걸 알게 될 것이다.

앤 아버!

미시간 대학은 거기 있었다. 그리고 이제 이틀만 지나면 프랜시는 앤 아버로 가는 기차를 타고 있을 것이다. 여름학교는 끝났다. 프랜시는 거기서 자기가 고른 4개의 과목을 통과했다. 벤이 도와준 벼락치기 공부 덕분에 프랜시는 리젠트 시험도 통과했다. 그것은 프랜시가, 이제 16세의 반을 보낸 프랜시가 한 학기의 학점을 이미 확보한 채 대학에 들어갈 수 있다는 걸 의미했다.

벤은 프랜시를 위해 미시건 대학을 골라주었다. 그는 그 대학이 자유로운 주립대학이며, 좋은 영문과가 있고 학비도 싸다고 말했다. 그렇게 좋은 학교라면 왜 자기는 그 학교에 가지 않았는지 이상했다. 그는 중서부에 있는 다른 대학을 택했다. 자기는 그 주에서 개업을 할 거고, 거기서 정치도 할 것이기 때문에 장래의 탁월한 시민들과 동창이 되는 게 좋다고 그 이유를 설명했다.

벤은 이제 스무 살이었다. 그는 대학에 있는 R.O.T.C.에 있었다. 제복을 입은 그는 너무 멋져 보였다.

벤!

프랜시는 왼손 가운데 손가락에 껴 있는 반지를 보았다.

벤의 고등학교 졸업반지였다.

'M.H.S. 1918' 이라고 새겨진 반지의 안쪽에는 'B.B.에서 F.N. 에게'라고 새겨져 있었다. 그는 자기는 자기 마음을 알지만 프랜시는 너무 어려서 자신의 마음도 잘 모른다고 말했다. 그는 반지를 주면서 그것이 두 사람의 이해심을 묶는 것이라고 했다. 또 자기가 결혼을 할 자격을 가지려면 5년이 있어야 하므로 그때가 되면 프랜시도 자기 마음을 충분히 알 수 있을 만큼 나이가 들 거라고 말했다. 만일 그때에도 아직 그 이해심이 서로에게 남아 있다면 그는 다른 종류의 반지를 줄 것이다. 프랜시는 자기 마음을 결정하는 데 아직 5년의 시간이 있었기 때문에 벤과 결혼하는 문제에 대해 그렇게 심각할 필요는 없다고 생각했다.

그러나 프랜시는 리를 생각했다.

리!

리는 지금 어디 있는가?

그는 지금 자기가 보고 있는 항구에서 미끄러져 나가는 저런 수송선을 타고 프랑스로 떠나갔다.

프랜시가 지금 바라보고 있는 그 긴 배 위에는 천 명이나 되는 조용하고 하얀 얼굴의 군인들이 타고 있었다. 그것은 마치 하얀 꼭지가 달린 바늘들을 길고 투박스러운 바늘꽂이 위에 꽂아놓은 것처럼 보였다.

("프랜시, 나는 두려워…… 너무 두려워. 내가 가서 당신을 잃을까 봐 두려워…… 당신을 다시 보지 못하게 될까 봐…… 나에게 가지 말라고 해줘요……")

("난 당신이 떠나기 전에 어머니를 한번 더 보는 게 옳다고 여겨져요…… 잘 모르겠어요……")

그는 레인보우 부대에 있었다. 그 부대는 지금 아르곤 우드 전투에 투입되어 있었다. 그는 지금 소박한 하얀 십자가 밑에 프랑스 땅에 묻혀 있는 것은 아닐까? 그가 죽었다 한들 누가 말해줄 것인가?

펜실베이니아의 그 여자는 그러지 않을 것이다.

("엘리자베스 라이너 부인")

너무 화가 나서 프랜시는 차라리 그가 죽어서 펜실베이니아의 그 여자가 결코 그를 가질 수 없게 되기를 바랐다. 그러나 다음 순간 프랜시는 기도했다.

"오, 하나님, 그를 죽게 하지 마소서. 누가 그를 갖든 불평하지 않겠어요. 제발…… 제발."

아, 시간…… 시간, 내가 잊을 만큼 시간이 흘렀다!

("너는 다시 행복해질 거야. 두려워하지 마라. 그러나 넌 그걸 잊을 수 없을 거야.")

어머니는 틀렸다. 어머니는 틀려야만 했다. 프랜시는 잊기를 원했다. 그를 알고 잊지 못한 지도 넉 달이나 되었다.

("다시 행복해지겠지…… 하지만 결코 잊지는 못할 것이다.")

잊지 못한다면 어떻게 다시 행복해질 수 있을 것인가? 아, 시간이여. 위대한 치료자여. 내 위로 흘러가 나를 잊게 하라.

("사랑에 빠질 때마다 애인의 어떤 점 속에서 그를 떠올리게 될 거야……")

벤은 그와 똑같이 천천히 웃었다. 그러나 자기는 작년에 리를 알기도 훨씬 전에 벤을 사랑하지 않았던가?

그래도 마음이 개운치 않았다.

리, 리!

휴식시간이 끝나고 새로운 소녀들이 한 떼 우르르 들어왔다. 이제는 휴식시간이었다. 그들은 피아노를 둘러싸더니 〈미소〉란 노래의 한 소절을 부르기 시작했다. 프랜시는 다음에 무슨 노래를 부를 지 알고 있었다.

달아나, 달아나, 이 바보야, 그 고통의 물결이 너를 괴롭히기 전에 달아나란 말야.

그러나 프랜시는 움직일 수가 없었다.

그 다음에는 〈우리 다시 만날 때까지〉를 부를 게 뻔했다.

그리고 드디어 시작되었다.

……밤마다 나를 위해 기도해줘.

우리 다시 만날 때까지.

("……저 노래를 들을 때마다 나를 생각해줘요. 나를 생각해줘요……")

프랜시는 그 방을 뛰쳐나갔다. 회색 모자와 회색 가방과 장갑을 사물함에서 꺼내 들고 엘리베이터를 탔다.

프랜시는 협곡 같은 거리를 위아래로 바라보았다. 거리는 어두워졌고 한산했다. 제복을 입은 키 큰 남자 한 사람이 옆 빌딩 문 앞의 그늘에 서 있었다. 그는 어둠 속에서 걸어나와 수줍고 외로운 미소를 지으며 프랜시에게 다가왔다.

프랜시는 눈을 감았다. 할머니는 로멜리 가의 여자들은 자기가 사랑하는 사람의 유령을 볼 수 있다고 말했다. 프랜시는 아빠를 한 번도 보지 못했기 때문에 그 말을 믿지 않았다. 그러나 지금…… 지금……

"안녕, 프랜시."

프랜시는 눈을 떴다. 아니었다. 그는 유령이 아니었다.

"오늘이 마지막으로 일하는 날이라 우울할 것 같아서 왔어. 내가 집에 데려다 주려고…… 놀랐어?"

"아니. 네가 올 거라고 생각했어."

프랜시는 말했다.

"배고프지?"

"굶어죽을 것 같아!"

"어디로 갈까? 오토매트 식당에 가서 커피라도 마실래? 아니면 잡채밥 좋아해?"

"싫어! 싫어!"

"차일드 식당은 어때?"

"좋아. 차일드로 가서 버터케이크와 커피를 먹자."

그는 프랜시의 손을 잡고 팔짱을 끼었다.

"프랜시, 너 오늘밤에 좀 이상해 보인다. 나한테 화난 건 아니지?"

"그럼."

"내가 와서 좋아?"

"응. 너를 만나서 정말 좋아. 벤."

프랜시는 조용하게 말했다.

 _55

토요일이다! 그들의 오래된 집에서의 마지막 토요일! 다음날은 어머니의 결혼식이었고, 그들은 성당에서 곧장 새 집으로 갈 터였다. 이삿짐꾼들은 월요일 아침에 장비를 가지고 올 것이다. 그들은 대부분의 가구들을 새로 들어올 관리인을 위해 남겨두었다. 단지 개인 소지품들과 거실 가구만을 가져가기로 하였다.

프랜시는 커다란 분홍빛 장미무늬가 있는 녹색 양탄자와 크림색 레이스 커튼과 사랑스러운 피아노를 원했다. 이 물건들은 새 집에 프랜시를 위해 마련된 방에 놓여질 것이다.

어머니는 마지막 토요일 아침에도 보통 때처럼 일하겠다고 주장했다. 아이들은 어머니가 빗자루와 물통을 들고 있는 걸 보고 웃었다. 맥쉐인은 결혼선물로 어머니에게 1000달러짜리 수표책을 선물했던 것이다. 놀란 집안의 기준에 따르면 어머니는 이제 부자였다. 어떤 다른 일도 할 필요가 없었다. 그런데도 어머니는 마지막 날 일을 하겠다고 우겼다. 프랜시는 어머니가 집을 떠난다는 감상에 젖어 마지막으로 떠나기 전에 깨끗이 청소를 해주려는 것이라고 짐작했다.

로리를 낮잠 재우기 위해 침대에 눕힌 후 프랜시는 나무로 만든 펠스—나프타 비누상자에 남은 마지막 물건들을 챙겨 넣었다. 벽난로에서 십자가와 자기와 닐리가 견진성사 때 찍은 사진을 꺼냈다. 그것들을 첫 영성체 때 쓴 미사포로 싸서 상자 안에 넣었다. 아버지가 쓰던 두 장의 웨이터용 앞치마도 접어서 그 안에 넣었다. 금박으로 '존 놀란'이라는 이름이 새겨진 면도용 컵도 빨래하다가 레이스가 찢어져서 못 쓰게 된 하얀 죠르젯 주름블라우스에 쌌다.

그 옷은 프랜시가 그 비 오는 밤 리와 함께 문 앞에 서 있을 때 입었던 옷이었다. 메리라는 이름의 인형과 10개의 반짝거리는 동전들이 들어 있었던 작고 예쁜 상자도 차곡차곡 집어넣었다. 몇 권 안되는 책들도 상자 안에 넣었다. 기드온 성경책, 윌리엄 셰익스피어걸작선, 너덜거리는 초원의 이파리들이라는 책과 세 권의 스크랩북, 놀란의 현대시선, 놀란의 고전시선, 그리고 애니 로리를 위한책.

그런 다음엔 침실로 가서 침대 밑에서 열세 살 때 산만하게 적어놓았던 일기장과 네모난 누런 봉투를 꺼냈다. 상자 앞에 무릎을 꿇고 앉은 채 프랜시는 일기장을 들춰서 아무 데나 펼쳐보았다. 3년전 9월 24일 일기였다.

오늘 목욕을 하다가 나는 내가 여자로 되어가고 있는 것을 알았다. 이제 때가 된 것이다.

프랜시는 일기장을 상자에 넣으며 미소를 지었다. 다음에는 누런봉투에 써 있는 목록을 보았다.

내용물
1967년에 열어볼 봉투 1개
졸업장 1장
이야기 4개

4개의 이야기, 가드너 선생님이 태우라고 한 것이었다. 아, 그래, 프랜시는 다시는 글을 쓰지 않겠다고 하나님과 약속한 것을 기억했다. 이제 다시 자기가 글쓰기를 시작해도 하나님은 상관하지 않으실 것이다. 그래, 언젠가는 다시 쓰게 되겠지. 프랜시는 그 봉투에다 자기의 도서관 카드를 집어넣고 목록을 덧붙인 다음 상자 안에 넣었다. 이제 짐은 다 쌌다. 옷만 빼고는 모든 소지품들은 그 상자 안으로 들어갔다.

닐리가 휘파람으로 〈어두운 도시에서 뽐내고 걸으며〉를 부르며 계단을 뛰어올라왔다. 올라오자마자 닐리는 코트를 부엌에다 집어 던졌다.

"나, 급하거든, 누나. 깨끗한 셔츠 있어?"

"빨아 놓은 게 하나 있는데 다림질은 안 해놨어. 내가 다려줄게."

프랜시는 다리미가 뜨거워질 동안 셔츠에 물을 뿌리고 다림질 판을 의자 두 개에 걸쳐놓았다. 닐리는 선반에서 구두약통을 꺼내 그대로도 광이 나는 구두를 더 반짝반짝 닦으려 하였다.

"어디 가니?"

프랜시가 물었다.

"음. 쇼를 볼 시간이 생겼어. 쉐크와 소년이란 쇼야. 쉐크가 노래 한다구! 그는 피아노에 이렇게 앉아서 불러."

닐리는 부엌 식탁에 앉아 흉내를 냈다.

"그는 이렇게 옆으로 다리를 꼬고 앉아서 청중들을 바라봐. 그리고 이렇게 왼쪽 팔꿈치를 악보대 위에 올려놓고 오른손으로는 노래하면서 피아노로 음을 잡지."

닐리는 자기의 우상인 가수의 흉내에 쏙 빠져들었다.

"당신이 집에서 멀리 멀리 떠날 때면……"

노래하다 말고 닐리가 말했다.

"그는 굉장해. 아빠처럼 노래를 불러…… 약간은."

아빠!

프랜시는 닐리의 셔츠에 붙어 있는 조합상표를 찾아서 그것부터 다림질했다.

("그 상표는 장식품 같지…… 네 옷에 달린 장미꽃처럼.")

놀란 가족들은 물건을 살 때마다 조합상표가 달려 있나 찾았다. 그것은 아버지에 대한 그들의 추억이었다.

프랜시는 다림질을 기분 좋게 끝냈다.

닐리가 옷을 다 입고 프랜시 앞에 섰다. 짙은 파란색의 더블양복과 부드럽게 칼라가 내려앉은 깨끗하고 하얀 셔츠에 물방울무늬 나비 넥타이를 매고 있었다. 그 애에게서는 금방 씻은 상쾌한 냄새가 풍겨 나왔고 곱슬거리는 금발은 눈부시게 빛났다.

"내가 어떻게 보이나요, 프리 마돈나?"

닐리는 기분 좋게 코트의 단추를 채우면서 물었다. 프랜시는 닐리의 손가락에 끼워져 있는 아버지의 결혼반지를 보았다.

로멜리 가의 여자들은 자기가 사랑한 사람의 유령을 볼 수 있다던 할머니의 말씀은 사실이었다. 지금 자기는 아버지를 보고 있는 것이다!

"닐리, 너 아직도 〈몰리 말론〉을 기억하고 있니?"

닐리는 주머니에 손을 집어넣고 몸을 돌리면서 노래를 불렀다.

　　더블린의 아름다운 도시에
　　아주 예쁜 소녀가 살고 있었네……

아빠…… 아빠!

닐리는 아빠가 그랬던 것처럼 깨끗하고 진실된 목소리로 노래한다. 그리고 너무나 잘생긴 얼굴을 하고 있다. 그래서 아직 열 여섯 살도 안 된 닐리가 길을 걸어가면, 지나가던 여자들이 돌아서서 한숨을 쉬며 바라볼 정도였다. 프랜시는 닐리가 옆에 있으면 자신이

참 못생긴 여자라는 생각이 들 때가 많았다.

"닐리야, 너, 내가 예쁘게 생겼다고 생각하니?"

"어디 볼까! 음, 성 테레사 수녀님께 간절히 기도 올리면 기적이 일어날지어다!"

"진짜로 묻는 거야……"

"그럼, 그 올린 머리를 집어치우고 다른 여자들처럼 머리를 자르고 곱슬머리로 마는 게 어때?"

"그건 어머니 때문에 열여덟 살이 될 때까지 기다리기로 했어. 하지만 넌 내가 예쁘게 생겼다고 생각하지 않니?"

"조금 더 자신감이 생기면 그때 물어보시라구."

"제발 얘기해줘."

닐리가 프랜시를 자세히 살펴보고 나서 말했다.

"합격이야."

프랜시는 그 정도로 만족했다.

닐리는 처음에 급하다고 서두르더니 이제는 가기 싫은 것처럼 보였다.

"누나, 맥쉐인 씨가…… 내 말은 아버지가 오늘 저녁식사를 하러 오신다고 했는데, 식사가 끝나면 난 일하러 가야 해. 내일은 결혼식이고, 새 집에서는 결혼파티가 있을 거야. 월요일에는 학교에 가야 하고…… 내가 학교에 있을 동안 누난 미시간으로 가는 기차에 타고 있겠지. 누나하고 단 둘이 작별인사 할 시간이 없어. 그래서 지금 인사를 해두려고……"

"크리스마스 땐 집에 올 거야, 닐리."

"하지만 그때는 예전과 다를 거야."

"그렇겠지."

닐리가 가만히 기다렸다. 프랜시가 오른손을 내밀었다. 그러자 닐리는 그 손을 옆으로 민 다음, 누나를 껴안고 뺨에 입맞춤을 하였다. 프랜시는 그만 닐리에게 매달려서 울기 시작했다. 닐리는 누나를 밀어버렸다.

"치, 하여튼 여자들은 골칫덩이야. 무슨 눈물이 그렇게 많은지……"

하지만 닐리의 목소리 역시 금방 울 것만 같았다.

닐리가 몸을 돌리고 집을 뛰쳐나갔다. 프랜시는 복도로 나가서 계단을 뛰어내려가는 닐리를 바라보았다.

닐리는 계단 밑 어두운 구석에 잠시 걸음을 멈추고 누나를 돌아보았다. 어두운 구석이었지만 닐리가 서 있는 곳은 밝았다.

'꼭 아빠 같애…… 어쩌면 저렇게 아빠 같을까……'

프랜시가 머리 속으로 생각했다. 하지만 닐리의 얼굴은 아빠보다 힘이 있어 보였다. 닐리가 누나에게 손을 흔들었다. 그리곤 가버렸다.

4시였다.

프랜시는 옷을 먼저 입고 저녁을 준비하기로 마음먹었다. 그러면 벤이 자기를 데리러 왔을 때 모든 준비를 마칠 수 있을 것 같았다. 그가 가지고 있는 표로 함께 '돌아온 남자'란 영화를 보러 갈 예정이었다. 벤은 내일이면 대학으로 떠나기 때문에, 사실 크리스마스 전에 하는 마지막 데이트인 셈이었다.

프랜시는 벤이 좋았다. 말할 수 없을 정도로 좋았다. 프랜시는 자기가 그를 사랑하길 바랬다. 그가 언제나 그렇게 확신에 넘쳐 있지만 않다면, 단 한번이라도 실수를 한다면, 그가 자기를 필요로 한다면…… 아, 그렇지, 프랜시에게는 아직 생각할 시간이 5년이나 남아 있었다.

프랜시는 하얀 속치마를 입고 거울 앞에 섰다. 씻느라고 머리위로 팔을 구부릴 때 문득 자기가 어릴 적에 비상구 계단에 앉아 마당을 가로질러 집안에서 데이트를 준비하는 여자들의 모습을 보던 기억이 떠올랐다. 내가 그랬던 것처럼 어떤 아이가 나를 보고 있지는 않을까?

창문 쪽으로 고개를 돌렸다. 그랬다. 2미터쯤 떨어진 곳에서 조그만 여자아이 한 명이 손에 사탕 한 봉지를 든 채 책을 무릎 위에 올려놓고 비상구 계단에 앉아 있는 게 보였다. 그 아이는 창살을 통해 프랜시를 보고 있었다. 프랜시도 아는 아이였다. 마른 체구에 키가 작은 열 살쯤 되는 아이로 이름은 플로리 웬디였다.

프랜시는 긴 머리를 빗어서 머리위로 땋아 올렸다. 그리고 새 스타킹을 신은 다음 그 위에 하얀 하이힐 구두를 신었다. 깨끗한 분홍색 린넨 드레스를 머리위로 덮어쓰기 전에 제비꽃 향기가 나는 가루를 네모난 솜에 묻혀 브래지어 속에 집어넣었다.

플레이버 씨 마차 소리가 들리는 것 같았다. 창가로 가서 내려다보았다. 그렇다. 마차가 오긴 왔다. 아니, 마차가 아니라 옆구리에 금빛 글씨를 써넣은 작은 갈색 트럭이 왔다. 그것을 씻으려고 준비하는 사람도 프랭크가 아니라, 키가 조그맣고 장밋빛 뺨이 멋진, 하지만 약간 안짱다리여서 군대를 가지 않은 젊은이였다.

프랜시는 고개를 들고 마당 건너편에서 비상구 철창 사이로 자기를 바라보는 플로리를 바라보면서 손을 흔들며 소리쳤다.

"안녕, 프랜시."

"내 이름은 프랜시가 아냐. 플로리야. 알면서 그래."

아이가 고함쳤다.

"알아."

프랜시가 말했다.

마당을 내려다보았다. 비상구 아래위를 둘러싸고 구부러져 우산처럼 이파리들을 펼치고 있던 그 나무는 잘려졌다. 동네 아주머니들이 그 가지에 빨랫줄의 빨래가 자꾸 얽힌다고 불평했기 때문이다. 주인은 남자 둘을 보내서 잘라버리게 했다.

그러나 그 나무는 죽지 않았다…… 그것은 죽지 않았다.

새로운 나무가 그 나무 밑둥에서 자라고 있었다. 그 줄기는 빨랫줄이 걸려 있지 않은 데까지는 바닥에 붙어서 자랐고, 빨랫줄이 끝나는 데서부터는 다시 하늘을 보며 자라나기 시작했다.

이 나무는 살아 있다! 그 어떤 존재도 이 나무를 죽일 수 없었다.

프랜시는 다시 한번 비상구에서 책을 읽고 있는 플로리 웬디를 바라보면서 낮게 속삭였다.

"안녕, 프랜시."

그리고 창문을 닫았다.

옮긴이 김옥수

1958년 태어나 외대 영문과를 졸업했다.
저작권 회사 임프리마 코리아에서 영미권 부장을 역임했고,
현재 전문 번역가로 활동 중이다.
옮긴 책으로 《천상의 예언》, 《아시모프의 파운데이션》 시리즈, 《파워 오브 원》,
《돼지가 한 마리도 죽지 않던 날》, 《라몬의 바다》, 《푸른 돌고래 섬》,
《춤추는 노예들》, 《우리 문명의 마지막 시간들》 등이 있다.

나를 있게 한 모든 것들

베티 스미스 지음 · 김옥수 옮김

1판 1쇄 펴낸날 1996년 2월 5일 | **2판 29쇄 펴낸날** 2022년 2월 4일
펴낸이 이충호 조경숙 | **펴낸곳** 길벗어린이(주) | **등록번호** 제10-1227호 | **등록일자** 1995년 11월 6일
주소 04000 서울시 마포구 월드컵북로 45 에스디타워비엔씨 2F | **대표전화** 02-6353-3700
팩스 02-6353-3702 | **홈페이지** www.gilbutkid.co.kr | **편집** 송지현 임하나 이현성 황설경 김지원
디자인 김연수 송윤정 | **마케팅** 호종민 김서연 황혜민 이가윤 강경선 | **총무·제작** 최유리 임희영 박새별 이승윤
ISBN 978-89-5582-501-5 03840

아름드리미디어는 길벗어린이(주)의 청소년·단행본 브랜드입니다.